Robert Corvus
Feind

PIPER

Zu diesem Buch

Dies ist die Geschichte von Modranel, dem kein Preis zu hoch war, um zu werden, was er ist: der mächtigste Magier der Menschheit.

Dies ist auch die Geschichte von Lióla und Ajina, den ungleichen Schwestern, der Dunkelruferin, die der Macht der Schatten verfallen ist, und der Adepta, die im Dienst der Mondmutter Kranke heilt.

Es ist eine Geschichte aus dem Silberkrieg, in dem sich die freien Reiche gegen die Schatten stellen, die sich über die Welt zu legen drohen.

Vor allem aber ist es die Geschichte von Helion, dem Paladin der Mondschwerter, der dem letzten Wunsch seines verstorbenen Meisters folgt. Er, der einfache Silberträger, ist der entschlossenste Feind der unsterblichen Schattenherren. Kann er gegen Lisanne bestehen, die Schattenherzogin, in der Schönheit und Grausamkeit ihre Vollendung finden?

Robert Corvus, 1972 geboren, lebt in Köln und arbeitete als Projektleiter in einem internationalen Konzern. Er ist Metalhead, Kinofan und Tänzer. Er veröffentlichte zahlreiche Romane in den Reihen Das schwarze Auge und Battletech sowie einen apokalyptischen Vampirthriller. »Feind« ist der Auftakt seiner großen High-Fantasy-Trilogie »Die Schattenherren«. Weiteres zum Autor: www.robertcorvus.net

Robert Corvus

FEIND

DIE SCHATTENHERREN

Piper München Zürich

Entdecke die Welt der Piper Fantasy:

Piper-Fantasy.de

MIX
Papier aus verantwortungsvollen Quellen
FSC® C083411

Originalausgabe
Februar 2013

Umschlaggestaltung: Guter Punkt, München / www.guter-punkt.de
Umschlagabbildung: Anke Koopmann, Guter Punkt unter Verwendung von Motiven von Shutterstock
Satz: C. Schaber Datentechnik, Wels
Papier: Munken Print von Arctic Paper Munkedals AB, Schweden
Druck und Bindung: CPI – Clausen & Bosse, Leck
Printed in Germany ISBN 978-3-492-26913-1

Mit Dank an
Dieter Steinseifer,
Johannes van Aaken
und
Werner Fuchs,
meine Förderer

Orgait
Ondrien
Wetterberge
Nacht-
Schatten-
Wald
Karat-Dor
Amdr
Guardaja
Milir
Eskad
Bron
Ublid
Ilyjia
Wüste

Eloy
Ejabon-vor-dem-Nebel
Flutatem
Meer der Erinnerung
Seelennebel
N
W
O
S
Akene
Pijelas

Guardaja
Delguardaja

Villen
uardaja
Silbertal
N
W
O
S

PROLOG

WISSEN

Das also war Endorns Haus. Oder vielmehr war es Endorns Haus *gewesen*, wie Modranel mit einem Blick auf das eingestürzte Dach feststellte. Stygron war beinahe vollständig dunkel und Vejata lag unter dem Horizont, aber Silion prangte als Dreiviertelmond hoch am Himmel und goss sein silbriges Licht über die Ruine. Der Bach glitzerte neben den dunklen Mauern des Herrenhauses, die auf diese Entfernung so wuchtig wirkten, als sei das Bauwerk – abgesehen vom Dach – unbeschädigt. Modranel wusste, dass es anders war.

»Die Scheune ist kaputt«, sagte Lióla.

Mit einem schmerzlichen Lächeln sah Modranel zu ihr hinunter, bevor sein Blick dem zerbrechlich wirkenden Arm folgte, mit dem sie auf das eingebrochene Nebengebäude zeigte.

»Kannst du noch?«, fragte er. »Oder musst du dich ausruhen?«

»Ich halte länger durch als du, Papa!« Im Licht des größten Mondes sah ihr Gesicht aus, als habe es die Farbe von Milch. Das schwarze Haar hatte er nicht gänzlich zähmen können, einige Strähnen hingen in ihre Stirn. Als er nicht antwortete, nahm Lióla eine davon und steckte sie sich in den Mund. Ihre Lippen waren kaum dunkler als ihre Haut. Zartrosa, aber das konnte man nur bei Tage erkennen.

Er strich ihr über den Kopf. »Dann komm.«

Der Hang war steil. Früher hatte Endorn hier Wein angebaut, inzwischen waren die Reben verwildert und durchsetzt mit dornigem Gestrüpp, an dem ihre Mäntel hängen blieben. Die Pflanzen wucherten über den Kiesweg, aber wenigstens boten die Steine festen Halt. Hätten die Bauern der Umgebung gewagt, sich dem Anwesen zu nähern und sich zu nehmen, was sie für ihre eigenen Dörfer gebrauchen konnten, wie sie es bei anderen Ruinen taten, dann hätten Modranel und seine Tochter achtgeben müssen, um auf dem lehmigen Hang nicht auszurutschen. Auch wenn die Wolken weitergezogen waren, troff die Nässe noch von den Zweigen.

»Nicht so fest!«, bat Lióla. Modranel lockerte den Griff um ihre Hand.

Er betrachtete ihr Ziel und dachte über die Ironie nach, dass der Stall inzwischen stärker verfallen war als das Herrenhaus. Den Berichten zufolge war er von dem Feuer damals verschont geblieben, Rinder, Schweine und Schafe waren an die Dörfer verteilt worden, die unter Endorn hatten leiden müssen. Mit der Auflage, sie binnen eines Monats zu schlachten. Man hatte nicht riskieren wollen, die Tiere zur Zucht einzusetzen, wer wusste schon, wie viel Böses sie durch die Nähe zu Endorn aufgenommen hatten?

Abergläubisches Volk, versuchte sich Modranel zu beruhigen. Es gelang nicht recht. Schließlich kam er selbst hierher, um etwas von der dunklen Macht zu finden, derer sich Endorn bedient hatte.

»Wird Mami nicht böse mit uns sein?«

»Aber nein.« Sein Hals kratzte. »Sie ist doch auch nicht böse, wenn du Verstecken spielst. Es gehört zum Spiel dazu, dass sie nicht weiß, wohin wir gehen.«

»Wird Ajina uns auch suchen?«

»Nein, nur Mama.«

Lióla gluckste. »Hier sucht sie uns bestimmt nicht. Wie lange müssen wir hierbleiben?«

»Wie meinst du das?«

»Wann haben wir gewonnen? Wenn Mama uns nicht findet?«

Er blieb stehen und schloss für einen Moment die Augen. »Dieses Spiel wird sehr lange dauern.«

»Länger als bis zur ersten Tagesstunde?«

»Ja, länger.«

»Gut!«, jubelte Lióla. »Dann brauche ich nicht zu helfen, den Frühstückstisch zu decken! Eigentlich wäre ich nämlich dran!«

»Ajina wird es schon schaffen«, sagte er tonlos.

»Die ist doch erst sechs!«

Er sah sie an. »Wie alt bist du?«

»Zehn!«, rief sie stolz.

»Ja. Zehn ...« Wo waren diese zehn Jahre geblieben? Lióla war kurz nach der Heirat geboren worden, mit ihrem gewölbten Bauch war Quinda die schönste Frau der Welt gewesen, daran erinnerte sich Modranel genau. Sie hatte meistens ein helles Leinenkleid getragen, am Schluss hatte es über dem Bauch gespannt. Und Blumen hatte sie in ihr Haar geflochten. Wann hatte sie damit aufgehört? Hatte sie noch einen Kranz aus Veilchen getragen, als sie mit Ajina schwanger gewesen war?

Modranel wusste es nicht. Damals hatte er sich schon in Bibliotheken verkrochen. Bei Ajinas Geburt war er nicht dabei gewesen. Er hatte in einem Kerker auf seine Auslösung gewartet, weil er in der Nacht davor beinahe das Stadtarchiv niedergebrannt hatte. Kerzenflammen und müde Augen waren eine gefährliche Kombination. Die Entschädigung hatte den gesamten Besitz der Familie aufgezehrt.

Hätte er nicht bald darauf die Stelle als Schreiber eines milirischen Grafen erhalten, hätten sie unter der Brücke enden können. Vielleicht hätte damals alles eine andere Richtung genommen, wenn sein Herz sich nicht bereits entschieden gehabt hätte. Es konnte den Gedanken nicht ertragen, in der

Brust eines dieser Versager zu schlagen, die sich selbst ›Gelehrte‹ nannten. Schon damals hatten ihn die Männer in den grünen Roben mit den spitzen Hüten angewidert, die alles, wirklich alles über ferne Gegenden und exotische Wissensgebiete wussten. Alles, was man nicht nachprüfen konnte. Niemals waren sie bereit, für ihre Theorien einzustehen.

Modranel sah zu Silions silberner Dreiviertelscheibe hinauf. Er wollte nicht nur darüber dozieren, dass das Mondlicht die Magie schwinden ließ wie die Ebbe das Wasser. Er wollte spüren, wie die Gezeiten der Macht anschwollen und abnahmen. Manchmal glaubte er, bereits eine gewisse Empfindsamkeit dafür zu entwickeln. Immerhin konnte er Kerzenflammen zu seiner Hand ziehen oder mit der Kraft seiner Gedanken die Luft bewegen, um damit Buchseiten zum Rascheln zu bringen. Allerdings nur, wenn er sich so stark konzentrierte, dass er danach den ganzen Abend Kopfschmerzen hatte. Aber das war nichts im Vergleich zu den Fähigkeiten der großen Zauberer, und dieser Umstand war Modranel schmerzlich bewusst. Er war beinahe vierzig Jahre alt. Er konnte nicht ewig warten, oder auf seinem Grabstein würden ein paar Freundlichkeiten stehen, die man leicht mit einem ›er war mittelmäßig‹ würde summieren können.

»Gehen wir hinein?«, fragte Lióla.

Aus der Nähe wirkten die schwarzen Mauern, als seien sie der Schatten, den die nahende Hand eines Riesen warf. Modranel sah an dem spitzen Giebel hinauf. Auf der Westseite war er an einigen Stellen eingebrochen, und auch die Fenster waren beinahe alle gesplittert. »Ja, wir gehen hinein.« Er tastete nach dem Griff des Dolchs. Die Klinge war mit dem stärksten Gift bestrichen, das er hatte bekommen können. *Auch wenn es bei ihm vermutlich nicht wirkt.*

»Schön. Mir gefällt der Wind nicht.« Sie zog ihren Umhang enger um die Schultern. Er zupfte ein paar Zweige ab, die daran hängen geblieben waren.

Modranel kam sich ein wenig albern vor, als er den Klopfer betätigte. Die Tür war in genauso jämmerlichem Zustand wie die fünf gebrochenen Stufen, die zu ihr hinaufführten. Der eine Flügel lag zersplittert auf dem Boden, der andere hing an einer letzten Angel, als sei er ein Betrunkener, der an einer Fahnenstange Halt suchte.

»Wer wohnt hier?«, fragte Lióla.

»Niemand mehr.«

»Warum klopfen wir dann? Mama könnte uns doch hören, und dann findet sie uns und ich muss doch den Tisch decken helfen!«

»Mama hört uns nicht.«

Willig folgte sie ihm an seiner Hand in die Empfangshalle. Rechts stand eine halbe Statue auf einem Sockel, über der Hüfte war sie abgebrochen, die Splitter des Oberkörpers lagen auf dem Marmorboden verstreut. Ob das Bildnis wohl schon an dem Tag zu Bruch gegangen war, als die Mondschwerter hier eingedrungen waren? Oder erst später, bei ihrem zweiten Besuch, als die Paladine alles zerstört oder geraubt hatten, was in ihren Augen unheilig gewesen war?

Unwillig runzelte Modranel die Stirn. *Unheilig.* Magie war nicht unheilig. Gefährlich vielleicht, ja. Auch für den Zauberer. Aber sie war genauso gut oder böse, wie ein Pfeil gut oder böse war. Man konnte ein Reh jagen oder einen Menschen ermorden, und man konnte die arkane Macht so einsetzen, dass sie ein Segen oder dass sie ein Fluch war. *Aber dafür muss man sie erst einmal beherrschen,* dachte er bitter.

»Wohin gehen wir?« Lióla zog leicht an seinem Arm.

Eingebrochene Türen führten in weitere Zimmer. Der größte Teil der Eingangshalle wurde von einer doppelten, asymmetrischen Freitreppe eingenommen, deren Arme sich überkreuzten, bevor sie den Boden erreichten.

»Wir warten auf einen anderen Gast«, antwortete Modranel.

»Versteckt der sich auch?«

»Sei jetzt still, Lióla.«

Der Klopfer war nicht zu überhören gewesen. Vermutlich war Baron Gadior noch nicht da, sonst hätte er sich bestimmt gemeldet. Modranel und Lióla setzten sich auf eine Treppenstufe, von der aus sie den Eingang sehen konnten, und warteten.

Mittelmäßig zu sein war schlimmer als alles andere. Mit dem vollständigen Scheitern konnte man sich abfinden, mit dem gloriosen Erfolg natürlich erst recht. Wer mittelmäßig war, der war entweder so tumb, dass er nichts vom Leben merkte, oder er war wie Modranel, ruhelos, wie jemand, der ständig auf die Kutsche harrte, die ihn nach Hause bringen sollte und die niemals kam.

Als ihr langweilig wurde, stand Lióla auf und schlich durch den Raum. Sie fasste nichts an, auch wenn ihre Nase beinahe den verrußten Bilderrahmen berührte und sie sich hinhockte, um die Scherben einer Vase genauer zu betrachten.

»Darf ich zum Kamin gehen?«, flüsterte sie, als sie zu Modranel zurückkam. »Mir ist kalt.«

»Welcher Kamin?«

»Da scheint ein Feuer.« Sie zeigte auf eine der Türöffnungen.

Jetzt sah auch Modranel die Helligkeit. *Er ist doch schon da.* Der Gedanke schnürte ihm den Hals zu.

Er stand auf. Hätte er es gewollt, hätte er ungehindert diesen Ort verlassen können, um mit Lióla an der Hand zu seinem mittelmäßigen Leben mit Quinda und Ajina zurückzukehren. Aber er war gekommen, weil er genau das auf keinen Fall wollte.

Das Licht kam nicht von einem Kaminfeuer, sondern von einem fünfarmigen Kerzenleuchter. Er war voll bestückt und beschien die Seiten eines Folianten, der auf den Knien eines Jünglings lag. Der in vornehm dunklen Samt gekleidete Mann saß in einem Sessel, der unbeschädigt schien, was ihn vom Rest der Einrichtung unterschied, die so gründlich zertrümmert und verkohlt war, dass man ihren früheren Zweck nicht mehr erkennen konnte. Gut möglich, dass der Mann seine Sitzgelegenheit aus einem anderen Raum hierhergetragen hatte. Von der schwächlichen Gestalt durfte sich Modranel nicht täuschen lassen.

Mit kaum hörbarem Rascheln klappte der Mann das Buch zu. Seine Haut war nur wenig dunkler als Liólas, die er mit unverhohlener Neugier musterte. Kein Wunder, er hatte die Sonne seit Jahrzehnten nicht gesehen. Das schulterlange Blond seiner Haare rahmte das Gesicht eines Knaben ein, der auf dem Weg gewesen war, ein Mann zu werden. Auch der Körper wirkte nicht gänzlich ausgewachsen, wenn seine Wohlgestalt auch nicht zu leugnen war.

Natürlich hatte Modranel die Archive studiert, während er den Handel mit Baron Gadior von Renatow vorbereitet hatte. Vor einem Dreivierteljahrhundert war er in die Schatten getreten, und vermutlich hatte seine gefällige Erscheinung ihren Anteil an seiner frühen Erwählung gehabt. In den Schatten alterte man nicht mehr. Dieser Effekt war seiner Gönnerin wohl wünschenswert erschienen. Ebenso wie die Silberminen natürlich, die der letzte Spross der Renatows in das Schattenkönigreich Ondrien eingebracht hatte. Silber war das Einzige, was die Ondrier ebenso begehrten wie verbotenes Wissen. Das eine bedrohte sie, das andere gab ihnen die Macht, mit der sie selbst den Göttern zu trotzen vermochten. Schwäche war für sie ebenso wie Stärke etwas, das man kontrollieren musste.

»Du siehst mir sehr grüblerisch aus.« Die Stimme des Osadro war ein Hauch. Die Lippen bewegten sich kaum, während sein Blick starr wie der einer Schlange auf Lióla blieb. »Darüber willst du doch nicht die korrekte Form vergessen«, langsam drehte er den Kopf, bis er Modranel ansah, »und mich damit beleidigen?«

Hastig fiel Modranel auf die Knie und zog auch Lióla herunter. »Verzeiht, Herr! Ich sah noch niemals jemanden wie Euch!«

Gadior lachte leise. »Und ich merke dir an, dass du schon jetzt darüber nachsinnst, ob es ein kluger Gedanke war, das zu ändern.«

Modranel sah zu Boden. Überall lag verkohltes Holz, vielleicht Teile der einstigen Wandverkleidung. »Ich weiß, warum ich gekommen bin. Und ich stehe zu meinem Handel.«

»Das tue ich auch«, versetzte Gadior. »Das tue ich auch.« Es klang gelangweilt. Er stand auf. Seine Hand konnte den Rücken des Folianten kaum umfassen. Dennoch schien ihm das Gewicht keine Mühe zu machen. Er bewegte das schwere Buch, als hielte er ein einzelnes Pergament.

Nahezu geräuschlos kam er auf die knienden Menschen zu. »Steh auf, mein Kind«, sagte er und streckte die Hand aus. Seine Fingernägel waren sorgfältig gefeilte Krallen.

Modranel unterdrückte den Impuls, Lióla zurückzuhalten, als sie sich auf die Füße stellte.

Gadior strich die Locken aus dem runden Gesicht. »Du hast nicht zu viel versprochen«, flüsterte er, während er ihre bleiche Haut betrachtete. »Ein Kind der dreifachen Mondfinsternis, das ist nicht zu leugnen.«

»Wer ist dieser Mann, Papa?«

»Er ist ein feiner Herr«, würgte Modranel hervor. »Ein Baron. Du wirst es gut bei ihm haben.«

»Bleiben wir denn bei ihm?«

»Papa muss zurück, aber du wirst es gut bei ihm haben.«

Wieder lachte Gadior sein leises Lachen. »Dein Vater lügt, weißt du?« Seine Wimpern und Brauen waren von hellem Gelb, wie Knochen, die einige Zeit in der Witterung gelegen hatten. »Deine Eltern wollen dich nicht mehr. Dein Vater will dich nicht mehr. Er schickt dich weg. Zu mir. Und ich kann mit dir machen, was ich will. Niemand wird dich hören, wenn du schreist in der Nacht.«

Lióla sah zu ihrem Vater. Ihre Augen waren weit aufgerissen.

Gadior kratzte ihr sanft über die Wange, drehte ihr Gesicht zu sich. »Keiner wird dir helfen. Niemand. Du wirst ganz allein sein. Für immer.«

Lióla wimmerte.

Gadior schloss die Augen bis auf einen Spalt und legte den Kopf in den Nacken. Er streichelte über Liólas Gesicht, bis ein leichtes Zittern durch seinen Arm ging.

Fasziniert beobachtete Modranel, wie sich ein silbernes Glitzern von der Brust seiner Tochter löste. Es wirkte wie Schaum, wie Gischt auf den Wellen am Strand. Sobald der ätherische Stoff den Kontakt mit Liólas Haut verloren hatte, wurde er grau. Als er sich in der hohlen Hand des Osadro sammelte, war er beinahe schwarz.

Verträumt lächelnd hob Gadior das wabernde Wölkchen vor sein Gesicht. Er betrachtete es einen Augenblick, dann atmete er es mit einem tiefen Zug ein. Unartikuliert rief er aus und machte einen Schritt zurück. Ekstase leuchtete aus seinen Zügen.

Modranel sprang auf und zog seine Tochter an sich. »Ihr wollt sie doch nicht töten! Dafür ist sie zu wertvoll!«

»Ja, ja.« Er kicherte. »Du hast recht. Aber ich konnte nicht widerstehen. Und ihre Essenz ist noch schmackhafter, als ich erhoffte. Ein wahrhaft fürstliches Geschenk, das du mir bringst.«

»Kein Geschenk! Wir haben einen Handel!«

»Papa …«, wimmerte Lióla.

»Ja. Einen Handel.« Gadior nahm den Folianten in beide Hände. »Einen Handel, der dich von einem erbärmlichen Studiosus zu einem Meister der Zauberei machen wird.«

Modranel fragte sich, ob der Schattenherr seine Gefühle formte, aber das war wohl unnötig. Beim Anblick des Buches sah Modranel all seine Träume. Niemand brauchte ihn zu locken, es drängte ihn aus tiefster Seele.

»Du willst es, nicht wahr?«, sinnierte Gadior. »Mehr als alles andere, scheint mir. Ich frage mich, was du dafür zu geben bereit wärst.«

»Ich gab Euch meine Tochter!«

»Schon, aber wenn du es könntest, wenn du ein Fürst wärst – würdest du mir dann noch mehr geben? Eine Baronie vielleicht?« Er drückte den Folianten an seine Brust. »Ganze Dörfer voller Kinder?«

Modranel versuchte, seinen rasenden Herzschlag zu beruhigen.

»Errege dich nicht so, ich bitte dich! Sonst bin ich versucht, auch von deiner Lebenskraft zu kosten.«

»In hundert Dörfern würdet Ihr nicht ein Kind finden wie Lióla.«

Der Osadro fixierte das Mädchen. »Das mag wohl stimmen«, murmelte er. »Ich frage mich noch etwas: Wann habe ich dir gestattet, dich zu erheben?«

Modranel fiel wieder auf die Knie.

»Ich könnte deine Tochter mit mir nehmen, ohne Gegenleistung, und du könntest es nicht verhindern.«

»Die Schattenherren brechen keinen Handel.«

»Ja.« Gadior seufzte gekünstelt. »Gut, dass du mich daran erinnerst. Hier, nimm, bevor ich meine Meinung ändere.« Er stieß Modranel das Buch entgegen.

Da war es, berührte beinahe sein Gesicht! Modranels Hände griffen zu, bevor sein Verstand den Entschluss fassen konnte. Das Leder des Einbands war kalt und hart, der Titel geprägt. Die Kerzen waren zu weit entfernt, um ihn lesen zu können, aber Modranel wusste genau, was dort stand: ›Von den Pfaden zu den Mysterien von Macht und Wirken‹. Das Gewicht überraschte ihn, als der Osadro losließ. Erst knapp über dem Boden fing er das Buch ab, beugte sich vor und barg es an der bebenden Brust. Er wollte nicht mehr aufschauen, wollte nicht sehen, wie seine Tochter fortgeführt würde. Er wollte allein sein. Allein mit dem Wissen. Er würde Jahre brauchen, um gänzlich zu verstehen, was die Seiten dieses Werks ihm anvertrauen würden. Er wollte nicht länger warten und mit dem Studium beginnen.

»Wollt ihr euch denn nicht verabschieden?«, hauchte die Stimme. »Schließlich werdet ihr euch niemals wiedersehen.«

»Papa!«, schrie Lióla auf.

Er drückte den Folianten fester an die Brust, krümmte sich noch mehr zusammen.

»Allerdings könnte ich mir vorstellen, öfter mit deinem Vater Geschäfte zu machen. Ich kann mich nicht erinnern, wann ich von Fredigo Endorn jemals so gute Ware bekommen hätte.« Er trat vor Modranel und ging in die Hocke, hob mit den harten Fingernägeln das Kinn seines Gesprächspartners an und sah ihm in die Augen. »Mit Endorn hatte ich stets angenehme Konversation. Das konnte mit dir auch möglich sein. Wenn du mehr weißt. In zwei Jahren vielleicht, wenn du fleißig bist. Falls du es verstehst, dein neues Wissen zu nutzen, wirst du auch bald in einer Bleibe wohnen, deren Besuch zumutbar ist.« Er stand auf. »Halte einen Sessel für mich ...« Er ruckte herum zu der Tür, die zur Eingangshalle führte.

Von dort hörte nun auch Modranel Geräusche, das Stampfen von Stiefeln und das metallische Klappern von Rüstungen.

»Wir sind nicht mehr allein«, stellte Gadior fest.

»Ich habe nicht damit ...«

»Alle Dämonen des Nebellandes!«, donnerte der Paladin, der mit gezogenem Mondsilberschwert in den Raum trat, seine Gefährten hinter sich. »Dann ist es wahr! Er hat einen Pakt mit einem Schattenherrn geschlossen!«

Der Ritter strahlte die Wut jener Menschen aus, für die zwischen Gut und Böse ein Meer lag. Sein bärtiges Gesicht verschwand hinter dem Visier, das er nun mit einer herrischen Bewegung der Schwerthand herunterschlug. Die aufgesetzten Schulterstücke der Rüstung waren ebenso mit Silberintarsien versehen wie der stählerne Harnisch. Auf dem tropfenförmigen Schild prangte das Wappen des Paladins, ein Bulle, unter den drei Monden seines Ordens. Auch diese Symbole und die umlaufenden Verzierungen waren mit Silber in das Eisen eingelegt. Das Mondmetall glomm von innen heraus. Ein roter Schimmer.

Es ist also wahr, dachte Modranel. *Der Segen der Mondmutter liegt auf ihnen, und das Blut der Göttin schreit seine Anklage, wenn sich ein Paladin dem Frevel der Schatten naht.*

Vielleicht spürte der Osadro das Mondmetall auf die Entfernung von zehn Schritt, vielleicht verzog er das Gesicht aber auch, weil er das Erscheinen der Ordenskrieger als unangebrachte Einmischung von Sterblichen missbilligte. Jedenfalls runzelte er deutlich die Stirn, als der Paladin sein »Stellt Euch zum Kampf, Schattenherr!« rief.

»Ihr glaubt doch nicht, ich würde unvorbereitet zu einem solchen Treffen erscheinen?«, entgegnete Gadior pikiert. Er wirbelte herum, packte Lióla und rannte mit ihr aus dem Kerzenschein hinaus auf etwas Dunkles zu, das eine weitere Türöffnung sein mochte. Dabei rief er in einer Sprache, die Modranel nicht verstand. Er starrte nur auf das helle Gesicht seiner Tochter, das stumm, aber mit weit offenen Augen über die Schulter des Osadro blickte.

Schnell war der Schattenherr mit ihr verschwunden. Der Kerzenschein schimmerte auf den Rüstungen der Bewaffneten, die ihm nachsetzten. »Gütige Monde, steht uns bei!«, rief der Anführer, der mit dem Stier auf dem Schild. »Ghoule!« Die Worte hallten unter dem gehörnten Helm.

Wo der Osadro verschwunden war, lösten sich schlurfende Gestalten aus den Schatten. Ihre Rücken waren gebeugt, der Buckel bei einem so ausgeprägt, dass er das Hemd zerrissen hatte. Das schien seinem Träger ebenso wenig auszumachen wie die Kälte der Nacht, der die dünnen Lumpen, die er trug, nichts entgegenzusetzen hatten. Die Leichenfresser besaßen unverkennbar die Züge der Menschen, die sie einmal gewesen waren, aber auf eine Weise entstellt, welche die Schöpfung der Götter verhöhnte. Die Haut spannte sich eng um den Schädel, dennoch waren die Augen tief eingesunken. Das Gebiss war angeschwollen, die Lippen vermochten die spitzen Zähne, die am liebsten verdorbenes Fleisch von toten Knochen rissen, nicht mehr zu bedecken. Dieser Gegensatz zwischen dürren und voluminösen Formen setzte sich an den Extremitäten fort. Die Glieder waren kaum dicker, als es Knochen und Sehnen erforderten, Füße und Hände dagegen brauchten den Vergleich mit Bärenpranken nicht zu scheuen. Die Arme waren so lang, dass sie den Boden berührten.

Modranel umklammerte den Folianten und rutschte auf Knien zurück.

»Pallion!«, rief der Ritter mit dem Stier. »Kümmere dich um den Verräter! Die anderen – mir nach!« Damit stürzten sie sich auf die Ghoule.

Die Leichenfresser waren keine Taktierer. Dazu waren sie zu dumm. Sie vermochten auch nur grobschlächtige Waffen zu führen, Keulen und Eisenstangen. Einer der fünf war sogar gänzlich unbewaffnet. Sie bildeten einen Pulk vor der Öffnung, durch die ihr Meister verschwunden war, während die Krieger auffächerten, um sie von mehreren Seiten zugleich anzugehen. Zwei von ihnen trugen Vollrüstungen, hatten also wohl die Schwertleite zum Ritter abgelegt. Die drei anderen waren zwar mit eisernen Brustpanzern, Helmen und Schilden gewappnet, doch Arme und Beine waren nur von Stoff bedeckt und ihre Schwerter glosten nicht rot, sondern glänzten in eisernem Grau.

»Was hast du mit Lióla gemacht?«

Modranel fuhr herum. Er hatte sich nicht getäuscht. Man sah Quinda an, dass sie sich hastig für die Reise durch die Nacht zurechtgemacht hatte. Auch Ajina, der sie schützend die Hände auf die Schultern legte, als wolle sie sie davon abhalten, zu ihrem Vater zu laufen, trug noch ihr Nachthemd unter dem Wollmantel. Vor den beiden stand ein junger Krieger, vermutlich der, den der Ritter Pallion genannt hatte. Er stapfte mit unter dem Rundhelm zusammengezogenen Brauen und gezogenem Schwert auf Modranel zu. Die Spitze der Klinge war jedoch nicht auf ihn gerichtet, also wollte er ihn wohl nicht kurzerhand abstechen. Für einen Moment wünschte Modranel, er würde es tun. Noch stand eine Frage in Quindas Gesicht. Der Albtraum des Verstehens war noch nicht gänzlich zu ihr vorgedrungen. Noch hielt sie die Wahrheit auf Abstand, dass er ihre ältere Tochter weggegeben hatte, in die Arme der Schattenherren, für die sie wegen der Stunde ihrer Geburt so wertvoll war. Eingetauscht gegen Wissen, das die Götter den Sterblichen verboten hatten. In diesem Moment dachte Modranel, dass es gut wäre zu sterben, bevor das Erkennen das Bangen zur Verzweiflung werden ließe. All die kleinen Lügen, die er sich zurechtgelegt hatte, rannen ihm durch die Finger wie Blut aus einer geöffneten Vene. Wieder einmal mit ihr und Ajina fortzuziehen ... Ihr weiszumachen, er entdecke das Wissen durch seinen eigenen, genialen Verstand ... Auch die Gelehrten davon zu überzeugen, wo immer sie dann wären, Zweifler durch beeindruckende Demonstrationen seiner Macht zum Schweigen zu bringen ... In die Dienste eines Fürsten zu treten ... Ein gutes Leben zu haben, in einem großen Haus mit Zofen und Laufburschen ... Ihr jeden Monat ein Kleid zu kaufen ... Ajina unter Süßigkeiten zu begraben ... Und nie wieder an Lióla zu denken ... Modranels Körper schauderte vor Selbstekel.

Der Moment ging vorbei, als der Bewaffnete ihn anherrschte. »Legt das Buch weg!«

Modranel erstarrte. Seine Finger krallten sich in das Leder des Einbands.

»Fort mit dem Buch, sage ich!«, rief der andere erneut über die Geräusche des Kampfs hinweg und holte drohend mit dem Schwert aus.

Hinter ihm kam Quinda mit zögerndem Schritt näher. Sie schob Ajina hinter sich. »Modranel, du hast nicht wirklich …?«

»Das Buch!«

Modranel löste die rechte Hand. Der Foliant verbarg sie vor dem Blick des Kriegers, als sie den Dolch aus der Scheide zog.

Der Kämpfer ging in die Hocke, um dem am Boden kauernden Modranel näher zu kommen. Wegen Schild und Schwert hatte er keine Hand frei, mit der er nach dem Buch hätte greifen können. So hob er seine Waffe noch ein Stück. Sein Arm war nun senkrecht in die Höhe gestreckt. Weiterer Worte bedurfte es nicht.

Modranel schob das Buch zur Seite, fort von den Oberschenkeln, auf denen es ruhte. Er zuckte zusammen, als seine Unterseite auf den Boden schlug. Aber er zwang sich, es nicht sofort wieder an der Brust zu bergen, sondern sich auf die Rechte zu konzentrieren, mit der er den Dolch führte. Er war kein geübter Fechter, er zog die gewellte Klinge in der gleichen Weise über das Bein des Gegners, wie er auch einen Laib Brot geschnitten hätte. Die Schneide zertrennte den Stoff der Hose, drang aber nicht tief in das Fleisch darunter ein.

Pallion schrie auf und rammte ihm den Ellbogen des Schwertarms gegen die Schläfe. Noch während er zur Seite kippte, erkannte Modranel, dass die Wut des Gegners ihm das Leben rettete. Wäre er nur um Weniges bedachter gewesen, hätte Pallion das Schwert verwendet und ihn gespalten.

»Ich ergebe mich!«, rief Modranel und warf den Dolch so weit fort, wie es ihm auf der Seite liegend möglich war. Besorgt sah er auf den Folianten, der nun gänzlich auf dem Boden lag. War er beschädigt? Konnte er etwa feucht werden? Modranel hatte nicht darauf geachtet, ob der Regen sich in diesem Raum Eingang verschafft hatte. Auszuschließen war es nicht, so verfallen wie das Anwesen war. Eigentlich sollte Nässe dem Material nichts anhaben können, vielleicht hätte das Buch sogar dem Schwert des Kriegers standgehalten, schließlich war die Klinge nicht aus Mondsilber geschmiedet. Aber wer konnte das schon mit Gewissheit sagen? Für Modranel waren das alles nur Gerüchte. Er wusste so wenig! So erbärmlich wenig!

Erst jetzt bemerkte er, dass Pallion aufgesprungen war. Er knirschte mit den Zähnen, hielt das Schwert unbestimmt in seine Richtung. Am Schnitt färbte sich seine Hose dunkel. Keine große Wunde, aber sie blutete. »Ihr habt Glück, dass Mondstrahl Treaton Euch noch verhören will!«

»Gnade!«, rief Modranel. Sein Blick suchte das Buch. Er kämpfte gegen den Drang, es wieder an sich zu nehmen. Er wagte noch nicht einmal, sich aufzurichten.

Quinda hockte sich neben ihn. Sie legte die Hand auf seine Schulter. »Modranel.« In ihrer Stimme lag etwas Beschwörendes. Vielleicht wäre sie eine gute Zauberin geworden, wenn sie seine Sehnsucht geteilt hätte. »Wo ist Lióla, Modranel?«

Er sah hinüber zu den Kämpfenden. Einer der Krieger hatte sich wohl zu weit vorgewagt. Ein Arm war ihm von den Ghoulen ausgerissen worden, ein Teil der Brust gleich mit. Er lag auf dem Boden und strampelte mit den Beinen, schien sich nicht zum Sterben durchringen zu können. Da seine Lunge in Mitleidenschaft gezogen war, gurgelte er seine Schreie blutig hervor. Seine Kameraden konnten ihm nicht helfen. Die unbändige Kraft ihrer Gegner hatte ihren Schilden und Rüstungen erhebliche Dellen beigebracht.

Aber die Verluste der Ghoule wogen schwerer. Drei von ihnen waren so reglos, wie man es von Leichen erwarten sollte. Die letzten zwei standen in der Tür. Modranel konnte nicht genau erkennen, was sie taten, aber nach den Geräuschen zu urteilen versuchten sie, den Durchgang zu verschließen, indem sie die Wand zum Einsturz brachten.

»Modranel! Rede mit mir!«

Er sah, wie die Hoffnung gemeinsam mit den Tränen aus dem Gesicht seiner Frau floss. Hinter ihr wankte Pallion. Sein linkes Bein zitterte. Er starrte es mit einer Mischung aus Wut und Unglauben an.

»Modranel! Du hast doch nicht …« Ihre Stimme versagte.

Ajina stellte sich hinter ihre Mutter. Ihre Haut war dunkler, das Haar aber viel heller als das ihrer Schwester. Blond wie die Sonne an einem warmen Tag.

»Sag mir, dass du Lióla nicht …« Während Quinda nach Worten suchte, griff sie das derbe Hemd über seiner Brust, krallte sich daran fest, als suche sie Halt bei dem am Boden Liegenden.

»Was geschieht mir?«, stammelte Pallion. Sein Schwert entglitt der erschlaffenden Hand und auch den Schild hätte er wohl nicht mehr halten können, wäre er nicht am Unterarm festgeschnürt gewesen. So ging der Schutz mit ihm gemeinsam zu Boden, als das Bein nachgab.

Ajina steckte den Daumen in den Mund, wie sie es immer tat, wenn sie nachdachte.

Quinda sah erst den zuckenden Kämpfer an, dann wieder ihren Gemahl. In ihren überquellenden Augen stand nur eine einzige Frage. *Wer bist du?*

Modranel setzte sich auf und strich sein Gewand glatt.

»Schmerz!«, ächzte Pallion. Seine Finger krampften sich zu Krallen, er schien sich den Harnisch von der Brust kratzen zu wollen, aber die Muskeln in seinen Armen gehorchten ihm schon nicht mehr.

»Nicht mehr lange«, sagte Modranel. »Das Gift wirkt gut. Noch ein paar Herzschläge, und du wirst taub für die Pein. Ein paar weitere, und es ist vorüber. Mach deinen Frieden mit der Mondmutter.« *Einen Frieden, den ich nie wieder haben werde.*

Der Gedanke hatte nichts Bitteres. Stolzer Trotz stieg in Modranel auf, als er das kostbare Buch an sich nahm.

Quindas kleine Fäuste trafen harmlos seinen Rücken. »Du Tier!« Ihre Stimme überschlug sich. »Du Monstrum!«

Es machte ihm nichts aus. Er hatte den Folianten. Trotz des Gewichts barg er ihn zärtlich an der Brust, wiegte ihn wie ein

Kind. Er zog den Lederbeutel hervor, den er zu diesem Zweck mitgebracht hatte. Er war etwas zu klein, aber es würde schon gehen. Vorsichtig steckte er seinen Schatz hinein.

»Meine Tochter!«, kreischte Quinda.

»Wir haben noch eine Tochter«, versetzte er und nickte zu Ajina hinüber.

»Du hast Lióla weggegeben! Für das da!« Hasserfüllt starrte sie auf das Buch.

»Du wirst es noch verstehen.«

Stumm schüttelte sie den Kopf. Sie löste sich von ihm. Nur die Tränen bewegten sich in ihrem Gesicht.

Endlich gelang es ihm, den Lederbeutel um das Buch zu bekommen. Prüfend legte er die Schlaufe über die Schulter. Der Foliant war sicher verstaut. Er konnte nicht herausfallen.

»Damit kommst du nicht durch«, flüsterte Quinda. »Dafür wirst du bezahlen.« Entschlossen schritt sie in die Richtung, in der die Ordensritter verschwunden waren. Ihren gefallenen Kameraden hatten sie mit den toten Ghoulen zurückgelassen.

»Warte!«

»Du hast auch nicht auf mich gewartet, als du Lióla auf dem Altar deines Wahns geopfert hast!«

Das durfte nicht geschehen! Nicht jetzt, so kurz vor dem Ziel! Wenn sie die Paladine zurückholte, würden sie ihn aufhalten … ihm den Folianten abnehmen … ihn zu einem Niemand machen, der in einem Kerker verrottete! Er hatte keine Zeit, mit ihr zu streiten. Er musste weg. Schnell. Durfte nichts mehr riskieren.

Er nahm Pallions Schwert.

»Quinda!«

Etwas von der Kraft seines neuen Lebens musste in seinem Ruf gelegen haben. Sie hielt tatsächlich inne und wandte sich um.

Niemand würde ihm nehmen, was er so mühsam errungen hatte! Niemand! Quinda hatte ihn nie verstanden, würde es auch nie, würde ihn immer klein halten, in der Mittelmäßigkeit. Weil sie selbst mittelmäßig war. Kein Streben nach Höherem in sich fühlte.

Sie war alles, was er an seinem bisherigen Leben verachtete.

Mit ungeahnter Wucht rammte er das Schwert durch ihren Bauch.

Sie war sofort tot. Wie eine kraftlose Puppe sackte sie zusammen. Ihr Gewicht entriss ihm den Schwertgriff.

»Mama!«, schrie Ajina und eilte zu ihr.

Ein ungleicher Schrei antwortete dem des Kindes. Es war ein gequältes Heulen, wie kein Mensch es ausstoßen konnte. Ein Laut, der die Knochen zum Vibrieren brachte. Ajina blieb stehen, als hätte jemand ihr Gewand gepackt.

Aus dem Durchgang, in dem erst Baron Gadior und dann seine Verfolger verschwunden waren, schimmerte ein blaues Leuchten. Ein kalter Windhauch wehte in Modranels Gesicht. Offensichtlich hatte sich der Osadro nicht allein auf seine Ghoule verlassen.

Modranel sah auf die Leiche seiner Frau, die im Kerzenschein lag, als hätte jemand den Leuchter herangebracht, um mit anklagender Helligkeit die Blutlache zu zeigen, die sich um den seltsam verdrehten Leib ausbreitete. Ajina ging langsam darauf zu. Ihre Füße staken in Stiefeln, die vor ein paar Jahren noch ihre Schwester getragen hatte. Sie setzte sie so vorsichtig, als bewege sie sich über brüchiges Eis.

Modranel hielt den Atem an, als Ajina das Händchen in das Blut drückte. Sie stand auf und streckte ihm die roten Finger entgegen. »Es ist ganz warm.«

Er sah sie an. Sie hatte seine Augen, aber ihre Locken fielen so, wie er es bei Quinda geliebt hatte. Auch die Lippen glichen denen, die er so gern geküsst hatte.

Mühsam sog er die Luft ein, als müsse er den Brustkorb gegen einen Felsen bewegen, der darauf lastete. Musste er denn wirklich alles aufgeben? Alles zurücklassen? Gab es denn nichts von Wert in seinem alten Leben?

Erst als er zwinkerte, bemerkte er die eigenen Tränen. »Diesen Preis habe ich nicht ausgehandelt«, flüsterte er. Quinda lag so schrecklich starr. Das Schwert in ihrem Bauch war monströs.

War Modranel das auch? Ein Monstrum? Wie Quinda es gesagt hatte?

Er hatte ihr doch nicht schaden wollen! Sie hatte ihm keine Wahl gelassen! Sie war es doch gewesen, die damit gedroht hatte, alles zu zerstören, wofür er lebte! Sie hätte ihn den Mondschwertern ausgeliefert. Er hatte nur sein Leben gerettet. Sein neues Leben. Dass sie dabei zu Schaden gekommen war, war ein Unfall gewesen. Ja, so war es. Ein Unfall! Er hatte es nicht geplant. Nicht gewollt!

Er nahm Ajina auf den Arm, bevor die sich ausdehnende Blutlache ihre Füße erreichte. Modranel ächzte unter dem Gewicht, das er nun zusätzlich zu dem Folianten tragen musste.

Ein verzweifelter Schrei drang über das Heulen. Krachen und Splittern lag in der Luft. Das Leuchten war heller geworden.

»Wir müssen weg!«

»Wohin?« Ajina drückte ihm die Hand an die Wange. Ihm war bewusst, dass das Blut einen Abdruck hinterließ, den er niemals gänzlich würde abwaschen können.

»Weg. Weit, weit weg.«

Erwählter

Im Raum nebenan schrie Meister Treaton nach seinen alten Kampfgefährten. Helion hätte es auch gehört, wenn die Tür geschlossen gewesen wäre. Dieser Kampf vor fünfzehn Jahren war der Dämon, der vom Herzen seines Herrn Besitz ergriffen hatte. »Judrion!«, rief er immer wieder. »Zurück, Judrion! Es ist Endorns Geist!«

Helion nahm den Kessel vom Feuer und hängte ihn an das Gestell daneben. Er tauchte einen Löffel hinein, pustete einige Male darüber und schlürfte die Suppe. Gut. Das Schaffleisch würde für Kraft sorgen, das Hirsekraut die Lebensgeister anstacheln. Es war nur für eine geübte Zunge herauszuschmecken. Zu viel davon hätte die Geronsbeeren neutralisiert, die den Schmerz dämpfen sollten.

»Halte dich fern, Judrion! Komm seiner Kälte nicht zu nah …«

Helion würzte mit einer Prise Kersalz nach. Das würde die Poren öffnen. Er nahm die Kelle, rührte kräftig um und schöpfte die dampfende Flüssigkeit in einen Teller. Er stellte sie auf dem Tisch ab, damit er beide Hände frei hatte, um das Schwert zu gürten. Das war eine der vielen Lektionen, die der Meister ihn gelehrt hatte. *Gehe nirgendwohin ohne dein Schwert. Zehn Schritt sind acht zu viel.*

Als er die Suppe nach nebenan trug, wanderte sein Blick über die Waffen, die sich in ihren Halterungen an den Wänden drängten. Ihre Kate war klein, bot nur diese zwei Zimmer, und dasjenige, das er jetzt betrat, diente ihnen beiden nicht nur als gemeinsames Schlafgemach, sondern auch als Rüstkammer. Äxte, Lanzen, ein Morgenstern, verschiedene Keulen, Schwerter aller Art. Unter Helions Bett waren die Kisten mit den Armbrustbolzen und Pfeilen geschoben, unter das von Treaton diejenigen, die sie mit allem gefüllt hatten, was man für die Pflege von Waffen und Rüstungen brauchte. Lappen, Öl, Schleifsteine, Holz und Metall für Ausbesserungen, sogar ein Schmiedehammer, auch wenn sie eines der umliegenden Dörfer aufsuchen mussten, wenn ihre Arbeiten echte Hitze erforderten. Die Waffen, die der Orden seinem Meister übergeben hatte, hingen neben der Tür. Rechts der Tropfenschild, auf dem ein silberner Bulle dem Betrachter entgegenstürmte, daneben das Schwert, dessen Mondsilberklinge in einer schlichten Scheide steckte, die mit dem Rubin im Knauf kontrastierte. Linker Hand die Teile der Rüstung, Harnisch, Beinschienen, Helm, Handschuhe, all die Verbindungsstücke … Insgesamt ein halbes Hundert. Alle waren mit silbernen Einlegearbeiten gegen die Zauber der Schattenherren gewappnet.

Vor fünfzehn Jahren hatte das nicht viel genutzt. Mit schwacher Stimme gab Treaton dem Drang nach, von den vergangenen Ereignissen zu berichten, während Helion ihm geduldig den Löffel zwischen die fahlen Lippen schob.

»Gadior hat sich auf uns vorbereitet. Es ist keine Falle, aber er war klug genug, das Haus seines alten Bundesgenossen als Treffpunkt zu wählen. Ich habe richtig geraten, als Quinda mir die Sache gestand. Die dunkle Brut kehrt immer an die Stätten ihres Wirkens zurück. Es ist wie ein fauler Odem, der nicht von diesen Orten weichen will. Zauberei vergeht niemals ganz. Sie ist eine Beleidigung von allem, was die Götter geschaffen haben. Ein Frevel, an den sich die Natur immer erinnert. Darum zeigt das Mondsilber die Farbe des Blutes, wenn man sich der verdorbenen Magie nähert.

Die Ghoule haben uns lange genug aufgehalten, damit Gadior das Ritual ausführen konnte, für das er den Nebenraum vorbereitet hat. Er hat seine zauberischen Symbole auf den Boden gemalt, Schnörkel und Linien, die das Auge beleidigen, den Verstand verhöhnen. Manche sind gerade und doch gebogen, andere heben sich aus der Fläche des Bodens. Diese Kreide trotzt den Gesetzen der greifbaren Welt.«

Helion unterbrach seinen Meister nicht, obwohl er die Geschichte schon kannte. Er wusste, dass Treaton ruhiger würde, wenn er erst zum Ende gekommen wäre. Zwischen den Sätzen nahm er die Suppe zu sich. Helion war froh, dass er sie bei sich behielt.

»Ich will nicht zu schnell vorgehen. Die Ghoule haben schon Kazzar zerrissen. Ich will nicht mehr Männer verlieren als nötig.

Als wir durchkommen, ist das Ritual schon beendet. Unser Mondsilber ist flammend rot. Das Blut der Paladine darin regt sich, schreit auf gegen den Frevel an den Göttern. Das Tor ins Nebelland hat sich aufgetan. Endorns gequälter Geist kriecht daraus hervor wie eine Echse, die aus einem Ei schlüpft. Man kann die menschliche Gestalt erkennen, auch wenn das blaue Leuchten sie überstrahlt. In diesem Licht sehen wir Gadior, das fahle Kind auf dem Arm. Er lächelt uns an. Er weiß, dass wir nicht schnell genug sein werden, um ihn aufzuhalten.

Endorn hat sich noch nicht in der stofflichen Welt orientiert, aber seine Kälte ist schon bei uns. Reif legt sich auf unsere Rüstungen.«

Treatons Wangen waren eingefallen, aber immerhin schien er heute keine Mühe zu haben, die Worte zu finden.

»Judrion will ihn nicht entkommen lassen. Als Gadior sich abwendet, stürmt er auf ihn zu. Eine Zunge von Eis schießt über den Boden. Judrion rutscht aus. In voller Rüstung geht er zu Boden.«

Helion hatte oft geübt, sich in einer Rüstung zu erheben. Wenn man erst einmal wusste, wie es ging, war es gar nicht so schwierig. Man konnte ausnutzen, dass sich die Komponenten gegenseitig stützten, und musste darauf achten, sich so zu bewegen, dass sich die mangelnde Gelenkigkeit nicht zu stark auswirkte. Wenn man aber überraschend fiel, wie es ihm schon oft in Übungsgefechten passiert war, raubte einem der harte Aufprall den Atem.

»Judrion kommt wieder hoch, aber da hat Endorn schon ganz in unsere Welt gefunden. Es ist ein schauderhafter Anblick, wie die Beine seiner Geistergestalt durch den festen Stein des Bodens tauchen, als er zwischen uns und den Meister schwebt, der ihn beschworen hat und dessen Sklave er ist. Man kann die Qual auf dem Gesicht sehen, wie bei den Verfluchten des Seelennebels, aber für Endorn gibt es keinen Weg zurück. Sein Wille liegt in Ketten.«

Helion bedauerte ihn nicht. Wer sich der schwarzen Kunst verschrieb, hatte sein Schicksal gewählt.

»Endorn muss seinem dunklen Herrn dienen. Die Kälte ist seine Waffe. Ich will Judrion zurückhalten, aber er stürmt vor. Sein blutrotes Schwert schlägt durch den Körper des Geistes wie durch Luft. Ich vermag nicht zu sagen, ob das Geheul einem Schmerz entstammt, der aus diesem Hieb geboren ist, oder der fortdauernden Klage über die Verdammnis. Es klingt wie das Weinen der Frauen, wenn die Gefallenen heimgebracht werden. Endorn breitet die Arme aus, dann greift er zu. Vor den heiligen Zeichen auf Schild und Panzer prallt er zurück.

Judrion wird kühn und führt von Neuem einen Hieb.

Da trifft ihn der eisige Hauch direkt aus Endorns Schlund. Was er ihm antut, kann ich nur erraten, ist er doch ganz in seiner Rüstung verborgen. Er erschlafft nicht, er dringt auch nicht weiter vor. Er erstarrt.

Für einen Moment sind wir alle ratlos, gelähmt.

Dann kippt Judrion zur Seite. Unbewegt, als sei er eine Statue.

Ich hätte wissen müssen, dass Kal sich nicht zurückhält. Wenn ein Knappe seinem Schwertvater für zwei Jahre gedient hat, dann fühlt er jeden Schmerz, der diesem zugefügt wird, als würde er ihm selbst angetan. Kals Kampfschrei ist beinahe so fürchterlich wie das Geistergeheul, das noch immer anhält.

Er hat keine Vollrüstung, die ihn vor dem Eishauch geschützt hätte. Als der weiße Atem von ihm weicht, ist er wie von einem Puder überzogen. Starr wie aus Sandstein geschlagen. Er zerbricht einfach, als er auf den Boden prallt. Seine Arme, seine Beine, der Hals.«

»Wenigstens hatte er keine Schmerzen«, flüsterte Helion. Er wischte den kalten Schweiß von der Stirn seines Meisters. Treaton hatte überlebt, aber er hatte sich niemals verziehen. Jeder Tag war eine Anklage gewesen. Wenigstens schlief er jetzt.

Helion wusste auch so, wie die Begebenheit geendet hatte. Treaton hatte die beiden überlebenden Knappen gesammelt und sich ein Stück zurückgezogen, um Kriegsrat zu halten. Aber bevor ihnen ein kluger Gedanke für das weitere Vorgehen gekommen war, hatte sich der Riss in der Wirklichkeit wieder geschlossen. Endorn hatte dem Osadro die Zeit verschafft, die dieser gebraucht hatte, um mit dem Kind zu entkommen. Der Geist war in die Qualen des Nebellands zurückgekehrt, das blaue Leuchten erloschen, auch die magischen Glyphen hatten sich wieder zu Boden gelegt, sich nicht länger bewegt, waren zu gewöhnlicher Kreide auf dem Marmor geworden, die inzwischen sicher längst verwischt war.

Helion sah aus dem Fenster. Obwohl er gestern noch die Sense geschwungen hatte, blühten heute schon wieder einige Blumen auf der Wiese vor dem Fechtplatz. Auf diesem natürlichen, beinahe ebenen Steinsockel hatte er gelernt, das Schwert zu halten. Sicher, er hatte vorher schon zuweilen eine Klinge in die Hand genommen, aber dabei hatte die Wut seine angeborene Kraft und Schnelligkeit geleitet. Er hatte weder sich selbst noch den Stahl beherrschen können. Seine Gefühle versagten ihm noch immer viel zu oft die Disziplin, aber die Waffen konnte er nun mit großer Sicherheit führen. Er wusste jetzt, dass man den Griff nicht zu fest umklammern durfte, sonst konnte er einem aus der Faust geprellt werden. Auch mit Morgenstern und Axt hatte er dort die ersten Übungen absolviert. Später hatte er gelernt, im Unterholz zu kämpfen, auf einem schwankenden Boot, im Moor. Treaton lobte ihn selten. Dennoch glaubte Helion, dass sein Meister zufrieden mit seinem einzigen Schüler war, wenn er ihn auch niemals einen Knappen nannte.

»Gib mir mein Schwert, Helion«, flüsterte Treaton. Helion hatte nicht bemerkt, dass er wieder erwacht war.

Er stellte den leeren Teller auf den Boden und nahm das Mondsilberschwert aus der Halterung neben der Wand, um es in die Hände zu geben, deren Fingerglieder noch immer beängstigend geschwollen waren. Im letzten Jahr hatte der Frühling sein heilendes Werk schneller vollbracht, aber jetzt wollten die Schwellungen nicht weichen.

In diesem Raum gab es viele Klingen, aber wenn der Meister von *seinem Schwert* sprach, dann meinte er dasjenige, das der Ordensmarschall ihm zu Eigen gegeben hatte, um damit der Finsternis Einhalt zu gebieten. Ein Auftrag, bei dem Treaton, wie er selbst urteilte, schmählich versagt hatte. Überhaupt stand es schlecht um den Freiheitskampf der Menschen. Die Schattenherren hatten ihre Finsternis inzwischen über beinahe alle Silberminen gelegt. Ohne Silber konnte man keine Rüstungen mehr schmieden, die ihrer dunklen Kunst standzuhalten, keine Klingen, die ihnen dauerhafte Wunden zu schlagen vermochten.

Treaton legte das Schwert so auf seinen Leib, dass der Knauf mit dem Rubin an seiner Kehle ruhte. »Meine Stunde ist gekommen«, sagte er mit einer Stimme so fest, wie sie seit einer Woche nicht mehr gewesen war.

Helion wusste nicht, was er erwidern sollte. Der Meister war auch im letzten Winter krank gewesen, aber damals hatte er sich mit dem Frühling erholt. Diesmal war er beständig schwächer geworden.

»Ich gehe ins Nebelland«, fuhr er fort. »Ich kann nur auf die Gnade der Mondmutter hoffen, dass sie mir ein Licht schickt, das mich hindurchgeleitet.« Der alte Mann wandte den Kopf, sodass er Helion ansehen konnte, der sich vor das Bett kniete. »Du weißt, ich habe versagt, damals. Aber ich habe auch etwas sehr Gutes geschaffen. Dich. Du warst ungeschmiedetes Silber, als du zu mir kamst. Jetzt bist du eine der schärfsten Klingen, die zwischen den Menschen und den Schatten stehen.«

»Ich habe nie gegen die Finsternis gefochten, so wie Ihr es getan habt.« Die wenigen echten Kämpfe, die er geschlagen hatte, hatten keinem edleren Ziel gegolten als dem Herzen einer Dame. Meist waren sie aus eitlem Streit entbrannt. Regungen, die er überwunden zu haben hoffte.

»Das wirst du.« Die Festigkeit in Treatons Stimme schwand. »Geh zu den Mondschwertern.«

»Der Orden ist nicht mehr, was er war«, wandte Helion ein. »Das habt Ihr selbst mich gelehrt. Er kann nicht mehr so viele Paladine aufbieten wie zu Eurer Zeit, und unter den wenigen finden sich mehr Zauderer, als die Ehre dulden kann. Jetzt, da beinahe alle Silberminen verloren sind, wollen sie verhandeln. Mit den Schatten! Auch wenn sie es nicht zugeben.«

»Das stimmt.«

»Ich brauche sie nicht, um gegen die Schatten zu kämpfen!« Zu spät bemerkte er, dass er seinen Meister angeschrien hatte. Erschrocken setzte er sich auf die Fersen. Gefühlsausbrüche waren gefährlich, und sie waren seine große Schwäche. Sie waren der Weg, auf dem die Dummheit in den Kopf schlich. Und wenn man einem Osadro gegenüberstand, gaben sie dem

Feind Stärke. Helion absolvierte eine der kurzen Atemübungen, die Treaton ihn zur Erforschung des Selbst gelehrt hatte. Woher war diese Aufwallung gekommen?

Angst.

Er dachte an seine früheste Erinnerung. An den Osadro, der im Sternenlicht durch die schwelenden Trümmer von Helions Dorf geschritten war. Dessen Gardisten nicht geduldet hatten, dass sich jemand von den Knien erhoben hätte, solange der Unsterbliche unter ihnen geweilt hatte. Erst Stunden später hatte Helion seine verbluteten Eltern gefunden.

Aber es war nicht die Angst vor den Schattenherren, die ihn überwältigt hatte.

Es war die Angst, dass er niemals würde gegen sie kämpfen können.

Er wusste, dass sie mächtige Gegner waren. Dutzende, wenn nicht Hunderte gefallene Mondschwerter kamen auf einen Osadro, dessen Schatten für immer verblich. Er hatte sich oft mit dem Gedanken befasst, dass er sterben könnte, ohne die fahle Haut eines Unsterblichen auch nur geritzt zu haben. Die Vorstellung barg keine Furcht mehr für ihn, solange er es wenigstens versuchen konnte.

Aber wenn er zu den Mondschwertern ginge, dann wäre er Teil ihrer Hierarchie. Er würde dem Ordensmarschall Gehorsam schwören müssen, und wenn dessen Offiziere ihm Befehle erteilten, die ihn von der Front fernhielten, wenn sie ihn etwa als Ehrenwache des Tempels der Mondmutter bestimmten, dann würde er nie auch nur die Gelegenheit erhalten, Gerechtigkeit für die Eltern zu fordern, an die er sich nur als Leichen erinnerte. Das war der Gedanke, vor dem er zurückschreckte.

»Du brauchst sie nicht.« Treatons Flüstern war so leise, dass Helion näher an das Bett rutschte. »Aber die Mondschwerter brauchen dich.« Er hob eine Hand, um Helions Einwand zum Verstummen zu bringen, noch bevor dieser ihn erhob. »Du bist unverdorben.« Er legte die Hand zurück an sein Schwert. »Fünfundzwanzig Sommer, aber dein Herz ist noch das eines Kindes. Du träumst, wenn du kochst. Ich höre dich summen dabei.« Der alte Mann lächelte.

Der Onkel, bei dem Helion aufgewachsen war, behauptete, er habe das Talent für Speisen und ihre Zubereitung von seinem Vater geerbt. Es schien die plausibelste Erklärung dafür, dass Helion nur an einem Pilz schnuppern musste, um zu erkennen, ob man ihn essen konnte, und Gewürze auch dann richtig dosierte, wenn ein Händler sie aus einem fernen Land brachte und niemand sie kannte. Obwohl er sich nicht daran erinnern konnte, stellte er sich gern vor, dass sein Vater fröhlich gewesen war, wenn er gekocht hatte.

»Du siehst die Dinge einfach. Wie ein Kind. Wie ein Paladin. Die Mondschwerter brauchen jemanden, der sie daran erinnert, was es bedeutet, ein Paladin zu sein.«

»Aber ich bin Euer Schüler!«

»Das bist du. Und der Orden wird deine Lehrzeit respektieren. Er wird es müssen, wenn du ihm mein Schwert als Unterpfand deiner Worte bringst.«

»Meister! Ich muss noch so viel lernen! Lasst mich nicht allein!«

Leichter Spott kräuselte Treatons Lippen. »Immer diese Gefühlsausbrüche. Daran musst du arbeiten, sie sind deine einzige Schwäche. Mir scheint tatsächlich, dass du einige wesentliche Dinge noch nicht verstanden hast. Lass mich sterben. Wer ewig leben will, dient dem Feind.«

Darauf wusste Helion nichts zu sagen.

Es wäre auch zu spät gewesen. Sein Meister war tot.

Treatons Gesicht sah zufrieden aus.

Was Helion nützlich erschien, packte er auf das Maultier. Er begrub Treaton an einem Baum, in dessen Rinde er das Zeichen der drei Monde ritzte, wie es für einen Paladin Sitte war. An die Kate legte er Feuer.

Er sprach ein Gebet. Vor dem Tod hatten Zweifel kein Gewicht. Helion ging, den letzten Wunsch eines sterbenden Mannes zu erfüllen.

Die alten Priesterinnen waren die Einzigen, die bei den Toten zurückblieben. Sie waren zu dritt, eine war blind, einer war der Verstand entglitten und die dritte sollte kein Wort mehr gesprochen haben, seit die Hewron-Pocken ihr den Mann und alle vier Kinder genommen hatten. Im Tempel der Mondmutter bestand man darauf, dass der Dienst in der Krypta der Paladine ein ehrenvoller war. In Wirklichkeit war man froh, die drei alten Krähen außerhalb der Stadt zu wissen.

Trotz ihrer Jugend war Ajina dem Tod schon oft begegnet, in der Zeit, bevor sie die Toga der Adepta angelegt hatte. Sie wusste, dass die Menschen nicht nur das Nebelland selbst fürchteten, sondern auch alle, die ihm nahe waren. Manchmal schlug diese Furcht in seltsame Faszination um. Sie kannte das von ihrem Vater, aber auch von den bewundernden Blicken, die Schwerter und andere Werkzeuge auf sich zogen, die zu keinem anderen Zweck geschmiedet waren als dem, Lebende zu Toten zu machen. Meist aber wurden jene gemieden, die dem Tod nahe waren. Die drei Krähen taten Ajina leid, sie konnte sich vorstellen, dass sich die alten Frauen einsam fühlten, obwohl sie keinen Hinweis darauf gaben. Sie waren den drei Dutzend Besuchern, die der Aufbahrung der Gefallenen beigewohnt hatten, mit Gleichgültigkeit begegnet, und auch den Auszug der Prozession nahmen sie ungerührt und schweigend zur Kenntnis.

Ajina und Nalaji sahen zu, wie der Wagen mit den Mondsilberrüstungen, die man den Toten während der Aufbahrung abgenommen hatte, von weißen Ochsen in langsamem Schritt gezogen, durch das Tor entschwand. An der Spitze der Prozession wussten sie Oberin Esmalla, was den Vorteil hatte, dass die beiden Adeptae ihrer Aufsicht entzogen waren. Ajina war nicht sicher, ob Esmalla ihren Beteuerungen Glauben schenkte, sie wollten bescheiden den Abschluss des Zuges bilden, aber da sich so beschämend wenige eingefunden hatten, um der neuen Märtyrer des Silberkriegs zu gedenken, war sie wohl um jeden froh, der mitging.

Um den Wagen herum marschierten zwölf Paladine in voller Rüstung, nur auf die Helme hatten sie verzichtet. Ajina erkannte Keratron. Er war ein Mann Mitte dreißig mit einem Gesicht so hart wie ein Kiesel. Unvorstellbar, dass er einmal lächelte. Ajina sah ihn nicht gern an, und der Gedanke, dass sie ihn bald ständig in ihrer Nähe haben würde, war ihr unangenehm. Manche Mondschwerter gingen in ihrem Kampf gegen die Schattenherren so weit, dass sie danach trachteten, all ihre Gefühle zum Verlöschen zu bringen, um den Unsterblichen in einer Konfrontation keine Nahrung zu geben. Ajina verstand die Logik hinter dieser Überlegung, sie hatte mehr als einmal gesehen, wie die Lebenskraft aus einem Menschen gerissen wurde, aber dennoch gefiel ihr diese Konsequenz nicht. Wer versteinerte, statt zu leben, war auf einer anderen Ebene besiegt. Was aber eine Ansicht war, die Keratron keinesfalls geteilt hätte.

Ajina lächelte, als sie merkte, wie Nalaji den Atem anhielt.

Morgen Nacht würde der Mond Stygron voll am Himmel stehen, und die kundigen Priesterinnen waren gewiss, dass es keine Wolken gäbe. Das machte es zu einer Roten Nacht, wie es sie alle vierzig Tage geben konnte, und die kommende hatte Ordensmarschall Giswon bestimmt, um aus den Aspiranten neue Mondschwerter zu erwählen. Auch Narron, Giswons eigener Schüler, war so weit, sich der Prüfung zu stellen.

»Sieht er nicht gut aus?«, hauchte Nalaji.

Ajinas Lächeln wurde breiter. In der Tat war Narron ein wohlgestalteter Jüngling. Sein Blick war klar und brünettes Haar fiel bis auf seine starken Schultern. Ajina konnte gut verstehen, dass Nalaji davon träumte, in diesen Armen zu liegen. Im Grunde war eine Rote Nacht auch keine schlechte Gelegenheit dafür. Die Straßen Akenes würden ein einziger, großer Festsaal sein, und die jungen Damen waren immer begierig, das Glück der ersten Nacht eines neuen Paladins in sich aufzunehmen. Nur neigte Narron dem traditionellen Zweig des Ordens zu, und der missbilligte das frivole Treiben. Ernste Menschen wie Keratron sahen es lieber, wenn neue Paladine das Glück der ersten Nacht im stillen Gebet in der Ritterhalle suchten.

Also würde Nalaji wohl noch etwas auf ihren Narron warten müssen, aber das hieß natürlich keineswegs, dass sie sich die heutige Gelegenheit entgehen lassen durfte, ihn anzuhimmeln und ihm nahezukommen. Zudem war Nalaji offensichtlich entschlossen, nach den bisherigen zarten Kontakten auf eine neue Stufe zu gelangen. Ajina hatte niemals so starken Veilchenduft an ihrer Freundin gerochen, und gestern Abend hatte sie Nalaji in der Bibliothek über einer Schrift erwischt, die nur im weitesten Sinne der Heilkunst zuzurechnen war, beschäftigte sie sich doch mit der Kräftigung und lang anhaltenden Stärkung eines bestimmten Körperteils, den Nalaji ebenso wenig besaß wie jede andere Frau.

Nalaji gluckste erfreut, als Narron ihr im Vorbeigehen einen langen Blick schenkte und sie anlächelte. Sie hüpfte, als sie sich in die Prozession einreihten, bis Ajina sie in die Seite stieß und sie damit daran erinnerte, dass dies noch immer ein Trauerzug war. Schließlich brachten sie Waffen und Rüstungen der Gefallenen heim in den Tempel der Mondmutter, wo sie einst geschmiedet worden waren. Bei einem der fünf Toten hatten die Kameraden noch nicht einmal den Rubin bergen können, der im Knauf jedes Mondsilberschwerts eingefasst war und die Gedanken des Paladins für die Ewigkeit bewahren sollte. Das Leben dieses Mondschwerts würde vergessen werden.

Aber Akene war nicht in Trauerstimmung. Schon das mit blauen, roten und silbernen Stoffbahnen reich geschmückte

Westtor ließ die stille Prozession deplatziert wirken. In den Straßen befestigten die Bürger runde Lampions an den über die Straßen gespannten Leinen, die sie normalerweise benutzten, um Wäsche zum Trocknen aufzuhängen. Die Empfindsameren unter ihnen wahrten eine respektvolle Stille, solange die Prozession in der Nähe war, aber sie waren in der Minderheit. Wer die alten Traditionen in Ehren hielt, wie die Mondschwerter in ihren Vollrüstungen es taten, galt als Kuriosum. Selbst in den Reihen des Ordens fanden sich kaum noch Freiwillige für diese Anlässe.

Auf dem Weg durch die Stadt ließ sich Narron zurückfallen, bis er zu den beiden jungen Frauen stieß. Für Ajinas Geschmack war er etwas zu überzeugt von der herausragenden Stellung der Paladine, aber wenn sie versuchte, ihn mit Nalajis Augen zu sehen, sah sie einen stattlichen Mann, bereit, seine Kraft an allem zu erproben, was das Leben ihm bieten mochte. Klare Züge prägten sein Gesicht, anders als bei vielen seiner Kameraden war es nicht aufgeschwemmt, weil er sich Völlerei und übermäßigen Trunks enthielt. Dennoch war er weit von der Gefühllosigkeit entfernt, die Keratron wie eine zweite Rüstung umgab. Die kleinen Falten an seinen Augen verrieten, dass er gern lachte.

»Bald wirst du ein Paladin sein!« Nalaji war so aufgeregt, dass sie wieder zu hüpfen begann. Trotzdem gab es einen spitzbübischen Zug in ihrem Lächeln. »Muss ich dich dann eigentlich mit ›Ihr, Herr Paladin‹ anreden?«

»Unterstehe dich! Sonst räche ich mich nach deiner Weihe mit einem ›Ihr, hochwürdige Mutter‹!«

Nalajis Lachen war glockenhell. »Vielleicht ist es mir den Spaß wert! Immerhin dauert es noch fast zwei Jahre bis zu meiner Weihe. Bis dahin hättest du es bestimmt vergessen.«

»Von wegen. Paladine sind für ihr gutes Gedächtnis bekannt! Außerdem würde ich so eine unterkühlte Anrede sicher meinem Rubin anvertrauen, sodass ich mich immer erinnern würde, wenn ich die Gedanken meines ersten Tages als Paladin hören würde.«

Ajina hielt sich zurück, während die beiden weiter harmlose Scherze austauschten. Schließlich erreichten sie den Retadar, über den sich an dieser Stelle die Atredes-Brücke spannte. Die Statuen der Patrone der namensgebenden Stifterfamilie waren für das bevorstehende Fest vom Vogeldreck gereinigt worden. Bedienstete zogen Togen aus feinem Stoff über die steinernen Honoratioren. Jeder, der am Festtag die Brücke überquerte, sollte den Reichtum der Familie sehen.

Auch die Fischer und Flusshändler würden von den Feierlichkeiten profitieren. Der Retadar floss mitten durch die Stadt und war deswegen immer eine wichtige Verkehrsader, zumal er Akene mit dem Perlsee verband.

»Ich glaube, mein Schnürriemen hat sich gelöst«, log Ajina und hockte sich nieder, um den beiden Turteltauben eine Gelegenheit zu verschaffen. »Geht schon einmal vor, ich hole euch dann ein.« Der Zug war bereits einhundert Schritt voraus. Narron schien seine Trauerpflicht geringer zu gewichten als das unbeschwerte Gespräch mit Nalaji, was dieser sichtlich gefiel.

Ajina ließ sich Zeit damit, die Riemen neu zu ordnen, die sich kunstvoll um ihren schlanken Unterschenkel wanden. Dazu musste sie die Toga ein wenig lüpfen, was ihr beifällige Bemerkungen von einigen jungen Burschen eintrug, die schon in Feststimmung waren.

Nalaji und Narron machten auf der Mitte der Brücke halt. Sie stellte sich übertrieben ungeschickt an, damit er ihre Taille umfasste und ihr half, sich auf die Brüstung zu setzen. Sie stützte sich mit nach hinten abgewinkelten Armen ab und legte den Kopf leicht in den Nacken.

Lächelnd wandte sich Ajina ihrer anderen Sandale zu. Schließlich konnte sie unmöglich auf der linken Seite schlampig gekleidet bleiben, wo sie doch jetzt die rechte so sorgfältig hergerichtet hatte.

Als sie aufsah, hatte sich etwas merklich verändert. Fast schon hatte sich Ajina entschlossen, allein zum Tempel der Mondmutter zu gehen, aber vielleicht war das doch keine gute Idee. Die beiden tauschten keine zärtlichen Küsse. Narron vollführte stattdessen große Gesten, die Ajina an Schwerthiebe erinnerten, während er auf Nalaji einredete, die sich nur dadurch an dem Gespräch beteiligte, dass sie ab und zu nickte. Ajina blieb ratlos stehen, wo sie war, bis Narron nach einer Weile zum Ende zu kommen schien. Unterdessen war Nalaji immer weiter in sich zusammengesackt. Als Ajina sie erreichte, war ihr Rücken rund wie ein Halbmond.

Narron half Nalaji von der Brüstung herunter, indem er ihr seinen Arm bot, an dem sie sich festhalten konnte, bis sie wieder festen Grund unter den Füßen hatte. Den Rest des Weges zum Tempelplatz legten die drei schweigend zurück. Sobald sie ihn erreichten, verabschiedete sich Narron mit knappen Worten und ging in die Ritterhalle, um sich, wie er sagte, auf die bevorstehende Zeremonie vorzubereiten.

Nalaji sagte noch immer nichts, als die beiden Adeptae den Tempel betraten. Die Waffen waren in die Schmieden gebracht, wo man jetzt das Mondsilber herauslösen würde. Die Prozession hatte sich aufgelöst, einzelne ihrer Mitglieder standen noch beisammen oder beteten still in den Nischen vor den Bildnissen der Heiligen und Halbgötter. In stummer Übereinstimmung lenkten die Freundinnen ihre Schritte in die Kapelle der Silbernen Läuterung.

Hier hielt Nalaji ihre Tränen nicht länger zurück. »Er will mich nicht zur Witwe machen!«, schluchzte sie.

»Jetzt beruhige dich erst einmal«, flüsterte Ajina, drückte sie auf eine Bank und setzte sich neben sie. »Was hat er denn nun gesagt?«

»Dass er in den Silberkrieg will! In den Norden! Nach Guardaja! So wie du!«

»Aber du wusstest doch, dass er kein Paladin sein würde, der seine Heldentaten in Amtsstuben würde vollbringen wollen.«

»Ja!«, weinte sie. »Aber so bald! Er will sich dem Heerzug in Pijelas anschließen! Sofort nach seiner Schwertleite!«

So wie ich, dachte Ajina, beschränkte sich aber lieber aufs Zuhören.

»Er will kämpfen. Mit dem Schwert in der Hand.« Sie machte eine Geste nach, mit der Narron demonstriert haben mochte, wie er seine Waffe zu führen gedachte. »Den Schatten Einhalt gebieten! Das letzte Silber verteidigen. Guardaja halten. Damit den freien Lande noch eine Hoffnung bleibt. Damit wir Silber haben, um Waffen daraus zu schmieden, die den Schattenherren Wunden schlagen können. Weil sonst die ganze Welt in die Finsternis fällt.«

Ajina nahm ihre Freundin in die Arme.

Nalajis Worte wurden durch die Toga gedämpft, in deren Stoff sie heulte. »Ich weiß ja, dass er recht hat. Auch wenn man in Akene leicht vergisst, dass der Silberkrieg tobt. Wir bekommen doch so viele Rubine von dort! Ich halte sie immer in Ehren.«

»Das weiß ich.« Ajina strich über ihren Hinterkopf. »Und er weiß das auch.«

»Er mag mich. Das hat er gesagt! Aber er muss seiner Bestimmung folgen. Er muss nach Norden. Und er glaubt, dass er nicht zurückkommen wird! Dass er in der Schlacht den Tod finden soll!«

Auch da konnte Ajina ihm nur still zustimmen. Es stand nicht gut an der Front. In den vergangenen zwanzig Jahren – einer Zeitspanne, die beinahe Ajinas gesamtes Leben umfasste – hatten die Schattenherren ein Silbervorkommen nach dem anderen unter ondrische Kontrolle gebracht. Die Minen von Guardaja waren der letzte Ort, an dem das heilige Mondmetall noch in nennenswerten Mengen aus dem Boden geholt wurde. Wenn Guardaja fiele, wären auch die entferntesten Winkel der Welt dem Zugriff der Schattenherren ausgeliefert. Das galt auch für Akene, aber hier, so weit im Süden, fühlte es sich nicht so an. Die Menschen taten sich schwer, in solchen Entfernungen zu denken, und an den Zeitspannen, über die sich die Pläne der Osadroi erstreckten, mussten alle Sterblichen scheitern. Durch ihren Vater hatte Ajina, auch wenn sie nicht glücklich darüber war, Einblick in Vorgänge erhalten, die das Begreifen selbst der Gelehrten überstiegen. Für einen Menschen zählten die Dinge in seinem Umfeld, seine Familie, seine Freunde, seine Rivalen. Es lag in seiner Natur, aufzubauen, danach zu streben, in seinem Leben etwas zu erreichen, um schließlich das, was er geschaffen hatte, zufrieden an die nächste Generation weiterzugeben. Wie ein Bauer, der sein Feld bestellte. So hatten die Götter die Menschen geformt, und in diesem Streben halfen ihre Segen und ihre Wunder.

Die Osadroi waren anders. Sie hatten das von den Göttern gegebene Leben zurückgewiesen, mit all seinen Gaben, aber auch mit seinen Beschränkungen. Selbst den Tod hatten sie überwunden, dem Zugriff von Alter und Krankheit waren sie entzogen. Zu den wenigen Dingen, die ihr Unleben beenden konnten, zählte das heilige Mondmetall. Darum hatten sie alles getan, um es in ihre Gewalt zu bekommen. Sie hatten Bündnisse geschlossen, Handelsverträge, hatten riesige Landstriche gegen vergleichsweise kleine Gebiete mit Silbervorkommen getauscht. Vor allem aber hatten sie ihre gewaltigen Heere immer weiter nach Süden befohlen, und jetzt standen sie vor Guardaja. Sie hatten ihr Ziel beinahe erreicht.

»Und du gehst auch!«, schluchzte Nalaji.

»Ich bin eine Heilerin«, flüsterte Ajina. »Ich muss dorthin, wo die Verwundeten sind.«

Doch das war nicht der Grund. Sie würde nicht gehen, um zu heilen, sondern um zu töten.

Sie wiegte ihre Freundin in der Umarmung und ließ sie weinen.

»Dies ist also Treatons Mondsilberschwert?« Auf Ordensmarschall Giswons Stirn standen skeptische Falten.

»Seine Rüstung ist noch auf meinem Packtier«, entgegnete Helion. »Mein Meister lehrte mich, dass es die Klinge ist, die zählt.« Er hatte das Schwert unbeschädigt überbracht. Fiel ein Paladin in der Schlacht, versuchte man alles, die Waffe zu bergen, wenigstens jedoch den Rubin in ihrem Knauf.

Die Falten wichen nicht, als Giswon eine Braue hob. Sie war bronzen nachgezogen, so war es in den feinen Kreisen Ilyjias Mode. Auch sonst war der Ordensmarschall gekleidet, wie es einem Vornehmen geziemte. Der Schnitt seines Gewands ahmte die Form einer Rüstung nach, die samtenen Schulterpolster waren sogar übertrieben groß. Auch die drei Monde auf der Brustpartie fehlten nicht. Sie wurden von jeweils einem Edelstein in ihrem Zentrum geziert, einem Diamanten für Silions silbriges Licht, einem Rubin für Stygron und einem Saphir für Vejata. Die Stiefel waren sicher weich, ihr Wildleder sorgfältig gegerbt. Zum Marschieren waren sie ungeeignet. Auch das Mondsilberschwert harmonierte mit dieser Aufmachung. Es war beinahe so dünn wie ein Degen. Wo bei Treatons wuchtiger Waffe eine Parierstange die Hand schützte, war es hier ein Korb, der aus vielfach verschlungenen Metallfäden bestand, einem Gewinde, das irgendein Muster bildete. Helion konnte nicht erkennen, was es darstellen sollte, vielleicht ein Gesicht. Immerhin war der Rubin im Knauf deutlich zu sehen.

Giswon nickte so zurückhaltend, als fürchtete er, sein in einer voluminösen Krause verborgener Hals könne zerbrechen. »Wir werden das Silber in seinem Schild ersetzen und ihn dann in der Halle der Gefallenen aufhängen.«

Helion versuchte sich vorzustellen, wie der Ordensmarschall mit einem schweren Schild am Arm aussähe. Vielleicht sogar, wenn er in einen Kampf auszöge. Auf einem Schlachtfeld, das sich vom Blut aus frisch geschlagenen Wunden in schlammigen Grund verwandelt hatte. Es gelang ihm nicht.

Dieser Mann passte zu gut in das vornehm eingerichtete Zimmer mit all den Schnitzereien, prachtvollen Sesseln und Wandbehängen, die von Paladinen und Kämpfen kündeten. Oder von dem Teil davon, der sich für gepflegte Konversation eignete. Nicht von Verletzungen, Entbehrungen, Niederlagen. Auf diesen Darstellungen verteidigten die Mondschwerter heldenhaft Städte, in denen Silberhandwerker bei der Arbeit gezeigt wurden, und schwangen dabei dekorativ die Banner von Fürstentümern, die inzwischen, wie Helion wusste, längst in die Schatten gefallen waren. Kein Bild kündete davon, dass es nur noch eine große Silbermine gab, die dem Zugriff der Osadroi entzogen war. Guardaja.

»Er hätte gewollt, dass sein Schild dort hängt«, fügte Giswon hinzu, als wolle er einem Kind etwas erklären. Er sah in den Rubin an Treatons Schwertknauf. »Wir wollen den Wunsch des Verstorbenen ehren.«

»Deswegen bin ich hier.«

»Ja. Ich verstehe.«

»Mit Verlaub, dessen bin ich mir nicht gewiss.«

Nun hob sich auch die zweite Braue. »Wie meinen?«

Helion biss die Zähne aufeinander. Männer wie dieser waren es, die er verabscheute. Sie nutzten den guten Namen, den sich der Orden in vergangenen Zeiten erworben hatte, um eine vorteilhafte Stellung bei Hofe zu erlangen, die ihnen ein angenehmes Leben ermöglichte. Vermutlich waren sie gut darin, mit Federstrichen zu fechten, mit spitzen Bemerkungen und eleganten Gesten. Dass der Ordensmarschall seine Tanzschritte beherrschte, wollte Helion gern glauben. Ob er auch einen festen Stand auf dem Fechtboden hatte, war eine Frage, die man nur mit Wagemut bejahen konnte.

»Ich bin hier, um das Gelübde der Mondschwerter abzulegen.«

»Oho!«, rief Giswon und ließ Treatons Waffe sinken. »Der Schüler des Eremiten ist ein Aspirant! Nun ja, warum nicht?«

Er ging zu einem der Ratsherrensessel und legte das Schwert quer über die Lehnen. »Wie alt bist du?«

»Fünfundzwanzig.« Zähneknirschend fügte er hinzu: »Herr.«

»Etwas alt, meinst du nicht? Die Ausbildung dauert fünf Jahre.«

»Ich bin ausgebildet.« Helion war stolz, seine Worte ruhig vorzubringen, statt empört aufzuschreien.

»Tatsächlich?« Der Ordensmarschall legte die Hände auf dem Rücken zusammen und kam mit wohlgesetzten Schritten auf ihn zu. »Ist das so?«

»Prüft mich. Ich bin bereit, es zu beweisen.«

»Dich prüfen?« Der Blick war erstaunlich fest für jemanden, der ein Leben in Luxus führte. »Hat Treaton das getan? Als er dich zu seinem Knappen gemacht hat?«

»Ich war nicht sein Knappe.«

»Nicht? Was warst du dann?«

Helion blinzelte. »Er war mein Meister.«

»Aber wenn er dich zum Paladin hätte ausbilden wollen, dann hätte er dich doch zu seinem Knappen gemacht.«

»Ich bin kein Strolch, der die Waffen vom Lager eines Sterbenden geraubt hat.« Helion hörte das Eis in seiner Stimme knacken. »Ich bin meines Meisters Schüler, so wahr ich hier stehe.«

Noch einen Moment starrte Giswon ihn an. Dann nickte er. »Was weißt du vom Orden der Mondschwerter? Oder davon, was hier in Akene vor sich geht? Warst du überhaupt schon einmal in der Stadt?«

»Dreimal«, sagte Helion kleinlaut. »Wenn wir etwas brauchten, habe ich es gekauft.«

»Dann habt ihr nicht oft etwas gebraucht in der Einsiedelei.«

»Mit dem meisten haben uns die Menschen in den Dörfern unterstützt. Sie haben Treaton respektiert. Er hat sie einmal von einer Räuberbande befreit.«

»Ja. Ich hörte davon. Das liegt mehr als zehn Jahre zurück.«

»Dankbarkeit welkt nicht im Herzen eines ehrlichen Menschen.«

»Mir scheint, in Akene gibt es kaum ehrliche Menschen.« Wieder blieb Giswon eine Weile stumm. »Aber diese Erkenntnis ist nicht neu. Die meisten Verständigen werden sie teilen.« Er ging zurück zu dem Schwert, strich mit den Fingern über seine Scheide, ohne es aufzunehmen. »Es macht mich nachdenklich, dass du gerade heute kommst«, sagte er mit dem Rücken zu seinem Gesprächspartner. »Wir haben eine Rote Nacht vor uns.«

»So wie alle vierzig Tage.«

»Es muss eine Rote Nacht sein, in der sich die Knappen der Prüfung stellen, um die Schwertleite zu empfangen.«

»Heute Nacht werden die neuen Paladine erwählt?«, rief Helion.

Ohne Hast wandte sich Giswon um. »Du wusstest es wirklich nicht?«

»Woher hätte ich es wissen sollen?«

»Ja, woher? Von den Rufern vielleicht, die zu dem großen Fest luden? Hast du den Schmuck in den Straßen nicht bemerkt? Lebtet ihr wirklich so abgeschieden, dass ihr nichts mitbekamt von den Festivitäten, auf denen sich der Adel trifft, Händel beilegt, Ehen verabredet, Ämter vergibt?«

»Solche Dinge betreffen … betrafen uns nicht.«

»Nein. So scheint es.« Mit einem Ruck, einer Geste von überraschender Kraft, die zu einem echten Krieger gepasst hätte, verschränkte der Ordensmarschall die Arme. »Also gut. Du hast mir Treatons Silber gebracht, und ich will nicht undankbar sein. Vielleicht ist es ein Zeichen der Mondmutter, dass du gerade heute hierherkommst. Und dass die Zahl der Anwärter ungerade ist, sodass du uns die Peinlichkeit eines Freiloses ersparen wirst.«

»Dann werde ich heute Nacht geprüft?«

»Im Licht des roten Mondes.« Mit einem ironischen Lächeln zitierte er: »So wahr ich hier stehe.«

»Ich …«

Giswon legte den Kopf schräg. »Angst vor dem eigenen Mut? Willst du doch lieber fünf Jahre vorbereitet werden? Von einem anderen als dem, den du deinen Meister nennst?«

»Nein. Ich danke Euch.«

»Wenn es wirklich dein Wunsch ist, in fünf Stunden dein Schwert zu schmieden, dann solltest du dich beeilen.«

Fragend sah Helion sein Gegenüber an.

»Die Anwärter beten schon im Tempel der Mondmutter. So ist es Tradition. Den Weg wirst du doch finden?«

Durch das Glas in den runden Fenstern versuchte man, das Licht der Monde auch bei Tage nachzuahmen. Die meisten Scheiben waren blau, rot oder weißlich eingetrübt. In der Seitenkapelle, in die sich Helion zurückgezogen hatte, schuf die tiefstehende Sonne einen Finger blauer Helligkeit, wie man ihn mit etwas Phantasie Vejata hätte zuordnen können, dem kleinsten Mond. Seit Helion kniete, war das Licht bis zur Wand gekrochen und dann eine halbe Mannslänge hoch.

Außer ihm beteten hier nur zwei Aspiranten. Die Kapellen mit Silions kräftigem Silberlicht, vor allem aber mit dem kämpferischen Rot Stygrons waren beliebter. Wo die Statuen der Helden vergangener Zeiten standen, stießen die Schultern der Demütigen aneinander.

Helion empfand keine Andacht. Er hatte in Gedanken einige Meditationen rezitiert, aber auch das hatte ihm keine Ruhe gebracht. Erst hatte er mit dem Schicksal gehadert, das ihn hierhergeführt hatte, damit er sich um Aufnahme in einen Orden bemühte, der schon längst heiligen Ernst gegen oberflächlichen Glanz getauscht hatte. Dann mit seinem verstorbenen Meister, der nicht erkannt hatte, dass Helion nichts anderes war als ein Ritter, dafür geschaffen, in den Kampf zu ziehen. Er war kein Prediger, der andere überzeugen konnte, eitlem Getue abzuschwören und für eine Sache, die es wert war, einem Leben in Luxus zu entsagen. Treaton hatte umsonst gehofft, wenn er geglaubt hatte, Helions Dienst bei den Mondschwertern könne irgendetwas ändern. Außer vielleicht, dass auch sein Schwert niemals das kalte Fleisch eines Osadro zerschneiden würde. Doch er wollte dem letzten Wunsch des Mannes, der ihn geschmiedet hatte, nicht gram sein. Deswegen hatte er die Geräusche hinter seinem Rücken zunächst als willkommene Ablenkung empfunden. Im Hauptschiff wurden die Bänke zur Seite geschoben, um Platz für die Kämpfe der Nacht zu schaffen. Doch seit seine Gedanken in diese Richtung wanderten, fanden sie erst recht keine Ruhe mehr. Zwar achtete er den Orden gering, aber heute Nacht würde er auch für Treaton fechten. Die Unfähigkeit des Schülers war zugleich die Schande des Meisters. Das verdrängte endgültig die Überlegung, absichtlich zu verlieren, um die Freiheit zurückzugewinnen. Es hätte gelingen können. Zwar hätte der Ordensmarschall ihn in die Ausbildung gesteckt, aber wenn er sich nur aufsässig und ungeschickt genug angestellt hätte, hätte man ihn sicher nach einigen Monaten ziehen lassen. Nur hätte ein solches Verhalten das Andenken seines Meisters noch weiter beschmutzt.

Nein. Helion musste kämpfen, und er musste siegen. Die Niederlage war keine Möglichkeit, die er in Betracht ziehen durfte.

Eine Adepta kam in die Kapelle, um eine Kerze mit drei Dochten auf den Altar unter dem Fenster zu stellen. Die letzte Stunde war also angebrochen. Die stumme Mahnung forderte die angehenden Paladine auf, darüber nachzusinnen, was der Zweck ihres Ordens war. Die Mondschwerter waren gegründet worden, den Tempel der Mondmutter und ihre Priesterinnen zu schützen. Später hatten sie sich dem aktiven Kampf gegen die Schatten verschrieben, manchmal sogar entgegen der Weisungen aus dem Rat der Greisinnen. Heute wurden sie keiner Aufgabe mehr gerecht außer der Befriedigung ihres eigenen Stolzes. Helion hätte über das nachdenken können, was die Mondschwerter hätten sein sollen anstatt über das, was sie geworden waren. Aber die Adepta nahm seine Aufmerksamkeit gefangen. Sie trug eine weiße Toga, die zu weit für ihre zierliche, wenn auch hochgewachsene Gestalt war. Ihr kräftig blondes Haar wurde von einem Stoffband aus der Stirn gehalten, sodass es umso dichter zwischen die Schulterblätter fiel. Das Gesicht mit der geraden, langen Nase und den hellen Augen verriet, dass sie vielleicht zwanzig Jahre zählte, womit sie etwas jünger war als Helion. Ihr wacher Blick tastete rasch den Raum ab, wohl um zu prüfen, ob etwas in Unordnung war und gerichtet werden sollte. Nur auf Helion verharrte er für einen kurzen Moment. Sie lächelte, als habe sie sich selbst bei etwas ertappt. Dann ging sie hinaus.

Der Anstand verbat Helion, ihr nachzusehen. Aber warum hätte er in einer Welt, die der Ehre keine Beachtung mehr schenkte, der einzige Anständige sein sollen? Zumal es ein hohles Ritual war, unbewegt für Stunden zu knien, wenn die Gedanken ohnehin wild schweiften. Also wandte er sich um. Ihr Gang wäre einer Fayé würdig gewesen. Sie hielt kurz inne, um die Schlaufen ihres Gewandes daran zu hindern, von ihrer Schulter zu rutschen, und sah aus den Augenwinkeln nach ihm. Als sie bemerkte, dass er sie ebenfalls anblickte, drehte sie sich zu ihm um. Helion grinste, als er die Röte auf ihre Wangen flammen sah.

Das hätte er wohl besser nicht getan, denn jetzt blinzelte sie und ging mit schnellen Schritten fort. Ihrer Eleganz blieb sie dabei treu.

Leise seufzend begab sich Helion wieder in die Stellung, die von ihm erwartet wurde. Vielleicht war es doch eine edle Aufgabe, die Priesterinnen zu schützen, überlegte Helion. Und wenn auch nur noch wenige Paladine in den Krieg zogen, wäre es doch sicher möglich, zur Tempelwache eingeteilt zu werden.

Kettenrasseln und das Knacken von Holz über seinem Rücken verrieten ihm, dass das Dach des Tempels geöffnet wurde, damit Stygrons Licht ungedämpft hineinfallen konnte. Nun, da er wusste, dass ihn nur noch eine gute Halbstunde vom Beginn der Prüfung trennte, fand er endlich die Ruhe, die er den ganzen Nachmittag über gesucht hatte. Er sah die Kerzenflammen und sah sie doch nicht, schenkte dem verlöschenden Sonnenlicht nicht mehr Aufmerksamkeit, als der Wind der Wiese entgegenbrachte, über die er strich. Sein Atem wehte beständig durch ihn hindurch. Die Muskeln wandten nicht mehr Kraft auf, als sie brauchten, um ihn in der knienden Position zu halten. Die Zeit war an einem anderen Ort.

Der tiefe Ton des großen Gongs holte ihn zurück.

Wie alle Adeptae nutzte auch Ajina gern jeden Vorwand, um den Knappen der Mondschwerter bei ihren Übungen im Rittersaal zuzusehen. Die meisten von ihnen waren nett anzuschauen und etwa in Ajinas Alter. Natürlich gab es auch den ein oder anderen fetten Honoratioren, der sich durch die Aufnahme in den Orden neue Möglichkeiten erhoffte, um in respektablen Kreisen wahrgenommen zu werden. Aber die meisten Männer dort waren eine Zierde ihres Geschlechts, die durch den Vergleich mit solcherlei traurigen Gestalten noch aufgewertet wurde. Wegen ihrer häufigen Besuche hätte sie alle Anwärter kennen müssen, die heute Nacht um die Ritterschaft kämpfen würden. Aber den Mann, der zwischen zwei anderen in der Kapelle der Transzendenten Ferne kniete, hatte sie noch nie gesehen. Er wäre ihr aufgefallen. Er war älter als die meisten Knappen, wenn auch noch nicht zu alt, wie Ajina fand. Drei oder vier Jahre mochten sie trennen. Und er war keck. Drehte sich einfach nach ihr um! Fast als habe er sich eingeschlichen, um im unpassenden Moment seinen Schalk zu treiben. Doch seine Muskeln und die Schwielen an seinen Händen offenbarten so deutlich den Krieger, dass er keiner der wandernden Spaßmacher sein konnte, die draußen auf den Straßen das Volk unterhielten.

»Trödele nicht!« Oberin Esmalla hatte offensichtlich Mühe, die Lautstärke zu dämpfen, als sie ihr ins Ohr zischte. »Ein weiteres Dutzend Rubine ist aus dem Norden eingetroffen! Wir müssen uns beeilen!«

Ajina versuchte, möglichst reumütig auszusehen, als sie nickte. Damit gab sich die Oberin zufrieden. Sie hatte genügend andere Adeptae, die ihrer Zurechtweisung bedurften.

Rubine aus dem Norden bedeuteten neue Schlachten, denn kein Paladin trennte sich zu Lebzeiten von seinem Mondsilberschwert, und dort starben die Ritter nie an Altersschwäche. Es war heilige Pflicht, die Waffe eines Ordensbruders zu bergen, wenigstens aber den Edelstein im Knauf. Nicht immer gelang das, was bedeutete, dass noch mehr Paladine gefallen sein mussten, als nun Rubine eingetroffen waren. Nalaji behauptete, dass man dem Edelstein ansehen konnte, was das Leben des Paladins genommen hatte. War Stahl in sein Herz gedrungen, lag ein grauer Schimmer in dem Rot. Hatten Schatten ihn erstickt, war es ein schwarzer. Ajina sah genau hinein, als sie zwei Rubine in Empfang nahm. Sie entdeckte nichts als rotes Funkeln, dies allerdings mit solchem Feuer, wie es Juwelen gebührte, die in den Schwertknäufen jener eingearbeitet gewesen waren, die auf den Zinnen Guardajas gestanden hatten.

Tempeldiener richteten rund um die freie Fläche die Gestelle auf, deren Goldfassungen zur Aufnahme der Rubine bestimmt waren. Zwischen ihnen würde gekämpft werden. So beobachteten die Gefallenen, wie sich die neuen Mondschwerter schlugen. Und wisperten ihnen ihre Mahnungen zu.

Als Ajina den ersten Rubin in die Halterung klemmte, hörte sie die Stimme seines einstigen Besitzers in ihrem Kopf: »*... den Pferden zu. Im Schlamm sanken sie tief ein, drei von ihnen hatten sich bis zum Abend ein Bein gebrochen. Unsere Klingen erwiesen ihnen Barmherzigkeit. Wenn das so weitergeht, werden noch vor Ende der Woche zwei von uns auf jedem Pferd sitzen. Das wird uns langsamer vorwärtskommen ...*«

Ajina blinzelte und wandte sich ab, löste ihre Aufmerksamkeit von dem Rubin. Sie lauschte gern den Berichten von der Front, viel lieber als den Memoiren der Mondschwerter, die ihr Leben an den Fürstenhöfen von Ilyjia verbracht und Ehrenketten erhalten hatten, weil sie die Erträge aus den ihnen anvertrauten Pfründen gesteigert hatten. Eigentlich hätte sie die Kunde von immer neuen Niederlagen verunsichern sollen, vor allem, da ihr eigener Weg sie bald an der Seite ihres Vaters nach Norden führen sollte. Die Nachdenklicheren unter den Mondschwertern zeigten oft ein besorgtes Gesicht, schließlich gab es nur noch ein einziges großes Silbervorkommen, auf das die Schattenherren noch nicht ihre Hand gelegt hatten. Aber Ajina war nicht ängstlich. Sie blickte gefasst dem entgegen, was sie in Guardaja erwarten würde. Sie dachte nicht darüber hinaus. Ihr war, als müsse ihr bisheriges Leben dort, an der Festung, die das Silber schützte, seine Erfüllung finden, obwohl es doch eigentlich ihr Vater war, der ein weitreichendes Versprechen gegeben hatte. Doch ohne ihren Vater wäre auch Ajinas Leben ein anderes.

Besonders kräftige Tempeldiener trugen den Kessel herein, in dem das Silber schwappte, das man aus Waffen und Rüstungen der Gefallenen geschmolzen hatte. Über dem zwei Schritt durchmessenden Behältnis flirrte die Luft. Kunstvoll, aber dick um die Griffe gewundener Stoff schützte die Hände der vier Träger vor Verbrennungen. Es waren bullige Männer. Da ihre Oberkörper frei waren, traten die Muskelstränge an den schweißglänzenden Armen deutlich hervor.

An einem anderen Tag hätte Ajina sie gern betrachtet, sie bewunderte Kraft. Heute suchte sie den Fremden. Er war aus der Kapelle der Transzendenten Ferne getreten und stand nun dem leeren Platz unter dem geöffneten Dach zugewandt zwischen anderen Aspiranten. Die jungen Männer schlossen die Lücken zwischen den Rubingestellen, sodass sich ein Kreis formte. Er trug den üblichen ledernen Harnisch, der die Arme unbedeckt ließ. Seine Muskeln waren deutlich definiert, wenn sie auch bei Weitem nicht das Volumen der Träger erreichten, deren Arme im Umfang den Beinen des Fremden glichen. Der Helm hatte kein Visier, aber Wangen- und Nackenschutz verwehrten Ajina den Blick auf sein Haar.

Ohne es bemerkt zu haben, hatte sie schon begonnen, ihre Schritte zu ihm zu lenken. Das letzte Stück ging sie schneller, lief beinahe, um Nalaji zuvorzukommen und ihren zweiten Rubin in die noch leere Halterung zu stecken. Die andere Adepta runzelte verwundert die Stirn, lächelte dann aber, was wegen ihrer verheulten Augen freudlos wirkte, und ging weiter.

»… Guardaja zu halten«, hörte Ajina in ihrem Kopf. *»Fällt die Festung, ist das Silber verloren. Ohne Silber werden wir keine wirksamen Waffen mehr schmieden können. Die Mauern sind dick, aber so mancher Stein ist porös. Wir können sie nicht ausbessern, solange …«* Sie löste sich.

Der Fremde war jetzt so nah, dass sie nur den Arm hätte ausstrecken müssen, um ihn zu berühren. Sein Kinn war eckig und sprang entschlossen vor, ebenso wie die Nase, die so gerade war wie Ajinas eigene.

Grinsend drehte er ihr das Gesicht zu. »Ich bin Helion«, stellte er sich vor.

»Mein Name ist Ajina.« Sie spürte die Hitze in ihre Wangen steigen. Was tat sie überhaupt hier? Was, wenn Oberin Esmalla jetzt herübersehen würde?

Seine Augen waren rauchgrau, die linke Braue von einer kleinen Narbe gespalten. Die Wangen hatte er sorgfältig geschabt. Sie hatte ihn ganz sicher noch nie gesehen.

»Ihr kommt nicht aus der Schule des Ordens.«

»Ihr auch nicht.«

»Ich bin eine Adepta.«

»Und ich ein Schwertschüler.«

»Aber eine Adepta wird im Tempel ausgebildet, ein Knappe ... Moment! Ihr foppt mich!«

Noch immer grinsend, nickte er. »Ich konnte nicht abwarten, die Wut in Euren Augen blitzen zu sehen. Ihr habt auch Feuer im Herzen, nicht nur in den Wangen.«

Seine Rede machte die Hitze in ihrem Gesicht nur schlimmer. Ajina war froh, als der Gong erneut dröhnte und Ordensmarschall Giswon vor das Silberbecken trat, das inzwischen auf dem Dreibein über den glühenden Kohlen stand.

»Anwärter!«, rief er. Seine Stimme war lauter, als seine in Samt und Spitze gekleidete Gestalt erwarten ließ. »Dies ist eine Nacht der Auswahl! Jetzt entscheidet sich, wer ein Silberträger wird und wer noch lernen muss. Durch den Boden dieses Tempels wird die Trennlinie zwischen Meister und Schüler gezogen. Ehrt die Toten! Dient der Mondmutter! Schützt ihre Priesterinnen! Dies ist eure Bestimmung. Stygron sei unser Zeuge.« Mit gestrecktem Arm zeigte er durch die Öffnung im Dach hinauf zu dem roten Mond.

Es war das Privileg der Dreifach Gepriesenen, die Lose zu wählen. Die Oberpriesterin war nicht viel älter als Ajina. Natürlich stammte sie aus einer der vornehmsten Familien Ilyjias. Von Geburt an war sie auf ihr Amt vorbereitet worden. Dazu hatte sicher auch gehört, zu üben, den Hals unter der Last des ausladenden violetten Huts gerade zu halten. Ein Holzgestell im Inneren hielt den Kopfputz in Form. Er ragte einen Schritt über den Scheitel seiner Trägerin auf. Durch die weit fallenden Ärmel hatte sie Ähnlichkeit mit einer übergroßen Fledermaus, umso mehr als sie sich blähten wie Segel, während sie zu dem Kampfschild schritt, in dem die Lose standen. Es waren Statuetten, die sich äußerlich nicht unterschieden. Sie zeigten einen Paladin, der vor seinem Schwert kniete. Unter ihre Sockel waren die Namen der Anwärter geschrieben.

Willkürlich griff die Dreifach Gepriesene eine der Figuren heraus und drehte sie um. »Sparton!«, rief ihre dünne Stimme, um kurz darauf, als sie die zweite Statuette gegriffen hatte, zu verkünden: »Phestos!«

Die Genannten trafen sich im Kreis, während schon die nächsten Namen verlesen wurden. »Deklatian! Clesso! Kianor …« Die Kampfpaare fanden sich, die Gegner wechselten einige Worte untereinander. Wer nicht zu den zehn Ersten gehörte, kniete nieder. Die Paladine standen im Westen versammelt, vor dem Ausgang, von wo aus sie die Zeremonie verfolgten. Aus dieser Menge lösten sich nun die Schwertväter der Aufgerufenen, um sich hinter ihre Zöglinge zu stellen, die Rechtmäßigkeit ihres Anspruchs zu bezeugen und über den kommenden Kampf zu richten.

Ajina sah unauffällig nach unten, um Helion zu betrachten. Irgendetwas war an ihm, das ihren Blick anzog. Sie hoffte darauf, dass er sie wieder ansähe, aber der Kampf um die Ritterschaft war wohl auch für ihn eine zu heilige Angelegenheit, um sie mit Schabernack zu entweihen.

Die Duelle wurden mit stumpfen Schwertern geführt. Jeder Krieger hatte zwei davon, aber keinen Schild. Ajina wusste nicht, worin diese Tradition wurzelte. Die übliche Bewaffnung der Mondschwerter bestand aus einer Vollrüstung, einem Schild und einem Schwert. Die Anwärter waren jedoch nur am Rumpf geschützt, und das mit Leder.

Heute trug ohnehin kaum ein Paladin den schweren Panzer, schließlich würden sich ausgelassene Feiern an die Zeremonie anschließen. Bei vielen Mondschwertern waren die Vollrüstungen nur Dekoration in ihren Palästen. Anders als bei denen im Norden, deren Rubine von tödlichen Schlachten flüsterten.

Die Kämpfenden gingen in dieser Nacht zögerlich zu Werke. Ajina konnte das verstehen, ein Treffer mit einem Eisenschwert war sicher schmerzhaft, auch wenn die Klingen stumpf waren.

Der erste Kämpfer ging zu Boden. Sein Gegner hielt ihn mit einem Stoß vor die Brust unten, während er mit dem anderen Schwert ausholte. Der Verlierer erkannte seine Niederlage an, indem er seine Waffen fallen ließ. Der Schwertvater des Gewinners führte den Sieger zum Silberbecken. Der des Besiegten geleitete seinen Schützling fort.

»Narron!«, verkündete die Dreifach Gepriesene. »Und Helion!«

Helion stand auf.

Er hatte oft gesehen, wie Treaton am Ende einer Nacht den Rubin in seinem Schwertknauf geküsst und ihn dann an die Stirn gedrückt hatte, um hineinzudenken. Man tat das immer nach dem Erwachen, um dem Schlaf Gelegenheit zu geben, das Erlebte von der Beliebigkeit des Augenblicks zu reinigen. Heute war das erste Mal, dass er die Berichte von dahingegangenen Mondschwertern hörte. Überhaupt hatte er noch nie mit einem anderen Mondschwert gesprochen als mit seinem Meister und Giswon.

Er hatte seinen Geist weit geöffnet, als er im Kreis gekniet hatte, sodass er viele Stimmen vernommen hatte. Die Emotionen im Raum verwirbelten jedoch die Eindrücke, sodass er immer nur Fetzen hatte verstehen können. Ein Paladin berichtete von der Befestigung einer Wehranlage an einer Brücke, die zu verfallen drohte. Ein anderer eskortierte einen Zug mit Silbererz. Helion war froh und zugleich überrascht, wie viele Mondschwerter noch Tätigkeiten nachgingen, die er als ritterlich erachtete. Aber es gab auch die anderen, sie sich nicht zu schade waren, den Rubinen ihrer Schwerter die Einzelheiten ihrer amourösen Verfehlungen anzuvertrauen oder endlose Zahlenkolonnen hineinbeteten, um ihre Erfolge im Geldschachern für die Ewigkeit zu bewahren.

Jetzt drängte Helion die Stimmen aus seinem Verstand. Die Schwerter, die für die Prüfung verwendet wurden, verdienten diese Bezeichnung nicht. Es waren wenig mehr als runde Eisenstangen, versehen mit einem Griff und einer Metallscheibe als Handschutz. Ihr Gewicht war nicht so geschickt verteilt wie bei einer sorgfältig gefertigten Waffe. Dennoch waren sie nicht gänzlich ungefährlich. Zwar würden sie weder den Helm noch den ledernen Brustpanzer durchschlagen, aber Helion würde auf die Arme aufpassen müssen. Eine mit Wucht geführte Eisenstange konnte leicht eine Elle brechen.

Narron war augenscheinlich geübt im Umgang mit den Zeremonialschwertern. Er ließ sie kreisen, erst um die Handgelenke, dann nahm er die Unterarme dazu, schlug Schmetterlinge und Kreuzschnitte. Er war etwa in Helions Alter, vielleicht etwas jünger, und trug sein Haar lang. Brünette Spitzen lugten unter dem Helm hervor. Seine Muskeln waren stärker ausgeprägt als Helions, schienen aber dennoch ihre Geschmeidigkeit behalten zu haben.

Helion wich zur Seite aus, als ein Kämpfer neben ihm stürzte. Statt nachzusetzen und sich den Sieg zu sichern, lachte der Gegner jedoch entschuldigend. Die beiden Schwertväter schauten verlegen. Der zu Boden Gegangene fand ohne Eile in einen schwankenden Stand. Helion mühte sich, nicht zu gering von den Mondschwertern zu denken. Es musste nicht sein, dass der Anwärter die Feierlichkeiten schon vorgezogen und sich frühzeitig am Wein gelabt hatte. Vielleicht hatte er einen Schlag auf den Kopf bekommen, der ihn schwindeln ließ. Aber das Verhalten seines Kontrahenten deutete darauf hin, dass der Ausgang des Kampfes bereits beschlossene Sache war.

Als sich Narron und Helion auf einer freien Stelle der Kampffläche trafen, trat Ordensmarschall Giswon hinzu. Erst als er die seidenbehandschuhten Finger der Rechten auf die Schulter seines Gegners legte, begriff Helion, dass er dessen Schwertvater war.

»Ich bin Narron und habe meinem Herrn Giswon fünf Jahre lang treu gedient, bis er mich für würdig erachtete, im Licht des roten Mondes zu stehen«, bestätigte der dann auch knurrend. »Wer legt für dich Zeugnis ab?«

»Ich will es tun«, sagte Giswon zu Helions Überraschung. »Vor dir steht der Schüler Treatons. Er hat das Recht, hier zu sein und sich mit dir zu messen. Kämpft!«

Narron hob seine Waffen. »Ein Niemand also!« Er beugte die Knie, um festen Stand zu gewinnen.

Helion war gleichgültig, was dieser verzogene Spross irgend eines Adelshauses von ihm hielt. Wer den Wert eines Menschen nach dessen Abstammung und an durch Gefälligkeiten erworbenen Ämtern beurteilte, konnte kein Maßstab sein. Was war von einem Schüler des dekadenten Ordensmarschalls schon zu erwarten? Sicher konnte er bei vornehmer Tafel formvollendet auftragen und mochte auch der ein oder anderen schönen Kunst frönen, obwohl die raue Stimme kaum für einen Gesang geeignet schien, der den Ohren schmeichelte. Aber was den Kampf anging, war Helion überzeugt, dass die Wildnis eine bessere Lehrmeisterin war als die Badehäuser der Stadt.

Er täuschte links an, rotierte um die eigene Achse, holte beide Schwerter auf die rechte Seite und zog auf Brusthöhe in parallelen, waagerechten Schlägen durch.

Die Eisen fanden keinen Widerstand. Sie pfiffen über dem Gegner durch die Luft.

Narron war nicht gestürzt. Er hatte Helions Aktion vorausgesehen und sich tief geduckt. Jetzt trat Narron ihm das linke Bein weg.

Helion schrie auf, weniger vor Schmerz als vor Überraschung.

Narrons Waffen trafen das Standbein.

Helion konnte sich nicht mehr aufrecht halten, er schlug auf den Boden.

Narron stieß einen Triumphschrei aus, doch Giswon dämpfte ihn: »Er hält noch ein Schwert in der Hand. Noch ist der Sieg nicht dein.«

Ein Eisen hatte Helion verloren, das andere wechselte er in die Rechte, während er über die Seite rollte und so den schlecht gezielten Schlägen seines Gegners entkam. Er sprang auf. Das verlorene Schwert lag unmittelbar vor ihm, aber er wagte nicht, es aufzuheben. Er war zu unsicher in den Regeln dieses Kampfes, er wusste nicht, ob es erlaubt war, eine einmal verlorene Waffe wieder in Besitz zu nehmen.

Er hatte auch keine Zeit, über diese Frage nachzudenken. Narron hatte die kurze Unbeherrschtheit überwunden, die ihn zu seiner überhasteten Attacke auf den am Boden Liegenden verleitet hatte. Seinen nächsten Angriff baute er zügig, aber sorgfältig auf. Er stieß sein linkes Schwert wie einen Degen vor und holte mit dem rechten weit aus, während Helion ausweichen musste. So konnte er mit der zweiten Waffe zuschlagen, ohne Helion Zeit für einen Gegenangriff zu lassen. Diese Taktik behielt er bei.

Auch wenn Narron keinen Treffer landete, verurteilte er Helion zu einem ausweichenden Kampfstil. Helion wich zurück, bis er beinahe gegen einen anderen Kämpfer prallte. Dann tauchte er zur Seite ab, wovon er sich eine Ruhepause erhoffte, aber auch dieses Manöver sah Narron kommen. Seine Schläge folgten ihm wie ein Schwarm Hornissen.

Wenn ich doch nur einen Schild hätte! Dann könnte ich eine tiefe Stellung nehmen, mich oben beschirmen und so die Angriffe unterlaufen, um meinerseits einen Stoß anzubringen!

Aber er hatte keinen Schild. Er hatte nur ein Schwert, mit dem er gegen zwei stand. Und Narrons Kunst nötigte ihm Respekt ab. Er wagte nur selten zu parieren. Es gab viele Techniken, mit denen sein Gegner ihn in dieser Lage hätte entwaffnen können.

Doch das Ausweichen gelang nicht immer. Narron brachte einen Wuchtschlag an, den Helion mit dem abwärts weisenden Schwert blockte. Narron verstärkte mit der zweiten Waffe, die er gegen das gebundene Eisen schlug. Die Waffen krachten gegen Helions Brustpanzer und warfen ihn zur Seite.

Ein Glück, dass sie stumpf sind.

Doch dieses Glück war nur bedingt wirksam. Narron zog die Schwerter hoch und schlug eines seitlich gegen Helions Helm. Das Metall dröhnte und der Kopfschutz verschob sich, sodass sein Sichtfeld auf der linken Seite beschnitten wurde. Sein geübter Körper pendelte in ein Gleichgewicht zurück.

Ich bin unverletzt, erkannte er und nutzte die freie Hand, um den Helm zurechtzurücken. *Diese Waffen sind nicht so gefährlich, wie sie scheinen.*

Er würde verlieren, wenn er nicht bald die Entscheidung herbeiführte. Narron war ein Kämpfer von guter Konstitution, und er war erfahren genug, um seine Kraft einzuteilen. Mit seinen zwei Schwertern würde er Helion in Bewegung halten, bis dieser so erschöpft wäre, dass er einen entscheidenden Fehler machte.

Aber nur, wenn Helion weiterhin vor den Waffen davonrannte.

Er biss die Zähne zusammen und wappnete sich für den Schmerz. Als Narron die nächste Attacke startete, sprang er auf ihn zu. Beide Schwerter trafen ihn, eines in der linken Flanke, was er kaum spürte, das andere am rechten Arm, der sofort taub wurde.

Gerade noch konnte er seine Waffe mit der linken Hand greifen, bevor sie ihm entfiel. Mit dem gesamten Körper prallte er auf seinen Gegner. Da er kein Gefühl mehr im rechten Arm hatte, konnte er ihn nur ungezielt schwingen. Dumpf traf er auf Narrons Helm.

Dieser Angriff war ohnehin nur eine Ablenkung. Das Schwert führte er zwischen die Oberschenkel des Kontrahenten und riss es mit aller Kraft hoch. Er verfehlte die Geschlechtsteile, warf das Bein aber so weit herum, dass Narron, der durch den Hieb gegen den Kopf bereits taumelte, vollends das Gleichgewicht verlor und stürzte. Helion stampfte auf ein Handgelenk, um den Griff zu lösen. Dann schmetterte er sein Eisen gegen die andere Faust. Klirrend entfiel Narron auch sein zweites Schwert.

»Sieger!«, rief Giswon und zeigte auf Helion.

Heftig atmend, ging Helion zwei Schritte rückwärts.

Narron presste die Kiefer aufeinander. Die Entwaffnung musste schmerzhaft für ihn gewesen sein, aber ihm war deutlich anzusehen, dass die Niederlage ihm mehr zu schaffen machte. Hätte die Ehre es ihm nicht verboten, hätte er sich mit bloßen Händen auf Helion gestürzt.

»Dort entlang«, sagte Giswon und deutete mit dem Arm zu dem Becken mit dem flüssigen Silber. Daneben verlas die Dreifach Gepriesene bereits die Namen der nächsten Kontrahenten.

Es fiel Helion leicht, den Kämpfern auszuweichen. Niemand rang mit solcher Vehemenz, wie Narron und er es getan hatten.

Die Erinnerung an den Kampf blieb zurück, als er die Stufen hinaufschritt. In Gedanken rezitierte er eine Litanei, die seinen Geist beruhigte. Tempeldiener kamen und lösten die Schnallen seines Harnischs. Als sie sich an seiner Hose zu schaffen machten, schob er ihre Hände zur Seite und löste selbst den Gürtel. Sein rechter Arm kribbelte zwar noch, aber die Beweglichkeit der Finger reichte schon wieder aus.

Nackt stand er vor dem glänzenden Silber. Die Kohlenglut unter dem Becken trieb frischen Schweiß aus der Haut. Eine Priesterin tauchte eine Kelle, groß wie ein Kopf, in das flüssige Metall und schöpfte in ein eisernes Gefäß, das auf einem umlaufenden Relief streitende Krieger zierten. Sie wiederholte es zweimal, bis sie überzeugt schien, genug angesammelt zu haben. Dann zog sie sich zurück.

»Nackt wie ein Neugeborenes trittst du vor die Göttin«, flüsterten Lippen direkt neben seinem Ohr. Er erkannte die Stimme sofort. Sie gehörte Ajina, der blonden Adepta. »Gib etwas von deinem Leben, um ihren Schutz zu empfangen.« Sie reichte ihm einen gekrümmten Dolch, eher ein Spielzeug als eine Waffe.

Der Blick in ihr Gesicht ließ ihn seine Blöße spüren. Sie lächelte wie ein vergnügtes Mädchen. Offenbar gefiel ihr, was sie sah. Als er sich nicht regte, hob sie eine Braue und bewegte den Kopf in Richtung des für ihn abgemessenen Silbers.

Die Priesterschaft hatte das Metall in den vergangenen Stunden geheiligt. Als man es aus den Waffen und Rüstungen der Gefallenen geschmolzen hatte, war es zu profanem Metall geworden, aber jetzt war es wieder mehr als das. Doch eines fehlte noch, um seine Vorbereitung abzuschließen. Helion ballte die Faust und schnitt in seinen Arm, den er daraufhin über das Silber hielt. Das Blut lief in einem dünnen Faden hinein. Es zischte, als es auf die heiße Oberfläche traf, und ein Teil verdampfte, aber der Rest vermischte sich mit dem Metall. Es würde dieses Silber auf immer mit seinem Träger verbinden, ihn vor der unheiligen Magie der Osadroi schützen.

»Das reicht«, flüsterte Ajina ihm zu. »Es wäre bedauerlich, wenn jemand, der mit solcher Hingabe kämpft, schon im Tempel der Mondmutter verbluten würde.«

Er lächelte, als sie seine Wunde mit einer Bahn weißen Leinens verband. Sie zog den Stoff fester, als nötig gewesen wäre, und ihre Augen blitzten neckisch dabei. »Es ist Zeit für Eure Waffen«, erinnerte sie, als sie mit ihrem Werk fertig war.

Unter ihrem anerkennenden Blick war die Peinlichkeit über seine Nacktheit einem gewissen Stolz gewichen. So folgte er dem Tempeldiener, der sein Mondsilber trug, mit breiter Brust und selbstbewussten Schrittes. Da diese Räume den Gläubigen nicht zugänglich waren, hatte er auch während seiner wenigen früheren Besuche im Tempel der Mondmutter noch keine der mit dunklen Vorhängen abgetrennten Schmiedezellen zu Gesicht bekommen.

Er wusste nicht, was er erwartet hatte. Esse, Amboss und Hammer vielleicht, und einen kräftigen Schmied. Stattdessen war der Raum mit nachtblauem Stoff verkleidet, durch den sich Silberfäden wie Spinnweben zogen. Die Glut schien von der Decke herab, wo Licht durch rotes Glas flackerte, das wie ein übergroßer Edelstein in eckige Flächen geschnitten war. Statt eines Schmieds stand ihm eine Priesterin gegenüber, eine alte Frau, deren Lächeln ihren Falten das Traurige nahm. »Ihr seid jetzt ein Paladin«, sagte sie zur Begrüßung.

Der Diener stellte das Gefäß auf einen niedrigen Tisch, der ebenfalls von dem dunklen Stoff bedeckt war, und entfernte sich wieder. Helions Blut hatte sich nicht vollständig mit dem Metall vermischt, einzelne rote Linien zogen sich noch hindurch.

»Das Mondsilber erwartet Euch«, erklärte die Alte, »aber vor dem Silber kommt das Eisen.« Sie zeigte neben sich, wo eine grau schimmernde Rüstung stand. Davor lagen wattierte Untergewänder bereit. Ein Schild lehnte an der Wand.

»Lasst Euch Zeit. Dies ist eine heilige Nacht, da hat Eile keinen Platz.«

Helion spürte die Unruhe der vergangenen Stunden von sich abfallen. Er war jetzt viel ruhiger, als es ihm während des Gebets gelungen war. Möglich, dass er morgen wieder über den Zustand des Ordens betrübt wäre, aber für den Moment hatte er seinen Frieden mit allem gemacht.

Er legte den Schurz an, die Beinlinge, die Socken, zum Abschluss das langärmelige, gefütterte Hemd.

»Es schmerzt nicht«, erklärte die Alte, als er die Rüstung ansah. »Aber Ihr wirkt ohnehin nicht, als vermöchten Schmerzen Euch zu schrecken.«

Die Rüstung war voller Einbuchtungen, verschnörkelte Rillen zogen sich vor allem über die Brustpartie. Ihre Schatten gaben dem Panzer einen Hauch von Düsternis.

»Ich helfe Euch«, sagte die Alte und nahm den Schutz für das Gemächt aus der Halterung, das erste Teil, das es anzulegen galt.

Helion ließ ihn sich anreichen und befestigte ihn. Er war viel zu groß. *Dann ist es wahr.*

»Ja, es ist wahr«, bestätigte die Priesterin, als hätte sie seine Gedanken gehört. »Wir sind im Tempel der Mondmutter, und diese Dinge wurden seit Monaten vorbereitet. Die Göttin will jene schützen, die für sie streiten. Ihr werdet Zeuge eines Wunders werden. So ist es immer.«

Die Aufregung kehrte zurück. Helion konnte kaum abwarten, bis endlich alle Teile angelegt waren. Dann aber zögerte er. Es kostete ihn Überwindung, den Schild zu nehmen, und als die Priesterin das blanke, wenn auch stumpfe Schwert aus einer verborgenen Nische hervorholte, verspürte er so etwas wie Scheu. Er hoffte, dass es ihm nicht anzumerken war. Rasch fasste er den ihm dargebotenen Griff.

»Taucht die Spitze hinein. Alles andere wird sich von allein fügen.«

Es war beinahe, als sähe er sich selbst dabei zu, wie er vor das Gefäß mit dem noch immer flüssigen Mondsilber trat. Inzwischen, da es von der Kohlenglut genommen war, wurde es von der Lebenskraft seines Blutes an der Erstarrung gehindert. Dieses Blut würde ihn auch vor den Kräften der Schattenherren schützen. Es würde dem silbernen Metall seine rote Farbe geben, wenn Unheiliges darauf träfe, und der Macht der Schatten die Kraft der Göttin entgegenstellen.

Noch war die Rüstung unförmig und jeder Schritt umständlich. Die Teile passten nicht richtig zusammen, was die gegenseitige Stützwirkung der Komponenten erheblich verminderte. Aber er wusste, dass sich das jetzt ändern würde.

Einmal atmete er noch durch, dann tauchte er das Eisenschwert in das Mondsilber.

Sein darin enthaltenes Blut spürte ihn. Es trieb das heilige Metall an der Klinge hinauf, die es lückenlos überzog, um dann über seine gepanzerte Faust aufwärtszufließen. Entgegen der Schwerkraft folgte es dem Ruf seines Paladins und legte sich in die Vertiefungen der Rüstung, die in vielen Nächten mit heiligen Ölen ausgestrichen worden waren. Vielleicht hatte Ajina diese Pflichten erfüllt. Helion lächelte bei dem Gedanken.

Er wurde wieder ernst, als das Knacken begann. Eigentlich hätte die Rüstung brechen müssen, als sie schrumpfte, um sich seinem Körper anzupassen. Aber es war ein Wunder, ganz wie die Priesterin es angekündigt hatte. In dem roten Licht, das von der Decke fiel, ächzte der Panzer, als sei er von Leben erfüllt, was vielleicht sogar in gewisser Weise der Fall war, denn die Kraft der Mondmutter beseelte ihn in diesem Moment. Während das Silber immer weitere Vertiefungen ausfüllte, um dort unbeweglich zu verharren, wie man es von Metall erwartete, knirschte das Eisen in Formen, die ein Meisterschmied nicht besser hätte anpassen können. Sofort spürte Helion die Entlastung, als das Gewicht der schlecht sitzenden Komponenten von ihm genommen wurde. Kein Tropfen Mondsilber fand sich mehr in dem Behältnis, als der Vorgang abgeschlossen war, und die Schwertklinge blitzte scharf auf beiden Schneiden.

»Ein Baum«, stellte die Priesterin fest.

Helion wusste nicht, was sie meinte, bis er seinen Schild so hob, dass er das Wappen betrachten konnte, das die Göttin ihm geschenkt hatte. Darauf prangte tatsächlich das silberne Abbild eines Laubbaums mit ausladender Krone und kräftigem Stamm. Wenn die Kräfte der Schatten darauf prallten, würde es blutrot aufflammen.

»Habt Ihr so tiefe Wurzeln?«, fragte sie. »Das Wappen zeigt das Herz des Paladins.«

»Mein Meister trug einen Stier, aber ich sah ihn selten zornig.«

»Unser Wesen offenbart sich nicht ständig. Bei vielen Menschen kommt das, was sie wirklich ausmacht, nur selten zum Vorschein.«

»Es scheint, dass man es mir nun auf den ersten Blick ansieht.«

»Wisst Ihr, warum Ihr den Baum erhieltet? Viele Paladine müssen ihr Leben lang nach der Bedeutung ihres Wappens suchen.«

»Vielleicht, weil meine Überzeugung so fest steht.«

Sie nickte bedächtig. Ihr Lächeln war noch da, wurde aber von einem nachdenklichen Ausdruck überlagert. »Passt auf, dass der Sturm Euch nicht bricht.«

Er überlegte noch, was er darauf erwidern sollte, als die Priesterin schon das letzte Stück seiner neuen Ausrüstung aus den Falten ihres Gewandes holte, den Rubin, den er fortan im Schwertknauf tragen und dem er sein Leben anvertrauen würde.

»Sagt mir Euren Namen!«, verlangte sie.

»Ich bin …« Er sah an sich hinunter, betrachtete seine Vollrüstung, die noch keine Schramme verunzierte, und das Glänzen der Einlegearbeiten. »Ich bin Helion von den Mondschwertern.«

»So ist es. Nun geht, Silberträger Helion, und lasst Euch feiern.«

Als er durch die Haupthalle ging, kniete nur noch eine Handvoll Aspiranten zwischen den Gestellen mit den Rubinen der Gefallenen. Von der Kampffläche hörte er das Klirren der Waffen, aber er fand sein eigenes Schwert interessanter. Die Klinge war so … makellos. Der Gedanke daran, dass sich das ändern würde, schmerzte ihn schon jetzt. Er wusste, dass Rüstungen und Schwerter der Paladine durch ein Wunder geformt wurden, aber instand halten musste man sie wie alle anderen Waffen, mit dem einzigen Unterschied, dass die dem Mondsilber innewohnende Kraft niemals ganz schwand und es deswegen immer ein Metall blieb, das gutem Stahl in nichts nachstand. Dennoch, Treatons Waffen waren in deutlich verschlissenem Zustand gewesen, vor allem, wenn man den Vergleich zu Helions frischer Ausrüstung sah.

Helion schritt an den Paladinen vorbei zum Ausgang. Einige grüßten ihn, er schlug die gepanzerte Faust vor die Brust, um die Geste zu erwidern. Sie sah merkwürdig aus an seinen … Ordensbrüdern. Ein solcher Gruß stand jemandem an, der in Eisen gepanzert war, doch sie waren bis auf wenige Ausnahmen in feinen Stoff gekleidet. Er wusste, warum. Noch bevor er aus dem Tor trat, hörte er den Lärm der Menge.

Vor dem Tempel drängten sich die Menschen auf dem Platz und in den Straßen. Im Licht des roten Mondes warfen Gaukler ihre Bälle, und Feuerspucker sandten ihre heißen Grüße zu einer Schönheit hinauf, die über ihren Köpfen auf einem Seil tanzte. Helion wurde bejubelt, man reckte ihm Humpen und Weinbecher entgegen, um sie sogleich auf das Wohl des neuen Paladins zu leeren. Man sah den Leuten an, dass er nicht der Erste war, den sie auf diese Weise feierten. In der Menge wankten bereits einige Rüstungen. Eine Maid drückte einem der neuen Ritter ihre vollen Brüste ins Gesicht und lachte dabei so laut, dass auch Helion es hörte.

Auf den Balkonen der vornehmen Stadthäuser, die den Tempelplatz umstanden, ließen sich die besser gekleideten Damen und Herren sehen. Die meisten von ihnen hatten feinen Kristall in den Händen, aus dem sie ab und zu einen Schluck teuren Weins nahmen. Sie lachten ebenfalls viel, wenn auch manchmal hinter flatternden Fächern. Von einer Brüstung hing das königliche Wappen. Für die Familie, der das Haus gehörte, musste der heutige Besuch eine große Ehre sein. Gut möglich, dass ihre Schatzkammer leerer geworden war, um dies zu ermöglichen. Nun konnte man sich an der

Seite der Königin bestaunen lassen, deren Krone im roten Mondlicht funkelte, als seien ihre Spitzen Stilette, die man gerade erst aus der Brust eines Feindes gezogen hatte. Die Hofdamen umschwirrten die Monarchin, soweit ihre voluminösen Kleider es in der Enge des Balkons zuließen. Ein fetter Mann mit glänzenden Locken und gesteiftem Schnurrbart sah zu Helion herüber, um dann mit der Faust vor seine Brust zu klopfen. Helion hätte eine höhnische Verballhornung der ritterlichen Geste darin vermutet, wäre das Gesicht des Kerls dabei nicht so ernst gewesen. Er wirkte so ergriffen wie ein Gast in einem anrührenden Theaterstück. Das brachte Helion auf den Gedanken, dass er selbst gerade einem Schauspieler auf seiner Bühne ähnlich sähe, wie er da auf dem Absatz vor dem Tempeleingang stand, das klatschende und rufende Publikum vor sich. Er beeilte sich, zu den Stufen zu gelangen.

Sofort warfen sich ihm einige junge Frauen entgegen. »Das ist meiner!«, rief eine von ihnen und riss ihre Konkurrentin zur Seite. »Er ist zwar etwas alt, aber das Glück der ersten Ritternacht wird seine Lanze genauso verteilen wie die jedes anderen Paladins!«

Abwehrend schob er sie beiseite.

»Was denn?«, rief sie entrüstet. »Denkt Ihr, Ihr findet schönere Brüste?« Um das Gegenteil zu beweisen, löste sie die ohnehin lockere Verschnürung ihres Mieders und entblößte zwei vollendet geformte Halbkugeln.

Helion wandte sich ab, ohne auf ihr Gezeter zu achten. Auch den ihm dargebotenen Humpen wischte er fort.

Für eine kurze Zeit hatte er sich die Hoffnung gestattet, der Orden sei nicht so morsch, wie er in den vergangenen Jahren befürchtet hatte. Als sich die Rüstung heiligend um ihn gelegt, als er die Schärfe seines Mondsilberschwerts zum ersten Mal gesehen hatte, war er willens gewesen, an einen unverdorbenen Kern zu glauben. Es schmerzte, als die Leere in seine Brust zurückkehrte. Es hatte sich gut angefühlt, Vertrauen zu spüren in die Kraft der Mondmutter, die alles zum Guten wendete, zum Ideal der Ritterschaft, das noch irgendwo in den Mondschwertern brannte, sich nicht von all der Dekadenz ersticken ließ. Aber was er hier vor dem Tempel erlebte, konnte nur seine alte Meinung wiederherstellen. Die heilige Zeremonie war zu einem Popanz verkommen, der Pöbel und degeneriertem Adel gleichermaßen zur Belustigung diente. Er wünschte nichts mehr, als diesem Trubel zu entkommen, nicht länger ein Teil davon zu sein.

Vor einem Haus, das ohne Festbeleuchtung dunkel in der Nacht lag, hatte sich eine johlende Menge versammelt. Im Schein von zwei gusseisernen Kohlebecken, die vor dem Eingang standen, machten die Betrunkenen auffordernde Gesten.

Bei seinen früheren Besuchen in Akene hatte er den Tempelplatz stets im Tageslicht gesehen, deswegen brauchte er einen Moment, um in dem lang gestreckten Gebäude den Rittersaal der Mondschwerter zu erkennen. Trotz der lauten Menschenmenge davor schien ihm der dunkle Bau selbst ein Ort der Ruhe zu sein. Drei Ordensbrüder standen Wache, voll gerüstet und unbewegt. Ihre stille Präsenz allein schien auszureichen, die ausgelassene Menge auf Abstand zu halten.

Einige waren zu betrunken, um ihn zu beachten und ihm Platz zu machen. Helion drückte sich mit Schild und gepanzerter Hand den Weg frei. Unter der Augenklappe des vordersten Ritters kam eine Narbe hervor und zog sich durch die bärtige Wange bis zum Unterkiefer. Die zusammengezogenen Brauen gaben seinem Gesicht einen Ausdruck, der zwischen Wut und Resignation lag. Es hellte sich ein wenig auf, als Helion vor ihn trat. »Wer seid Ihr?« Seine Stimme kratzte merkwürdig, womöglich hatte er eine schlecht verheilte Verwundung am Hals. Helion konnte nicht heraushören, ob die Frage freundlich oder herablassend gemeint war.

»Silberträger Helion von den Mondschwertern«, antwortete er, und es klang richtig.

»Was sucht Ihr hier zu dieser Stunde, Paladin?«

Er drehte sich um und ließ den Blick über die zügellose Menge schweifen. »Etwas anderes als dies.«

Sein Gegenüber nickte mit einem angedeuteten Lächeln, trat ihm aus dem Weg und zeigte einladend auf den Eingang der Ritterhalle.

Helions Augen brauchten einige Zeit, um sich an die Dunkelheit im Innern zu gewöhnen. Er blieb stehen, als er den schweren Vorhang hinter sich gelassen hatte, der den kurzen, aus beinahe mannshohen Quadern gefügten Gang von der eigentlichen Halle trennte. Hier brannten nur wenige Kerzen hinter rotem Glas in Wandnischen. Ihr Licht verlor sich schnell in der Weite des Saals. Helion rief sich die Abmessungen des Gebäudes ins Gedächtnis. Die Front war etwa zwanzig Schritt breit, die Seiten wenigstens doppelt so lang. Es war nicht besonders hoch, fünf Schritt mochten den Giebel vom Boden trennen, drei Lagen der großen Steinblöcke, aus denen die Außenwand gefügt war. Das Innere hatte Helion noch nie betreten.

Er hörte die anderen Paladine, bevor er sie sah. Ihre leichten Bewegungen ließen das Metall der Rüstungen klicken. Sie konnten nicht weit entfernt sein, drei oder vier Schritt vor ihm, sowohl rechts als auch links. Niemand sprach.

Zuerst sah Helion ein schwaches rotes Funkeln. Er fixierte den Blick darauf, und nach einer Weile erkannte er den Rubin im Knauf eines Schwerts, das sein Besitzer mit der Klinge nach unten vor sich hielt, während er selbst auf dem aus Holz gefügten Boden kniete. Nun sah Helion auch das Schimmern des Silbers an Rüstung und Waffe.

Da er jetzt wusste, wonach er Ausschau halten musste, entdeckte er zwei weitere Paladine. Alle hatten die gleiche Haltung eingenommen. Hier war der Lärm der Straße nur als Summen zu vernehmen, nicht lauter als eine Fliege in einem Schlafzimmer, unwert weiterer Beachtung. Fühlten diese Kameraden genauso wie er?

Helion nahm sich vor, eine Weile abzuwarten, bis er das endgültige Urteil über den Orden fällte. An diesem Tag hatte er es ständig revidieren müssen. Die Dekadenz der Mondschwerter war offensichtlich, aber hatte Meister Treaton nicht stets gelehrt, dass nur Narren der Oberfläche glaubten? Narron hatte gut gekämpft, und die Paladine, die hier knieten, ließen sich offensichtlich ebenso wenig von Laster und Verweichlichung korrumpieren wie die drei Veteranen, die draußen Wache standen. Helion wusste wenig von der Beschaffenheit der Mondschwerter. Er war zu Treaton gekommen, weil er die alten Legenden über sie liebte. Ihre Gegenwart war ihm unbekannt, er hätte nicht damit gerechnet, in einer solchen Nacht einen Ort wie diesen zu finden.

Er zog sein Schwert, schritt ohne Hast nach links, kniete nieder und hockte sich auf die Fersen. Die Leichtigkeit, mit der sie diesen Bewegungsablauf zuließ, bewies, wie gut sich die Rüstung seinem Körper angepasst hatte. Er hielt das Schwert so, wie er es bei den anderen beobachtet hatte, und sah auf das Licht, das sich in dem roten Edelstein brach. Jetzt, wo sich seine Augen an die Dämmerung gewöhnt hatten, erkannte er etwas mehr von der Halle. Zwar war die Decke zu hoch, als dass die Helligkeit sie erreicht hätte, aber um die Nischen herum beschienen die Kerzen die Wand ausreichend, um die Waffen sichtbar zu machen, die dort in ihren Halterungen warteten. Es waren keine prunkvollen Stücke, wie man sie manchmal in den Straßen sah. Einige waren vom häufigen Gebrauch verbogen.

Helion fühlte, wie alle Aufregung seinen Geist verließ und die Ruhe übrig blieb wie fester Boden an einem Strand, wenn das Meerwasser abfloss. Er genoss die Schönheit des Moments. Beim Gedanken an Schönheit tauchte Ajinas blondes Haar aus seiner Erinnerung auf, und er ließ es zu. Er dachte an ihre Saphiraugen, an ihr Lächeln, die Wohlgestalt ihres Gesichts und war sich mit einem Mal sicher, dass seine sicherlich anstehenden Besuche im Tempel die künftigen Monate in Akene durchaus erträglich machen würden. Er bezweifelte, dass die neuen Ritter dieser Nacht, die sich in den lauten Trubel stürzten, tiefere Befriedigung aus diesen Stunden zögen als er. Er war das, was er immer hatte sein sollen, ein Mondschwert in seiner heiligen Rüstung, mit einem Silberschwert, geweiht und gepanzert, um gegen die Schatten zu kämpfen. Die gesamte Vergangenheit seines Lebens vollendete sich in diesem Augenblick, die Zukunft war ungewiss und unwichtig. Er war glücklich.

Die lauten Geräusche eines Paladins, der ohne Rücksicht auf die Stille des Ortes in die Halle marschierte, rissen ihn aus seinen Betrachtungen. Helion fragte sich, wie der Rüpel an den Wachen vorbeigekommen war. Vielleicht hatte er sie nur überrascht und sie würden gleich kommen, um ihn zu entfernen und die Ruhe wiederherzustellen.

Vorerst aber stampfte der Mann weiter in den Saal. »Ordensmarschall!«, rief er. »Auf ein Wort! Sofort!«

Verwundert sah sich Helion um. Insgesamt knieten nun fünf Gerüstete in der Dunkelheit und, tatsächlich, dort war auch Giswon, das Oberhaupt des Ordens. Er wirkte beleidigend deplatziert mit dem feinen Stoff, den er anstelle eines Panzers trug. Die weiße Halskrause und die Handschuhe leuchteten, als wollten sie diejenigen verhöhnen, die hier die Kontemplation suchten. Aber selbst die entschlossenen Wachen hatten ihrem Ordensmarschall wohl nicht den Zugang verweigern können.

Urteile nicht zu schnell, rief sich Helion ins Gedächtnis. *Seine Kleidung ist die eines Gecken, aber er kniet wie wir, er respektiert das Schweigen und seine Haltung ist von Würde gezeichnet, wenn sein Schwert auch in der Scheide steckt.*

Giswon stand auf und wandte sich dem Neuankömmling zu. »Keratron. Warum störst du diese Nacht?«

»Ich fordere diese Paladine für mich! Sofort!«

»Mit welchem Recht?«

»Es ist ungeheuerlich, darum habe ich mich selbst davon überzeugt. Das hätte ich nicht tun dürfen, ich hätte mich sogleich mit Euch beraten sollen, aber Ihr wart in der Zeremonie gebunden und zudem wollte ich es nicht glauben. Gerrior trifft sich mit dem Feind! Jetzt! Zu dieser Stunde!«

»Gerrior ist ein Mondschwert! Bedenkt das Gewicht Eurer Worte!«

»Das tue ich wohl. Ich sah den Schattenherrn mit eigenen Augen, aber allein vermag ich ihn nicht zu überwinden. Ich brauche diese Gerüsteten!«

»Denkt daran, dass Ihr für eine andere Mission ausgewählt wurdet.«

Ungeduldig wischte Keratrons gepanzerter Arm durch die Luft. »Ihr kennt meine Ehrenschuld. Gerrior und ich sind verbunden durch die Schlachtreihe, in der wir Seite an Seite ritten.«

»Gerrior ...«

»Wir alle wissen, wie weit die Fäulnis ins Mark des Ordens gedrungen ist. Auch das ist ein Grund, warum ich diese Paladine für mich fordere. Bei ihnen können wir sicher sein, dass sie der Versuchung noch nicht erlegen sind. Und niemand wird sie vermissen, wenn wir gehen.«

»Ihr habt recht.« Giswons Murmeln klang erschüttert, trotz der zustimmenden Worte. »Die meisten anderen würden sich erst panzern müssen. Viele haben inzwischen dem Wein zugesprochen. Und wenn wir sie aus der Gesellschaft holen, in der sie sich befinden mögen, wird es auffallen ...«

»Herr, die Zeit drängt! Die Dämmerung ist nicht mehr fern! Bei Tage wird sich der Verderbte nicht mehr in Akene aufhalten wollen.«

»Nein. Sicher nicht.«

Niemandem war das laut geführte Gespräch verborgen geblieben. Die Paladine regten sich, zwei von ihnen standen bereits auf.

Giswons Gestalt straffte sich. »Silberträger! Ich fordere Eure Schwerter für eine Sache des Ordens! Folgt Keratron!«

Sie verließen die Ritterhalle durch einen kleinen Zugang im hinteren Teil des Gebäudes, unbemerkt von der Masse, die noch immer auf dem Tempelplatz feierte.

Keratron führte sie durch verwinkelte Gassen, in die das Mondlicht nicht vordrang. Sie bewegten sich schnell. Das Klappern ihrer Rüstungen machte es schwer, die Worte ihres Anführers zu verstehen. »Er fühlt sich so sicher, dass er sogar in einer schwarzen Kutsche vorgefahren ist!« Keratron schnaubte. »Als er ausstieg, hatte er den Kragen hochgeschlagen und den Hut ins Gesicht gezogen, um die tote Blässe zu verbergen. Aber ich habe ihn gesehen, als er zuvor aus dem Fenster lugte. Und die Dame, die ihm folgte, ging wie eine Schlafwandlerin. Er muss sie seinem Willen unterworfen haben. Allzu leicht glauben die jungen Frauen, ihre Schönheit schütze sie vor allem und sie bräuchten kein Silber zu tragen. Das haben sie jetzt davon. Würde mich nicht wundern, wenn es sich um Baroness Agara handelt. Gerrior hat vergeblich um sie gefreit. Ich will gar nicht wissen, welchen Preis er zahlt, damit dieses Ungeheuer sie ihm zuführt!«

Helion fand die Vorstellung übertrieben, man könnte einen Bund mit einem Schattenherrn eingehen, um eine Nacht mit einer schönen Frau zu gewinnen. Das wäre so, als legte man eine Vollrüstung an, um eine Wespe zu erschlagen. Zwar konnte Sehnsucht den Verstand rauben, aber wenn Gerrior ein Mondschwert war, vermochte er seinen Geist zu disziplinieren.

Oder etwa nicht?

Ich weiß zu wenig über den Zustand des Ordens. Vielleicht ist es möglich, ein Mondschwert zu werden, ohne das eigene Denken in der Gewalt zu haben.

Sie begegneten nur wenigen Menschen, die meisten davon so betrunken, dass sie die Paladine kaum bemerkten. Im Schatten eines Hauses bedeutete Keratron ihnen, innezuhalten. »Gerriors Heim liegt hinter dieser Ecke. Wir müssen schnell handeln.« Er nahm einen Beutel von der Schulter und drückte jedem ein mit einem Lederband umwundenes Tongefäß von der Größe eines Apfels in die Hand. »Diese Waffe habt Ihr noch nicht gesehen. Sie ist unscheinbar und doch wirkungsvoll. Schleudert sie auf den Feind, wenn Ihr ihn mit Euren Klingen nicht erreichen könnt.«

»Und das soll einen Schattenherrn töten?«, zweifelte ein Kamerad.

»Nein, aber es wird ihn schwächen.«

»Warum wurden wir nicht an dieser Waffe ausgebildet?«

Keratron fasste den Arm des Fragenden, ein eiserner Griff um einen Panzer aus Stahl. »Wir haben nicht die Zeit für Erklärungen. Vertraut mir, Silberträger! Und achtet darauf, dass diese Gefäße nicht vorzeitig zerbrechen. Wollt Ihr sie einsetzen, lasst sie am Riemen kreisen und dann schleudert sie.«

Alle nickten, als Keratron ihnen fest in die Augen sah. Bei Helion verharrte er kurz, wohl, weil er ihn nicht kannte. Dann nickte er entschlossen. »Vielleicht werden nicht alle von uns die Sonne aufgehen sehen. Die Osadroi sind stark.«

»Und wir leben, um ihnen ein Ende zu bereiten«, entgegnete Helion.

Die Zeit für Worte war vorbei. Sie zogen die Schwerter aus den Scheiden und küssten ihre Rubine. Keratron lief ihnen voraus.

Gerriors Haus war ein kleiner Palast. Die reich verzierte Front kündete von der Kunst der Steinschnitzer Akenes. Ranken kletterten zwischen den Fenstern drei Stockwerke empor, bis sie das mit sorgfältig gelegten Ziegeln gedeckte Dach erreichten. Wasserspeier sorgten dafür, dass der ablaufende Regen von den Wänden ferngehalten wurde. Kleine Balkone ermöglichten, zu sehen und gesehen zu werden. Gerrior musste ein reicher Mann sein.

Unter den ausladenden Zweigen eines in vollem Laub stehenden Baums rannten sie auf die Tür zu. Statt die Geschwindigkeit zu verringern, sprang Keratron mit weiten Sätzen die Stufen hinauf. Mit eisernem Stiefel trat er das Hindernis ein. Die Kameraden blieben ihm auf den Fersen.

»Wo sind dein Meister und sein verderbter Gast?«, hörte Helion Keratron rufen. Das Wimmern eines Dieners antwortete ihm, gefolgt von einem Stöhnen, als der Schild des Ritters sich den Weg erzwang. »Wir teilen uns auf! Er darf uns nicht entkommen! Clesso, Phestos, Origonn – in den Keller! Die anderen mit mir nach oben!«

Das Haus nahm keine große Fläche ein. Jedes Stockwerk bestand nur aus einer Handvoll Zimmer. Die Paladine stießen Türen auf und rissen Vorhänge von ihrem Gestänge, dann stürmten sie weiter. Hier musste tatsächlich Unheiliges vorgehen, denn Helion bemerkte, dass sich das Mondsilber von Waffen und Rüstungen gelb färbte und schnell dunkler wurde, bis es rot gloste.

Erst unter dem Dach wurden sie fündig. Der Lärm hätte den Feind eigentlich warnen müssen, aber das war nicht der Fall. Zu sehr waren die drei in ihrem Tun gefangen.

Der Osadro war bleich, wie es seiner Art entsprach. Sein Gesicht war so unbewegt, dass es aus Knochen hätte geschnitzt sein können. Er stand im Schatten, wo ihn Stygrons Licht nicht erreichte, hielt die Augen starr wie die einer Schlange auf das Paar vor ihm gerichtet und streckte ihm auch die Arme entgegen. Die Hände waren dünn und feingliedrig, die Krallen beinahe ebenso lang wie die Finger. Ein feinstofflicher Strom floss ihm zu, wie ein dunkler Schaum, in dem es vereinzelt silbrig glitzerte, gleich Funken, die in der Kälte der Nacht verloschen.

Am Ausgangspunkt der wandernden Wolke war das Glitzern intensiver. Sie entströmte der nackten Haut einer Frau, die inmitten eines Kreises aus sich windenden zauberischen Zeichen einen Mann der Ekstase entgegenritt. Dieser Mann mochte Gerrior sein. Er hatte den kräftigen Körper eines Ritters. Bei der Frau konnte es sich jedoch unmöglich um die Baroness handeln, von der Keratron gesprochen hatte. Sie war eine Greisin. Helion glaubte nicht, jemals einen älteren Menschen gesehen zu haben. Ihre Brüste hingen herab wie geleerte Weinschläuche, die Haut war faltig wie bei einer Trockenpflaume, das Haar grau und schütter. Trotz ihrer energischen Bewegungen wirkte sie so gebrechlich, dass sich Helion kaum vorstellen konnte, dass sie die Treppen aus eigener Kraft gestiegen war. Auf dem Boden neben den beiden lagen glänzend brünette Locken. Aus ihrem beinahe zahnlosen Mund kamen Laute, die sich nicht eindeutig dem Schmerz oder der Lust zuordnen ließen.

Nicht nur Helion war von diesem Anblick entsetzt. Auch Keratron und der zweite Silberträger, dessen Name Helion unbekannt war, hielten unwillkürlich inne.

Dann erwachte der Schattenherr aus seiner Trance. Seine bis dahin unbewegten Augen blinzelten, er wandte den Angreifern das Gesicht zu. »Wir haben Besuch«, stellte er mit tonloser und doch deutlich verständlicher Stimme fest. Er lächelte boshaft.

Rüde warf Gerrior die Frau von sich. Ihr Schrei klang erlöst. Die geschmeidige Bewegung, mit der der Hausherr aus dem Zauberkreis trat und sein Schwert aus der Halterung an der Wand riss, legte Zeugnis von seiner ritterlichen Ausbildung ab. »So dringst du in mein Haus ein, Keratron?«, rief er. Wut sprühte aus seinen Augen.

»So ehrst du den Eid unseres Ordens?«, spie Keratron zurück.

»Ich kann alles erklären.«

»Das musst du auch. Mit deinem Schwert!«

»Wir haben Seite an Seite gekämpft! Wir hätten das Leben füreinander gegeben!«

Verächtlich sah Keratron zu dem Osadro hinüber, der die Finger in einer zarten Geste bewegte, um die letzten Wolken des ätherischen Schaums zu sich zu locken. »Du hast dich entschieden. Dein Leben gehört dir nicht mehr. Du hast es den dunklen Meistern verkauft!«

»Das könntest du auch. Ihr alle könntet das! Es ist ein guter Handel! Keiner von uns braucht zu sterben!«

»Wer ewig lebt«, Helion trat vor, »ist mein Feind!« Er schlug sein Visier herunter.

»Hast du Kinder des heutigen Mondes mitgebracht, Keratron? Diese Wappen habe ich noch nie gesehen.«

»Ihre Klingen werden mit würdigem Blut getauft, wenn ihr euch nicht ergebt.«

Gerrior lachte auf. »Ergeben? Damit ihr mich auf dem Tempelplatz mit einer Silbermaske erstickt? Da musst du Besseres bieten!«

»Ich bin nicht gekommen, um zu schachern.« Nun schloss auch Keratron sein Visier.

Der Schattenherr ließ sein Wispern vernehmen. »Schützt mich«, verlangte er.

Mit grimmigem Blick streifte Gerrior seinen Schild über und stellte sich, ansonsten noch immer nackt, vor den lächelnden Meister, dem er seine Seele verkauft hatte. »Du musst mich töten, wenn du ihn willst«, kündigte er an.

»Dann sei es so!«, hallte Keratrons Stimme aus dem Helm. Er drang vor, mit dem Schwert weit ausholend.

Gerrior wehrte den ersten Hieb mit dem Schild ab und führte seinerseits einen tief angesetzten Stich. Sein Schwert glitt kreischend über den Brustpanzer. Helion glaubte aus den Geräuschen des Metalls Protest zu hören. Die Waffen und Schilde beider Kontrahenten leuchteten blutrot wegen der Magie der Schatten, die den Raum füllte, aber Gerrior nutzte sein Schwert nicht, um den Frevel an den Göttern zu rächen, sondern um ihn zu schützen.

Helion überlegte, ob die Ehre Schaden nähme, wenn er in den Zweikampf eingriffe. Schon jetzt war es ein ungleiches Kräftemessen, der eine voll gepanzert, der andere beinahe schutzlos. Der zweite Silberträger schien ähnliche Bedenken zu haben.

Der Osadro fixierte Keratron, wie er zuvor auf das kopulierende Paar gestarrt hatte. Der Paladin holte zu einem weiteren Hieb aus, hielt dann aber inne und geriet ins Wanken.

»Er greift in seinen Verstand!«, rief der Kamerad.

Aber konnte das stimmen? Keratron war vom glutroten Mondsilber seiner Rüstung geschützt und stand im vollen Licht Stygrons.

Vielleicht hatte er seinen Gegner nur in Sicherheit wiegen wollen. Tatsächlich ließ sich Gerrior zu einer gewagten Attacke verleiten, für die er einen weiten Schritt vorwärts machen musste. Zwar konnte er einen wuchtigen Schlag gegen Keratrons Seite anbringen, aber sein linkes Bein war nicht mehr durch den Schild gedeckt.

Keratrons eiserner Stiefel trat mit Wucht auf den nackten Fuß. Deutlich hörbar brachen die Knochen.

Gerrior schrie schmerzerfüllt und brach zusammen.

Keratron führte einen entschlossenen Schlag von innen gegen den Schildarm. Die Klinge zertrennte Muskeln, Sehnen, Fleisch, Elle und Speiche. Gerriors Faust hielt den Griff noch umfasst, während der Schutz auf den Boden krachte, als habe sie nicht begriffen, dass sie von ihrem Körper getrennt war.

»Mein ist der Sieg! Ergebe dich meiner Gnade!«

Gerrior war plötzlich so bleich wie sein Meister. In kräftigen Stößen drang das Blut aus dem Stumpf. Hilfesuchend sah er zu dem Osadro hoch, seine Augen voller Elend. Der Schattenherr jedoch hielt seinen Blick weiter auf Keratron. Nur die Arme hatte er inzwischen gesenkt.

»Ergebe dich! Ich sage es kein drittes Mal!«

Mit der Schnelligkeit einer Viper stieß Gerrior sein Schwert empor. Niemand konnte wissen, ob es Talent, lange Übung oder Glück war, aber er fand genau die Stelle am Unterbauch, wo sich zwischen den Segmenten der Rüstung eine Lücke öffnete, da Keratron mit seiner Waffe über dem Kopf ausholte und deswegen den Leib streckte. Tief drang die Klinge ein. Erst als sie von innen auf das Metall der Rumpfpanzerung traf, kam sie zum Halten.

Keratrons Faust ließ das Schwert fallen. Einen Augenblick stand er unbewegt, dann krachte er in die Knie und fiel mit lautem Scheppern um. Das Schwert stak noch in seinem Körper, Gerrior hatte den Griff nicht länger halten können.

»Meister!« Er sah zu dem knochenfarbenen Gesicht des Osadro hoch, der ihn ebenso wenig beachtete wie die alte Frau, die versuchte, aus dem Zauberkreis herauszukriechen. Der Untote sah nun die beiden verbliebenen Mondschwerter an. »Rettet mich!«, flehte Gerrior.

»Dich retten?«, hauchte der Osadro. »Ich fürchte, die Ungastlichkeit in deinem Haus nötigt mich, für mich selbst Sorge zu tragen.«

Während Gerrior die Kräfte verließen, wurde die Gestalt des Schattenherrn merkwürdig undeutlich.

»Nein!«, rief Helions Kamerad und stürmte vor. »Er nimmt Nebelform an!«

In der Tat verwischten die scharfen Konturen von Gesicht und Händen.

Als der Paladin über Gerrior hinwegsetzen wollte, griff der am Boden Liegende nach seinem Schienbein. Der Ordensbruder strauchelte.

Binnen eines Wimpernschlags wechselte der Schattenherr wieder zu fester Gestalt. »Du bist mir lästig!«, rief er. Er riss die Linke mit gespreizten Krallen voran nach oben. Dem Geräusch nach, mit dem sie gegen den Helm krachten, mussten sie metallisch hart sein. Die Kraft des Osadro überstieg

Helions Befürchtungen. Äußerlich war er ein vielleicht dreißigjähriger Mann, nicht besonders muskulös. Abgesehen von den Krallen und der Hautfarbe hätte er ein Günstling an einem beliebigen Fürstenhof Ilyjias sein können.

Sein Schlag hob den Ritter nicht nur von den Füßen, er schleuderte ihn in voller Rüstung quer durch den Raum, bis er scheppernd gegen die gegenüberliegende Wand krachte. Unnatürlich verdreht blieb er liegen.

»Und nun«, wieder verwischte die Gestalt des Schattenherrn, »gehabt Euch wohl!«

Der Kopf wurde zu einem Nebel, als betrachtete man ihn durch eine trübe Scheibe. Auch die Hände verloren ihre klar umgrenzte Form. Es war nicht nur eine Sinnestäuschung, wie die Kleidung des Osadro bezeugte, die offenbar weniger Halt hatte als zuvor. Sie begann kraus zu werden, in sich zusammenzufallen, wie ein Kornsack, dessen Inhalt verfaulte, nur ungleich schneller.

»Nein!«, rief Helion. »Stellt Euch und kämpft!« Er rammte das Schwert in den Holzboden, um eine Hand für das Tongefäß freizubekommen, das er von Keratron erhalten hatte. Hastig, während der Schattenherr sich weiter auflöste, nestelte er das Lederband los. Er hatte keine Zeit, um gründlich zu zielen, aber sein Gegner war auch nur wenige Schritt entfernt. Zudem wusste Helion, wie man mit einer Schleuder Jagd auf Vögel und Kaninchen machte.

Das Wurfgeschoss zerbarst auf der Brust des Osadro. Die Splitter flogen mit viel mehr Wucht auseinander, als Helion vermutet hätte. Hagelgleich prasselten einige von ihnen auf seine Rüstung. Noch merkwürdiger war, wie sich der Inhalt des Gefäßes verhielt. Eine perfekte Kugel silbrig glitzernden Staubs von gut einem Schritt Durchmesser formte sich. In ihrem Zentrum schrie der Osadro gequält auf. Ein Laut, den eine menschliche Kehle nicht hätte hervorbringen können. Der Verwandlung schien Einhalt geboten, die Gestalt wurde wieder fester.

Aber das würde nicht ewig so bleiben. Helion musste zu Ende bringen, was seine Kameraden begonnen hatten. Er riss das Schwert aus dem Boden. Er wollte den Fehler seines Vorgängers nicht wiederholen, daher ging er um Gerrior herum, obwohl dieser inzwischen unbewegt lag. Den tropfenförmigen Schild mit dem strahlend roten Baum voran drang er vor, das Schwert legte er auf die Oberkante, wie Turnierritter es mit ihren Lanzen machten. Sein Arm schmerzte, der Schlag, den er während des Zeremonialkampfes mit Narron eingesteckt hatte, wirkte nach. Er legte sein Gewicht in den Angriff, um jeden Widerstand zu brechen. Helion hatte die Kraft seines Gegners gesehen.

Die Augen des Osadro waren erst kurz vor dem Zusammenprall wieder vollständig materialisiert. Sie starrten ihn schreckgeweitet an, während der Schrei eine Tonlage höher wurde.

Helion erlaubte sich kein Zögern. Zwar spürte er, wie die Krallen gegen seinen Schild schlugen, aber er stieß unbeirrt sein Schwert in den Gegner. Tief drang die Mondsilberklinge unter dem Schlüsselbein ein, durchstieß die Brust und durchbrach das Schulterblatt, um am Rücken wieder auszutreten.

Das Kreischen des Osadro wurde jetzt so laut, dass es in den Ohren schmerzte. Helion fühlte, wie das Gewicht die Klinge nach unten zog, als die Knie des Gegners nachgaben.

Er gönnte sich kein Verschnaufen. Er riss das Schwert herum und zog den Osadro so durch die Silberwolke in das Licht des roten Mondes. Nach allem, was Treaton ihn gelehrt hatte, war Vollmondlicht fast so schwächend für einen Schattenherrn wie das der Sonne. Hätten alle drei Monde voll am Himmel gestanden, wäre es noch besser gewesen. Heute musste Stygron genügen.

Der Osadro wand sich wie ein aufgespießter Schmetterling, bei dem man die lebenswichtigen Organe verfehlt hatte. Helion überlegte, ob er ihn enthaupten sollte, aber er wagte nicht, die

Klinge herauszuziehen. Also ließ er sie, wo sie war, und trat seinem Gegner die Beine weg. Dann stampfte er ihm auf die Brust und hielt ihn so am Boden.

Der Osadro schrie in einem fort, auch dann noch, als die drei Paladine, die Keratron in den Keller geschickt hatte, in das Zimmer liefen. Zwei von ihnen wichen instinktiv vor dem Grauen zurück, der dritte trat näher.

»Schlagt ihm den Kopf ab!«, forderte Helion.

In diesem Moment verlor der Osadro das Bewusstsein.

Der Paladin sah die alte, nackte, hässliche Frau an, die immer noch über den Boden kroch, obwohl sie den Kreis inzwischen verlassen hatte. Er wandte den Blick zu dem vermutlich toten Kameraden an der Wand und zu Gerrior, dessen Blut inzwischen eine beträchtliche Lache bildete. Dann sah er zu Keratron hinüber, für den ebenfalls wenig Hoffnung bestand.

»Es ist Euer Sieg«, sagte er. »Euch steht es an, zu bestimmen, was mit Eurem Gefangenen geschieht. Aber wenn Ihr meinen Rat wollt: So leicht sollte er nicht sterben.«

Bei Sonnenaufgang hatte der Osadro in ähnlicher Weise geschrien wie in dem Moment, als Helion ihn aufgespießt hatte. Jetzt war er verstummt, stand beinahe so reglos wie eine Statue. Wahrscheinlich hätten sie seine Fesseln lösen können. Die Sonne hielt ihn in Starre, wenn auch nicht in Ohnmacht, wie seine von Agonie gläsernen Augen verrieten. Er stand auf dem Dach des Tempels der Mondmutter, und was die Menge, die sich auf dem Platz davor versammelt hatte, in der Nacht des roten Mondes nicht vollbracht hatte, gelang ihr jetzt, da sie Zeuge des Todes eines Unsterblichen wurde. Andächtige Stille lag über dem Platz. Die Königsfamilie stand am Geländer des Balkons, von dem aus sie die beste Sicht hatte. Helion konnte sich vorstellen, dass der Besitzer des Hauses dafür keine einzige Kupfermünze hatte zahlen müssen. Die Faszination hatte die Schritte der Majestäten gelenkt, ebenso jene der Masse, die sich auf dem Platz drängte, auf den anderen Balkonen, an den Fenstern, sogar auf den Dächern.

Es war das Privileg der siegreichen Mondschwerter, neben dem Verurteilten auf dem Tempel der Mondmutter zu stehen. Helion, sein Überwinder, stand neben Giswon, dem Ordensmarschall. Keratron war beim Heiler, in der vergangenen Woche hatte er sich soweit erholt, dass man hoffen durfte, die Kraft der Göttin könne ihn ins Leben zurückholen. Für den letzten Kameraden, der an dem Kampf teilgenommen hatte, galt das nicht. Genick und Wirbelsäule waren gebrochen, als der Feind ihn an die Wand geschleudert hatte.

Der Osadro hieß Ranomoff. Er war ein Baron in Ondrien, dem Land der Schattenherren. Vor etwa zwanzig Jahren war er in die Schatten getreten. Mehr wussten sie nicht über ihn. Er war nicht sehr gesprächig gewesen. Jedem Osadro, der in die Hände der Mondschwerter fiel, war klar, dass seine Ewigkeit ein rasches Ende nahm. Möglich, dass die Archive mehr über ihn hergeben würden. Wenn der Brand vor sieben Jahren die Unterlagen nicht vernichtet hatte.

»Euer Blick ist schwer zu deuten, Silberträger.«

»Verzeiht, Ordensmarschall.« Helion sah hinunter zu der Menge.

»Verwirrt es Euch, mich in Eisen und Silber zu sehen?«

Das heilige Metall an Giswon und Helion leuchtete in einem tiefen Orange, was bewies, dass die Kraft des Osadro nur noch schwach war.

»Ihr seid ein Paladin, Herr.«

Giswon verschränkte die Arme, was seine Rüstung klappern ließ. »So wie alle, die wieder von diesem Dach steigen werden. Also sprecht frei. Eure Augen verraten Euch ohnehin. Der Anblick überrascht Euch.«

»Er ist ungewohnt.«

»Ich bitte Euch! Es kommt selten genug vor, dass niemand um mich ist, dem wir schöntun müssten. Verderbt mir diesen kostbaren Moment nicht mit diplomatischem Geplapper. Darin sind uns die feinen Damen ohnehin überlegen.«

Unsicher, was von ihm erwartet wurde, sah Helion ihn an. Hier oben auf dem Tempel wirkte er tatsächlich ganz anders. Das Gesicht schien härter, selbst das verspielte Schwert sah nun, zusammen mit der Rüstung, wie eine echte Waffe aus. Seine Klinge stak in der Scheide, aber Helion bezweifelte nicht, dass sie leuchtete, wie es der Waffe eines Mondschwerts geziemte, wenn sie einem Osadro nahe war.

»Wisst Ihr, Helion, der Fächerschlag einer Dame kann eine Stadt in Flammen aufgehen lassen. Ich habe es selbst erlebt. Hofbälle sehen wenig Stahl, aber sie hören viele Worte, die den Weg des Stahls lenken. Auf dem Schlachtfeld ist das Leben gefährlich, aber es ist auch einfach. Wenn Ihr nachts auf Eurem Lager liegt und keine schwere Wunde spürt, dann wisst Ihr, dass der Tag im Wesentlichen gut verlaufen ist. Wenn Ihr die Klingen gekreuzt habt und Euer Feind verblutet im Staub, während Ihr aufrecht steht, dann wisst Ihr, wer der Sieger ist. Wenn Ihr aber zwischen den Akten eines Theaterstücks mit zehn einflussreichen Männern gesprochen und Höflichkeiten mit zwanzig Damen ausgetauscht habt, drei davon im heiratsfähigen Alter, zwei gebunden, aber unglücklich, dann fragt Ihr Euch noch einen Monat später, worüber Ihr überhaupt geredet habt. Einen Monat darauf kommt ein Meldereiter von der Front, erst dann wisst Ihr es. Ein Versorgungszug konnte leider doch nicht geschickt werden, die Truppen hungern. Oder ein Wagen mit Zeltplanen traf ganz überraschend ein. Oder ein Haufen Söldner, bezahlt für ein Jahr.« Er sah ihn an. In seinen Augen lag keine Freude. »Ihr könnt mir glauben, wenn ich das Schlachtfeld wählen dürfte, auf dem ich dem Orden dienen könnte, die Entscheidung fiele mir nicht schwer.«

Helion blinzelte in die Sonne, die noch eine Weile brauchen würde, um ihren höchsten Stand zu erreichen. »Narron ist ein guter Kämpfer.«

»Dazu habe ich ihn erzogen. Er ist für das Schlachtfeld geschmiedet.«

»Bedauert Ihr, dass er nicht an meiner Statt hier steht?«

»Die Göttin hat gewählt.«

»Daran glaubt Ihr? Dass sich der Wille der Göttin in diesen Zweikämpfen offenbart?«

Seine Rüstung knackte, als er die Schultern zuckte. »Manchmal glaube ich daran. Nicht oft. Aber was hilft es, daran zu zweifeln? Wir erschaffen die Welt nicht, wir leben in ihr. Wenn wir all unsere Kraft einsetzen, können wir ein Stück davon verändern, und wenn wir Glück haben, sieht diese Veränderung sogar in etwa so aus, wie wir sie uns vorgestellt haben.«

»Das klingt nicht nach einem Krieger, der seinen Willen mit dem Schwert in der Faust durchsetzt.«

»Nein. Ein solcher Krieger bin ich auch nicht. Ich gehöre zu denen, die in jener Wildnis überleben, die sich Zivilisation nennt. Und ich scheine recht gut darin zu sein. Nur achtmal wollte man mich bisher vergiften, und bis auf einmal wurde ich immer rechtzeitig gewarnt.«

»Bis auf einmal?«

Er lächelte grimmig. »Ich war für eine Woche auf das Krankenlager geworfen. Bewegungslos wie unser Ehrengast hier.« Er nickte zu Baron Ranomoff. »Aber ein Quäntchen hat an der Dosis gefehlt. Deswegen stehe ich hier.«

»Hat man diejenigen gefasst, die dafür verantwortlich waren?«

Wieder klapperten seine Schulterteile. »Man hat ein paar Schurken gehängt, die es sicher verdient haben. Dass die Attentäter darunter waren, bezweifle ich.«

Unten auf dem Platz gab es wieder Gedränge. Zu spät Gekommene beanspruchten einen besseren Blick. Wenn er gefesselt an einem Pfahl in der Sonne stand, dazu noch auf dem

Dach des Tempels, wandelte sich das Grauen, das einen Schattenherrn umgab, zu einem angenehmen Schaudern, das man sogar den Kleinkindern gönnte, die man auf den Schultern trug.

»Ich weiß nichts von Gerrior.« Er war verblutet, bevor er vor die Richterinnen hatte gebracht werden können.

»Wenn man sein Leben in der Gesamtheit sieht, kann man ihn achten«, meinte Giswon.

»Keratron sagte, die beiden hätten Seite an Seite gekämpft.«

»Das stimmt. Dann legte eine schöne Frau ihm Fesseln an. Ihretwegen verzichtete er auf das Schlachtfeld. Er wollte sie nicht zu einer Witwe machen. Anfangs fiel es ihm schwer. Er haderte damit, wir haben viele Nächte darüber gesprochen, bis der Morgen dämmerte. Ich sagte ihm, dass sich auch in Akene viel für den Orden erreichen lässt, in Auseinandersetzungen, bei denen kein Blut fließt.«

»Auf Eurem Schlachtfeld.«

»Ja. Zu meiner Überraschung fand er schnell Gefallen daran. Aber jetzt wissen wir, dass er den Gefahren dieser Umgebung erlag. Zunächst war es seine Frau, die das Geschmeide liebte, aber als sein erstes Kind geboren war, entwickelte er selbst die Neigung, seinen Stolz mit edlen Stoffen und modischen Schnitten zu zeigen.«

»Er war verheiratet?«

»Ja. Bis vor zehn Jahren die Hewron-Pocken wüteten. Seine Frau war unter den Opfern, ebenso die drei Kinder. Er flüchtete sich in den Wein, es dauerte ein halbes Jahr, bis wir die Klauen dieses Dämons von seinem Herzen lösen konnten. Aber er war ein anderer geworden. Er wollte das Leben zwingen, mit Lust und Freude zurückzuzahlen, was es ihm mit Trauer und Schmerz genommen hatte. Man wusste um seine Nähe zu mir, und er verstand es, dieses Wissen in edles Metall zu verwandeln. Und das Gold dann in die Hände von Wucherern, Kaufleuten, Künstlern und vor allem Frauen zu drücken, darauf verstand er sich auch.«

»Ich war überrascht von seinen«, Helion suchte das richtige Wort, »Vorlieben.«

»Wie meint Ihr das?«

»Nun, die meisten Männer bevorzugen jüngere Frauen.«

»Und?«

»Als wir ihn antrafen, vergnügte er sich mit einer Dame, die meine Urgroßmutter hätte sein können.«

»Wohl kaum. Baroness Agara wird ihren achtzehnten Geburtstag nicht mehr erleben.«

»Das soll Agara gewesen sein?«

»Eure Überraschung erstaunt mich. Ihr wisst weniger über seine«, er deutete auf den Schattenherren, »Art, als ich angenommen habe.«

»Dann lehrt mich!«

»Sie nähren sich von unserer Lebenskraft.«

»Von unseren Gefühlen.«

Giswon schüttelte den Kopf. »Unsere Gefühle, unsere Ängste, unsere Sehnsüchte, Ekstase, was immer uns aufwühlt, das ist nur die Brücke zwischen ihnen und uns. Es ist die Lebenskraft, die sie wirklich wollen. Sie nennen sie die Essenz, und wenn es überhaupt etwas gibt, was sie verehren, dann ist es dies. Wenn sie nur einen kleinen Teil davon nehmen, wird das Opfer schwach, müde. Es erholt sich rasch, ein guter Nachtschlaf reicht für einen Gesunden aus. Aber wenn sie sich nicht zurückhalten …«

»Ihr wollt damit sagen, Baroness Agara hat Gerriors Haus als Siebzehnjährige betreten?«, rief Helion.

»Und als eine der schönsten, aussichtsreichsten Damen der Stadt. Jetzt ist ihr Körper so alt, dass es die Heiler wundert, dass sie heute noch die Sonne aufgehen sah. Man munkelt, sie liege hinter einem dieser Fenster und habe geschworen, so lange durchzuhalten, bis derjenige stirbt, der ihr das Leben raubte.«

Helion schloss die Faust um den Griff seines Schwerts. Erstaunlich, wie schnell diese Waffe zu einer gewohnten Gefährtin wurde. Es lag wohl daran, dass sein eigenes Blut ihre Klinge geformt hatte. »Dann ist er gekommen, um die Jugend dieser Frau in sich aufzunehmen?«

»Das war ihm sicher angenehm, so wie für uns ein delikates Mahl. Am besten schmecken ihnen unsere Kinder, sagt man. Wenn ein Herz noch nicht von den Enttäuschungen des Lebens abgehärtet wurde, sind seine Gefühle am leichtesten zu wecken und reiner als alles, wozu ein Erwachsener fähig ist. Aber dass er wegen der Baroness allein hier war, glaube ich nicht. Er wollte Gerrior. Nicht seine Lebenskraft, aber seine Dienste. Wahrscheinlich haben die beiden schon vor langer Zeit einen Pakt geschlossen, und was immer man gegen die Herren von Ondrien vorbringen mag, zu einem einmal geschlossenen Handel stehen sie.«

»Dieser Osadro wird keinen Handel mehr erfüllen können«, knirschte Helion.

Giswon sah nach oben. »Ein wunderschöner Tag. Keine einzige Wolke. Ich denke, Ihr könnt zur Tat schreiten. Die Sonne steht hoch genug.«

»Ist es nicht das Privileg des Ordensmarschalls, einen gefangenen Osadro zu töten?«

»Das ist es, aber er kann es abtreten, an wen immer er will. Seid versichert, in der letzten Woche habe ich viele reizvolle Angebote ausgeschlagen.«

»Das war aber nicht sehr vernünftig. In dem Krieg, den Ihr führt, könnte Euch das zurückwerfen.«

»Man kann nicht immer vernünftig handeln, sonst hört man auf, zu leben. Ihr habt ihn für uns alle gefangen. Nun tötet ihn für uns alle.«

Helion zog das Mondsilberschwert und ging zu dem Osadro. Die Klinge leuchtete schwach, beinahe golden. Kein Vergleich zu dem Blutrot, das sie im Kampf gezeigt hatte. Er hörte ein leises Röcheln. Bei einem menschlichen Gefangenen hätte man die Gelegenheit eingeräumt, einige letzte Worte an die Welt zu richten, die er verlassen würde. Hier hatte das keinen Sinn. Die Muskeln des beinahe nackten Mannes waren so angespannt, als wollten sie ihn von innen her zerreißen.

Helion sah ein, dass die Qualen, mit denen man in der vergangenen Woche versucht hatte, Informationen aus dem Osadro herauszuschneiden, einem edlen Zweck dienten. Aber er hatte keinen Gefallen daran, jemanden leiden zu sehen. Er führte seinen waagerechten Hieb präzise und so kräftig, dass die Klinge laut gegen den Stein der Säule schlug, nachdem sie durch den Hals gedrungen war. Der Kopf fiel auf das Dach, rollte die leichte Schräge hinunter und fiel über die Kante auf den Tempelplatz. Ein Raunen lief durch die Menge, das zu einem Tosen wurde.

Der Rumpf des Toten stand noch immer unbewegt. Helion trocknete seine Klinge am Beinkleid des Mannes, dann steckte er sie weg und stellte sich wieder neben Giswon.

»Ist er wirklich tot? Ich hätte gedacht, er würde vielleicht in Flammen aufgehen.«

»Noch ist Leben in ihm, aber es wird nicht mehr lange bleiben. In den nächsten Stunden wird der Tod mit aller Macht fordern, was ihm die vergangenen Jahrzehnte verwehrten, und mehr. Bevor die Sonne den Horizont berührt, wird nur noch Staub von ihm übrig sein.«

»Die Menge widert mich an.« Unten wurden bereits Weinflaschen geschwenkt.

»Ja, Akene ist nicht der rechte Ort für Euch.«

»Und wohin wollt Ihr mich schicken?« Helion hielt den Atem an. *An die Front,* dachte er. *Bitte. Nach Norden. An die Front.*

»Ihr wisst, dass seit drei Jahrzehnten Krieg um die Silberminen geführt wird.«

»Ja, Herr.« Sein Herz schlug schnell.

»Derzeit stehen sich die Truppen in Milir gegenüber. Dass Ihr dorthin müsst, steht außer Frage.«

»Ich danke Euch, Herr.«

»Wartet ab, was ich Euch zu sagen habe, Silberträger. Ich habe einige Paladine, die ich in die Schlacht schicken kann, aber wenige, die geeignet sind, ihnen vollkommen zu vertrauen. Keratron ist einer davon, aber seine Verletzung ist zu schwer. Übermorgen schon marschiert das Heer, das wir zur Verstärkung schicken werden.«

»Mich hält hier nichts!«

»Tatsächlich? Sah ich Euch nicht vertraute Blicke mit einer Adepta tauschen?«

»Ihr meint Ajina. Wir kennen uns erst seit einer Woche.«

»Für Sterbliche ist jede Stunde kostbar.«

Für die vergangene Woche galt das zweifellos. Er hatte viele Stunden mit Ajina verbracht, bei Spaziergängen, in der Sonne am Fluss, im Tempel der Mondmutter. Er liebte es, aus einfachen Zutaten köstliche Speisen für sie zu bereiten. Eine ungewöhnliche Vertrautheit war zwischen ihnen gewachsen. Aber nicht deswegen war er nach Akene gekommen. »Ich bin Mondschwert geworden, um zu kämpfen, Herr! Ich bin bereit!«

Giswon sah ihm in die Augen. »Bereit, mit dem Schwert für das einzutreten, was Ihr für richtig haltet? Ja, das seid Ihr. Niemand zweifelt daran. Aber lasst mich Euch eine Frage stellen. Kennt Ihr Ajinas Familie?«

»Herr, ich verstehe nicht.«

»Wisst Ihr, wer Ajinas Vater ist?«

»Nein, Herr.«

»Er ist Euch bekannt. Besser als den meisten anderen.«

»Woher?«

»Aus Treatons Erzählungen. Es ist undenkbar, dass er Modranel nie erwähnt hat.«

»Modranel? Der verderbte und von allen verfluchte Magier, der sein eigenes Kind in die Schatten gab?«

»Und den Euer Meister jagte und nicht stellen konnte. Der mit Schattenbaron Gadior im Bunde war und daraufhin einer der mächtigsten Zauberer der Menschheit wurde. Mit dessen Namen Mütter ihren unartigen Kindern drohen und der als Paktierer des Bösen auf zahllosen Bildern und Wandteppichen zwischen hier und Bron zu sehen ist. Genau der.«

»Und Ajina soll seine Tochter sein?«

»Sie ist sein zweites Kind.«

»Aber was tut sie dann im Tempel der Mondmutter?«

Giswon gönnte sich ein Lächeln. »Sie dient der Göttin als Adepta.«

»Aber die Tochter eines Zauberers, der mit dem Feind paktiert …?«

Giswon atmete tief durch. Sein Lächeln verschwand. »Das Leben ist oft seltsam. Ihr versteht den Krieg nicht, den ich führe. Aber dies ist ein Moment, wo mein Krieg und Euer Krieg in eine gemeinsame Schlacht führen. Ich lege eine Last auf Eure Schultern, die ich Euch gern ersparen würde, aber es gibt keinen, der sie besser tragen könnte.«

Helion schluckte. Das Gespräch verwirrte ihn.

»Modranel hat seinen Pakt mit den Schatten gebrochen. Er sagt, er tat es um seiner Tochter, Ajinas, willen. Seit fünf Jahren hilft er uns im Verborgenen. Denkt Ihr, das Silberpulver in den Tongefäßen ist aus eigener Kraft schwerelos, wenn das Behältnis zerbricht?«

»Der Staub rieselte langsamer zu Boden als Schnee«, erinnerte sich Helion.

»Es ist Zauberei, die das möglich macht. Das und vieles andere mehr, von dem der Feind noch nichts weiß. Wir schmieden unsere Waffen hinter fest verschlossenen Türen. Aber die mächtigste Waffe ist Modranel selbst. Jetzt gedenken wir, sie einzusetzen.«

»Gegen welches Ziel?«

»Er«, Giswon zeigte über die Schulter zu dem Pfahl, wo der steife, enthauptete Körper bereits deutliche Runzeln bekam, »war ein Baron der Schattenherren. Zwei Jahrzehnte alt, vielleicht etwas mehr. Ein mächtiger Gegner. Versteht mich nicht falsch, aber als Ihr auf ihn traft, war er berauscht und vom Silberstaub war er überrascht.«

»Und der rote Mond stand voll am Himmel.«

»So ist es. Für einen Schattenherrn war er jung. Vielleicht hat er sich deswegen so weit von Ondrien entfernt, wollte sich einen besonderen Verdienst erwerben. Aber stellt Euch vor, er wäre zehnmal so alt gewesen, oder hundertmal. Und hätte all die Nächte dazu genutzt, sein Wissen in der verbotenen Kunst zu vervollkommnen. Hätte Heerscharen um sich versammelt und in Ondrien seine Gegner beseitigt, wäre in der Gunst des Schattenkönigs ganz nach oben gelangt.« Er griff Helion bei den Schultern. »Wir wollen Lisanne vernichten! Die Schattenherzogin! Könnt Ihr Euch vorstellen, was ein solcher Sieg bedeuten würde?«

Die Schattenherzöge waren finstere Halbgötter. Ihre Macht überstieg alles Vorstellungsvermögen. »Wenn das möglich wäre, könnte es den Silberkrieg entscheiden.«

»So ist es! Lisanne ist selbst an der Front, das wissen wir. Sie führt den Angriff auf Guardaja, das unser letztes großes Silbervorkommen schützt. Wenn Lisanne fällt, müssen sich die ondrischen Streitkräfte neu ordnen. Gut möglich, dass ein Machtkampf zwischen den Schattenherren ausbricht. Sie leben ewig, sie denken in anderen Zeiträumen. So etwas kann sie ein Jahrzehnt oder zwei zum Halten bringen, das ist nicht zu viel gehofft.« Giswons Oberlippe zitterte.

»Und es ist wirklich möglich?«

»Nicht mit Schwertern und Kriegern, aber mit Magie, die so mächtig ist wie Modranels, kann es gelingen. Wenn wir die Schattenherzogin überraschen. Und wenn wir Modranel so nah an sie heranbringen, dass er ihr in die Augen blicken kann.«

»Aber wo ist Modranel?«

»Übermorgen wird er beim Heer sein. Er wird verborgen reisen, als Priesterin Arula. Seine Tochter wird ihn begleiten.

Den Magier an sein Ziel heranzubringen, das war Keratrons Mission.«

Viele Fragen jagten durch Helions Kopf. Warum diente die Tochter eines Magiers im Tempel der Mondmutter? Was hatte Ajina ihm noch verschwiegen, was noch hinter ihrem strahlenden Lächeln verborgen gehalten? Wer wusste um Modranels Unterstützung? Welche Verkleidung würde er benutzen? Gab es einen Plan, wie man an Lisanne herankommen würde?

Aber es war nicht die Stunde für Fragen. »Jetzt ist es meine Mission«, stellte Helion fest.

Giswon nickte. »Dann lasst uns hinuntergehen. Hier gibt es nichts mehr für uns zu tun.«

Auf den Stufen hielt Helion seinen Ordensmarschall zurück. »Ist dem Magier zu trauen?«

Langsam schüttelte Giswon den Kopf. »Nein. Niemals. Aber dennoch ist das die beste Gelegenheit, die wir jemals hatten. Und außerdem erscheint es mir in diesem Lichte wie ein Wink der Göttin, dass Ihr hier seid, um diesen Auftrag zu übernehmen.«

»Warum?«

»Weil Ihr nicht zögern werdet, ihn zu töten, sollte er ein falsches Spiel treiben.«

Aufmarsch

›Der schwarze Stern‹ war der Name, den das Volk der Kathedrale von Karat-Dor gegeben hatte, und in der Tat mussten die Raben, die über ihm kreisten, in dem gezackten Gebäude eine solche Form erkennen. Von jedem der sieben Türme sah die überlebensgroße Statue eines Osadro in das Land, aus Obsidian geschnitten, als hätten die Schatten der Nacht feste Gestalt angenommen. Sechs von ihnen stellten Herzöge dar, Xenetor, den Krieger, in seiner Rüstung, Aischos mit dem Folianten des letzten Wissens unter dem Arm, Borator, als einziger auf einem Thron sitzend, Eskendra, den Fuß auf dem Kopf eines Fayé, Widaja, die Zuchtmeisterin und Lisanne in ihrer ungnädigen Schönheit. Der einzige Baron war Gadior, der seinen Platz dadurch verdiente, dass er die Kathedrale hatte errichten lassen. Ein Palastviertel war dafür niedergebrannt worden. Der Kult duldete keine weltlichen Gebäude auf seinem Boden, und so gehörte ihm alles auf dem Kathedralenhügel. Man munkelte, dass der Bau noch nicht abgeschlossen sei. Gadior plane, über dem Zentrum, das sich in die Dunkelheit des Felsens senkte, eine achte Statue zu errichten, höher als diejenigen der Herzöge übereinandergestellt. Sie solle Elien Vitan zeigen, den Schattenkönig, der seit einhundertsiebenundvierzig Jahren auf dem Thron von Orgait saß und die Geschicke Ondriens bestimmte.

Lióla hielt das für ein gewagtes Vorhaben, wenn es denn stimmte. Einige Schattenherzöge waren in den letzten Jahrzehnten wegen des Silberkriegs in den Süden gereist, und wenn sie Karat-Dor mit ihrer dunklen Präsenz gesegnet hatten, hatten ihre Blicke immer der Größe und Pracht ihres Standbilds gegolten. Gadior war klug genug gewesen, die Statue, die ihn selbst zeigte, einen Schritt kleiner anfertigen zu lassen. Aber wenn er ein Bildnis ELIEN VITANS auf das Zentrum des Sterns stellte, wie würde der SCHATTENKÖNIG darauf reagieren? Unmöglich konnte man SEINER Allmacht gerecht werden. Sicher, auch im Innern war ER abgebildet, aber das war auf SEIN eigenes Geheiß hin geschehen und entsprach der Tradition. Auch die Gesichter der anderen SCHATTENKÖNIGE befanden sich dort, ebenfalls aus Obsidian gemeißelt, wo der Bau am dunkelsten war. Lióla hoffte, dass ihr Herr klug genug war, seine Baupläne vor der Umsetzung vorzulegen und sich so vor dem Zorn des Höchsten zu schützen.

Lióla schob die Hände in die Ärmel ihrer nachtschwarzen Robe, als sie in die Kammer der Verzweiflung trat. Trotz seiner bescheidenen Bezeichnung war dieser Raum wie alles in der Kathedrale groß, beengt waren lediglich die Herzen jener, die hier unter den Augen gerüsteter Wachen warteten. Aber auch daraus sollte der Kult seinen Nutzen ziehen, dafür würde Lióla sorgen.

Man hatte den Adepten die Insignien ihrer schwachen Kulte gelassen. Sie kamen aus Milir, wo der Stiergott Terron verehrt wurde. Auf den Stickereien ihrer Gewänder hatte man ihm so viele Muskeln gegeben, wie es die Künstler vermochten. Manchmal war er als menschliche Figur dargestellt, lediglich mit gehörntem Haupt, meist jedoch in gänzlich tierischer Gestalt. Einige Roben waren zerrissen, aber das war nur ein Nebeneffekt der Gefangennahme gewesen, als die Stadt Corella genommen worden war. Lióla lächelte, während sie die verlorene Schar musterte. Ihrerseits bedachten die Gefangenen sie mit einem Blick, der die Frage enthielt, die sie schon so oft gesehen hatte: Ob sie wohl selbst eine Osadra war? Ihre helle Haut täuschte viele, die noch nie die Gnade der Begegnung mit einem Unsterblichen gehabt hatten. Ein dreifacher Neumond war selten, so auch die Kinder, die das Zeichen der Geburt aus einer solchen Nacht trugen.

Heute war es ein Dutzend Adepten, von denen die meisten wohl inzwischen erkannt hatten, dass die Kraft ihrer heiligen Symbole in den Schatten verwehte. Bei einer Gefangenen verharrte Lióla. Sie trug ein Gewand, das aus einer hellen, wenn auch durch die Umstände stark verschmutzten Stoffbahn gewickelt war. »Aus Ilyjia?«, fragte Lióla scharf.

»Ja.«

Eine Wache trat vor und schlug ihr ins Gesicht, so kräftig, dass es sie von den Knien riss und zu Boden schleuderte. Sie blutete aus der Nase, als sie sich wieder aufrappelte. »Ja, Herrin«, sagte sie kleinlaut.

»Schon besser. Du musst verstehen, dass du hier nur eine Sklavin bist.« Lióla hob die Stimme. »So wie ihr alle! Eure Götter haben euch verlassen! In Ondrien haben sie keine Kraft!«

Einige Milirier schluchzten. Daheim waren sie ein stolzes Volk, sagte man, unbeugsam, trotzig. Deswegen verweigerten sie Ondrien jeden Tribut, obwohl sie das zu den Hauptleidtragenden des Krieges machte. Hätten sie ihre Silberminen herausgegeben, hätten die Schattenherren vielleicht Gnade walten lassen. So mussten die Milirier hinnehmen, dass eine ihrer Städte nach der anderen unter schwarze Banner fiel. Wie jüngst Corella.

An den milirischen Gefangenen hatte Lióla bislang nichts Besonderes feststellen können. Wenn überhaupt, dann waren es die riesenhaften Menschen aus Bron, die der Furcht in den Schatten trotzen konnten. Die Milirier verzweifelten wie alle anderen auch. Befriedigt sah Lióla, dass sich bereits jetzt die erste Essenz aus der Gruppe der Adepten löste und schwerelos zu den Kristallen trieb, die in den Wandnischen aufgestellt waren. Es gab sie überall in der Kathedrale. Nichts von der Hingabe, die hier gefühlt wurde, sollte verschwendet werden. Alles wurde den Schattenherren dargebracht.

»Wie heißt du?«, fragte Lióla.

»Pnemaja.«

»Was macht eine Priesterin der Mondmutter in Milir, Pnemaja?«

Sie strich eine Strähne verfilzten Haares aus dem Gesicht. »Die Menschen müssen zusammenstehen.«

»Oh!«, tat Lióla überrascht. »Habt ihr das endlich eingesehen? Dass die Menschen ein einziges Schicksal teilen?« Ihr Ton wurde schärfer. »Vor den Herren der Schatten im Staub zu liegen!«

Pnemajas Kiefer mahlten.

Sie ist stolz. Gut. Ihr will ich mich heute besonders widmen.

»Ihr könnt doch noch nicht einmal vor den Fayé bestehen, und das, obwohl sich alle Gelehrten einig sind, dass ihre Zeit vorüber ist.«

Pnemaja schwieg.

»Ruft eure Götter! Ihr alle! Den Stierherrn oder die Mondmutter, mir soll es gleich sein! Schreit nach ihnen! Wir wollen sehen, ob sie euch hören. Wird das Licht der Monde die Kathedrale zum Schmelzen bringen, oder werden Terrons Hörner ihre Mauern einreißen? Nun los! Fleht sie an, eure schwachen Götter!«

Sie schritt vor den Gefangenen auf und ab.

»Ihr wollt nicht? Warum? Weil ihr wisst, dass sie ohnmächtig sind? Dass sie vor den Unsterblichen der Nacht um Gnade winseln?«

»Das tun sie nicht!«, brauste ein Adept auf. Er war jünger als die anderen, konnte nicht viel mehr Jahre gesehen haben als

Lióla selbst. Dem Ritus seines Glaubens folgend, hatte er kräftige Muskeln herausgebildet.

»Nein? Ist es denn stark, das Rindvieh, das du anbetest?«

»Terron ist ein machtvoller Gott! Er segnet Feld und Fluss, treibt den Winter zurück und gibt uns Nahrung.«

»In dieser Welt«, versetzte Lióla, »misst man Macht nicht daran, ob es einem gegeben ist, zu erschaffen und zu heilen. Macht besitzt jener, der niederzureißen und zu zerstören vermag.« Sie nickte einer Wache zu.

Rüde bahnte sich der Krieger den Weg zu dem Sprecher. Ohne Zögern griff er in das volle Haar des Jünglings, riss seinen Kopf zurück und stieß den Dolch durch die Kehle in die Brust.

Das Blut spritzte auf die in der Nähe Knienden. Verzweifelte Schreie erhoben sich, pressten nun eine größere Menge Essenz aus den Menschen. Lióla hatte einen Blick dafür entwickelt, sie konnte das Flimmern erkennen, das von den Kristallen angezogen wurde. Ein Weltlicher mochte Schwierigkeiten damit haben. Es war nicht vergleichbar mit den Mengen, die ein Schattenherr rufen konnte, wenn er das Leben aus einem Opfer lockte. Mehrfach war Lióla Zeugin geworden, als Baron Gadior solcherlei getan hatte.

Gemessen an den Mitteln, die ihr gegeben waren, war dies ein guter Beginn. »Wollt ihr nun endlich beten? Oder soll noch jemand sterben, um euch in die rechte Stimmung zu bringen?«

Terron liebte Anrufungen, die nur zu einem Teil aus Wörtern der menschlichen Sprache bestanden. Sie wurden von melodischen, tiefen Tonfolgen getragen, in die sich Lobpreisungen mischten. Zunächst gaben die gewohnten Riten den Adepten Halt, aber später, wenn ihnen klar würde, dass niemand da war, der ihre Gebete erhörte, dass sie voll und ganz der Macht der Schatten ausgeliefert waren, dass die Diener Ondriens sie nach Belieben verkrüppeln und töten konnten, ohne dafür Rechenschaft ablegen zu müssen, dann würde die Verzweiflung in ihre Herzen kriechen und die Essenz würde in die Kristalle fließen. So war es immer, so würde es auch heute sein. Eine Woche mochten sie durchhalten, vielleicht zwei, bis die Verzweiflung der Taubheit wiche. Ab dann wären sie wertlos und man entledigte sich ihrer, um die Mittel zu sparen, die man dafür aufwenden musste, ihre kümmerliche Existenz zu erhalten.

Die Ilyjierin kniete mit geschlossenen Augen und murmelte leise ihre Verse. Zu den Gebeten der Gruppe trug sie nichts bei. Ihre Religion war eine andere, sie konnte die Gesänge nicht unterstützen.

»Steh auf und komm mit«, forderte Lióla. »Ich werde dir die Dunkelheit zeigen.«

Die Priesterin gehorchte.

Sie lernt schnell. Sehr gut.

Die Kathedrale von Karat-Dor war ein Musterstück ondrischer Architektur. Überall schufen Erker und Nischen Schatten. Das gedämpfte Licht der Kohlebecken ließ den Unerfahrenen Bewegungen und Gestalten vermuten, wo keine waren. Zudem warfen die Wände den Schall in verwirrender Weise zurück. Was in einem Teil der Kathedrale gesprochen wurde, war in einem anderen, weit entfernten, als unverständliches Wispern zu vernehmen, als streiften Geister durch das Gemäuer. Eine Annahme, die Lióla, trotz ihres langen Aufenthaltes hier und obwohl sie um die Schliche der Baumeister wusste, nicht gänzlich verwerfen wollte. In der Kathedrale waren viele gestorben, längst nicht alle in Frieden. Und was geschah mit den Seelen jener, die zu einem Leben als Ghoul verurteilt wurden? In ihren veränderten Körpern hatten sie kaum noch eine Wohnstatt. Jedenfalls keine, die irgendeinem der schwachen Götter genehm gewesen wäre, und für die Schattenherren, die einzigen Götter, die wirklich zählten, hatten Seelen keinen Wert. Lióla spürte sich lächeln.

Sie stiegen eine breite Treppe hinab in das Zentrum des Sterns.

Auch hier war es nicht vollständig dunkel, vereinzelt glommen noch Kohlebecken. Nur solange es Licht gab, war die Finsternis wahrnehmbar. Aber man musste achtgeben, wohin man seinen Fuß setzte. Es gab Schwellen, die einen übereifrigen Wanderer hätten straucheln lassen, und so viele Biegungen, dass man leicht den Weg verlieren konnte. Es kam immer wieder vor, dass verzweifelte Schreie zu einem Neuling führten, der nicht mehr allein zurückfand.

Lióla sah das Zittern der Priesterin, aber seine Ursache musste nicht in der Furcht liegen. Selbst hier im Süden war Ondrien kälter als ihre Heimat.

Sie erreichten den runden Raum, der exakt im Mittelpunkt der Kathedrale lag. Der Weg hatte ihren Augen Zeit gegeben, sich an die Schatten zu gewöhnen. So hatten sie keine Mühe, ELIEN VITANS Gesicht zu erkennen, wie es ihnen entgegenblickte, in einen vier Schritt hohen Block aus Obsidian geschnitten. Lióla kniete nieder und berührte den kühlen Stein des Bodens mit ihrer Stirn. Die Behandlung, die Pnemaja vorhin erfahren hatte, zeigte Wirkung, denn sie nahm ebenfalls die demutsvolle Haltung ein.

Als sich die beiden Frauen aufrichteten, flüsterte Pnemaja Lióla etwas zu. »Was tut Ihr, wenn Elien Vitan ins Eis geht, um sich zur Ruhe zu betten, und ein anderer geweckt wird, um auf den Thron des Schattenkönigs zu steigen?«

Als Antwort führte Lióla sie tiefer in den Raum, um ELIENS Gesicht herum. Dort blickten ihnen die strengen Augen ZAREFIMS entgegen, der drei Jahrhunderte geherrscht hatte, und die kühlen Züge ENTRAJAS, dem die zwei Jahrhunderte davor gehört hatten. Noch weiter in der Dunkelheit wusste Lióla die Bildnisse von fünf weiteren SCHATTENKÖNIGEN. Es war unwahrscheinlich, dass SIE wirklich so aussahen, wie die Steinmetze SIE gestaltet hatten. Gadior hatte SIE niemals zu Gesicht bekommen, dafür war er zu jung. Nur ELIEN VITANS Augen hatten auf ihm geruht.

»Wir werden SEIN Abbild nach hinten bewegen und ein neues an seiner Stelle errichten.«

»Aber wie wollt Ihr einen Stein dieser Größe durch die engen Gänge schaffen?«

»Das wird kaum möglich sein. Wir werden wohl die Kathedrale abtragen, bis dieser Raum frei liegt, und sie danach neu errichten.«

Pnemaja starrte sie an.

»In Ondrien scheut man keine Mühen, um den Schattenherren zu Diensten sein zu dürfen.«

»Aber Hunderte von Steinmetzen müssen ein Jahrzehnt an dieser Kathedrale gebaut haben!«

Lióla zuckte mit den Schultern. Es waren Tausende gewesen. Kaum einer hatte die Peitschen überlebt, die sie angetrieben hatten. »So lassen jene bauen, die wahrhaft Macht haben.«

Lióla führte sie zurück. Sie wählte eine Treppe, die sie in einen anderen Zacken des Sterns führte. Sie hörten die Schreie, lange bevor sie oben ankamen.

Pnemaja sog scharf die Luft ein, als sie sah, dass an eisernen Ringen entlang der Wände Männer gefesselt waren. Einige hatte man entkleidet, bei anderen hatte man sich nicht die Mühe gemacht und diese Arbeit den Geißeln überlassen, die von niederen Dienern geschwungen wurden. Undenkbar, dass sich ein Gardist dazu bequemt hätte. Diese Arbeit galt als anspruchslos, man musste nur darauf achten, dass die Gefangenen nicht zu schnell starben, damit die zwischen ihnen in Wandnischen gestellten Kristalle genügend Lebenskraft aufnehmen konnten. Aus diesem Grund schlugen die Knechte auch nur wenige Male zu, bevor sie die Reihe abschritten und ihr nächstes Opfer wählten. Das geschah willkürlich. Die Unvorhersehbarkeit steigerte die

Angst, und je stärker die Angst, desto mehr Essenz wurde geerntet.

Als die Geißler Lióla bemerkten, erhöhten sie ihre Anstrengungen. Sie wussten, dass eine Dunkelruferin ihnen Schwierigkeiten machen würde, wenn sie unzufrieden mit ihrem Dienst wäre.

Lióla zog sanft, aber unnachgiebig die Hände herunter, die Pnemaja vor die Augen geschlagen hatte. »Sieh hin, vielleicht erkennst du einen von ihnen. Sie gehören zu den Kriegern, die sich in Corella unseren Truppen entgegenstellten. Wohl nicht die Tapfersten, sonst wären sie bei der Verteidigung gefallen. Aber dennoch ist es möglich, dass einer von ihnen vor den lächerlichen Tempeln Wache stand, in denen Euresgleichen die schwachen Götter vergangener Zeiten anwinselt.«

Pnemaja hielt ihre Tränen nicht zurück. Die blutigen Rücken weckten ihr Mitleid. Diese Emotion war als Brücke der Lebenskraft ebenso brauchbar wie jede andere auch, aber es wurde selten genutzt, weil sich diese Regung niemals direkt auf einen Schattenherrn oder auf die Objekte bezog, durch die der Kult die Osadroi verehren ließ. Das dämpfte die Wirkung erheblich. Die Gefolterten zeigten angemessene Furcht vor dem, was die Ondrier ihnen antun konnten und würden. Ihre Lebenskraft floss in die Kristalle. Von Pnemaja war hier nur wenig zu erwarten. Ihr Denken blieb bei den Gequälten stehen, drang nicht weiter bis zu denen, in deren Namen die Qual verursacht wurde.

»Eure Götter haben sie nicht geschützt«, versuchte es Lióla. »Sie haben diejenigen verlassen, die sich vor ihre Heiligtümer stellten. Ihre Macht wird von den Schatten erstickt.«

Es hatte keinen Zweck. Pnemaja war zu ergriffen, um die Worte nachzuvollziehen.

Dann eben anders.

Lióla führte sie weiter.

Nicht nur Schmerz und Angst wurden in der Kathedrale genutzt. In der Kapelle, die Gadior für seine eigene Verehrung vorgesehen hatte, verlangte er Hingabe.

Die Statue des Bauherrn glänzte in dem gleichen schwarzen Obsidian, aus dem alle Bildnisse der Schattenherren geformt waren. Sie stand auf einem hohen Sockel, damit sie auf die Gemeinde hinunterblicken konnte, eine Faust in die Seite gestemmt, die andere Hand in fordernder Geste ausgestreckt. Das Podest war mit einem Relief verziert, das muskulöse Menschen zeigte, die die Plattform der Statue wie eine schwere Last stemmten. Hinter dem Bildnis befand sich eine kleine Tribüne, auf die sich ab und zu verdiente Gläubige setzten. Auch jetzt hielten sich zwei Offiziere dort auf, vielleicht waren einige ihrer Krieger in der Menge, die sich hier eingefunden hatte.

Lióla lachte. Ein Blick in Pnemajas Augen zeigte ihr, dass sie die Ilyjierin richtig eingeschätzt hatte. Während ihr Gesicht noch Entsetzen zeigte, als sie sah, mit welcher Inbrunst sich die Gläubigen dem dunklen Herrn entgegenreckten, war in ihren Augen schon zu erkennen, dass in ihr etwas zerbrach.

Lióla küsste ihre Schläfe, bevor sie in ihr Ohr flüsterte: »Ja, sieh genau hin. Sie geben sich ganz den Schattenherren. Keine größere Seligkeit können sie sich vorstellen, als von ihnen beachtet zu werden.«

»Sie wollen die Unsterblichkeit für sich«, wandte Pnemaja mit schwacher Stimme ein.

»Diese einfachen Leute? Nein, so dumm sind sie nicht. Nur die Verdientesten, deren Leistungen diejenigen der Menschen ihrer Zeit bei Weitem übertreffen, werden in Erwägung gezogen, selbst zu einem Osadro gemacht zu werden. Die Unsterblichkeit ist nur für Wenige bestimmt.«

Pnemaja sah sie an. Die eigenen Tränen schienen sie nicht zu stören. »Ist es das, was Ihr für Euch erhofft?«

Kalt lächelnd schüttelte Lióla den Kopf. »Es geht nicht um mich. Es geht um die Schattenherren.« Sie zeigte auf Gadiors Bildnis. »Um ihnen zu dienen, existieren wir.«

»Aber sie waren doch auch einmal Menschen!«

»Das ist so lange her, dass es kaum mehr wahr ist. Bei einigen Jahrzehnte, bei anderen Jahrtausende. Sie alle sind zu etwas Höherem geworden.«

»Zu etwas, was nicht in den Schriften der Götter steht. Zu etwas Grausamerem.«

»Man braucht Macht, um grausam sein zu können. Und wie du schon sagst, die Götter wussten nichts von dem, was die Osadroi erschuf. Die Schattenherren nehmen sich, was sie fordern. Deine Götter sind zu schwach, es ihnen vorzuenthalten.«

Mehr als von Liólas Worten war Pnemaja von den Menschen in der Kapelle entsetzt. Sie schluchzten, reckten die nackten Arme der Statue entgegen, wagten nicht, sich weiter zu nähern, als eine rote Kordel es ihnen erlaubte, lagen jedoch beinahe übereinander, um so weit wie möglich nach vorn zu kommen. Viele weinten, aber nicht vor Schmerz. Es waren Rührung und bitteres Flehen, die ihre Herzen bewegten.

»Unternehmt etwas wegen der Alten«, raunte eine Stimme so plötzlich in Liólas Ohr, dass sie zusammenschrak. »Sie stirbt uns weg.«

»Seelenbrecher! Sei vorsichtig, an wen du dich heranschleichst! Manche Dolche sitzen locker in diesem Haus!«

Tatsächlich hatte Lióla unwillkürlich das Heft ihrer Waffe gefasst. Es war eine Zeremonialklinge, aber entschlossen in einen Bauch gestoßen machte das keinen Unterschied. Sie hätte nicht übel Lust gehabt, den Beweis dafür an Avin anzutreten, der ihr seit seinem Eintreffen zuwider war. Er war vorgestern gemeinsam mit den Gefangenen aus Corella gekommen und lag ihr seitdem in den Ohren, damit sie in der eroberten Stadt das Ritual an den dort zurückgebliebenen Stierpriestern vollzöge.

Sie sah zu der Alten hinüber, die Avin meinte. Sie war ein Großmütterchen, dürr, mit den Händen einer Arbeiterin. »Beschützt meinen Ragolf!«, schluchzte sie, so heftig weinend, dass ihr Gesicht zu zerfließen schien. »Er ist ein guter Junge! Schützt ihn, auf dass er gut für Euch streite! Er ist so tapfer und mein einziger Enkel! Seine Eltern sind schon für Euch gestorben! Fordert nicht auch sein Leben!«

Ihre Stimme kippte vor Hysterie. Das war gut. Lióla sah so viel Lebenskraft von ihr ausgehen wie von der gesamten Menschenmenge zusammen.

»Sie stirbt«, wiederholte Avin. Er hatte seinen Schädel kahl rasiert und einen siebenzackigen Stern in die Kopfhaut tätowieren lassen. Vielleicht wollte er den Herren von Karat-Dor damit gefällig erscheinen.

»Ja«, sagte Lióla gedehnt. »Das stimmt.«

Pnemaja sah sie nur stumm an, mit geweiteten Augen, während Avin insistierte: »Dann tut etwas dagegen!«

Lióla fuhr zu ihm herum. Am liebsten hätte sie jetzt endlich herausgefunden, welche Farbe seine Gedärme hatten. »Euch steht es nicht an, mir Ratschläge zu erteilen!«

Er zog den Kopf ein. »Natürlich nicht, Dunkelruferin.«

Er ist zu weich für die Ewigkeit, stellte Lióla fest. Mit Genugtuung in der Stimme sagte sie: »Lass sie sterben. Sie ist alt, sie ist schwach. Bevor ihr Lebenslicht nutzlos verlöscht, gibt sie es weiter an jemanden, der etwas damit anzufangen weiß.«

Pnemaja schrie auf, schlug die Hände vor das Gesicht und brach in die Knie. Jetzt endlich ging auch von ihr eine nennenswerte Menge Essenz aus, die die Kristalle aufsogen.

»So könnt Ihr nur sein, weil Ihr niemals Eltern hattet«, hauchte Avin.

Lióla setzte das Lächeln auf, von dem einmal jemand gesagt hatte, es sei kälter als der Nordwind. Was wusste dieser kriecherische Kerl schon? An ihre Mutter erinnerte sie sich nicht, aber ihr Vater hatte mehr von einem Schattenherrn als hundert Seelenbrecher jemals haben würden. Er hatte die Gelegenheit ergriffen, als sie sich geboten hatte. Ohne Scheu, ohne Zaudern hatte er alle Fesseln von Angst und Gewissen überwunden. Seinetwegen war sie jetzt im Kult der Osadroi. Er hatte sie weggegeben, und das hatte sie stärker gemacht, als jede gluckenhafte Liebe es hätte erreichen können. Wer auf sich allein gestellt war, der ging ein oder er entfaltete die Kraft in sich. Modranel war der mächtigste unter den Magiern, die noch nicht in die Schatten getreten waren. Man munkelte, dass er sich inzwischen von den Osadroi abgewandt hatte, aber das waren nur Gerüchte, die Neider verbreiteten. Und wenn er es getan hatte – was machte das schon? Vielleicht wollte er den Herren Ondriens zeigen, dass er ihnen wehtun konnte, um bessere Bedingungen für seinen endgültigen Übertritt auszuhandeln. Liólas Vater war ein Mann, der etwas wagte. Seine Taten waren Legende. Dass sie seit einigen Jahren nichts mehr von ihm gehört hatte, mochte bedeuten, dass er bereits irgendwo in Ondrien war, am Hof eines Grafen vielleicht, wo er sich auf die Unsterblichkeit vorbereitete.

In Avins Stimme lag Bewunderung, als er feststellte: »Jetzt ist sie tot.«

Lióla nahm ihren Blick nicht von ihm. Die Alte interessierte sie nicht. Es war unterhaltsamer, die Faszination im Gesicht eines Mannes zu sehen, der erkannte, worauf man sich einließ, wenn man in den Dienst der Schatten trat. »Ja. Wie ich sagte. Und angesichts dieser Schönheit will ich dir den Gefallen gewähren, um den du mich seit Tagen bittest.« Ihre Hand deutete hinter sich, wo sie Pnemaja auf den Knien wusste. »Nimm sie und bereite sie vor.«

Man hielt Heerschau in der Hafenstadt Pijelas. Über das Meer der Erinnerung waren Schiffe aus Eskad und von den Inseln der Gischtlande gekommen, über die Landstraßen Truppen aus Ublid und sogar eine Horde aus Bron stammender Barbaren, die sich im Süden herumgetrieben und dort davon Wind bekommen hatten, dass ein Kriegszug ausgerüstet wurde. Die Hünen waren seit fünf Tagen in der Stadt und hatten in dieser Zeit doppelt so viele Wirtshäuser zertrümmert. Viel länger hätte der Rat sie nicht geduldet.

Helion stand auf der strahlend weißen Mauer der Hafenbefestigung und sah nach Südosten auf das Meer hinaus. Von dort wehte eine steife Brise heran, die aber die Nebelbank nicht bewegte, die in zehn Meilen Entfernung auf dem Wasser lag. Natürlich nicht. Sie war unveränderlich, auch jahrhundertealte Karten verzeichneten den Seelennebel schon an dieser Position.

»Hört Ihr das Klagen der Verschmähten?«, fragte eine Stimme neben ihm.

Helion hatte den Krieger kommen sehen. Sein gemächlicher Gang und der ilyjische Panzer hatten ihn überzeugt, dass seine Absichten nicht feindlich waren, also hatte er ihn ignoriert, aber die Stimme kam ihm bekannt vor. Als er ihn ansah, fand er sich bestätigt.

»Nur den Wind, der die Wellen gegen die Felsen treibt und in den Bäumen rauscht.«

Narron stützte sich schwer auf den Zinnen ab. »Wirklich? Vielleicht muss man das fühlen, was auch sie fühlen, um sie hören zu können.«

»Macht Ihr mir zum Vorwurf, dass ich in der Roten Nacht den Sieg über Euch errang?«

»Ich versuche, es nicht zu tun. Auch wenn ich glaube, dass ich der Würdigere von uns gewesen wäre. Aber wer bin ich, das beurteilen zu wollen?« Er lachte freudlos, schüttelte dann heftig den Kopf, als wolle er die Gedanken herausschleudern, die ihn plagten. »Das Los hat uns zusammengeführt, Ihr habt gut gekämpft, Helion, Schüler Treatons, und ich war überheblich und leichtsinnig.«

»Und doch fühlt Ihr Euch verschmäht?«

»Das Herz braucht eine Weile, um dem Verstand zu folgen, und selten tut es das willig.« Er lehnte sich so weit vor, dass Helion fürchtete, er würde den Halt verlieren. Aber er machte nicht den Eindruck, als wolle er sich in die Tiefe stürzen. Er sah in die Ferne, zum Seelennebel, der hellgrau, fast weiß, auf den blauen Wellen lag. Nur wenige Schwaden lösten sich, trieben ein paar Schritt hoch oder senkten sich zum Wasser ab, um sich dann wieder mit der wolkigen Masse zu vereinen. Diese Vorstöße glichen eher den trägen Bewegungen eines Bären im Winterschlaf als der Art, wie sich Nebelschwaden üblicherweise verhielten. »Auch sie wurden für unwürdig befunden.«

»Ihr sprecht von den zurückgewiesenen Fayé.«

»Von wem sonst? Von denen, die dem Ruf der Götter folgten, als diese ihnen befahlen, die Welt den Menschen zu überlassen, die aber dann, schon auf ihren Schiffen, doch nicht für würdig befunden wurden, an die lichten Gestade zu segeln und die nun auf ewig in diesem Nebel gefangen sind.«

»Das ist nur eine Legende.«

»Eine Sage, der viele Glauben schenken. Warum wohl ist es eine Strafe, auf der Goldenen Flotte Dienst zu tun? Gemessen an den Mühen der Fischer und den Gefahren der Krieger sollte ein Matrose es doch als leichte Pflicht erachten, in aller Ruhe seinen Kurs abfahren zu dürfen.«

»Die Heuer soll nicht allzu hoch sein.«

»Ihr wisst, dass Gold nicht der Grund ist. Niemand, dessen Verstand noch in einem Stück ist, will am Seelennebel patrouillieren.«

»Ich komme nicht von der Küste. Die hiesigen Sitten sind mir fremd.«

»Tatsächlich? Dann lasst Euch sagen, dass es keiner Mutter in dieser Stadt verziehen würde, ließe sie eines ihrer Kinder bei einem solchen Wind allein auf die Straße. Ihr werdet es wohl wieder eine Legende schimpfen, und ich gebe zu, ich traf noch nie einen Zeugen, der mit eigenen Augen sah, wie die Geister auf dem Sturm ritten oder gar einen Sorglosen mit sich rissen.« Narron brachte sein Gesicht nah an Helions. »Aber das mag daran liegen, dass jeder an der Küste gelernt hat, vorsichtig zu sein.«

»Wenn Ihr versucht, mir Angst einzujagen, wird Euer Vorhaben scheitern.«

»Ich weiß nicht, was sie zu tun vermögen«, räumte Narron ein. »Aber ich war mehr als einmal dort draußen, auf See. Ich habe oft genug gewöhnlichen Nebel gesehen, um zu wissen, dass auch er Formen bilden kann, die Einfältige für von Qual entstellte Gesichter halten mögen. Aber diese Laute dort draußen ...« Er sah Helion in die Augen. In seinen eigenen blitzte ein amüsiertes Funkeln. »Wenn Ihr allein seid in einem kleinen Boot, dort, ein Dutzend Meilen von der Küste entfernt, vor dem weißen Wallen, vielleicht, weil Ihr einem Fisch gefolgt seid, um Euch herum nichts als Wellen, dann lernt Ihr, was Einsamkeit ist. Lasst Euch nicht täuschen, der Nebel hat die Farbe eines Leichentuchs, aber die See ist dort nicht still. Sie hebt Euch empor und zieht Euch gleich darauf in ein Wellental, sodass Ihr das Land nicht mehr seht. Als wäret Ihr ein Insekt in einer Flasche, die von einem Riesen geschwenkt wird. Und dann hört Ihr es. Manchmal seufzen sie, manchmal stöhnen sie und manchmal schreien sie. Der Seelennebel schweigt niemals.«

Helion sah hinaus auf das Meer. Natürlich hatte man auch in seinem Dorf die Geschichte von den unwürdigen Fayé erzählt, die von den Göttern zurückgehalten worden waren. Gesehen hatte er den Seelennebel bis zum heutigen Tag niemals. Er hatte ihn sich größer vorgestellt, wolkenhoch, bewegter, mit Blitzen, die durch das Weiß zuckten. Trotz Narrons Versuchen stellte sich keine Furcht bei ihm ein.

»Es gibt sie«, schloss Narron. »Die Verschmähten.«

Eine Weile lauschten sie auf Wellen und Wind. Narron nahm ein Steinchen, das er in den Mund steckte, um darauf zu lutschen.

»Seht Ihr Euch selbst so? Als Verschmähten?«

»Vom Orden? Oder der Mondmutter?« Narron zuckte die Schultern. »Ja. Aber spielt das eine Rolle?«

»Mich wundert, Euch hier zu treffen. Ich hätte vermutet, Ihr übtet schon wieder, um Euch auf die nächste Prüfung vorzubereiten.«

»Das dauert noch beinahe ein halbes Jahr. Eine Rote Nacht muss man abwarten, und nicht jede ist geeignet. Es wäre zu spät.«

»Wofür zu spät?«

»Als Mondschwert in den Krieg zu ziehen. Ihr wisst, wie wenige sich diesem Heerzug anschließen?«

»Ich hörte, man sei erstaunt, aus wie vielen Ländern die Kämpfer kommen.«

»Das sagt man, um den Mut der Truppen hoch zu halten. In Wirklichkeit hat man den Platz für das Heerlager gewechselt. Eigentlich sollten die Zelte auf der Kupfereichenebene stehen, jetzt lagert man vor der Stadtmauer. Weil das Gelände kleiner ist. Es ist beinahe gefüllt, auf der Kupfereichenebene hätte sich das Heer so verloren gefühlt wie jetzt seine Anführer.«

»Woher wollt Ihr das wissen?«

Narron lachte freudlos. »Wenn man der Zögling des Ordensmarschalls ist, kennt man viele in hoher Stellung. Man lernt auch schnell, wessen Zunge locker sitzt, sobald er sein Spiegelbild erblickt.«

»Ihr habt mir noch nicht gesagt, warum Ihr nicht mehr in Akene seid. Hat Giswon Euch verstoßen?«

»Nein. Warum hätte er das tun sollen? Er hat mich gebeten, nicht mit ihm nach Pijelas zu kommen.«

»Und doch seid Ihr hier.«

Er spuckte das Steinchen über die Brüstung. »Ich wäre gern als Silberträger in den Krieg gezogen. Aber wenn ich die Wahl habe, entweder ein Paladin zu werden oder in der Schlacht gegen die Schatten zu stehen, dann wähle ich Letzteres.«

»Ihr zieht mit uns?«

»Als Waffenknecht werde selbst ich nicht verschmäht.«

»Ihr klingt bitter, wenn Ihr das sagt. Warum habt Ihr Euch so entschieden? Die Ehre der Ritterschaft könnte Euer sein. Nicht jetzt, aber in einem halben Jahr.«

»Vor den Augen Akenes, das mag sein. Ich selbst würde nur meine Feigheit sehen. Nach diesem Fehlschlag wird es Jahre dauern, bis die Mondschwerter wieder zu einem Feldzug rufen. Man wird fürchten, dass noch weniger kommen könnten.«

»Dann werden wir bei unserem nächsten Kampf wohl Schild an Schild stehen.«

Hohn lag in Narrons Lachen. »Wenn man mich nicht belog, hat man Euch zwar zu diesem Heerzug befohlen, aber in den Tross, nicht in die Reihen den Kämpfer.«

Helion wandte sein Gesicht ab, obwohl er wusste, dass Narron dies als Zeichen der Scham deuten würde. »Es ist die Pflicht der Mondschwerter, die Priesterschaft zu schützen.«

Narrons Lederrüstung knirschte, als er sich in die Brust warf. »Ich sollte häufiger mit Euch sprechen. Schon fühle ich mich ein wenig zufriedener damit, doch kein Silber an meinem Panzer zu tragen.«

Helion hörte ihn fortgehen.

Auch für ihn wurde es Zeit. Er konnte nicht ewig auf der Mauer stehen. Die Zelte mussten inzwischen abgebaut sein, die Vorhut war schon vor einer Stunde ausgerückt. Bald würde man Helion vermissen, wenn er sich nicht bei seinem Posten meldete.

Pijelas' Straßen lagen verlassen. Helion glaubte, dass das nicht an dem Wind lag, der vom Geisternebel herüberwehte, sondern am Auszug der Truppen. Das Leben der Reichen war langweilig genug, damit die Neugier auf solche Ereignisse sie zum Schauplatz zog. Die Armen dagegen würden die letzte Gelegenheit nutzen, Proviant zu verkaufen oder auch den Abschied eines Soldaten für ein Stück edlen Metalls zu einem unvergesslichen Erlebnis zu machen. Trotzdem wirkte es, als hätten die Geister, an deren Existenz Helion unter anderen Umständen Zweifel gehegt hätte, von der Stadt Besitz ergriffen, alles Leben daraus verbannt und durch das klagende Heulen ihres Windes ersetzt. Dabei war es ein sonniger Tag, selbst die Schatten waren hell an den Mauern der Häuser. Helion empfand den Schmutz in den Straßen als beruhigend. Die Hinterlassenschaften der Schweine, der Unrat, der von Karren gefallen war und ein Fetzen Kinderkleidung, der beim Toben abgerissen sein mochte, zeugten vom Leben in der Stadt. Das Gefühl der Verlassenheit wich auf einen Schlag, als Helion die Menge sah, die sich am Nordtor drängte. Der Lärm, vorher von den Häusern zu einem Murmeln gedämpft, brandete nun lauter gegen ihn an als zuvor das Rauschen des Meeres. Da alles auf das Heer starrte, wandte man ihm den Rücken zu und bemerkte ihn erst, als er sich seinen Weg durch das Tor bahnte. Viele klopften ihm auf die eisernen Schultern, einige Abergläubische berührten die Silberteile an seiner Rüstung. Ein paar musste er rüde zur Seite stoßen, um Durchlass zu erzwingen.

Das Heer marschierte vom Lagerplatz aus am Stadttor vorbei. Auf die ersten Kolonnen waren Blumen geregnet, die jetzt von den Kampfstiefeln in den Schlamm getreten wurden. Graf Jidon von Arriar, der Anführer des Feldzugs, ritt vermutlich an seiner Spitze. Während sich Helion gegen den Strom durch die Zuschauer bewegte, deren Reihen mit der Entfernung vom Tor lichter wurden, studierte er interessiert die unterschiedlichen Bewaffnungen. Der überwiegende Teil der Kämpfer schützte sich mit Lederpanzern. Eisenrüstungen wie Helions eigene konnten sich nur wenige Kämpfer leisten, und die waren fast immer beritten und von ihrem Gefolge umgeben. Bis auf die Bogenschützen trug jeder einen Schild, wenn es zuweilen auch nur ein Geflecht aus mehreren Lagen Schilfrohr war. Schwerter sah man hauptsächlich bei den Einzelkämpfern. In einer Schlachtreihe ließ sich nicht gut mit dieser Waffe hantieren, die seitlichen Ausholbewegungen gefährdeten die Kameraden. Deswegen waren Spieße in allen Variationen die häufigsten Nahkampfwaffen. Am seltensten waren Äxte. Die Barbaren aus Bron marschierten, anders als die meisten Völkerschaften, nicht als geschlossener Verband, sondern zogen allein oder in kleinen Gruppen irgendwo in der Marschordnung, wo sie einen Kameraden foppten, bis er ihnen zu langweilig wurde und sie sich den nächsten zum Spielgefährten erkoren. Einer der Hünen trug eine langstielige Axt auf der Schulter, so schwer, dass selbst er keinen Schild zusätzlich handhaben konnte. Das bedeutete, dass er im Kampf alles auf den Angriff setzte. Mit einer solchen Waffe konnte man wuchtige Schläge austeilen, wohl auch die meisten Panzer brechen, aber nur schlecht parieren.

Auch die Arriek gingen einzeln. Helion wusste nicht viel mehr über dieses Volk, als dass es in der Wüste lebte und Fremde nicht sehr schätzte. Zur Initiation der jungen Männer gehörte es, in die Welt hinauszuziehen, um zu kämpfen. Manche verbanden diese Pflicht mit einem persönlichen Vorteil, indem sie Gold für ihren Schwertdienst nahmen, aber niemals ließen sie sich in Einheiten integrieren. Sie kämpften mit zwei krummen Säbeln, die sie auf dem Rücken gekreuzt trugen. Nicht nur voneinander, sondern erst recht von Kameraden aus anderen Völker hielten sie sich fern. Sie sprachen selten und wanden dunkelrote Tücher um ihre Helme, wobei sie den Stoff auch über das Gesicht legten, sodass kaum mehr als die dunklen Augen zu sehen war.

Die Nachhut marschierte deutlich disziplinierter als die Hauptstreitmacht. Kluge Befehlshaber beorderten niemanden hierher, der heißes Blut hatte. Hier taten diejenigen Dienst, die dem Treiben einer Schlacht ruhig zusehen konnte, mochten die Kameraden zum Plündern vorstürmen oder von einem überlegenen Gegner in Stücke gehauen werden. Wer in der Nachhut stand, konnte Befehlen gehorchen und warten, bis die Offiziere ihn in den Kampf beorderten.

Der Gegensatz zum Tross hätte nicht größer sein können. Hier gab es keine leitende Hand, die eine Marschordnung vorgegeben hätte. Esel, Maultiere, sogar einige Dromedare zogen Wagen und Karren aller Größen. Eine mit bunten Tüchern verzierte Plane schützte die Kurtisanen vor neugierigen Blicken. Gleiches gälte während der Nachtlager für ihre Freier. Ochsen zogen den schwer beladenen Karren eines Schmieds. Auch der Ofen eines Bäckers drückte die Räder tief in den Schlamm. Viele Krieger hatten ihre Familien mitgebracht, die ihnen nun im Tross folgten. So mancher Fürst versprach den Unglücklichen und Nachgeborenen seines Reiches für den Fall eines Sieges Land im eroberten Gebiet, und um dieses zu besiedeln, brauchte man eine Familie. Dieser Gedanke mochte auch einige der jungen Frauen im Tross bewegen. Entehrte vielleicht, die in der Heimat nicht mehr auf eine gute Partie hoffen konnten, aber an der Front, nach einem Sieg, die Gunst eines neuen Helden erringen mochten.

Der Tempel der Mondmutter stattete seine Delegation prachtvoll aus. Selbst die Wagen, die Zelte und Hausrat der Fürsten mit sich führten, kamen der Pracht nicht gleich, mit der Ihre Gnaden Winena reiste. Ihr Gefährt wurde von sechs Schimmeln gezogen, edlen Tieren, die kaum jemand in ein Geschirr gespannt hätte, hätten sie doch jedem Reiter Ehre gemacht. Bronzeschuppen schmückten sie an Hals und Flanken, bemalt in den Farben der drei Monde. Der Wagen selbst war im zarten Blau Vejatas gehalten, der am Nachthimmel kaum größer war als ein Stern und dennoch auf die Gezeiten der Magie ebenso großen Einfluss hatte wie seine beiden Geschwister. Winenas Kutsche nahm die gleiche Fläche ein wie ein kleines Haus, was dazu führte, dass auch sechs Rosse sie nicht geschmeidig bewegen konnten. Deswegen wurde sie von kräftigen Tempeldienern begleitet, die ständig in die Speichen der zwölf Räder griffen, um ihnen zusätzlichen Schwung zu verleihen. Als sei sie ein Flaggschiff, war sie von den kleineren Gefährten des Tempels umgeben. An einem davon war Helions Pferd angebunden, ein ockerfarbener Falbe. Auf dem Weg von Akene hatte er versucht, das Tier mit süßen Rüben für sich zu gewinnen. Immerhin hatte es ihn nicht abgeworfen, obwohl es sich zuweilen als widerspenstig erwiesen hatte. Pferden, die ihre Reiter in den Kampf tragen sollten, durfte man den Willen nicht gänzlich brechen, sonst wurden sie wertlos, weil sie beim ersten Widerstand durch gegnerische Krieger ausbrachen und ihr Heil in der Flucht suchten.

Helion grüßte Phaistor, den Ritter, der das Kommando über die Wache der Priesterinnen führte. Er war ein alter Mann, der darum gebeten hatte, sein Leben außerhalb der sicheren Grenzen Ilyjias beschließen zu dürfen. Hier war er nicht glücklich geworden. Leicht konnte man einen Haudegen von einem Schlachtfeld holen, aber das Schlachtfeld aus einem Haudegen herauszubekommen, war schwierig. Der rot geschwollenen Nase sah man an, dass Phaistor im Alkohol einen Verbündeten gesucht hatte bei dem Versuch, sich mit seinem Schicksal auszusöhnen. Vielleicht würde er ihn nicht mehr benötigen, wenn sie erst eine Woche auf dem Marsch wären.

Als er den Sitz seiner Waffen am Sattel des Pferdes prüfte, sah Ajina aus dem kleinen Wagen hinaus, in dem Helion auch ihren Vater wusste. Er zog die Verschnürung des Wasserschlauchs nach.

»Endlich geht es los.« Ajinas Stimme zitterte.

Er vermied es, in ihre strahlend blauen Augen zu blicken. Stattdessen zog er eine Distel aus dem Fell des Falben.

»Wollt Ihr mir nicht endlich sagen, wofür ich mich entschuldigen muss, damit Ihr wieder mit mir redet?«

Er räusperte sich. »Ich tue nur meinen Dienst, Adepta.«

»Adepta? Ihr kennt doch meinen Namen! Warum nennt Ihr ihn nicht?«

»Wie Ihr wollt, Ajina.«

Sie seufzte. »Wenn Ihr es wünscht, werde ich ein Wort für Euch einlegen, damit Ihr diesen Kriegszug nicht begleiten müsst. Ich stehe auf gutem Fuß mit einigen Priesterinnen, vielleicht können sie erwirken, dass Eure Befehle geändert werden.«

»Mit meinen Befehlen ist alles in Ordnung.«

»Und warum seht Ihr dann aus, als hättet Ihr in eine Zitrone gebissen?«

»Man kann nicht jeden Tag fröhlich sein.«

»Wohl wahr, aber anscheinend könnt Ihr jeden Tag unglücklich sein.«

Er zuckte mit den Schultern.

»Helion, nun sagt mir endlich, was ich falsch gemacht habe!«

»Nichts. Außerdem steht mir ein Urteil über das Verhalten einer Adepta nicht zu.«

»So demütig sind nur wenige Paladine.«

»Es täte unserer Zeit gut, einige Regeln früherer Tage neu zu entdecken.«

Mit einem Ruck zog sie den Vorhang des Wagens zu.

Helion sah Ordensmarschall Giswon mit seiner Eskorte vorüberreiten. Sein Blick ruhte zu kurz auf Helion, als dass ein Beobachter etwas Ungewöhnliches darin hätte vermuten können.

Helion schöpfte aus dem Bach, an dem sie das Nachtlager aufgeschlagen hatten, legte den Kopf in den Nacken und spie das

Wasser in das zertretene Gras, um den Geschmack aus dem Mund zu bekommen. Der Koch, der im Gefolge Baron Jassers reiste, war schnell. Seine Suppe war immer als erste fertig, noch bevor die meisten Zelte standen. Heute hatte Helion das Mittagessen verpasst und war dementsprechend hungrig gewesen. Deswegen hatte er nicht selbst gekocht, eine Gewohnheit, die ihm in der vergangenen Woche ohnehin den Spott der meisten Krieger eingebracht hatte, die den Tross schützten.

»Nie wieder«, schwor er und schöpfte noch eine Hand Wasser. Er hatte schon Schlechteres gegessen als diese Suppe, sie war weder versalzen noch fade, aber irgendetwas störte seinen Gaumen so gewaltig, dass er nicht mehr als zwei Löffel hinunterbekommen hatte.

Er tastete mit der Zunge seine Zähne ab. Der merkwürdige Geschmack, wenn er nicht ohnehin Einbildung gewesen war, war fortgespült. Er füllte seinen Topf zu Dreivierteln mit Flusswasser und ging zurück zu den Wagen der Priesterschaft. Man konnte sie nicht verfehlen, Winenas Prunkgefährt war unübersehbar.

Es gab viele Lagerfeuer. Helion teilte seines mit einigen einfachen Männern, die dem Banner Ilyjias folgten, weil sie dadurch etwas in den Bauch bekamen, wenigstens so lange, bis er ihnen aufgeschnitten wurde. Nach den Fechtübungen zu urteilen, die Helion beobachtet hatte, würden sie nicht lange gegen Krieger bestehen, die das Waffenhandwerk gründlich erlernt hatten. Aber angeblich waren auch die meisten Kämpfer Ondriens gepresste Bauern. Helions Gefährten hatten wenigstens noch selbst entscheiden können. Sicher hätten sie sich auch als wandernde Tagelöhner durchschlagen können. In Ondrien wurden denen, die glaubten, dem Ruf der Schattenherren nicht folgen zu müssen, die Dächer über den Köpfen angezündet. Meist waren ihre Familien zu diesem Zeitpunkt noch in den Häusern.

»Wollt Ihr heute doch kochen, Paladin?«, fragte der Knabe, den alle nur Pepp nannten, obwohl er eigentlich Pepradionosos hieß. Er pflegte den spärlichen Flaum an seinen Wangen und trug eine Zuversicht zur Schau, die von der Fähigkeit der Jugend zeugte, alle Sorgen zu ignorieren. Wer noch nie verletzt worden war, neigte dazu, sich für unverwundbar zu halten. Da fiel es leicht, sich als Einzelkämpfer und Späher einzuschreiben. Noch erschöpfte sich Pepps spezielle Pflicht darin, beim Auskundschaften geeigneter Lagerplätze für den Tross zu helfen.

Helion nickte knapp und drückte die Hand auf den Panzer über seinem gluckernden Bauch. »Wenn du die Kartoffeln schälst.«

Begeistert stellte Pepp den leeren Teller neben dem Holzklotz ab, auf den er sich setzen wollte, und eilte zu dem Lastkarren mit ihren Vorräten. Helion ging zum Rand des Lagers, wo einige Bewaffnete misstrauisch die Bauern des Landstrichs beäugten, durch den sie gerade zogen. Wie überall wurden den Kriegern auch hier Feldfrüchte angeboten, um die Schatulle besser zu füllen, als es der Markt der nächsten Stadt täte. Vermutlich würde sich das ändern, wenn sie weiter nach Norden kämen. In Ublid gehörte alles, was das Land abwarf, dem Grundherrn, ohne dessen Einverständnis die Bauern nichts verkaufen durften. Schlecht für die einfachen Leute in den Dörfern, gut für die Armen in den Städten. Obwohl der Heerzug tatsächlich, wie Narron gesagt hatte, kleiner war als erhofft, steigerte sein Durchkommen die Nachfrage und damit die Preise erheblich.

Kohl, Weizen und andere Waren, die man brauchte, damit die Kämpfer nicht verhungerten, wurden vom Trossmeister angekauft und an die verschiedenen Kontingente verteilt, aber schmackhaftere Dinge boten die Bauern direkt jenen an, die sie sich leisten konnten. Helion stand der Sinn danach, seinen Gaumen für die Erfahrung mit der Suppe zu entschädigen. Er kaufte eine Handvoll Eier und roch an den Wurzeln, die ein junger Bursche mit erstaunlicher Überzeugung präsentierte, bis ihm eine Sorte zusagte, von der er einen Bund erstand.

Pepp war bester Laune, als er zurückkam. Er pfiff eines der Lieder aus seiner Heimat, in denen merkwürdig hohle und trällernde Töne vorkamen, die er mit gewölbten Backen vortrug.

»Schneide sie klein«, wies Helion ihn an und nickte zu den Kartoffeln. Er nahm sich selbst ein Messer und schrubbte die Wurzeln ab.

Wie jeden Abend strömten auch heute diejenigen zum Lagerplatz der Mondpriesterinnen, die von Wehwehchen geplagt wurden. Meist waren es wundgelaufene Füße, die versorgt werden wollten. Obwohl er sich vorgenommen hatte, nicht auf sie zu achten, konnte Helion nicht entgehen, dass Ajinas Dienste besonders gefragt waren. Sie handhabte die kleine, scharfe Klinge, mit der sie die Blasen aufschnitt, mit besonderem Geschick, und ihr Lächeln schien dem Wundsalz das schärfste Brennen zu nehmen. Offenbar war ihr auch die Göttin hold, denn über wessen Wunden sie den Segen sprach, der konnte am nächsten Tag ohne Krücke marschieren.

»Ich habe versucht, mir heute eine Blase zu laufen«, berichtete Pepp vergnügt. Er war Helions Blick gefolgt. »Wer wollte seine Füße nicht von der blonden Schönheit streicheln lassen?«

»Vor allem, wenn sie den Gestank mit solchem Gleichmut erträgt.«

»Gestank?«

»Schon mal an Füßen gerochen, die einen ganzen Tag in Stiefeln steckten?«

»Sie lächelt immer«, wandte Pepp unsicher ein.

»Ajina kann ihre Abscheu eben gut verbergen.«

»Ist das ihr Name? Ajina? Seid Ihr mit ihr bekannt?«

»Ich kenne jene, zu deren Schutz ich kommandiert bin.«

Pepp sah ihn an, fand es dann aber klüger, seine Aufmerksamkeit wieder den Kartoffeln zu widmen.

Bei den Priesterinnen breitete sich eine Unruhe aus, die etwas Ungewöhnliches anzeigte. Normalerweise kamen die Fußlahmen mit zusammengebissenen Zähnen und gingen humpelnd mit leisem Lächeln. Jetzt gab es wütendes Rufen und lautes Jammern. Stirnrunzelnd stand Helion auf, um die Quelle des Tumults zu suchen.

Eine Handvoll Verwundeter drängte sich vor, um von Ajina und ihren Gefährtinnen behandelt zu werden. Die Gewänder hatten ilyjischen Schnitt, waren aber durch den vielen Schlamm ihrer Eleganz verlustig gegangen. Die Tunika des Kochs, der Helion seine Suppe verkauft hatte, war zudem mit Blut verschmiert, das aus einer Kopfwunde sickerte. Allzu schlimm konnte die Verletzung nicht sein, der Mann ging aus eigener Kraft und gestikulierte aufgeregt. Helion war zu weit entfernt, um ihn zu verstehen. Zudem versperrte die sich ansammelnde Menschenmenge seine Sicht.

»Mach damit weiter«, sagte er zu Pepp und warf ihm die Wurzeln zu. Er legte die Hand an den Schwertgriff, als er sich den Weg zum Ort des Geschehens bahnte.

»... ohne jeden Grund!«, hörte er. »Wenn es ihm nicht schmeckt, soll er doch einen Ochsen kaufen und ihn von mir aus bei lebendigem Leibe auffressen!«

»Kaufen?«, rief eine andere Stimme. »Die wissen noch nicht einmal, was Geld ist! Was glaubt ihr denn, warum jeder froh ist, sie von hinten zu sehen? Ich würde meine Kinder nicht in die Nähe von Barbaren lassen!«

Helion hatte die Sprecher fast erreicht, als sein Blick auf eine Gestalt fiel, die vollständig vom Gewand einer Mondpriesterin verhüllt war. Sie hatte eine Stoffbahn der Toga über ihren Kopf gezogen, sodass ihr Gesicht gänzlich im Schatten lag. Die faltige Hand hielt einen mannshohen Stock fest gefasst. Der Körper zitterte, und als Helion näher kam, hörte er das leise Lachen, das dafür verantwortlich war.

Er legte die Hand auf die Schulter der Gestalt und drückte etwas fester zu, als nötig gewesen wäre. »Auf ein Wort, Ehrwürdige!«, sagte er scharf und zog sie zum nächsten Wagen. Helion betete stumm eine Litanei gegen den Zorn, um sie nicht allzu rüde hineinzustoßen. Seine Rüstung klapperte laut, als er hinterherkletterte und die Plane zuzog.

»Ihr solltet Euch nicht im Hellen draußen zeigen!«, zischte er.

»Von ›zeigen‹«, antwortete eine tiefe Stimme, »kann kaum die Rede sein. Es sei denn, mit uns zieht jemand, dessen Blick die Kleidung zu durchdringen vermag.«

»Was treibt Ihr dort draußen? Das ist gegen die Absprache!«

»Was für eine Absprache meint Ihr? Ich habe nur Bitten gehört, mehr nicht. Und die schönsten Wünsche sind stets die unerfüllten.« Funken sprühten, als ein Feuerstein gegen ein Stück Stahl schlug. Drei Versuche später traf einer von ihnen den Zunder, der um den Docht einer Laterne lag. Die Helligkeit beschien ein Gesicht, in das sich tiefe Falten gegraben hatten, sodass es wie alte Borke aussah. Es waren die Züge eines Mannes, der sich nie geschont hatte. Wäre er kein Magier gewesen, hätte man ihm mehr als sieben Jahrzehnte zugestanden, aber die dunklen Kräfte ließen sich ihre Dienste mit dem Leben selbst bezahlen, und sie trieben ihre Schulden gnadenlos ein.

»Ihr müsst vorsichtiger sein, Modranel.«

»Und wenn ich das nicht bin? Wollt Ihr mich dann aus diesem Heerzug entfernen?« Er lachte spöttisch, was sein Gesicht im spärlichen Schein der Laterne verdunkelte. »Dann könnt Ihr die gesamte Unternehmung absagen. Wollt Ihr das?«

Helion ballte die Fäuste, schwieg aber.

»Das dachte ich mir. Wenn Ihr von einem alten Mann einen Rat annehmen wollt, deutet nichts an, was Ihr nicht durchführen könnt. Wenn Ihr aber etwas gegen jemanden unternehmen wollt, dann sprecht erst recht nicht darüber. Nur Dummköpfe berauben sich so des Vorteils der Überraschung.«

»Wir sind keine Feinde, Modranel.«

»Nun, herzliche Freundschaft verbindet uns jedenfalls nicht. Wie auch, wenn Ihr einen Mann Euren Meister nanntet, dem ich schon vor Jahrzehnten seine Unfähigkeit vor Augen führte?« Er beobachtete den Paladin interessiert, als sei dieser ein Frosch, den er für sein Laboratorium gefangen hatte. Seine Augen waren von dem gleichen strahlenden Blau wie Ajinas.

Mühsam zwang Helion die Zähne auseinander. »Warum sucht Ihr Streit?«

Modranel legte den Kopf schief. »Weil es wenigstens für einen Moment die Langeweile vertreibt?«, schlug er vor. »Seit drei Jahren lebe ich im Verborgenen, seit einer Woche habe ich die Sonne nicht gesehen. Kein Wunder, dass ich mich allmählich wie ein Untoter fühle.« Er lachte. »Ihr solltet Euer Gesicht sehen, Paladin! Wenn lockere Reden Euch so entsetzen, werdet Ihr nach Riechsalz verlangen müssen, wenn wir erst im Land der Schatten sind.«

Helion atmete tief durch. »Worüber habt Ihr Euch dort draußen so amüsiert? Seht Ihr gern Menschen leiden?«

»Manchmal, das gebe ich zu. Aber vor allem ist es zum Brüllen komisch, dass diese verzärtelten Ilyjier denken, sie können neben Barbaren marschieren, als wäre es ein Spaziergang auf den Straßen von Akene.«

»Dann waren es die Krieger aus Bron, die ihnen das angetan haben?«

»Sie haben mit ihnen gespielt. Hätten sie ihnen etwas antun wollen, dann würden sich diese Püppchen nun nicht mehr beschweren können.« Er beugte sich vor. »Wart Ihr jemals außerhalb von Ilyjia? Nein? Das dachte ich mir. Die Welt ist rau dort draußen.«

»Ihr seid viel herumgekommen, wie man sagt.«

»Oh, bitte! Ich dachte, wenigstens dieses höfische Herumgeschleiche bliebe mir von Euch erspart. Fragt schon, was Euch interessiert, Mondschwert! Ja, ich war in Ondrien. Ein paar Monate lang. Und nein, ich bin kein Knecht der Osadroi.«

»Das zumindest glaubt Euch der Ordensmarschall, sonst hätte er uns nicht auf diese Mission geschickt.«

»Euer Ordensmarschall hat mir gar nichts zu sagen. Ich habe meine eigenen Gründe. Dass er einen grünen Jungen zu meinem Schutz befohlen hat, lässt mich allerdings bezweifeln, dass der gute Giswon stärker am Erfolg unseres Vorhabens interessiert ist als an meinem Tod.« Er lachte meckernd.

»Immerhin habe ich einen Schattenherrn für seine Untaten zur Verantwortung gezogen.«

»Untaten? Was weiß jemand, der so behütet gelebt hat wie Ihr, von Untaten? Ich könnte Euch von Begebenheiten berichten, deren Kenntnis Euch die Nächte durchwachen ließe.«

»Zweifellos seid Ihr für einige dieser Vorkommnisse selbst verantwortlich.«

»Ich habe niemals ein Geheimnis aus meiner Vergangenheit gemacht.«

»Ich begreife nicht, wie Ajina Euch vergeben konnte«, sagte Helion, bevor er seine Worte erwogen hatte.

Er bildete sich ein, im unsicheren Schein der Kerze ein bitteres Lächeln zu erkennen. »Das wenigstens haben wir gemeinsam. Ihr gleicht also doch ein wenig mehr mir als meiner Tochter.«

»Den Göttern sei Dank irrt Ihr Euch. Es gibt nicht viel, was uns verbindet.«

»Nun, zumindest bringen wir beide mehr Verständnis für Hass auf als für Vergebung. Liebe, ja, die ist noch zu verstehen. Sie ist der Gier verwandt. Man will etwas besitzen, etwas an sich reißen. Aber wenn jemand verzeiht …« Er schüttelte den Kopf. »Fast schon beleidigend unverständlich, nicht wahr?«

Helion hatte nicht vor, sich weiter auf dieses Wortgefecht einzulassen. Er wollte so wenig wie möglich an Ajina denken. »Bleibt nur zu fragen, inwiefern Ihr wünscht, dass Eure Zukunft Eurer Vergangenheit gleicht.«

Seine blauen Augen wurden zu Schlitzen. »Vielleicht werdet Ihr die Antwort auf diese Frage finden, Paladin. Aber seid Euch nicht zu sicher. Ihr wart zu sechst, als Ihr den Osadro stelltet, wie ich hörte. Er war jung und Ihr habt ihn überrascht. Das wird nicht immer so sein.«

»So wie Ihr das sagt, könnte man glauben, es wäre Euch lieber gewesen, er wäre uns entkommen.«

»Eigentlich nicht. Baron Ranomoff war ein schrecklicher Langweiler. Es hat mich ein halbes Dutzend Nächte gekostet, seinen Eitelkeiten zu lauschen. Das fände sicher sogar Ajina unverzeihlich.« Er lachte. »Ich kann nur meine eigene Eitelkeit ertragen.«

»Man mag bezweifeln, dass Euer Spiegelbild Euch Anlass dafür bietet.«

Die Falten seines Gesichts verschoben sich zu einem zynischen Lächeln. »Jeder Mann, der es weit bringt in seiner Passion, hat seine Opfer geleistet.«

Draußen wurde das Rufen lauter. Helion wandte sich um. Es wäre nicht weise, länger zu bleiben. Am Ende hätte er seine Beherrschung verlieren können, und so sehr er den Magier verabscheute, der Meister Treatons Seele verkrüppelt hatte, war er doch der Mission der Mondschwerter verpflichtet.

Trotzdem drehte er sich noch einmal um, bevor er vom Wagen kletterte. »Nicht jeder Mann bringt die eigene Tochter als Opfer dar.«

Modranel lehnte sich zurück, bis sein Gesicht im Dunkel verschwand.

»Nun seht Euch an, was Ihr angerichtet habt!«, schrie Baron Jasser und zeigte dabei auf den Koch, der seine inzwischen nicht mehr blutende Kopfwunde wie eine Trophäe zur Schau stellte.

Angesichts seines Gegenübers zeugte das Auftreten des Adligen von Tollkühnheit. Obwohl Jasser kein kleiner Mann war, überragte ihn der Hüne aus Bron um einen vollen Schritt. Seine Oberarme hatten einen größeren Umfang als Jassers Beine. Wo der Ilyjier die Wangen geschabt, den Kinnbart in sorgfältige Locken gelegt und gewachst hatte, fiel dem Barbaren das dichte schwarze Gestrüpp auf die nackte Brust. Es war nicht zu unterscheiden, wo das Haupthaar endete und der Bart begann. Über den unbekleideten Oberkörper zog sich ein Geflecht von Narben, das bezeugte, dass der Barbar keinen Kampf gescheut hatte. Seine dunkel glosenden Augen sandten die gleiche Botschaft aus.

»Er hat meinen Sohn vergiftet«, grollte er. »Wie ein schwaches Weib ist er umgefallen.«

Jasser bewies die ungewöhnliche Fähigkeit, die möglichen Folgen seiner eigenen Worte vollständig zu ignorieren. »Dann verträgt er den Marsch wohl nicht! Wer weiß, vielleicht hat er in den vergangenen Tagen nur Würmer gegessen? Er hätte sich früher etwas Ordentliches holen sollen!«

Helion eilte in Phaistors Zelt, das dessen eifrige Pagen bereits errichtet hatten. Einer von ihnen maß ihn mit einem prüfenden Blick, als erwäge er, ihn zurückzuhalten, gab aber dann doch den Weg frei.

»Herr, es gibt Streit!«, rief Helion, noch während er die Plane zurückschlug. »Ihr müsst schlichten, um des Zusammenhalts der Truppe willen!«

Lautes Schnarchen antwortete ihm. Während die Truhen und Säcke mit der Habe des Kommandanten noch unausgepackt standen, war das Feldbett bereits aufgestellt. Phaistors Rüstung hing auf dem Gestell, allerdings nicht gerade gewissenhaft angeordnet. Das weinselige Lächeln des Knappen verriet den Grund für diese Nachlässigkeit. »Er schläft«, erklärte der Junge überflüssigerweise.

»Wir brauchen unseren Kommandanten!«, insistierte Helion.

Der Knappe rieb sich mit der freien Hand die Schläfe. In der anderen hielt er eine Weinflasche. »Ich bitte Euch, seid nicht so laut.«

»Ich kann noch viel lauter schreien!«

Eine schmerzverzerrte Grimasse antwortete ihm.

»Ich muss sagen, du bist ein Abbild der schlechtesten Eigenschaften deines Schwertvaters.«

Mit säuerlichem Lächeln nahm der Knappe einen Schluck.

»Willst du wirklich so werden?« Helion zeigte auf den schnarchenden Phaistor. Sein Bart glänzte von dem Wein, der den Weg zwischen die Lippen nicht gefunden hatte.

Der Knappe streckte die Beine aus. »Niemand interessiert sich dafür, was aus mir wird. Meine Eltern sind froh, mich los zu sein, mein Schwertvater verlangt wenig mehr, als dass ich ihm beim Auskleiden behilflich bin. Warum sollte es mich kümmern, was aus mir wird?«

»Wie willst du morgen in den Fechtübungen bestehen, wenn du dich jetzt so betrinkst?«

»Ich warte noch auf meine erste Stunde. Ich glaube nicht, dass sie morgen kommen wird. Eigentlich ist mir das auch ganz recht. Das Fechten sieht so anstrengend aus.«

»Wie bist du Knappe geworden, wenn du nicht fechten kannst?«

»Nun, man mag gegen Meister Phaistor einwenden, was immer man will, aber sein Name öffnet noch immer so manche Tür, die anderen verschlossen bliebe.«

Helion lachte auf. »Wir ziehen in den Krieg! Wir werden auf dem Schlachtfeld stehen.«

Der Knappe stierte vor sich hin, bevor er den schwermütigen Gedanken in einem weiteren Schluck ertränkte. »Mag sein. Aber nicht heute und auch nicht morgen.«

»Dort draußen steht ein Barbar kurz davor, einem ilyjischen Baron eine Rippe aus der Brust zu reißen, um sie als Zahnstocher zu benutzen.«

»Das zu verhindern scheint eine Tat zu sein, die eines Paladins würdig wäre«, versetzte der Junge verträumt.

Helion eilte hinaus. Das Rufen war lauter geworden. Weitere Barbaren waren hinzugekommen, sie waren jetzt zu fünft. Während der erste keine Waffen trug, hatten die anderen ein Arsenal aus Keulen und Äxten dabei, verstärkt um kleinere Klingen, die sie auf ihren Raubzügen erbeutet hatten. Schwerter wirkten an ihnen beinahe wie Dolche.

Als Helion die Streithähne erreichte, sah er ein weiteres Messer aufblitzen, allerdings in der Hand eines Ilyjiers, der den Rücken eines Barbaren wohl als verlockendes Ziel ansah. Ohne nachzudenken, warf sich Helion dazwischen.

Die Klinge traf auf den unnachgiebigen Brustpanzer seiner Vollrüstung. Der Stoß war mit solcher Wucht geführt, dass er Helion zurückwarf, gegen den Rücken des Barbaren, in den die Waffe bis zum Heft eingedrungen wäre. So führte der unerwartete Widerstand dazu, dass sie ihrem Träger entfiel.

»Bist du toll?«, schrie Helion und schlug dem Mann quer über den Mund, dass er zu Boden stürzte.

Das Gezeter verstummte. Barbaren, Jassers Gefolge und Zuschauer bildeten einen Kreis um Helion und den Entwaffneten, der sich mühsam wieder aufrappelte.

»Sie haben uns zuerst angegriffen!«, spie er ihm entgegen. »Ihr solltet auf unserer Seite streiten!«

»Das tue ich! Aber eure Seite ist auch ihre!« Er zeigte auf die Barbaren. »Was immer wir an Streit haben, müssen wir aufschieben bis zu dem Tag, da wir den Schatten Einhalt geboten haben.«

»Warum sagt Ihr mir das? Diese Riesen sind zu uns gekommen und haben ohne Vorwarnung auf uns eingeprügelt. Den Barbaren ist nicht zu trauen, das weiß jedermann!«

Der Hüne, der zuerst erschienen war, trat auf Helion zu. Er war deutlich älter als seine Kameraden, ein Umstand, der dem ersten Blick durch Wildheit und Kraft verborgen blieb. Seine dunklen Augen betrachteten Helion genau.

Er zeigte auf die Spur, die der Dolchstoß über Helions Brustpanzer gezogen hatte. »Es scheint mir selten, dass die erste Schramme in der Rüstung eines Mondschwerts vom Schutz eines Broniers kündet.« Er streckte ihm die Pranke entgegen. »Ich bin Estrog, Kriegshäuptling dieses wilden Haufens.«

Seine Männer stimmten ein Gejaule an, das an tollwütige Hunde erinnerte und wohl als Zustimmung gelten konnte.

Helion griff den Unterarm seines Gegenübers und war froh, dass seine Rüstung ihn vor Blessuren schützte, als der Barbar zupackte. Er musste den Kopf in den Nacken legen, um seinem Gegenüber aus dieser Nähe ins Gesicht zu sehen.

»Sagt mir, Estrog«, verlangte er zu wissen, ohne den Arm loszulassen, »was bringt einen starken Krieger dazu, diese Leute so zuzurichten?«

Estrog zog die Brauen zusammen. »Sie haben meinen Sohn vergiftet. Er wurde schwach auf den Beinen. Man konnte ihn mit einem einzigen Hieb niederschlagen.«

»Wer hat Euren Sohn geschlagen?«

»Argon. Es war eine freundschaftliche Prügelei. Wie jeden Abend.«

Helion versuchte, sich eine freundschaftliche Prügelei vorzustellen. Möglicherweise war das so etwas wie eine Fechtübung?

»Vielleicht hat Argon nur besonders fest zugeschlagen?«

»Jawohl!«, johlte ein Barbar hinter ihm. Die anderen lachten.

»Nein. Mein Sohn wurde vergiftet.«

»Was sagst du dazu?«, fragte Helion den Koch.

»Das ist Unsinn! Er hat von der gleichen Suppe gegessen, die ich auch Euch kredenzte, Herr Paladin.«

Und die ich nach zwei Löffeln in den nächsten Strauch gekippt habe, erinnerte sich Helion. »Und wer hat noch davon gekostet?«

»Außer mir selbst? Zum Beispiel der werte Herr Estrog hier. Und noch eine Handvoll anderer. Dann kamen die Barbaren und verwüsteten alles, kippten meinen Topf um und die gute Suppe tränkte den Boden.«

»Und dafür müssen sie zahlen!«, ergänzte Baron Jasser. Er stellte sich vor seinen Koch. »Ich habe ein teures Gewürz erstanden, das meinem Gaumen heute schmeicheln sollte.«

Helion horchte auf. »Und wo habt Ihr es gekauft?«

»Am Wegesrand. Aber nicht von so einer Bauernvettel, sondern von einem weit gereisten Händler. Getrocknete Schoten aus seinem Heimatland. Die sind hier nirgendwo zu bekommen. Etwas ganz Besonderes!«

»Kennst du diese Schoten?«, fragte Helion den Koch, der daraufhin zaghaft den Kopf schüttelte.

»Du hast deine Suppe abgeschmeckt, nehme ich an?«

Er nickte.

»Fühlst du dich schwach?«

»Natürlich fühle ich mich schwach! Genauer gesagt fühle ich mich, als habe man mich in das Mahlwerk einer Mühle gestoßen!« Böse funkelte er die Barbaren an.

»Was ist mit Euch?«, fragte Helion Estrog.

»Was soll mit mir sein? Seht Ihr mich etwa wanken, Paladin?«

»Nein, aber ein starker Mann vermag ein flaues Gefühl im Magen zu verbergen.«

Estrog sagte nichts, was Antwort genug war. Helion ließ nun endlich seinen Arm los. Es stand nicht zu befürchten, dass der Streit zwischen den Barbaren und Jassers Leuten augenblicklich wieder entbrannte.

»Habt Ihr noch einige von den Schoten?«, fragte er den Baron.

»Sicher, ich wollte sie nicht alle auf einmal verbrauchen. Ich habe sie sogar bei mir.« Er zog einen Beutel aus seinem Gewand.

Helion schüttete etwas von dem Inhalt in die hohle Hand und roch daran. »Es ist verdorben.«

»Wie wollt Ihr das wissen?«, rief der Koch erstaunt. »Kennt Ihr etwa das Gewürz?«

»Nein«, gab er zu. »Aber ich habe eine Nase dafür. In meinem Dorf gab es niemanden, mit dem man lieber auf die Suche nach Pilzen ging. Ich wusste schon immer, was genießbar ist und was nicht. Das hier ist es nicht.« Er ließ die kleinen Schoten in den Dreck rieseln. »Niemand wollte jemanden vergiften. Wer sich schwach fühlt, soll sich von den Priesterinnen ein Brechmittel geben lassen. Das wird das verdorbene Essen aus dem Bauch holen.«

Als er bemerkte, dass Ajina ihn ansah, wandte er sich ab und ging davon.

Karseus, wie Phaistors Knappe hieß, hatte Helion überrascht. Er war am Morgen halbwegs manierlich vorstellig geworden und hatte gebeten, am Abend eine Unterweisung zu erhalten. Da Pepp von der Sache Wind bekommen hatte, stand Helion nun zwei mit Stöcken bewaffneten Gegnern gegenüber.

Er hatte seine Rüstung abgelegt. Die Übungswaffen waren ungefährlich und für die Ausbildung war Beweglichkeit nützlicher als übertriebener Schutz.

»Dann zeigt mal, was ihr könnt!«, forderte Helion. Er hielt seinen eigenen Stab mit beiden Händen gefasst waagerecht vor sich. Seine Daumen berührten sich.

Karseus ahmte seine Haltung nach, Pepp blickte unsicher. »Ist das eine Übung, um die Muskeln geschmeidig zu machen?«, fragte er.

Helion lächelte. So war er früher auch gewesen. »Greift mich einfach an.«

»Zu zweit?«

»Wollt ihr auf Verstärkung warten?«

»Werdet Ihr keine Verteidigungshaltung einnehmen?«

»Glaubst du, meine Position sei schwach?«

Pepp runzelte die Stirn. Er fasste seinen Stock mit beiden Händen am Ende, als sei er eine Axt, die es weit zu schwingen galt. »Eure Knie sind durchgedrückt, das macht Euch unflexibel. Die Füße stehen zusammen, dadurch könnt Ihr Euch nicht vom Fleck bewegen. Eure Waffe ist so hoch, dass Ihr unterhalb der Brust gänzlich ungedeckt seid.«

»Dann schlage ich vor, dass du deinen Vorteil nutzt, bevor ich mich in eine vorteilhaftere Position begebe.«

Pepp hob und senkte seinen Stock mehrmals, als wolle er sein Gewicht prüfen. Immerhin schien er Karseus mit seinem kurzen Vortrag beeindruckt zu haben, denn der Knappe ahmte nun ihn nach statt Helion.

Pepp stieß einen unartikulierten Schrei aus, wohl um sich selbst Mut zu machen, und stürmte vor. Er hielt die Schultern tief, als wolle er Helion damit umrennen.

Der Zusammenprall kam früher, als Pepp ihn erwartete. Mit einer schnellen Drehung der Hände kippte Helion seinen Stab, bis er lotrecht stand, und hechtete nach vorn. Er rammte eine Spitze auf den Boden, stieß sich so ab und verlängerte seinen Sprung. Halb setzte er über Pepp weg, der mit seinem eigenen Stock voran gegen Helions Waffe prallte. Da Helions gesamtes Körpergewicht darauf lastete, blieb der Stab unbewegt wie ein Baum. Er trat auf Pepps Rücken, was den Fall des Jungen beschleunigte.

Helion fasste bereits Karseus ins Auge, der erschrocken zurücktaumelte. Kaum hatten die Füße des Paladins auf festem Boden aufgesetzt, stieß er seinen Stab vor. Dabei ließ er die Hände locker, sodass das Holz, vom Schwung getragen, durch die Finger vorwärts schoss. Wie ein Pfeil zischte es auf Karseus' Gesicht zu, bis Helion zupackte und damit seine Bewegung einen Fingerbreit vor dem Mund des Knappen stoppte.

Unter dem Johlen der Menge, die sich um den Übungsplatz gebildet hatte, ließ Karseus seinen Stock fallen. Helion entspannte sich.

In der Menge, die die drei umstand, hob fachkundiges Gemurmel an.

Stöhnend kam Pepp auf die Füße. Helion schlug ihm kameradschaftlich auf die Schulter. »Du hattest recht. Ich war in einer schwachen Position.«

»Aber warum lag dann ich im Schlamm und nicht Ihr?«

»Weil ich wusste, was du tun würdest, und du wusstest es von mir nicht. Meine Stellung war eine Einladung für einen tiefen Angriff. Du hast das Naheliegende getan, und ich habe darauf reagiert, schon bevor du deinen Entschluss fasstest. Dazu muss man nicht in den Kopf des Gegners sehen können. Es reicht, wenn man den eigenen kennt. Vor Jahren hätte ich das Gleiche getan wie du. Jeder Anfänger hätte das.«

»Dann war mein Angriff falsch?«

»Wenn einer im Schlamm liegt und der andere aufrecht steht, dann liegt der Fehler kaum bei dem, der noch aufrecht steht.«

Karseus nahm seine Waffe auf. Er wagte nicht, Helion anzusehen. »Wie lange dauert es, so kämpfen zu lernen?«

»Wenn du täglich übst, sollten fünf Jahre genügen.«

»Aber in drei Wochen werden wir an der Front sein!«

»Darum gilt es, keine Zeit zu verschwenden.« Grinsend stellte sich Helion auf. Diesmal beugte er die Knie und legte die Hände schulterbreit voneinander entfernt um den Stab. »Vielleicht solltet ihr bei eurem nächsten Versuch eure überlegene Zahl nutzen.«

Karseus nickte und zog Pepp zu sich heran. Flüsternd stimmten sie ihre Taktik ab, bevor sie sich mit entschlossenen Mienen trennten.

In sicherem Abstand zu Helion ging Pepp einen Bogen, um hinter ihn zu kommen. Helion ließ das nicht zu, er drehte sich mit, sodass seine Gegner schließlich rechts und links von ihm standen.

Pepps Kampfruf war das Signal für beide. Gleichzeitig stürzten sie auf ihn zu. Sie holten weit aus. Karseus' Blick verriet, dass er einen tiefen Schlag führen wollte, während der abwärts weisende Stock Pepps kaum anderes als einen hohen Angriff zuließ.

Blitzartig hockte sich Helion ab. Er rammte seinen Stab Karseus entgegen in den Boden, sodass dieser darüber stolperte.

Pepps Stock pfiff heran. Gerade noch rechtzeitig konnte Helion seinen Stab nach oben stoßen, um ihn abzufangen. Zwar wäre er wie erwartet über Helion hinweggegangen, hätte aber Karseus getroffen.

Mit bleichem Gesicht wich Pepp zurück.

»Wenn man Verbündete auf dem Schlachtfeld hat, muss man nicht nur beachten, was man treffen will, sondern auch, was man nicht treffen darf«, erklärte Helion.

Die Menge lachte.

Pepp stützte sich betreten auf seinem Stab ab. »Ich muss noch so viel lernen. Und nach dem, was bei meinem ersten Angriff passiert ist, zweifle ich daran, dass meine Aktionen überhaupt etwas taugen! Wenn jeder erkennt, was ich vorhabe, kann ich niemanden überraschen.«

»Weißt du, was wirklich schwierig zu begreifen ist?« Ernst sah Helion ihn an. »Du musst üben, bis dir schwarz vor Augen wird und du jede Kleinigkeit verstehst. Aber dann musst du das alles wieder vergessen. Dir muss bis in die Haarspitzen bewusst sein, wie du kämpfen willst, aber wenn der Kampf dann beginnt, darfst du keinen Plan mehr haben. Alles muss so natürlich geschehen wie bei einem Fluss, der seinen Weg einen Hügel hinab sucht. Das Wasser macht nie einen Fehler, es fließt immer bergab. Es zögert auch niemals. Aber es hat auch keinen Willen, keinen Plan, den es verfolgt.«

Seine Schüler nickten, aber sie sahen nicht überzeugt aus.

Ein röhrendes Lachen ließ sie aufschrecken. Estrogs gewaltige Gestalt trat aus dem Kreis der Zuhörer. »Ihr verwirrt diese Burschen, Paladin! Lasst mich sie eine Lektion lehren, die einfacher zu begreifen ist.« Er nahm Karseus den Stab aus der Hand, betrachtete ihn wie ein Spielzeug und zerbrach das Holz dann über seinem Knie. »Wer kämpfen will, braucht Kraft! Kommt mit, wir suchen uns einen Stein von einigem Gewicht, damit ihr eure Muskeln wecken könnt.«

Helion lachte. »Das ist kein schlechter Gedanke. Lasst euch von unserem Barbarenhäuptling zeigen, was einen Kämpfer ausmacht, der sich in der Wildnis durchschlägt. Wir machen morgen weiter.«

Noch waren sie in Ilyjia, wo die Mondschwerter ein Jagdprivileg besaßen. Morgen schon würde sich der Heerzug nach Ublid bewegen, in dem der Orden keinen so großen Einfluss hatte. Hätten sie dort dem Wild nachgestellt, hätte der örtliche Baron sicher verstimmt reagiert, aber hier hatte Helion Estrog die Freiheit verschaffen können, gemeinsam mit ihm selbst und Pepp der Fährte eines Hirsches zu folgen. In den Fechtstunden schlug sich Pepp an seiner Erfahrung gemessen gut, auch wenn Helion ihm das nicht zeigte, nun wollte der Barbarenhäuptling ihm beibringen, wie man sich unauffällig bewegte – eine Fertigkeit, die für einen Späher überlebenswichtig war und die man sich, so sagte Estrog, nirgendwo besser als auf der Jagd aneignen konnte. Die Sinne des Wildes waren meist schärfer als die von Wachen, die in der Zivilisation aufgewachsen waren.

Obwohl Helion seine Rüstung beim Tross zurückgelassen hatte und seine Wildlederkleidung ihn in keiner Weise einschränkte, kam er nicht umhin, Estrogs Geschmeidigkeit zu bewundern. Dem riesenhaften Mann gestand jeder, der seiner Muskelberge ansichtig wurde, gewaltige Körperkräfte zu, aber man neigte auch dazu, Menschen von solcher Statur eine gewisse Unbeweglichkeit zu unterstellen. Estrog glitt jedoch durch das Unterholz, als wäre er eine Raubkatze, und seine Augen waren die eines Falken. Helion war ein geübter Jäger, das Privileg, dem Wild nachstellen zu dürfen, hatten auch Meister Treaton und er weidlich ausgenutzt, um den Speiseplan in der Einsiedelei zu bereichern. Dennoch sah er die Fährte in dem Kiesbett des Baches erst, als Estrog darauf zeigte.

»Ein kleiner Stein wurde vom Gewicht eines Hufs auf dem größeren zerdrückt«, flüsterte Estrog die Erklärung, die eigentlich für Pepp gedacht war. »Dabei wurde er zu diesem weißen Staub zermahlen. Wir sind unserem Freund«, er nannte die Beute immer ›Freund‹, und es hörte sich so an, dass ihn tatsächlich Zuneigung mit dem Hirsch verband, »jetzt ganz nah. Der Wind hätte den Staub sonst schon verweht.«

Pepp nickte, aber man sah, dass er überfordert war. Er atmete heftig, war offensichtlich nicht gewohnt, eine so lange Strecke durch schwieriges Gelände im Dauerlauf zurückzulegen.

Mit Estrogs Hilfe folgten sie der Fährte in den Wald, wo sie auch für Pepps Augen deutlich genug war. Kurz darauf hielt Helion sie zurück und bedeutete ihnen, sich hinzuhocken. Er deutete voraus, zwischen zwei Büschen hindurch.

Estrog nickte grinsend und legte seine Pranke auf Pepps Rücken. Da vorn war der Hirsch. Er knabberte knospende Blätter von frischen Trieben. Helion schätzte die Entfernung auf zwanzig Schritt.

Pepp zog einen Jagdpfeil aus dem Köcher. Im Gegensatz zu der im Krieg verwendeten Variante besaß die Spitze keine Widerhaken. Einatmend führte Pepp die Sehne bis ans Kinn.

Er hielt die Luft jedoch zu lange an, sodass sein gestreckter Arm bereits zitterte, als er das Geschoss auf seinen Weg entließ.

Er traf trotzdem, wenn auch nicht aufs Blatt, sondern in die Flanke. Erschrocken sprang der Hirsch davon.

»Wie ein unwilliges Weib!«, brüllte Estrog. »Hinterher!«

Kurz zögerte Helion, bevor er sich seinen Kameraden anschloss. Die Bemerkung des Barbaren ließ ihn an Ajina denken. Dabei war diese eine schöne, junge Frau, die er niemals als ›Weib‹ bezeichnet hätte. Sie war auch nicht unwillig. Und das machte es für ihn nur noch schwieriger, überlegte er, während sie der deutlichen Blutspur folgten. Giswons Eröffnung, dass Ajina Modranels Tochter war, hatte ihn überrascht. Nein, das war bei Weitem zu milde ausgedrückt. Sie hatte ihn entsetzt, und als das Entsetzen gewichen war, war eine Taubheit zurückgeblieben.

Sie war unzweifelhaft attraktiv, nicht nur wegen ihrer schönen Gestalt, ihrer funkelnden Augen, des Sonnenglanzes ihres Haars, sondern auch wegen des wachen Verstandes, der in schnippischen Bemerkungen aufblitzte. Er fühlte sich zu ihr hingezogen, weit stärker, als es bei jeder anderen Frau der Fall war. Wenn ihm ein Freund von einer solchen Frau in seinem Leben berichtet hätte, dann hätte Helion diesem eröffnet, dass er sie liebte.

Aber bei Ajina war es anders.

In Akene hatte er eine Vertrautheit zu ihr verspürt, wie sie sonst nur in Monaten wachsen konnte. Aber dann hatte er gelernt, dass er gar nicht mit ihr vertraut sein *konnte*, weil er nichts von ihr wusste. Nicht einmal, dass sie die Tochter des verderbten Magiers war, der das Leben von Helions Meister zerstört hatte. Ihr Vater war der ruchloseste Mensch, der unter dem Himmel wandelte, seine Taten eine Beleidigung für alle Götter und alle rechtschaffenen Menschen. Daran änderte auch der Gesinnungswandel nichts, den er kürzlich vollzogen haben mochte. Oder vielleicht nicht vollzogen hatte, schließlich traute auch Giswon ihm nicht. Helions Befehl schloss nicht nur ein, Modranel so nah an Lisanne heranzubringen, dass er seinen Zauber auf sie werfen könnte, sondern auch, den Mann zu töten, sollte sich dieser als Verräter herausstellen. Manchmal ertappte sich Helion dabei, auf einen solchen Verlauf der Dinge zu hoffen, um seinen Meister zu rächen. Natürlich war das töricht, denn die Vernichtung einer Schattenherzogin war vielfach wichtiger als die Gefühle eines Mondschwerts.

Und doch. Wenn es so käme, würde er ohne Zögern handeln müssen. Vermutlich hätte er dann sehr wenig Zeit. Nichts durfte sich in seinen Weg stellen. Wenn seine Hand zauderte, weil er sich dem Vater seiner Geliebten verbunden fühlte, dann mochte das für den Zauberer reichen, um Helion niederzustrecken. Wer wusste schon, über welche verfluchten Mächte er gebot?

Und wer wusste, was seine Tochter von ihm gelernt hatte? Vielleicht war das, was Helion in Akene für sie gefühlt hatte, gar nicht echt gewesen? Trieb sie ihren Spaß mit ihm? Hatte sie einen Zauber über ihn geworfen? Ihn betört?

Bei klarem Verstand betrachtet war es doch lachhaft, sich so schnell in eine Frau zu verlieben, die man gar nicht kannte! Und wenn sie ihn wirklich geliebt hätte – hätte sie ihm dann nicht von sich aus von ihrem Vater berichtet? Zumindest eine Andeutung gemacht? Eine ganze Nacht hatten sie durchwacht am Ufer des Retadar, über Sterne philosophiert, die Wellen betrachtet, Scherze über die Statuen der Honoratioren gemacht. Er hatte das Gefühl, ihr sein ganzes Leben anvertraut zu haben, von den Erinnerungen an seine Kindheit über die Tollheiten seiner Jugend bis zu der Zeit in der Kate mit Meister Treaton. Und sie? Er fühlte sich betrogen.

Vor allem aber fühlte er sich leer. Daran änderte auch die Tatsache nichts, dass sie den Hirsch fanden.

Das Tier hatte viel Blut verloren und war zusammengebrochen, lebte aber noch. Seine Flanken bebten.

Pepp fingerte nach einem weiteren Pfeil, aber Helion schüttelte den Kopf und reichte ihm den Hirschfänger. »Damit beendest du sicherer seine Qual.«

Pepp zog die Waffe, die geformt war wie ein Degen, aus der Scheide. Seine Hand zitterte dabei, vielleicht wegen der Erschöpfung nach dem Lauf, vielleicht auch, weil er nicht gewohnt war, ein Tier zu töten, das ihn aus großen, angsterfüllten Augen ansah. Dann aber machte der Junge seine Sache gut. Er stieß die Klinge sauber und fest in die Brust, bis sie von der Querstange aufgehalten wurde. Der Hirsch rührte sich nicht mehr.

Sie brachen das Wild an Ort und Stelle auf, um sich auf dem Rückweg das Gewicht der nicht nutzbaren Teile zu ersparen.

Helion versuchte, die Gedanken an Ajina zu verdrängen. Er erwog sogar, eine der geistigen Übungen anzuwenden, die Treaton ihn gelehrt hatte, um die Emotionen einzudämmen. Diese Litaneien waren vor Jahrhunderten entwickelt worden, um ein Mondschwert vor der mystischen Kraft zu schützen, mit der die Osadroi das Leben aus einem Menschen ziehen konnten. Nicht alles war darüber bekannt, wie auch Giswon eingeräumt hatte, aber sicher war, dass die Schattenherren Emotionen als Brücke benutzten, über die sie die Lebenskraft zu rufen vermochten. Ohne Emotion gab es diese Brücke nicht.

Aber diese Litaneien waren zu aufwendig, als dass Helion sie hätte wirken können, ohne dass Pepp und Estrog es bemerkt hätten. Zudem löschten sie keine Gefühle aus, sondern stauten sie nur auf. Wenn die Wirkungsdauer dieser Gnadengaben endete, kamen die Emotionen mit voller Wucht zurück, das Herz holte nach, was ihm zuvor verwehrt geblieben war.

Also würde Helion seine Gefühle für Ajina ohne Hilfe der Göttin verdrängen müssen. Dabei machte er sich allerdings wenig Hoffnung, denn vor allem war er verwirrt. Da war diese Leere, die aber unecht schien, und dahinter wartete die Liebe, die vielleicht auch eine zauberische Gaukelei war. Der Rückweg zum Tross würde lang werden und arm an Abwechslung, dafür begleitet von einem bittersüßen Schmerz, dachte Helion.

»Ich habe diesen Gegenstand bereits ausführlich mit Eurer Heerführung erörtert.« Baron Trubers Stimme hatte den abfälligen Ton eines Menschen, der es als Zumutung empfand, seine Zeit auf ein Thema verschwenden zu müssen, das ihm keinen Vorteil brachte. »Beratet Ihr Euch nicht untereinander?«

»Mir ist daran gelegen, Eure Sicht der Dinge unmittelbar kennenzulernen.« Phaistor war nicht anzumerken, dass er zur Trunksucht neigte. Er sprach dem Wein unterschiedlich stark zu. Soweit Helion es beurteilen konnte, war heute nur Wasser in seinem Becher gewesen.

»Wir hatten gehofft, Ihr würdet den Anlass nutzen, um zu bestätigen, dass Ihr doch noch ein Kontingent beisteuern könntet.«

Aus dem Saal drang das Lautenspiel der beiden Barden, dazu der überraschend kräftige Gesang des Fräuleins. Mit ihrer Stimme hätte sie den Raum auch allein ausfüllen können. Helion hätte sie gern eine Ode vortragen hören, aber heute waren Stücke gefragt, die zum Tanz geeignet waren. Baron Truber hatte keine Mühen gescheut, für offenherzige weibliche Gesellschaft zu sorgen, um den Kriegern Entspannung zu verschaffen. In der Tat hatte er ein so opulentes Mahl aufgefahren, dass Geiz nicht der Grund sein konnte, aus dem er das zugesagte Truppenkontingent zurückhielt.

»Und Ihr seid …?«

»Helion. Silberträger.«

»Das ist der niederste Rang, den die Mondschwerter zu vergeben haben, nicht wahr?«

»So ist es. Ich bin ein einfacher Ritter.«

Wenn er nüchtern war, war Phaistor durchaus ein wacher Zuhörer. Auch jetzt sprang er sogleich hilfreich bei: »Ich habe in den vergangenen Wochen Helions Rat zu schätzen gelernt. Er ist mehr als ein einfacher Silberträger. Er ist mein Berater.«

»Der Berater des Kommandanten der Leibwache der Abordnung der Priesterschaft der Mondmutter«, stellte Baron Truber fest. Mit jedem Wort wurde deutlicher, wie gering er die Stellung seiner Gesprächspartner einordnete. »Und nachdem ich die Lage mit den Anführern des gesamten Heerzugs bereits drei Nächte lange erörtert habe – was habt Ihr mir nun zu sagen, während ich drinnen meine Gäste unterhalten sollte?«

Sie hatten den Baron auf den Balkon gebeten. Sein Palast war ein ausgebautes Relikt der Fayé. Sie befanden sich im Nordwesten Eskads, in den Ausläufern des Nachtschattenwalds, wo diese gewachsenen Häuser noch ab und an zu finden waren. Auch Trubers Residenz war einmal, vor Jahrtausenden, freiwillig vom Wald geformt worden. Wenigstens war das die Deutung der Gelehrten. Anders ließ sich kaum erklären, warum drei riesige Bäume so verwuchsen, dass sie Räume, Flure und Emporen bildeten. Dabei gediehen sie kräftig, ihre Kronen standen in vollem Laub. Spuren von Werkzeug waren nicht zu erkennen, aber diese wären ohnehin von den Jahrhunderten verwittert worden. Erstaunlicher war, wie gut sich die Räumlichkeiten erhalten hatten. Eigentlich hätte nicht nur die Verwitterung, sondern vor allem das beständige Arbeiten des Holzes in einem lebenden Baum sie in den Tiefen der Vergangenheit vergehen lassen müssen. Astlöcher verwuchsen mit der Zeit, während die meisten Fayéhäuser noch immer deutlich als solche zu erkennen waren. Sie waren nicht gerade bezugsfertig, aber doch nicht weiter verfallen, als es bei einem von Menschen errichteten Bau nach fünf Jahren der Fall gewesen wäre. In Trubers Palast ließ sich nicht immer sagen, welche Teile ursprünglich waren und was seine Baumeister hinzugefügt hatten. Sie hatten darauf geachtet, nur Holz zu verwenden.

»Wir sind Männer des Schwertes«, sagte Helion. »Verzeiht daher, wenn wir ungeübt in den Schnörkeln höfischer Sprache sind. Das Heer lagert nun schon eine Woche in Eurer Baronie. Ihr sorgt gut für uns, doch das ist nicht der Grund, aus dem wir kamen. Lasst uns geradeheraus sprechen. Was hindert Euch, uns die Pikeniere beizustellen, die Ihr verspracht, und uns unserer Wege gehen zu lassen? Wäre das nicht das Einfachste für uns alle?«

Für einen Moment schien es, als wolle sich der Baron abwenden und sie allein mit ihrer Frage zurücklassen. Dann seufzte Truber und umfasste das Geländer, bei dem eindeutig war, dass es zur ursprünglichen Anlage gehörte. Es bestand aus Zweigen, die nahezu senkrecht aus dem Boden wuchsen, um dann im rechten Winkel abzuknicken und so einen Handlauf zu bilden. »Einfach und gut gesprochen wie ein Ritter«, stellte er fest.

Er sah hinaus in den Wald, der sich hinter dem Palast erstreckte. Auf den ersten hundert Schritt wurde das Auge nur von vereinzelten Bäumen behindert, aber dann erhob sich eine grüne Wand. In weiterer Entfernung ragten Riesen aus dem Blätterdach, die sicher ebenso hoch waren wie diejenigen, die den Palast formten. Vielleicht enthielt auch einer von ihnen ein Haus wie dieses.

»Aber für einen Baron ist das Leben nicht so einfach wie für einen Ritter. Von Euch erwartet man, dass Ihr mit Eurem Schwert dient. Ich stelle nicht in Abrede, dass es Mut erfordert, einem Feind gegenüberzutreten und mit dem eigenen Leben für seine Sache einzustehen. Aber es ist auch nur Euer eigenes

Leben, das Ihr auf das Schlachtfeld tragt. Mir dagegen sind dreißigtausend Leben anvertraut. Das muss ich bei jeder meiner Entscheidungen bedenken.«

»Es ist nicht lange her, da sagte mir unser Ordensmarschall Ähnliches.«

Truber nickte bedächtig. »Auch er trägt Verantwortung für mehr Leben als nur sein eigenes. Aber dennoch ist es bei mir anders. Viele denken, es sei ein Privileg, dem Adel anzugehören. Mein Vater lehrte mich, dass es eine Pflicht ist. Sicher, wir hungern selten und schlafen in weichen Betten. Aber das ist nicht der Grund, aus dem es den Adel gibt. Wir müssen das Volk anleiten, zu seinem eigenen Wohl. Nicht ein prächtiger Palast ist das Zeugnis eines guten Fürsten, sondern die Bauern auf seinem Land, die gesund leben, in Frieden, verschont von Krankheit und Unbill.«

Phaistor nahm nach einigem Schweigen den Faden wieder auf. »Es ist nicht an uns, Euch zu widersprechen. Aber ist dieser Krieg nicht notwendig, um das Wohl Eures Volkes zu sichern? Stellt Euch eine Welt nach dem Willen der Götter vor. Eine Welt, die ganz den Menschen gegeben ist. In der die Schatten vertrieben sind. Oh, ich bin kein Träumer. Wir werden das nicht mehr erleben, aber wenn wir unseren Kindern diese Hoffnung vererben wollen, dann müssen wir im Silberkrieg siegen oder wenigstens die Front halten. Ohne Silberklingen haben wir den Schattenherren nichts entgegenzusetzen. Sie werden ihren Schrecken auch über Eskad breiten. Auch über Eure Baronie.«

»Das sagt mir auch mein König«, flüsterte Truber. »Aber unter dem Gewicht von Königsträumen wird das kleine Glück der einfachen Leute zermalmt. Ihr sprecht von der Zukunft, die die Götter der Welt bestimmt haben. Aber es sind nicht die Wünsche der Götter, die mir anvertraut sind. Es sind die Leben meiner Untertanen.«

»Die Götter halten ihr Wohl in Händen.«

Truber sah seine beiden Gäste an. »Ein Paladin kann leicht so sprechen. Die Silberrüstung schützt vor Zweifeln. Aber wie viele Tote haben die vergangenen zwanzig Jahre gefordert? Ich habe die Hände von Witwen gehalten, die sich vor Gram die Augen ausgekratzt haben. Junge Frauen zum Teil, deren Leben mit ihrem Gemahl auf dem Eis eines Schlachtfelds im Norden verblutete, noch bevor es begonnen hatte. Davon weiß ein Mondschwert nichts. Eure Kameraden sterben für eine Sache, an die sie selbst glauben. Nicht für das Sehnen ihres Fürsten oder ihres Priesters.«

Helion registrierte verwundert, wie sehr man außerhalb von Ilyjia von der Integrität der Mondschwerter überzeugt war, auch wenn Truber diese negativ auslegte. Wäre er einmal in Akene gewesen und hätte die in Samt Gepanzerten gesehen, hätte er sein Urteil sicher überdacht. »Und dennoch könnt Ihr unmöglich wollen, dass Eure Baronie in die Schatten fällt. Das Schicksal Eurer Schützlinge wäre um vieles schlimmer.«

»Im Moment ist das meine geringere Sorge.«

»Wie meint Ihr das?«

Schwer lehnte sich der Baron auf das Geländer. »Was seht Ihr dort draußen?«

Helion versuchte zu erkennen, was er meinte. »Den Nachtschattenwald?«

»Ja. Bäume, Farne, Schlingpflanzen. Was Ihr nicht erkennt, sind die Augen. Augen, die uns beobachten. Sie sehen uns, aber wir können sie nicht sehen, bis sie kommen, um uns ihre Klingen in das Herz zu stoßen.«

»Von wem sprecht Ihr?«

Truber wirbelte herum und starrte Helion in die Augen. »Ihr seid so verbissen in Euren ewigen Krieg mit Ondrien, dass Ihr völlig vergessen habt, dass es noch mehr Böses in der Welt gibt, nicht wahr? Wir sind hier in Eskad. Wisst Ihr, dass diese Baronie besiedelt wurde, um Holz für unsere Flotte zu schlagen? Weit im Osten liegen die Häfen, von denen die Schiffe

Kurs nehmen über das Meer der Erinnerung. Es waren einmal die besten Segler der Welt. Unsere Vorfahren haben die Gischtlande bevölkert.«

Als er eine Weile schwieg, sprach Helion wieder. »Warum erzählt Ihr uns davon?«

»Draußen auf dem Meer«, fuhr Truber fort, als habe er die Frage nicht gehört und spräche zu sich selbst, »liegt der Seelennebel, unbewegt seit jeher. Die Seeleute raunen von den verfluchten Geistern der Fayé, die dort zurückgelassen wurden. Aber für uns hier sind die Fayé viel mehr als Geister. Wir haben mit denen zu tun, die sich weigerten, dem Befehl der Götter zu folgen. Sie hatten Jahrhunderte Zeit, etwas anderes, Dunkles zu werden. Nichts haben sie mehr gemein mit dem lichten Volk, das einst zu den Bäumen sang, um vom Wald Häuser wie dieses zu erbitten. Nichts außer dem Stolz. Und der lässt sie ihre alte Heimat zurückfordern. Amdra will den Nachtschattenwald zurück. Den ganzen Wald. Kein Mensch soll mehr ungestraft seinen Fuß hineinsetzen, so lautet die Botschaft von Ilion, dem König der Fayé!«

»Aber Eure gesamte Baronie liegt im Wald!«

»Was Ihr nicht sagt«, versetzte er bitter. »Sie sind dort draußen. Unsichtbar unter den Bäumen. Wenn Ihr dort unterwegs seid, kann es sein, dass sie keine drei Schritt entfernt zwischen den Farnen stehen, ohne dass Ihr sie seht. Auf freiem Feld sind sie ebenso gefährlich. Der Pfeil eines Fayé fliegt einhundert Schritt, schlägt durch Schild und Rüstung und findet das Herz.«

Der Baron blinzelte und richtete sich auf. Als er wieder sprach, hatte seine Stimme zu der Gleichgültigkeit vom Beginn des Gesprächs zurückgefunden. »Ihr seht, es gibt Dinge, die drängender nach meiner Aufmerksamkeit verlangen als Euer Kriegszug.«

»Es ist nicht mehr weit, Herrin! Gar nicht mehr weit!«

Deria war nicht viel älter als Ajina, aber schon in den zwei Stunden, die sie sich nun kannten, hatte Ajina herausgefunden, dass die andere Frau ein Leben geführt hatte, das sich gänzlich von dem ihrigen unterschied. Sie war wohl das, was man einen ›einfachen Menschen‹ nannte. Sie hatte jung geheiratet und das größte Abenteuer ihres Lebens bestand darin, dass sie mit ihrem Mann, einem Köhler, in den Wald gezogen war, eine gute Wegstunde von der Siedlung um Baron Trubers Palast entfernt.

»Ich danke Euch so sehr, dass Ihr die Anstrengung auf Euch nehmt!«

»Ich tue es gern«, versicherte Ajina. »Und ich habe schon mühseligere Märsche hinter mich gebracht.« Sie dachte an die Überquerung des Donnerpasses bei klirrendem Frost. Sie war damals fünfzehn gewesen, mit ihrem Vater auf der Flucht. Ihre Jugend hatte nicht nur angenehme Jahre gesehen. Magier wurden wegen ihrer Macht respektiert, aber niemals geliebt. Die meisten Menschen fürchteten die Kräfte, mit denen sie im Bunde standen, auch wenn nur wenige wussten, wie viel Grund sie dazu hatten. Ajinas größte Hoffnung war, dass das Opfer, das ihr Vater zu bringen beabsichtigte, ihn vor den Augen der Götter reinwaschen würde.

»Ich werde Euch gleich etwas kochen, wenn wir ankommen. Wir haben nicht viel, aber was unser ist, wollen wir Euch anbieten.«

Eigentlich war Ajina froh über die stramme Wanderung. In Eskad war es deutlich kälter als in Ilyjia, sodass sie bei dem stillen Gebet, das für den Morgen vorgesehen war, sicher gefroren hätte. »Das ist sehr freundlich. Aber wenn die Verletzung so ist, wie ich sie mir nach deiner Beschreibung vorstelle, brauche ich zuerst abgekochtes Wasser, um sie zu reinigen.«

»Natürlich. Alles, was Ihr sagt! Seht Ihr? Wir sind schon da! Das ist unser Heim!«

Auf einer kleinen Lichtung lehnte sich eine Hütte an einen Felsen. Ein Lagerschuppen duckte sich daneben, etwas entfernt stand ein Verschlag, der nur der Abort sein konnte. Das beherrschende Gebäude war der Meiler, in dem die Holzkohle hergestellt wurde. Durch den Erdbewurf sah er aus wie ein unbewachsener, kegelförmiger Hügel. Von seiner Spitze stieg Rauch auf.

Deria bemerkte ihren forschenden Blick. »Mein Kester hat den Meiler noch befüllt, obwohl er kaum gehen konnte mit dem schlimmen Bein. Wir brauchen das Geld, das wir für die Kohle bekommen.«

Auf der Lichtung liefen einige Hühner, im Wald quiekten Schweine, die dort nach Bucheckern suchen mochten.

»Bring mich zu ihm.«

Kester lag ausgestreckt auf einem niedrigen Lager. Als sie eintraten, drehte sich ein vielleicht sechsjähriges Mädchen um, in der Hand noch den Lappen, mit dem es die Stirn des Mannes getupft hatte. »Die Priesterin ist da«, meldete es seinem Vater.

»Ja, das ist sie, Rina.« Deria klang jetzt schon erleichtert, als wäre die Gesundung ihres Mannes bereits durch die Ankunft der Adepta garantiert.

Ajina nahm ihren Beutel von der Schulter, schob das Kind lächelnd zur Seite und hockte sich vor das Krankenlager. »Heißes Wasser«, erinnerte sie Deria gleich darauf.

Kester sah sie aus tiefliegenden Augen an. Er war ein sehniger Mann mit einem schütteren Bart. Seine Stirn war heiß unter dem Film kalten Wassers.

»Ich muss mir die Wunde ansehen«, erklärte sie.

Er netzte seine Lippen und nickte. »Ich bin Euch dankbar, dass Ihr Zeit für mich findet. Ich habe nicht daran geglaubt, dass sich eine Priesterin für mein Missgeschick interessieren würde, aber Deria ließ sich nicht davon abbringen.«

»Ich bin noch nicht zur Priesterin geweiht«, korrigierte Ajina, obwohl es für diese Menschen keinen Unterschied machen würde. Wenn sie das Bein retten konnte, wäre sie so etwas wie eine Halbgöttin.

Vorsichtig hob sie die Wolldecke an. Die Wunde war unübersehbar. Bei Waldarbeitern war es ein häufiger Unfall, sich die Axt ins eigene Bein zu schlagen. Auch die Stelle war nicht ungewöhnlich, das Blatt war in den Unterschenkel gedrungen. Behutsam löste Ajina den Verband. Dennoch zischte Kester. Die nässende Wunde hatte die Binde verklebt.

»Ihr habt Glück«, behauptete Ajina. »Der Knochen ist nicht getroffen. Nur eine Fleischwunde.«

Das war in der Tat gut. Weniger gut war die Tatsache, dass sich die Wunde entzündet hatte. Das Fleisch war blau, an einigen Stellen sogar schwarz.

Als Deria mit dem Kessel kam, bat Ajina um eine offene Kerze. Sie nahm ihre scharfen Klingen aus dem Beutel. »Ich werde das faulige Fleisch fortschneiden müssen, damit gesundes nachwächst. Ich will, dass ihr eines der Hühner schlachtet und es hinter dem Haus in den Wald legt.«

»Damit sich die Geister das Huhn holen und nicht Kester?«, fragte Deria.

Ajina lächelte. »Für Geister bin ich nicht zuständig. Mir geht es um die Maden. Mit etwas Glück werdet ihr die kleinen, weißen Dinger schon morgen früh auf dem Aas finden. Ihr müsst sie sammeln und auf die Wunde legen.«

Angeekelt verzog Deria das Gesicht.

»Ich weiß, das ist kein schöner Anblick, aber sie lieben faules Fleisch. Sie fressen es gründlicher weg, als ich es jemals schneiden könnte.«

Ajina zog die Klinge durch die Kerzenflamme. Dann begann sie. Kester hielt die Hand seiner Frau. Bis auf ein leises Wimmern war keine Klage von ihm zu hören.

Aufgeregtes Gackern kündigte neuen Besuch an. Ajina wunderte sich darüber, dass so tief im Wald jemand nach dem Rechten sah, aber sie wollte sich nicht von ihrer Aufgabe ablenken lassen.

Als die Tür so heftig aufgestoßen wurde, dass sie gegen die Wand krachte, zuckte Ajinas Kopf jedoch unwillkürlich zu den beiden Bewaffneten herum, die mit verschlossenen Mienen eintraten. Ihre Lederpanzer schützten lediglich den Rumpf, Arme und Beine waren von grober Wolle bedeckt. Der Schmutz an den Stiefeln zeugte von einer langen Wanderung.

Unsicher ging Deria zu den Männern, aber diese schoben sie rüde zur Seite. Einer hielt sie gegen die Wand gedrückt, ohne ihr ins Gesicht zu sehen, während der andere schnellen Schrittes zu Rina trat, sie packte und sich über die Schulter warf. Das Mädchen schrie.

Der Fieberglanz wich aus Kesters Augen. »Was tut Ihr?«, rief er und richtete sich auf dem Krankenlager auf.

Der Krieger wandte sich zum Gehen, das zappelnde Mädchen ebenso ignorierend wie die Frage des Vaters.

Während sich Ajina erhob und Kester mit beiden Händen das kranke Bein packte, um es auf den Boden zu setzen, bewies Deria eine Kraft, die man ihr kaum zugetraut hätte. Sie sprengte den Griff, der sie an der Wand hielt, und schlug ihrem Gegner die Fingernägel ins Gesicht. Wohl mehr aus Überraschung denn vor Schmerz schrie dieser auf und taumelte einen Schritt zurück, was Deria Raum gab, sich demjenigen, der ihre Tochter entführte, in den Weg zu werfen.

»Du blöde Metze!«, rief der Krieger, dem sie gerade entkommen war, und hieb ihr die Faust auf die Schulter. Wie gefällt sackte sie zu Boden.

Kester griff nach dem Schürhaken, der neben dem Ofen stand, und eilte damit bewaffnet seiner inzwischen heftig weinenden Tochter zu Hilfe. »Lasst Rina los!« Er bewegte das kranke Bein, als sei es aus einem Ast geschnitzt. Unwillkürlich stellte sich Ajina hinter ihn, obwohl sie nicht mehr aufbieten konnte als die kleine Klinge, mit der sie die Wunde behandelt hatte.

»Du dummer Kerl!« Der Kämpfer, der gerade seine Frau ohnmächtig geschlagen hatte, verstellte ihm den Weg und riss das Kurzschwert aus der Scheide. »Weißt du denn nicht, dass ihr alle Eigentum des Barons seid?«

»Lasst meine Tochter in Frieden!«

Als Kester ausholte, hätte der Haken um ein Haar Ajinas Gesicht getroffen. Kester fiel mehr in seinen Angriff, als dass er einen Schritt gemacht hätte.

Der Kämpfer bewies Kaltblütigkeit. Er tänzelte zur Seite, sodass der Hieb harmlos in den Boden schlug, und stach seinerseits zu.

Kester schrie. Ajina konnte nicht sehen, wie tief die Stichwunde war, aber das Blut strömte zwischen den Fingern hindurch, die er sofort daraufpresste. Der Schürhaken entfiel ihm, als er auch die zweite Hand zu Hilfe nahm. Er beugte sich weit vor. Das kranke Bein knickte ein. Der Krieger half seinem Fall mit einem Tritt nach.

Ajina konnte den Blick nicht von dem Blut abwenden. Kester hustete roten Schaum.

»Und du hast auch noch nicht genug?«, brüllte der Krieger mit dem blutigen Schwert, während sein Kamerad über die ohnmächtige Deria stieg und mit der auf seinen Rücken trommelnden Rina verschwand.

Ajina war wie gelähmt. Sie sah nur das Blut und die Qual auf Kesters Gesicht. Nur der kleinere Teil davon kam von seinen körperlichen Schmerzen, da war Ajina sicher. Sein hilflos aufgerissener Mund kündete von der Pein des Vaters, der seine Familie nicht schützen konnte.

Der Krieger griff die Hand, in der Ajina das Messerchen hielt, und schlug ihr die um den Schwertgriff geschlossene Faust ins Gesicht. Für einen Moment war es, als habe man ihr ein schwarzes Tuch über den Kopf geworfen. Im nächsten lag sie auf dem Boden, neben Kester, der sich wand wie ein erstickender Fisch. »Hilf meiner Tochter!«, gurgelte er.

Ajina verlor das Bewusstsein.

»Ich verstehe immer besser, was der Ordensmarschall meinte, als er mir sagte, auf dem Parkett werde eine andere Art von Krieg geführt«, sinnierte Helion. Er saß an eine Wurzel eines der Bäume gelehnt, die Trubers Palast formten. Heute hatte das Licht des Mondes Silion beinahe die Farbe von Milch. Es ließ das Silber auf Helions Rüstung funkeln.

Vor dem nächtlichen Schatten des riesenhaften Baumes sah selbst Estrog aus wie ein Wichtel, obwohl er aufrecht stand. Zwischen ihm und Helion hatte sich eine robuste Freundschaft entwickelt. Helion wusste zu schätzen, dass der Barbarenhäuptling immer geradeheraus war, und Estrog meinte, dass Helion vom lähmenden Gift der Zivilisation einigermaßen verschont geblieben sei.

»Sie sind mir zuwider mit ihrem geckenhaften Gehüpfe«, murrte er dann auch. Oben im Saal wurde getanzt, wobei sich Phaistor längst auf die tröstende Wirkung des Alkohols besonnen hatte und nicht mehr zu wohlgesetzten Schritten in der Lage war. »Wenn ich ein Weib will, dann nehme ich es mir. Ich muss nicht mit artigen Verbeugungen sein Wohlwollen gewinnen.«

»Und wenn sie nicht will?«

Er lachte mit seinem tiefen Bass, was Helion das Gefühl gab, unter der Rüstung zu vibrieren. »Warum sollte sie mich nicht wollen? Alle Frauen bewundern Stärke, so wie alle Männer Schönheit suchen.«

»Barbar müsste man sein«, seufzte Helion und legte den Kopf zurück, bis er an die Rinde stieß.

Eine Weile schwiegen sie.

»Es geht nicht nur darum, dass Mann und Frau sich finden«, murmelte Helion dann. »Eigentlich ist das sogar nur selten der Zweck dieser Tänze. Öfter will man zeigen, welcher Fürst welchem anderen gewogen ist. An den Obstschalen flüstert man sich Geheimnisse zu. Die Hälfte davon ist gelogen, und die meisten Vorschläge sind unehrlich.«

»So wie das Angebot Eskads, uns Pikeniere beizustellen. Ich bin nicht dumm, Paladin. Ich weiß das.«

Helion blinzelte. »Ich frage mich, woher Ihr das wisst. Für einen Barbaren seid Ihr seltsam bewandert in den Eigenheiten der zivilisierten Reiche.«

»Oh, Ihr habt diese Angewohnheit, alles aufzuschreiben, um Euren eitlen Gedanken Unsterblichkeit zu verleihen. Was geschrieben steht, kann gelesen werden.«

»Ihr könnt lesen?«

»Ihr etwa nicht?«

»Doch, aber ich … In meinem Dorf gab es einen Lehrer. Wir saßen zweimal in der Woche unter der großen Eiche. Sie war nicht so riesig wie diese Bäume hier«, er klopfte an die Wurzel, »aber wenn es nicht zu stark regnete, hatte man es trocken und an heißen Tagen spendete sie Schatten. Ich kann mich erinnern, wie wir Buchstaben in den Sand malten. Aber es ist eine seltsame Vorstellung, dass Ihr in ähnlicher Weise ausgebildet wurdet.«

»Das wurde ich auch nicht. Ich musste mit einer Gänsefeder auf Pergament schreiben und bekam Hiebe, wenn ein Schnörkel verrutschte.«

»Was?«, rief Helion. Er konnte sich schwer ein Schreibpult vorstellen, hinter das der Riese gepasst hätte. »Ihr haltet mich zum Narren!«

»Nein. Aber meine Erzieher machten mich zum Gespött. Ich war so etwas wie ein Tanzbär am Hofe eines Grafen in Ublid. Mein Vater erzog den gräflichen Sohn, und der Graf nahm mich als Ausgleich zu sich. Es sollte den Frieden garantieren.«

»Ist das gelungen?«

»Nur solange, bis ich stark genug war, meinen Lehrer zu erwürgen.«

»Ihr habt ihn ermordet?«, rief Helion.

Estrog zuckte die mächtigen Schultern. »Manche Gelehrte würden es so sehen. Für mich war es kein Mord, sondern ein Kampf. Ich war zwölf.«

»Ihr habt mit zwölf Jahren einen Menschen getötet?«

»Und mich zu meinem Stamm durchgeschlagen. Vier Jahre später habe ich meinem Vater die Nase gebrochen. Seitdem bin ich Häuptling.«

»Helion!«, rief eine Stimme, von der er nicht wusste, ob er ihren Klang herbeisehnte oder sie nie wieder hören wollte.

Ajina lief heran, begleitet von einer anderen Frau. »Ich danke der Göttin, dass wir Euch gefunden haben! Ihr müsst helfen!«

»Was ist denn geschehen?« Die Rüstung klapperte, als er sich erhob.

Eine Hälfte von Ajinas Gesicht war geschwollen. Ihre Toga, unter der sie ein Wollhemd gegen die Kälte trug, war vom schnellen Lauf verrutscht. »Sie haben ein Kind entführt.«

»Meine Tochter!«, rief die andere Frau. »Rina!«

»Zwei Krieger. Sie haben ihren Mann getötet, uns bewusstlos geschlagen und das Kind mitgenommen. Als wir erwachten, sind wir ihren Spuren gefolgt, soweit es ging, aber der Wald hat sie schnell verwischt.«

»Fayé?«, fragte Helion alarmiert.

Ajina schüttelte den Kopf. Sie sah ungewohnt aus mit ihrem zerzausten Haar und der geschwollenen Wange. Doch auch jetzt sorgten ihre blau strahlenden Augen dafür, dass die Schönheit ihr Gesicht nicht verließ. »Menschen. Eskadier, nach dem Klang ihrer Worte zu urteilen.«

Helion sah hoch in Estrogs Gesicht. Wenn die Nacht ihn nicht täuschte, runzelte der Barbar die Stirn. »Denkt Ihr das Gleiche wie ich?«

»Es wäre ein merkwürdiger Zufall, wenn es nicht geplant gewesen wäre, unsere Truppen hier festzuhalten. Die Offiziere tanzen oben, die einfachen Krieger betrinken sich an der edlen Spende des Barons.«

»So edel scheint er mir nicht!« Entschlossen schritt Helion zum Eingang, ignorierte die Ehrenwache, die sich als klug genug erwies, einen Paladin mit einem Barbaren im Gefolge nicht aufzuhalten, und polterte in den Ballsaal. Baron Truber war nicht schwer zu finden. Helion musste sich beherrschen, um ihn nicht am Kragen von seinem Thron zu reißen. »Steht auf!«, rief er.

Die Barden verstummten, und auch das Gemurmel der Gespräche erstarb.

Mit zusammengezogenen Brauen musterte der Baron erst Helion und Estrog, dann wanderte sein Blick weiter zu den beiden Frauen. Er strich sein Wams glatt. »Ersparen wir uns das Geplänkel. Früher oder später musstet Ihr es herausfinden. Ich hatte gehofft, es würde bis morgen dauern, aber so soll es mir auch recht sein.«

»Eine Kinderkarawane!«, spie Helion ihm ins Gesicht. »Was fällt Euch ein?«

»Nun, eigentlich«, seine spitzen Finger spielten mit dem Tischtuch, »ist es nicht mir eingefallen, sondern dem Unterhändler aus Ondrien. An Gold ist den Schattenherren nicht so viel gelegen wie uns. Sie forderten Kinder. Einhundert. Ein guter Preis für den Frieden, was man so hört.«

»Sagtet Ihr mir nicht heute noch, das Wohl Eurer Untertanen sei die Rechtfertigung für Eure Existenz?«

»Andere mussten erheblich mehr zahlen«, erwiderte Truber schneidend.

Graf Jidon von Arriar, Anführer des Heerzugs gegen die Schatten, erhob sich von seinem Ehrenplatz neben dem Baron und sah streng auf diesen hinab. »So seid Ihr im Bunde mit unserem Feind?«

»Ich bin im Bunde mit den Menschen meiner Baronie.«

Helion zog die Frau, die mit Ajina gekommen war, vor die herrschaftliche Tafel. »Wie ist dein Name?«

»Sie heißt Deria«, kam der Baron ihrer Antwort zuvor. »Ihr Mann lag im Sterben, ihr Kind wäre als Halbwaise aufgewachsen. Wenn es denn jemals das Alter erreicht hätte, um für sich selbst zu sorgen.«

»Kester lag nicht im Sterben«, protestierte Ajina. »Sein Fieber klang bereits ab. Wir hätten sogar sein Bein retten können!«

Baron Truber sah ins Leere. »Dann haben meine Berater mich falsch informiert. Ich hieß sie, nach Kindern zu suchen, die ohnehin keine Zukunft hatten. Zwanzig mussten es sein.« Für einen Moment sagte niemand etwas. »Und zwanzig wurden es!«, bekräftigte der Baron dann mit festerer Stimme. »Spracht Ihr nicht von hundert?«, fragte Graf Jidon.

»Hundert ließ ich auf den Sklavenmärkten des Südens kaufen. Aber eine Karawane wurde abgefangen. Daran trifft Euch keine Schuld. Meine eigenen Landsleute vollbrachten das.« Seine Stimme war bitter. »Im besten Glauben, darf man annehmen. Aber mir fehlen die zwanzig, die sie befreiten. Heute ist die Nacht, in der das Schiff ablegt.«

»Ich«, schluchzte Deria, »ich verstehe das nicht! Was geschieht mit Rina?«

Betretenes Schweigen antwortete ihr, bis Estrogs Stimme so laut donnerte, dass nicht wenige zusammenzuckten. »Es sind unsere Gefühle, von denen sich die Verderbten nähren. Kinder fühlen stärker als Alte. Vor allem solche Kinder, die sich nicht von klein auf unter den Schatten duckten. Deswegen fordern sie die Schutzlosesten von uns als Tribut.«

Derias Augen verrieten, dass sie noch immer nicht verstand.

»Deine Tochter ist auf dem Weg nach Ondrien«, erklärte Helion leise.

»Nach Ondrien?«

Trubers Faust krachte auf den Tisch. »Ja! Nach Ondrien! Und es ist an mir, die Schuld dafür zu tragen! Das ist die Pflicht des Fürsten. Aber ich brauche Frieden mit den Schattenherren. Wir alle brauchen ihn. Wir können nicht bestehen gegen die Fayé, wenn wir uns zugleich gegen die Ondrier verteidigen müssen.«

»Die Front schneidet durch meine Heimat, nicht durch Eure«,

sagte Graf Jidon. »Die Heere stehen sich in Milir gegenüber.«

»Ja. Noch.« Truber lachte zynisch. »Aber die Schatten rücken vor. Vielleicht siegt Ihr, ich wünsche es Euch. Aber ich kann die Zukunft meiner Baronie nicht für diese Hoffnung verpfänden.«

»Wenn alle denken würden wie Ihr, hätten sich die Schatten bereits über die ganze Welt gesenkt.«

Truber schwieg so lange, dass Estrog die Geduld verlor. Seine Pranken packten den Tisch des Barons, rissen ihn herum und schleuderten ihn in den Raum. Der brüllende Barbar hätte sich wohl auch auf den Adligen gestürzt, wenn Helion sich nicht mit beiden Händen gegen seine Brust gestemmt hätte. Estrog zögerte, den Freund beiseitezuschieben. Dieses Innehalten reichte den Wachen aus, sich mit ihren Spießen vor ihren Herrn zu stellen.

Truber wischte ein Bratenstück fort, das auf seinem Wams gelandet war. »Mir scheint, die Feier ist beendet.«

»Aber meine Tochter!«, rief Deria.

»Vielleicht ist es noch nicht zu spät für sie«, sagte Helion. »Wenn wir sofort aufbrechen, könnte es uns gelingen, dieses Schiff noch abzufangen. Auf welchem Fluss fährt es?«

»Das geht Euch nichts an«, versetzte Truber kalt. »Selbst mich geht es nichts mehr an.«

»So viele Flüsse kann es hier nicht geben!«, rief Estrog. »Wir werden es schon finden.«

Mit beachtenswertem Mut starrte Truber in die Augen des wütenden Barbaren. »Nein, das werdet Ihr nicht.« Ruhig wandte er den Blick zu Graf Jidon. »Es wäre ein kriegerischer Akt nicht nur gegen mich, sondern gegen das ganze Königreich Eskad.«

»Eure Tat«, gab Helion zu bedenken, »zeugt auch nicht gerade von Freundschaft. Schließlich habt Ihr den Feind gestärkt.«

»Bedauerlich, dass Ihr es so seht. Doch erwägt, nie habe ich die Flüchtlinge aus Milir zurückgewiesen. Fünftausend von ihnen haben wir in unseren Städten aufgenommen.«

»Mit allem Geschmeide, das sie mit sich führten«, erwiderte Graf Jidon bitter.

»Wohl wahr, aber auch die Armen werden bei uns gespeist. Vielleicht hätte ich ihre Kinder nehmen sollen, um den Preis zu zahlen.« Er machte eine Pause, um die Worte nachhallen zu lassen. »Aber dazu war keine Zeit mehr, und so sind es Frauen wie Deria, die Eure Landsleute auslösen. Also zürnt mir, wenn Ihr es wünscht, aber macht Euch nicht Eskad zum Feind. Wir sind neutral von der heutigen Nacht an. Ich wünsche Euch den Sieg, aber wir haben unseren eigenen Krieg zu führen.«

Helion war entsetzt. »Wie könnt Ihr glauben, Eurem Volk Gutes zu tun, indem Ihr dabeisteht, wenn die Welt in die Schatten fällt?«

»Besser die Welt als meine Baronie«, versetzte Truber. »Wir haben keine Silberminen. Die Schattenherren haben keinen Grund, nach unserem Land zu verlangen. Und sie halten ihre Verträge, das weiß jeder.«

»Ja. Aber habt Ihr auch genau geprüft, was Ihr verhandelt habt?«, fragte Graf Jidon. »Kein Osadro überlebt es, einen Handel zu schließen, der Ondrien über die Regentschaft des amtierenden Schattenkönigs hinaus bindet. Elien Vitan sitzt seit beinahe eineinhalb Jahrhunderten auf dem Thron von Orgait. Irgendwann wird auch er müde sein, und dann ist Euer Pakt nichtig.«

Kurz sah man die Überraschung auf Trubers Gesicht, bevor sich die Maske des erfahrenen Diplomaten erneut darüber legte. »Die Probleme der Zukunft werden meine Nachkommen lösen müssen.«

Die ersten Sonnenstrahlen des neuen Tages funkelten durch

den Rubin in Helions Schwertknauf. Um ihn herum wurden bereits die Zelte abgebrochen, als er den Edelstein an seine Stirn drückte und ihm seine Gedanken anvertraute, die auch nach zwei Nächten mit unruhigem Schlaf noch um Baron Truber kreisten. Hundert Dinge waren ihm eingefallen, die er ihm hätte sagen sollen. Von Menschen, die an der Front standen, um für ihn und sein Land zu sterben, während er Geschäfte mit dem Feind machte. Von der Hybris seines Versuchs, Magier zu überlisten, die Jahrhunderte hatten kommen und gehen sehen. Deren Pläne weiter reichten als der Atem von Sterblichen. Dass er seine Generation vielleicht gerettet haben mochte – das war noch abzuwarten –, dafür aber seine Kindeskinder einer Welt der Dunkelheit auslieferte.

Gestern hatten sie den Einflussbereich Eskads verlassen. Wenn sie hier Kriegern begegneten, würden es solche sein, die dem König von Milir die Treue geschworen hatten. Aber das war unwahrscheinlich, beinahe alle seine Kämpfer waren an der Nordgrenze zusammengezogen, bemannten entweder die Festungen oder standen auf den Schlachtfeldern zwischen den Ondriern und den letzten Silberminen, die ihre einzige Hoffnung auf ein Bestehen gegen die Schattenherren waren.

Nachdem er sein Morgengebet beendet hatte, machte er sich auf die Suche nach seinem Pferd. Zwar würde er nie ein guter Reiter werden, aber die Wochen im Sattel hatten immerhin zu einer Gewöhnung seiner Muskeln geführt. Die Schenkel schmerzten nicht mehr. Er bildete sich sogar ein, der Falbe würde folgsamer auf seine Kommandos reagieren. Helion war kurz davor, dem Tier einen Namen zu geben.

Als er an Modranels Wagen vorbeikam und das Lachen einer Frau aus dem Inneren hörte, dachte er sich nichts dabei. Er stutzte erst, als er kurz darauf Ajina sah, die dabei half, am Bach die Wasserschläuche für den Tag zu füllen.

»Wer …?«, setzte er an. Er wandte sich ab und stapfte auf

den Wagen zu.

Er vergewisserte sich, dass niemand in seine Richtung sah. Dann zog er die Plane auf und kletterte in den Wagen.

»Welch hoher Besuch!«, begrüßte ihn Modranel voller Spott.

Neben dem Magier saß eine Frau. Helions Augen brauchten einen Moment, um sich an das spärliche Licht der Laterne zu gewöhnen. Dann erkannte er sie. »Deria!«

»Ich sehe, ich brauche Euch nicht mehr vorzustellen«, sagte Modranel.

»Seid Ihr wahnsinnig?«, fragte Helion und meinte beide damit. Als bis auf Modranels Kichern keine Antwort kam, fixierte er den Magier: »Wie könnt Ihr Euch enthüllen?«

»Ich denke, ich bin sittsam gekleidet«, stellte der Alte fest.

»Wenn sie nun Euer Gesicht erkennt? Schlimm genug, dass sie weiß, dass ein Mann in der Tarnung einer Priesterin reist.«

»Ich habe Schlimmeres gesehen.«

»Das weiß ich!«, fauchte Helion so scharf, dass Deria zurückschrak.

»Ihr macht ihr Angst«, tadelte Modranel mit übertriebener Sorge in der Stimme.

»Sie sollte Angst haben. Das sollten wir alle.«

»Und das aus dem Mund eines Paladins? Ist Mut keine Tugend mehr unter den Mondschwertern?«

»Mutig ist nicht jener, der keine Angst kennt, sondern der, der sich ihr stellt. Wer angesichts des Feindes, gegen den wir ziehen, keine Angst verspürt, hat keinen Verstand.«

»Respekt. Das ist der erste kluge Ausspruch, den ich von Euresgleichen vernahm.«

»Wollt Ihr mir jetzt endlich sagen, was diese Frau hier zu schaffen hat?«

»Nun, sie teilt mein Schicksal.«

»Wie meint Ihr das? Sie ist doch keine …?«

»Zauberin? Das nicht, aber sie ist jemand, der sich vor neugierigen Augen verbergen muss. Oder zumindest musste sie das gestern. Ihre Herrschaft hätte ihr niemals gestattet, mit uns zu ziehen.«

»Was mein volles Verständnis gefunden hätte. Was willst du hier?«

»Rina ist der letzte Mensch, der mir geblieben ist«, sagte Deria mit fester Stimme. »Ich muss sie finden.«

Helion lachte auf. »Dann gehst du am besten direkt zu dem Bach dort draußen, legst dich mit dem Gesicht nach unten hinein und wartest, bis du ertrinkst. Umso schneller wirst du im Nebelland sein. Dort magst du deine Tochter finden.«

»Solange sie lebt, gibt es Hoffnung. Ich bin ihre Mutter. Ich würde sie nie aufgeben. Das weiß sie.«

»Hör zu, Frau, das ist Wahnsinn! Da draußen stehen Krieger, die ein Schwert an der Seite tragen, seit sie gehen können. Die meisten von ihnen werden sterben. Wie willst du gegen die Schatten bestehen?«

»Ich bin eine gute Jägerin.« Trotzig reckte sie das Kinn vor. »Kester und ich haben jahrelang allein im Wald gelebt. Ich habe meinen Teil dazu beigetragen, und ich lerne rasch.«

»Seht es ein«, sagte Modranel. »Die Liebe zu einem Kind ist eine der größten Kräfte in der Welt.«

»Offenbar nicht bei jedem«, sagte Helion schneidend.

Modranel starrte ihn an. »Mit fällt nicht ein, mich vor Euch zu rechtfertigen, Paladin. Ich tat, was ich tat. Aber wisst, dass mich Euer erbärmlicher Widerstand gegen das Unausweichliche nicht kümmert. Im Gegensatz zu Euch weiß ich, gegen was Ihr marschiert. Dort im Norden, im Eis der ewigen Nacht, gibt es Geheimnisse, so alt, dass sie unüberwindlicher sind als jede Rüstung und jede Festung. Es ist nicht die angebliche Autorität der Menschenkönige, die mich dazu bringt, mich Schattenherzogin Lisanne entgegenzustellen. Erst recht nicht das Geschwafel der Mondpriesterinnen oder die eleganten Ausführungen Eures Ordensmarschalls. All das ist mir weniger wert als die Tücher, die ich auf der Latrine verwende. *Wenn* ich im Sinne Eurer Sache handele, und das bedenkt wohl, dann einzig und allein deswegen, weil es meine Tochter Ajina glücklich macht. Ihr Lächeln ist mir kostbarer als alle Schätze der Welt. Und Ihr habt nun einmal das Glück, dass ein weiches, naives Herz in ihrer Brust schlägt. Aber das heißt nicht, dass es mir Vergnügen bereitet, den ganzen Tag allein in diesem Wagen zu sitzen und durchgeschüttelt zu werden. Ich habe es genossen, mit Deria zu plaudern. Sie ist dumm und ungebildet, aber sie weiß es und versucht nicht, etwas anderes vorzutäuschen. Das ist erholsam.«

Bei einem anderen Mann hätte sich Helion über die freie Rede gewundert, zumal Deria neben ihm saß, aber bei Modranels Arroganz passte sie ins Bild.

»Und, ja, ich neige manchmal zur Schwatzhaftigkeit. Sie weiß, dass ich Modranel bin, und vom mächtigsten Magier der Menschheit hat selbst sie schon gehört. Was wollt Ihr jetzt tun, Paladin? Ihr ein Schwert durch das Herz stoßen, um sie zum Schweigen zu bringen?« In seinen Augen lag etwas Lauerndes.

Helion atmete tief durch. Wenn er nicht sofort ging, würde er diesem Mann ins Gesicht schlagen. »Nein«, knirschte er, packte Derias Arm und zog sie mit sich hinaus.

Sie wagte nicht, ihn anzusprechen, bis er sie zu Pepp geschleppt hatte, der gerade die Pferde sattelte. »Dies ist Deria«, sagte Helion. »Macht euch miteinander bekannt und stell sie auch Karseus vor. Heute Abend wird sie sich unseren Übungen anschließen. Es ist nicht mehr viel Zeit. Ich will sicher sein, dass sie wenigstens weiß, wo das gefährliche Ende an einem Schwert ist.« Damit wollte er sie stehen lassen, aber Pepp sah ungewöhnlich ernst aus.

»Die da haben diese Lektion schon gelernt, wette ich.«

Helion folgte seinem Blick. Dort zogen Bauern und Bürger vorbei, nur wenige von ihnen bewaffnet. Ihre Kleidung war zerrissen, viele waren mit durchgebluteten Verbänden versorgt. Wer Glück hatte, trug einen Arm in der Schlinge. Bei den anderen waren die Gliedmaßen fest verschnürt, knapp oberhalb der Stelle, an der ein Feldscher sie amputiert hatte. Habseligkeiten waren offensichtlich in Eile auf Karren geworfen wurden. Wenn Tiere sie zogen, waren sie in keinem besseren Zustand als ihre Besitzer. Am schlimmsten war der leere Blick dieser Menschen. Sie waren geschlagen, nicht nur körperlich.

»Noch kannst du umkehren«, sagte Helion zu Deria.

»Und meine Tochter denen ausliefern, die das hier getan haben? Niemals.«

Da trat Ajina zu ihr und legte ihr den Arm um die Schulter. »Die Göttin lässt niemanden allein«, versicherte sie. Ihre blauen Augen suchten Helion. Sie hatten kaum miteinander gesprochen, seit sie aus Pijelas aufgebrochen waren. »Danke«, sagte sie jetzt.

»Ich weiß nicht, wofür Ihr mir dankt, Adepta. Wir werden noch bereuen, Deria nicht zurückgeschickt zu haben.«

»Bei allem Respekt, Herr Paladin. Ihr versteht Euer Handwerk, das habe ich im Tempel der Mondmutter gesehen. Ihr habt es bewiesen, als Ihr Baron Ranomoff überwandet. Aber in die Zukunft sehen – das können noch nicht einmal die Götter. Ich bin eine Heilerin, und ich weiß, dass das Leid dieser Mutter daheim nicht zu lindern ist. Sie braucht ihre Hoffnung, und die führt sie, so seltsam es auch ist, in das Land der Finsternis.«

Guardaja

So also sieht der Krieg aus, dachte Ajina. Sie versuchte, das feierliche Schimmern von Rüstungen und Waffen, das sie aus Akene in Erinnerung hatte, mit den Spuren in Verbindung zu bringen, die sie an dem Verwundeten sah. Es fiel ihr schwer, obwohl sie alles wiedererkannte: Die Teile, die Arme und Rumpf eines Ritters schützten, waren einfacher gefertigt als bei den Mondschwertern, aber da sie dem gleichen Zweck dienten, war ihre Form ähnlich. Das Schwert des Mannes auf dem Krankenlager war verspielter geformt als dasjenige von Helion, die Parierstange lief in Schnörkeln aus, die Scheide war mit gehämmertem Edelmetall besetzt, das Blumen nachbildete. Es war die Waffe eines milirischen Ritters, nichts daran war so ungewöhnlich, dass es Ajinas Unwohlsein erklärt hätte.

»Ihr seid keinen Stahl gewöhnt, was?«, fragte der Verwundete sanft. Mit dem linken Arm, der einzigen unversehrten Gliedmaße, nahm er das Schwert und hob es auf die andere Seite seines Lagers. Was war es nur, das die Ritter ihre Waffen wie Geliebte behandeln ließ, von denen sie niemals lassen wollten? Selbst dann nicht, wenn so offensichtlich war, dass sie keinen Gebrauch von ihnen machen konnten? Die Rüstung des Mannes war am rechten Arm aufgerissen. Eine merkwürdige Vorstellung, dass Metall nachgab wie Pergament, aber die gezackte, nach innen gedrückte Form sah genauso aus wie ein gerissenes Blatt. Dabei war Ajina sicher, sich mit ihrem vollen Gewicht auf die Rüstung stellen zu können, ohne auch nur eine Delle zu verursachen.

»Es war ein wuchtiger Hieb, der diese Wunde schlug«, erklärte der Ritter, der ihrem Blick gefolgt war. Er klang, als sei er stolz darauf, einem starken Feind gegenübergestanden zu haben. »Eine Axt. Der sie schwang, kann niemanden mehr bedrohen.« Er grinste wölfisch.

»Wie ist Euer Name?«

»Lucino von Kerrara«, verkündete er, als stünde ein Herold mit einer Posaune neben ihm. »Stets zu Euren Diensten.«

Ajina lächelte. »Man rief mich, weil Ihr es seid, der meiner Dienste bedarf.« Sein Knappe hatte sie zwischen den notdürftigen Lagern der Armen aufgestöbert und mit beinahe unverschämtem Nachdruck in den Tempel gebracht, der wie alle Häuser zu einem Lazarett geworden war. Ajina hätte sich darüber wundern können, dass sich der Verletzte bis in das oberste Geschoss des engen Turms hatte tragen lassen, wenn sie nicht selbst den Stoff ihrer Toga vor Mund und Nase hätte pressen müssen, als sie den kaum zu ertragenden Gestank in den dicht gefüllten Räumen durchquert hatte. Hier oben war es zwar kalt wegen der unbedeckten Fensteröffnungen, aber wenigstens wehte der Wind die Fäulnis hinaus.

Die Wunde am Arm war harmlos, wenn man sie mit denen an den Beinen verglich. Am linken war die Rüstung tief eingedrückt, sodass sich das Blut stauen musste. Oberhalb des rechten Knies war sie so stark zusammengepresst, dass Ajina die Breite mit Daumen und Zeigefinger einer Hand abmessen konnte. Es wäre verwegen gewesen, zu hoffen, dass der Knochen unversehrt geblieben wäre.

»Wir müssen Euch aus Eurem Panzer schneiden, Lucino von Kerrara.«

»Ich werde einfach Euer Gesicht betrachten, Adepta. Das wird mich alle Schmerzen vergessen lassen.«

Sie sah den Knappen an, der mit der Metallsäge bereitstand. Wie alle Kämpfer in diesem Lager war er verwundet, er trug einen Verband um den Kopf, der auch ein Auge verdeckte. Sie waren einen knappen Tagesmarsch von der Festung Guardaja entfernt, die das Tal mit den Silberminen schützte. Um das Lager herum erhoben sich Hügel, in denen die leeren Stollen klafften, aus denen man alles Edelmetall geraubt hatte. Hier sammelten sich jene, die zu schwer verwundet waren, um bei der Verteidigung von Nutzen zu sein, aber noch zu weit vom Tod entfernt, um zu den Friedhöfen ihrer Dörfer geschickt zu werden. In den gemurmelten Gesprächen hörte Ajina immerfort einen Wunsch – zurück zur Front zu kommen und den Kameraden beizustehen. Guardaja durfte nicht fallen, um keinen Preis. Aber diese Bekenntnisse klangen hohl, wenn man die Angst in den Augen der Menschen sah.

Sie schüttelte den Kopf. Sie musste sich auf ihre Aufgabe konzentrieren. »Wir befreien zuerst das linke Bein.« Das rechte war verloren, der Arm konnte warten. Beim linken Bein konnte jede Verzögerung den Unterschied machen zwischen einem Ritter, der mit einem Holzbein und einer Krücke durch seine Burg humpelte und einem, der sich auf einem Brett mit Rollen vorwärtsschieben musste, den Kopf auf Höhe der Bäuche der anderen Bewohner seines Domizils. Reiten würde er nie wieder.

»Wollt Ihr ein Gebet sprechen?«

»Fang an zu sägen«, befahl sie. »Ich weiß, was ich tue.«

Es war nicht einfach. Der Knappe lehnte sein Gewicht auf die linke Hand, mit der er die Oberschenkelpanzerung fixierte, und führte die Säge mit der rechten. Er musste viel Kraft aufwenden, um das Eisen zu durchdringen, durfte aber nicht zu tief kommen, um das Fleisch darunter zu schonen. Ersteres erforderte Mühe, Letzteres gelang nicht immer. Die Sägezähne schimmerten bald in verräterischem Rot, auch wenn Kerrara die Zähne zusammenbiss und sich sogar zu einem Lächeln zwang.

Ajina betete still. Sie hoffte, dass die Mondmutter sie hörte, obwohl sie die Welt heute kaum beachtete. Alle drei Monde waren unscheinbar, einer würde schon vor der Sonne untergehen, sodass nur zwei Sicheln am Nachthimmel stehen würden. Es hatte keinen Sinn, darauf zu warten. Sie konnte ebenso gut in der Dämmerung mit der Behandlung beginnen.

Der Knappe bearbeitete nun die Innenseite. Da sich die Scharniere hoffnungslos verzogen hatten, musste er eine Öffnung aussägen.

Ajina sah aus dem Turmfenster. Der Ort bestand aus zwei Dutzend bewohnbarer Häuser. Dazu kamen Ruinen, die von besseren Tagen kündeten, als die heute hohlen Löcher noch ergiebige Stollen gewesen waren. Zwischen dem Mauerwerk, manchmal daran gelehnt, standen Zelte. Einige herrschaftlich, in prächtigen Farben, die eine Fläche von einem Dutzend Rechtschritt umspannten. Häufiger waren niedrige Konstruktionen, in denen man sich kaum aufsetzen konnte, oder abgespannte Planen.

Im Südosten stand das Lager des Trosses, mit dem sie gekommen war. Der Heerzug lagerte zwei Wegstunden weiter nördlich gen Guardaja. Vielleicht, weil der Bach kaum genug Wasser für die Menschen führte, die schon hier waren, vielleicht auch aus taktischen Gründen. Ajina verstand davon noch weniger als von den magischen Künsten, in denen ihr Vater sie ein wenig unterwiesen hatte. Inzwischen lehnte sie die zerstörerische Macht der Zauberei ab. Sie hatte Frieden in der heilenden Kraft der Mondmutter gefunden.

Sie lächelte Kerrara an. Er würde nie wieder so gesund sein wie vor seinem Kampf, aber er würde überleben. Das ließ sich nicht für alle mit Sicherheit sagen, die heute von den Mondpriesterinnen behandelt wurden. Gemessen an vielen anderen hatte Kerrara Glück gehabt. Auf einem der Hügel wurden Leichen auf Holzstöße gelegt. Man konnte nicht riskieren, dass ihr faulendes Fleisch Seuchen ins Lager lockte, wollte aber wohl auch die noch Lebenden von dem süßlichen Qualm verschonen, der bald von den Scheiterhaufen aufsteigen würde. Auf den Hängen lagen die Verletzten unter Planen, manche auch unter den spärlichen Zweigen der letzten Bäume, die noch nicht für die Lagerfeuer hatten herhalten müssen.

Die meisten Verwundeten waren niederer Herkunft. Im Licht der aufflammenden Lampen sah sie mehr Krüppel als solche, denen alle Glieder geblieben waren. Wer nicht wohlhabend war, konnte sich keinen Eisenpanzer leisten. Ein Mann mit einer monströsen, frisch vernähten Wunde auf dem kahlen Schädel ging zwischen den Lagern umher wie ein Schlafwandler.

Es gab auch Menschen, die nicht zur Besatzung der Festung gehört haben konnten. Greise, junge Kinder, die sich hier wohl sicherer fühlten als in abgelegenen Gehöften. Vielleicht waren sie auch Vertriebene, wie jene Unglücklichen, denen sie immerfort begegneten, seit sie sich in Milir befanden. Eine Handvoll Jungen und Mädchen rannte um die Wette einen Hügel hinunter, so schnell, dass zwei übereinander fielen.

»Ich bin fertig, Adepta«, rief der Knappe.

Ajina nickte und besah mit einem flüchtigen Blick das bloßgelegte Bein. Es war rot verschmiert, was vermutlich von der Arbeit mit der Säge herrührte. Die Haut war blau und violett von dem gestauten Blut. »Bring mir das Licht heran«, forderte sie. Während der Knappe den Leuchter holte, kramte sie in ihrem Beutel nach der Salbe aus dem Mark von Glutkakteen, die die schlimmste Schwellung verhindern würde.

»Sie nennen sich ›die Flinken Gnome‹.«

»Wer?«, fragte Ajina, ohne aufzusehen.

»Die kleinen Racker.«

Sie blickte zum Fenster, aber von ihrer Position am Krankenlager aus waren die Kinder nicht mehr zu sehen. »Sie scheinen es eilig zu haben, ins Lager zurückzukommen.«

»Die Dämmerung ist fortgeschritten.«

Sie fand den richtigen Tiegel und löste den Korken. »Haben die Gnome Angst vor dem Dunkel?«

»Natürlich.« Das Licht flackerte, weil die Hand des Knappen bei diesem Wort zitterte.

Ajina sah ihn an. Sie hatte sich nicht getäuscht, die Furcht stand überdeutlich in seinem Gesicht. Stirnrunzelnd wandte sie sich dem verletzten Bein zu und reinigte es mit einem feuchten Lappen.

»Was ist so schlimm an der Nacht? Wir sind doch weit von der Front entfernt.«

»Nicht weit genug für alle, die der Finsternis dienen«, flüsterte er.

»Dann gibt es hier Kämpfe?«

Er antwortete nicht.

Kerraras Bein wies keine nennenswerten Schnitte auf, die Wunden würden nach einem Gebet verheilen. Sie verteilte die Salbe auf der Schwellung.

»Wovor habt ihr dann Angst?«, fragte sie, als sie fertig war, und rechnete mit einer entschlossenen Beteuerung, dass einem Milirier niemals der Mut sank.

Sie blieb aus. »Seelenspiegel«, sagte er tonlos.

»Sind das keine Märchengestalten?«, rief sie erstaunt.

Stumm schüttelte er den Kopf.

Sie sah den Ritter an, der schon lange nichts mehr gesagt hatte. »Glaubt Ihr an Frauen von so schrecklicher Schönheit, dass ihr Anblick Euer Herz erstarren lässt?«, fragte sie.

Aber Kerrara hörte sie nicht. Seine glasigen Augen waren unverwandt gegen die Decke gerichtet.

Probehalber drückte sie sein Bein. Er reagierte nicht.

Alarmiert sprang Ajina auf. Sie untersuchte das Gesicht. Er atmete, aber das war sein einziges Lebenszeichen, bis sie in seine Augen pustete, die sich daraufhin schlossen. Sie klatschte neben seinem Ohr in die Hände, aber er reagierte nicht stärker darauf, als eine Statue es getan hätte. Erst beim dritten Versuch fand sie den Puls an seinem Hals.

»Was ist los?«, fragte der Knappe.

Ajina schluckte und trat einen Schritt zurück. Offenbar hatte der Ritter noch eine weitere Verletzung, die sie nicht erkannt hatte. »Er muss aus seiner Rüstung heraus!«, entschied sie. »Schnell! So schnell du kannst!«

»Wo soll ich beginnen?« Die Sägezähne waren dunkel von dem trocknenden Blut.

Die schwerste Verwundung war am rechten Bein zu vermuten, aber es war ebenso möglich, dass unter dem verbeulten Brustpanzer eine Rippe abgebrochen war, deren Spitze den Ritter innerlich zerriss, sodass er verblutete. »Wie lange brauchst du für den Harnisch?«, fragte sie.

Er wirkte ratlos. Kein Wunder, er sägte das erste Mal eine Rüstung auf.

»Öffne den Brustpanzer!«, entschied sie. »Beeile dich!«

Wenn Kerrara wach gewesen wäre, hätte sie ihn überreden können, seinen Stolz zu vergessen und ihr zu sagen, wo er Schmerzen litt. Aber sie beherrschte keines der Gebete, die einen Ohnmächtigen weckten. Also tat sie das Nächstbeste, was ihr einfiel, stellte sich so, dass sie dem Knappen nicht im Weg war, breitete die flachen Hände über dem Verwundeten aus und sprach die Litanei der Langsamkeit. Das würde den Blutfluss verzögern. Wenn irgendwo Blut austrat, würde sie der Säge Zeit verschaffen. Die Konzentration fiel ihr schwer. Sie fragte sich, ob es nicht besser wäre, nach unten zu laufen und eine erfahrene Priesterin zu finden, eine, die ihren Geist in einen kranken Körper wandern lassen konnte, um ihn von innen heraus zu heilen. Aber das würde Zeit kosten, und das war eine Währung, in der sie nicht zahlen konnte.

Gerade als ihr der Gedanke kam, an das Fenster zu treten und nach Hilfe zu rufen, hielt der Knappe inne.

»Was ist?« Ajinas Stimme überschlug sich.

Er stand unbewegt, die Säge in der Hand. Die Scharniere an der linken Seite waren abgetrennt, das linke Schulterstück geöffnet, er war an der rechten Flanke. »Ich bin dem Tod oft begegnet in den letzten Tagen«, sagte er. »Inzwischen spüre ich ihn kommen. Ritter Lucino wird niemals nach Kerrara zurückkehren.«

Widerwillig berührte Ajina das Gesicht auf dem Lager. Sie spürte sofort, dass der Knappe recht hatte. Das Herz brachte keine Wärme mehr in die Wangen. Der Körper begann bereits, sich zu versteifen. Ajina spürte Tränen aufsteigen, die eher der Wut entsprangen als der Trauer. *So fühlt es sich also an, wenn man einen Kampf verliert.*

Sie wollte die Leiche nicht ansehen. Sie wandte sich ab und ging zum Fenster. Sie suchte die Kinder, konnte sie aber nicht finden. »Wo sind die Flinken Gnome?«

»Sie werden ein Feuer gefunden haben, an dem sie nicht fortgejagt werden.«

»Warum sollte man sie fortjagen?«

»Sie sind Waisen.«

Ajina wischte die Tränen aus ihren Augen und starrte den Knappen an. Er war jünger als sie selbst, aber seine Züge waren viel älter. »Niemand sorgt für sie?«

»Hier hat keiner etwas zu verschenken.«

»Aber ihr könnt sie doch nicht verhungern lassen.«

»Sie bekommen von den Resten. Es gibt genug Weichherzige.«

»Du scheinst nicht dazuzugehören.«

Er hielt ihrem Blick stand. »Ich wollte ihnen sogar beim Suchen helfen, aber dann befahl man mir, Euch mit Ritter Lucino zu helfen.«

»Sie suchen sich Wurzeln und Beeren in den Hügeln?«, riet sie.

Langsam schüttelte er den Kopf. »Sie haben nach Gelaja gesucht. Einer von ihnen.«

»Haben sie sie gefunden? War sie bei ihnen, als sie zurückkamen?«

»Nein. Die Kleine hat feuerrotes Haar. Ich hätte sie erkannt.«

»Dann muss sie die ganze Nacht allein dort draußen bleiben?«, rief Ajina. »Und erst nach Sonnenaufgang geht die Suche weiter?«

»Nach Sonnenaufgang wird es niemanden mehr geben, nach dem man suchen könnte.«

»Die Seelenspiegel!«, fiel ihr ein.

Er wandte sich ab, um das Gesicht des Toten mit einem Tuch zu bedecken.

»Wenn es diese Biester gibt, könnt ihr das Kind doch unmöglich seinem Schicksal überlassen!«

»Falsch! Weil es sie gibt, können wir nicht den Kreis der Lichter verlassen! Selbst die Lagerfeuer halten sie nicht immer fern! Was glaubt Ihr, warum dieser Tempel so überfüllt ist?«

»Heiliger Boden ...«, murmelte Ajina.

Der Knappe ordnete Beine und Arme der Leiche so an, wie es wohl seiner Vorstellung von Würde entsprach. Dann legte er die Hände des Toten auf dem Brustpanzer zusammen, nahm das Schwert auf und wollte es dem Ritter für seine letzte Reise darunter schieben.

»So feige kann ein Kämpfer doch gar nicht sein!«, rief Ajina und entriss ihm die Waffe. »Ist diese Klinge geschmiedet, um der Zierde eines Toten zu dienen? Oder um für das zu streiten, woran er geglaubt hat?«

Die Kiefer des Knappen mahlten aufeinander. »Kühne Worte. Wenn Ihr ihnen Taten folgen lassen wollt, werde ich Euch nicht aufhalten.« Er zeigte zu den Hügeln. »Die Gnome haben Gelaja nicht gefunden, aber die Richtung, in der sie gesucht haben, bleibt die wahrscheinlichste. Versucht dort Euer Glück. Wenn Ihr eine geflügelte Gestalt vor den Sternen kreisen seht, seid Ihr Eurem Ziel nah. Sie sind wie Geier.«

Mit einem unartikulierten Schrei, das Schwert in der Hand, rannte Ajina hinaus und die Treppe hinunter. Wenn hier alle zu feige waren – sie würde ihnen zeigen, was Mut war! Sie würde sich nicht zurückhalten lassen! Erst recht nicht von der Furcht vor einem Fabelwesen, mit dem Großmütter ihre Enkel erschreckten! Sie würde das Mädchen finden, und niemand, niemand würde sie aufhalten!

Sie war schon weit abseits der Lagerfeuer, hoch am Hang, als ihr Zorn verrauchte. Sie erkannte, dass sie nicht klug handelte. Auch wenn es keine Seelenspiegel gab – mit einem hatte der Knappe recht, denn die Zeiten waren hart. In den Hügeln konnten sich Räuber verbergen, die bereit wären, für Brot zu töten. *Oder für ein wertvolles Schwert.* Zweifelnd sah sie auf die Waffe, konnte sie in der Dunkelheit aber kaum erkennen. Sie zog die Klinge halb aus der Scheide, stieß sie wieder zurück. *Ich bin keine Kriegerin.* Sie würde sich eher selbst verletzen, als jemanden ernsthaft zu bedrohen. Zum tausendsten Mal wünschte sie sich, ihr fiele eine Möglichkeit ein, den Riss zwischen Helion und ihr zu schließen. Sie wusste nicht, woran es lag, dass er sie seit ihrem Aufbruch abwies. In Akene hatte sie ihn interessant gefunden, anziehend. Sie hatte sich eingebildet, dass es umgekehrt ebenso gewesen war. Aber darin hatte sie sich wohl getäuscht. Wenn er sie gemocht hatte, dann nicht genug, um hintanzustellen, was auch immer er ihr vorwarf. Vielleicht war es auch so, wie er behauptete, dass sie eine Adepta war und er ein Paladin, dass er sie beschützte und mehr nicht. Hatte er eine Anweisung seiner Oberen erhalten? Hatten diese ihm befohlen, Gefühle, die seine Sicht trüben mochten, abzutöten?

»Wenn er mich beschützen will, wo ist er dann jetzt?«, flüsterte sie in die leere Dunkelheit.

Wahrscheinlich war er schon wieder dabei, Deria das Fechten beizubringen. Das hatte er an den vergangenen Abenden immer gemacht. Bei ihr schien er keine Ängste vor der Nähe zu haben. Genauso wenig wie bei Pepp und Karseus. Oder Estrog, dem Barbarenhäuptling, mit dem ihn eine dieser rauen

Freundschaften verband, die Männer gern pflegten. Die fünf trafen sich jeden Abend.

Ajina war kurz davor, umzukehren, als sie ein Kind schreien hörte. Der verzweifelte Laut jagte ihr einen Schauder über den Rücken. Etwas in ihr wollte fliehen, aber der weitaus stärkere Teil folgte dem Pfad, den sie mit Eintritt in die Schwesternschaft der Mondmutter eingeschlagen hatte. Dieses Kind hatte keine Wahl, und damit hatte auch Ajina keine mehr. Sie musste helfen. Sie umklammerte das Schwert so fest, dass ihre Hand schmerzte, und ging zügig den Hügel hinauf, dem Geräusch entgegen.

Der Schrei verklang, um sofort neu und laut anzusetzen. Jedes Kind musste einmal Luft holen. Ajina ging nun nicht mehr, sie rannte. Sie strauchelte, fing sich wieder, hastete weiter. Sie fragte sich, was sie tun sollte, wenn sie der Bestie erst gegenüberstünde, von deren Aussehen sie keine genaue Vorstellung hatte. Flügel, ein Frauenkörper, schön und doch schrecklich … Sie zog die Klinge blank und warf die Scheide fort.

Sie stand vor einer dunkel gähnenden Öffnung, annähernd rund, mehr als zwei Schritt im Durchmesser, unzweifelhaft ein alter Stollen. Unmöglich zu erkennen, wie weit er in die Tiefe führte. Wenn sie wenigstens eine Fackel gehabt hätte! Sehnsüchtig sah sie zurück zu den Lagerfeuern im Tal, die von hier aus wie Glühwürmchen wirkten.

Der nächste Schrei trieb ihr Tränen in die Augen. Ihre Vorstellung sandte ihr Bilder von dem gequälten Mädchen. Sie wusste, dass die Kreaturen der Finsternis nicht zimperlich waren. Früher war sie manchmal Zeugin gewesen, als ihr Vater Umgang mit ihnen gepflegt hatte. Die meisten Dämonen liebten es, sich an den Schmerzen ihrer Opfer zu weiden. Viele zogen daraus Kraft wie ein Mensch aus der Nahrung. Sie brauchten Angst und Leid zum Überleben. Bevor es Ajina bewusst wurde, hatte sie schon wieder einen Fuß vor den anderen gesetzt und war den verzweifelten Schreien in die Dunkelheit gefolgt.

Da sie nichts sehen konnte, tastete sie sich an der Wand entlang. Der Boden war uneben. Die Decke der stillgelegten Mine musste nachgegeben haben, überall lagen kopfgroße Brocken im Weg. Die Schreie hallten durch den Gang.

Zuerst dachte sie, ihre Augen seien einer Täuschung erlegen, als sie in der absoluten Lichtlosigkeit einen dunklen Schemen sah, genau dort, wo sie die Kinderstimme vernahm. Sie blinzelte, aber der Schemen blieb.

Dann begriff sie.

Dunkelheit war einfach nur das Fehlen von Licht, so wie in diesem Stollen. Die Strahlen von Monden und Sternen drangen nicht hierher vor, und sie hatte keine Leuchte bei sich. Also sahen ihre Augen nur Schwärze.

Aber das dort vorn war weder Dunkelheit noch Schwärze. Es war Finsternis, etwas, dem man in der von den Göttern geschaffenen Welt nicht begegnete. Die Augen waren damit überfordert. Sie gaukelten dem Verstand vor, dass dort etwas war, noch dunkler als die absolute Dunkelheit, noch schwärzer als das tiefste Schwarz. Ajina schauderte. Beinahe wäre ihr das Schwert entglitten.

Erschrocken griff sie fester zu. »Lass ab von ihr!«, rief sie, obwohl sie das Mädchen nicht sehen konnte. Ihre Worte hallten von den Stollenwänden wider.

Ein Ruck ging durch den finsteren Schemen. Die Schreie wurden zu einem Wimmern.

»Gelaja, lauf!«, rief Ajina. Sie musste den Moment nutzen, in dem das Monstrum abgelenkt war. »Zu mir, und dann weiter! Der Ausgang ist ganz nah!«

»Mein Fuß tut weh!«, klagte eine dünne Stimme.

Ajina stöhnte. Vermutlich hatte sich das Mädchen einen Fuß gebrochen. Natürlich, sonst wäre es schon längst in das Lager zurückgekehrt.

»Lass sie in Ruhe!«, schrie Ajina die Finsternis an. Sie glaubte nicht, der Erscheinung Angst machen zu können, aber immerhin machte sie sich selbst Mut, den sie unbedingt brauchte, um vorwärtszugehen.

Die Entfernung war schwierig zu schätzen, weil die Finsternis des Wesens nicht vollständig durch Ajinas Sinne zu erfassen war. Zudem fehlten Ajina in der Dunkelheit die Vergleichspunkte.

Das änderte sich, als ein waberndes Grau erschien, wie Schlieren von Rauch, die in einer Kristallkugel gefangen waren. Es befand sich auf Kopfhöhe, drei Schritt vor Ajina. Mit einem verzweifelten Schrei holte sie aus, so weit sie konnte, sprang und schlug zu. Die Klinge traf auf keinen Widerstand, sie schnitt wie durch Luft, obwohl Ajina hätte schwören können, dass sie nahe genug war. Sie hatte keine Zeit, darüber nachzudenken. Das Schwert krachte auf den Boden. Die Vibration übertrug sich von der Klinge über den Griff in ihren Arm, so plötzlich, dass sie zum zweiten Mal beinahe ihre Waffe fallen gelassen hätte.

Das graue Wabern näherte sich. Es nahm ihren Blick gefangen. Sie konnte nicht mehr wegsehen.

Es war tatsächlich so groß wie ein Kopf, wenn es auch keine Kugel war. Eher ein leicht gewölbtes Oval. Wie ein Gesicht, in dem es keine Unebenheiten gab, keine Nase, keinen Mund, keine Augen. Nur Rauch.

Und der Rauch lichtete sich, ließ dunkle Schemen erahnen. Obwohl sie sich nicht rührte, von ihren Fingern abgesehen, die sich immer fester um den Schwertgriff krallten, als wolle sie sich daran festhalten, hatte Ajina das Gefühl, sich zu bewegen. Zu schwanken. Zu fallen. Aber nicht nach unten, sondern dem Rauch entgegen. Schnell füllten die Schlieren ihre gesamte Sicht aus. Es gab nichts mehr außer dieser Welt aus Rauch.

Und darin wandelten körperhafte Schemen. Die erkannte sie jetzt deutlicher, graue Gestalten, Menschen, die durch ein

Land ohne Boden wandelten, ohne Pflanzen oder Gebäude, und die sich auch gegenseitig nicht zu sehen schienen, denn sie beachteten einander nicht. Ajina passierte einige von ihnen, kam anderen näher, war wie ein Rabe, der durch den Rauch einer brennenden Stadt flog, in dem die Geister der Verbrannten trieben. Immer schneller glitten die Schemen an ihr vorbei. Da sie keinen anderen Anhaltspunkt als die grauen Gestalten hatte, konnte sie nicht entscheiden, ob sie selbst sich immer schneller bewegte oder ob die Figuren an ihr vorbeizogen. Nur ganz schwach flüsterte eine Stimme in ihr, dass sie in dem dunklen Stollen stand, unbewegt, und in ein ebenso unbewegtes Gesicht aus Rauch starrte. Sie wusste nicht, wie viel Zeit verging.

Der Flug verlangsamte sich. Sie hatte das Gefühl, der Rabe, durch dessen Augen sie sah, suche etwas. Er fand einen Schemen, der nicht aufrecht stand, sondern merkwürdig verrenkt im Rauch hing, als läge sein Rücken auf einem runden Felsen, Arme und Beine zu Boden gestreckt. Sie näherte sich dieser Gestalt weiter, als sie es bei den anderen getan hatte.

Und hörte sich schreien.

Sie erkannte die Züge des Schemens, obwohl sie von Qual verzerrt waren. Es war das Gesicht ihres Vaters, das sie betrachtete. Sein Schrei war stumm, der ihrige umso lauter. Er schmerzte im Hals, aber das war nichts gegen die Pein, die ihr Vater offensichtlich litt. Jetzt, da sie wusste, wer vor ihr lag, wurde die Gestalt immer deutlicher. Sie tauschte sogar das Grau gegen Farben, die der Wirklichkeit entnommen waren. Die Haut von Modranels Gesicht war stark gerötet, als sei sie einem heißen Wind ausgesetzt. Auch der Bart rauchte, obwohl sie kein Feuer in den Haaren sah. Modranels nackter Körper war abgemagert, die Rippen deutlich zu sehen. Zwischen ihnen pulsierte ein schwarzes Herz, dessen Finsternis durch den Körper drang wie das Leuchten einer Laterne durch dünnes Pergament.

»Nein!«, schrie Ajina. »Vater bereut! Er hat sich von der Finsternis abgewandt!«

Wer immer ihn quälte, schien nicht zu diesem Schluss gekommen zu sein. Spieße aus loderndem Feuer schossen von unten herauf, durchdrangen den dünnen Körper, Arme, Beine, den Leib, sogar den Kopf. Nur das schwarze Herz ließen sie unberührt. Jeder Mensch hätte an diesen Wunden sterben müssen, aber nicht Modranel. Nicht in dieser Welt aus Rauch. Er lebte und litt. Die Qual trieb seine Augen aus den Höhlen.

»Gnade!«, wimmerte Ajina. »Vater hat sich gegen die Schatten gestellt! Ihr Götter, habt Erbarmen!«

Die Flammenspieße verschwanden, aber Ajina zweifelte zu Recht daran, dass die Folter damit beendet war. Leuchtend weiße Skorpione fielen aus dem Nichts auf den sich in unsichtbaren Ketten windenden Körper. Ihre Scheren schnitten tausend kleine Wunden in die Haut, die nicht bluteten, sondern rauchten. Die Stacheln spritzten eine Säure in den Körper, die das Fleisch Blasen werfen ließ. Bald waren so viele Skorpione auf ihm, dass Modranels Körper unter dem weißen Gewimmel verschwand. Sie krabbelten in seinen stumm schreienden Mund, rissen an seinen Augen, schnitten die Ohrmuscheln ab.

Ajina wollte sie fortwischen, aber hier hatte sie keine Hände, konnte nur beobachten, nicht handeln. Sie war ja nicht wirklich dort.

Ich bin nicht wirklich dort.

Langsam sickerte der Gedanke in ihr Bewusstsein. In ihrer Verzweiflung klammerte sie sich daran. *Ich bin nicht wirklich dort. Ich bin in der Mine. Nicht in dieser Welt aus Rauch, die gar nicht existiert. Ein Ort, den es nicht gibt. Nur im Kopf dieses Wesens aus Finsternis. Dieses …,* sie suchte das Wort, *… Seelenspiegels.*

Nein. Er existiert auch nicht in seinem Kopf.

Dieses Monstrum sieht in meinen Geist. Es ist meine eigene Furcht, meine größte Angst, die es spiegelt.

Ajina bot ihren gesamten Willen auf, und unendlich langsam schloss sie die Augen. Sie mussten lange gestarrt haben, ohne zu blinzeln, denn sie schmerzten.

Als der Blickkontakt riss, endete auch der Bann. Ajina vernahm wieder das Wimmern des Mädchens. Und sie hörte Schritte hinter sich.

Sie wandte sich um, bevor sie die Augen wieder öffnete. Tatsächlich! Da war Fackelschein! »Hierher!«, rief sie. »Hilfe!«

Das Mädchen schrie.

Vorsichtig darauf bedacht, den Blick auf dem Boden zu lassen, drehte sich Ajina wieder zu dem Seelenspiegel um. Da der Fackelschein die Umgebung beleuchtete, konnte sie nun seine wahre Gestalt erkennen. Es war ein Frauenkörper, geformt aus Finsternis. An einigen Stellen schimmerte er, als wolle er das Licht zurückweisen. Die Beine waren wohlgeformt wie bei einer Tänzerin. Sie endeten in den Tatzen eines Raubtiers. Lange Krallen kratzten über den steinernen Boden, die Quaste eines Schwanzes hüpfte zwischen ihnen. Ajina wagte nicht, den Blick zu heben, um nicht erneut in den Bann zu geraten. Aber sie sah das Mädchen. Gelaja kauerte am Boden, starrte mit weit aufgerissenen Augen zu dem Seelenspiegel hinauf. Blutige Tränen liefen über ihre Wangen. Wenn man sie nicht sofort erlöste, würde sie sterben.

Ajina ließ ihr nutzloses Schwert fallen. Sie sah nur noch das Kind. So schnell sie konnte, machte sie einige Schritte um den Seelenspiegel herum und griff den kleinen Körper.

Ein übersinnliches, gespenstisches Heulen hallte durch den Stollen. Sie sah eine finstere Klaue herankommen und presste Gelaja schützend an sich. Das Glied der Unkreatur schlug durch sie hindurch, ohne eine Wunde zu reißen, ohne Widerstand zu finden. Aber Ajina spürte eine schneidende Kälte, wo sie durchdrungen wurde.

Sie wandte sich dem Fackelschein zu und lief.

»Nimm das Licht!«

Das war Helions Stimme! Ja, das musste er sein. Zwar war sein Gesicht hinter dem zugeklappten Visier verborgen, aber der Baum auf seinem Schild bestätigte die Vermutung. Seine Farbe war nicht silbern wie sonst, sondern tiefrot. Sie löste eine Hand von Gelaja und griff die Fackel.

Seine Waffe zischte aus der Scheide. Auch die Schwertklinge glänzte dunkel. Als Helion auf den Seelenspiegel zuschritt, wich alle Furcht von Ajina. Sie vertraute ihm, ganz gleich wie mächtig der Gegner sein mochte.

Tatsächlich drang seine Waffe nicht durch den finsteren Körper, sondern traf auf Widerstand. Der Seelenspiegel wurde so wuchtig zur Seite geschleudert, dass er gegen die Tunnelwand prallte und davon abglitt. Merkwürdigerweise schien das Gestein ihm mehr Widerstand zu bieten als Ajinas Schwert oder ihr Körper.

Helion verlor keine Zeit. Er setzte dem Feind nach, schützte sich mit dem Schild. Ajina trat näher heran, um ihm Licht zu verschaffen.

Es war ein merkwürdiger Anblick, wie die Klaue durch das Eisen drang, aber von den Einlagen aus Mondsilber aufgehalten wurde. Wo die Kunst der Schmiede versagte, wirkte der Schutz der Mondmutter, deren Gnade sich mit dem Blut des Trägers vereinte.

Helions Kampfschrei hallte aus seinem Helm, als er das Schwert tief in den Leib der Unkreatur bohrte.

Ein unmenschliches Kreischen antwortete ihm. Ajina fragte sich, wo es herkam, schließlich war da kein Mund. Anstelle des Gesichts gab es nur das Wallen wie von Rauch. Die ziellos schlagenden Flügel sahen ledrig aus wie die von Fledermäusen. Sie hatten eine Spannweite von fünf Schritt.

Helion benutzte den Schild, um den Seelenspiegel an die Wand zu drücken, und holte mit dem Schwert aus.

Aber der Schwanz fand eine Stelle, die nicht von Silber gedeckt war. Er schlängelte sich zwischen den Stiefeln hindurch und peitschte durch das Eisen an der Panzerung einer Wade.

Helion zuckte zurück.

Der Seelenspiegel kam frei. Ajina sah nicht, ob seine prasselnden Klauenschläge tief eindrangen. Wo sie auf Mondsilber trafen, übertrugen sie ihre Kraft und warfen Helion zur Seite. Wo es nur Eisen war, drang ihre Kälte durch. Das hatte Ajina selbst gespürt. Auch die Flügel schlugen jetzt heftig.

Helion kämpfte um jeden Fußbreit Boden. Immer wieder zuckte sein Schwert vor, und wenn er damit keinen Treffer anbringen konnte, schlug er mit dem Schild zu. Das Heulen des Monstrums schmerzte in den Ohren. Der Seelenspiegel schien die Wunden zu spüren, die das gesegnete Metall ihm schlug. Vielleicht war es das erste Mal in seiner unheiligen Existenz, dass er begriff, was Schmerzen wirklich waren.

Er wandte sich zur Flucht. Eisig wischte sein Flügel durch Ajinas Gesicht, dann war er an ihr vorbei. Nur kurz noch konnte sie seine Finsternis auf dem Weg zum Ausgang sehen, dann war er verschwunden.

Ajina setzte Gelaja vorsichtig auf den Boden. Sie begann zu zittern, am ganzen Körper, als stünde sie im Winter nackt im Wind. Sie konnte ihre Tränen nicht aufhalten.

Helions Arm war hart vom Eisen des Panzers, als er ihn um ihre Schulter legte. »Alles ist gut«, sagte er. Seine Stimme hallte nicht mehr. Er hatte das Visier hochgeklappt.

Sie schmiegte sich an das unnachgiebige Metall seines Brustpanzers, wo das Rot der Einlegearbeiten schon wieder dem gewohnten Silber wich.

»Du bist dumm.« Er zögerte.

Ajina versteifte sich. Sie wollte nicht, dass er sie losließ. Es war eine schreckliche Vorstellung, dass er zu dem Schweigen zurückkehren könnte, das in den vergangenen Wochen zwischen ihnen gestanden hatte wie ein unpassierbarer Fluss aus Kälte. Sie wollte etwas sagen, brachte aber kein Wort hinaus.

Zärtlich küsste er ihre Stirn. »Tapfer und dumm.«

Als wolle sie die Hörner des Stiergotts nachahmen, stand die silberne Sichel Silions über Corellas Tempel, der das Herz des ehemals milirischen Orts bildete – sowohl, was die Anordnung der Häuser, als auch, was das Sehnen seiner Bewohner anging. Letzteres würde sich schon bald ändern. Götter hatten keine Heimat in Ondrien.

»Erhebe dich, Seelenbrecher«, sagte Lióla.

Avin blieb mit seiner festlich-schwarzen Robe auf dem schlammigen Boden liegen. »Werdet Ihr uns die Ehre erweisen, die Zeremonie durchzuführen, Dunkelruferin?«

Er fragte das vierte Mal. Das war angemessen für den Abstand, der in der Hierarchie zwischen ihnen lag. Man durfte denen, die erst am Anfang des dunklen Pfades durch den Kult standen, nicht zu sehr entgegenkommen. Das hätte Aufsässigkeit geschürt. Im Kult wartete jeder auf ein Anzeichen der Schwäche jener, die über ihm standen. Der Weg nach oben führte über die Leichen der Vorgänger. Bei Lióla war das nicht anders gewesen, auch wenn Baron Gadiors Förderung geholfen hatte. Jeder musste die Vorteile nutzen, die die Schatten ihm gewährten. Sie waren zu launisch, als dass man auf zweite Gelegenheiten hätte hoffen dürfen.

»Setzt mich ab!«, forderte Lióla.

Die Sklaven senkten die Sänfte vorsichtig, bis sie den Boden berührte. Lióla stieg hinaus.

»Erhebe dich«, sagte sie noch einmal zu Avin. »Ich werde deine Bitte erhören.« Immerhin hatte sie sich ja bereits in jener Nacht dazu entschlossen, als sie ihm Pnemaja zur Vorbereitung übergeben hatte.

Sie hörte erlöstes Seufzen aus der Menge der Krieger, die die Sänfte umstanden. Sie begleiteten sie seit Karat-Dor, als Schutz für die Kisten mit den Kristallen, in denen die in der Kathedrale gesammelte Essenz gebunden war, und zugleich Verstärkung für die Front. Was ihre Kampfkraft anging, gab sich Lióla keinen Illusionen hin. Sie waren keine Gardisten. Nur wenige in der Hundertschaft waren gute Fechter. Die meisten führten Spieße, mit denen sich in Formation kämpfen ließ. Vielleicht würden einige von ihnen an der Gefahr wachsen und sogar den Silberkrieg überleben. Es war unwichtig. Ob sie die Ritter aus Milir töteten oder ihre Hingabe bewiesen, indem sie selbst auf den Klingen der Feinde starben – die Schattenherren würden so oder so ihren Nutzen aus ihnen ziehen.

Lióla hatte nur kurze Nachtlager gestattet und kaum Pausen. Sie wollte die Kristalle abliefern. Wer zu schwach war, die Geschwindigkeit durchzuhalten, wäre auch an der Front nutzlos. Die Krieger nahmen nun wohl an, dass die mehrstündige Zeremonie, der Lióla vorstehen würde, ihre Rast am Morgen verlängerte. Diese Hoffnung würde sich ebenso wenig erfüllen wie die meisten Hoffnungen im Nachtschattenland. In Ondrien wurde dem Wohlergehen von Menschen keine übermäßige Aufmerksamkeit geschenkt. Ihre Kraft hatte einzig den Zweck, die Osadroi zu nähren, das war die Berechtigung ihres Lebens.

»Lass die beiden holen, die hier in Corella vorbereitet wurden.« Avin hatte ihr von einer Priesterin und einem Priester berichtet, die er nicht gemeinsam mit den Adepten nach Karat-Dor gebracht hatte.

»Ich bin sicher, meine Diener haben sich gründlich um sie gekümmert.«

Lióla nickte. Spannender war die Frage, ob Pnemaja bereit war. Avin hatte nur einen Tag in Karat-Dor mit ihr gehabt, alles Weitere hatte er während der Reise tun müssen. Sie hatte beobachtet, dass er klug genug gewesen war, Pnemaja die Härte des strammen Marsches spüren zu lassen. Das hatte sie sicher zugänglicher für die nächtlichen Exerzitien gemacht.

Lióla sah die roten Flammen der mannshohen Fackeln, die vor den Stufen des Tempels in den Boden gerammt waren. Zwischen ihnen hindurch trat sie in den runden Innenraum. Dieses Heiligtum war kein Vergleich zu der mächtigen Kathedrale von Karat-Dor. Der Tempel ließ sich mit zwanzig Schritten durchmessen, die Wände hoben das leicht gewölbte Dach gerade einmal vier Schritt über den Steinsockel des Gebäudes. Dementsprechend war das Standbild von wenig imposanter Höhe. Das edelste Stück im Tempel war der Steinblock, auf dem es befestigt war. Der Quader war sorgfältig geschnitten. Die Statue eines muskulösen Mannes mit einem Stierkopf, die darauf ihren Platz hatte, war dagegen wenig ehrfurchtgebietend. Sie war lediglich menschengroß. Nur der Torso war geschmiedet, die Beine hatte man unbeholfen aus Stein geschlagen. Arme und Kopf waren gar geschnitzt, wobei die Schnauze kleiner war, als man es für einen Stier erwartet hätte. Wahrscheinlich hatte man keinen Holzblock passender Größe gefunden. Immerhin waren die bronzenen Hörner sauber poliert.

Um dieses zentrale Standbild herum bot der Tempel die übliche Einrichtung, ein paar Bänke für stille Gebete, aber auch Gewichte verschiedener Größen, an denen sich die Gläubigen üben konnten, um der Kraft ihres Gottes nachzueifern. Aber ihre Stärke hatte ihnen wenig genützt. Corella war an Ondrien gefallen, und anscheinend ohne allzu großen Widerstand. Weder der Tempel noch die Häuser, an denen sie vorbeigekommen waren, wiesen nennenswerte Beschädigungen auf.

»Sollen wir sie hereinholen?«, fragte Seelenbrecher Avin. Der kahlgeschorene Kopf mit dem siebenzackigen Stern ließ ihn älter aussehen, als er dem glatten Gesicht nach war.

»Ja, tut das. Hier drin wird es gehen. Öffnet die Tore weit und versammelt das Volk vor dem Tempel. Meine Krieger werden euch helfen, unsere neuen Untertanen zusammenzutreiben. Wer nicht schnell genug herauskommt, dessen Haus zündet an.«

Er gluckste ein Lachen. Die Vorstellung gefiel ihm.

Lióla hatte das Götterbild kaum umrundet – die Rückseite war noch schäbiger, man hatte sie kaum ausmodelliert –, als auch schon zwei Krieger die Opfer hereinbrachten. Avin hatte nicht übertrieben. Ihre glasigen Augen bewiesen, dass sie gut vorbereitet worden waren, auch Pnemaja. Auf den ersten Blick fand Lióla keine Fehler in der Position der Runen, die den dreien auf Stirn, Hände und Füße gemalt worden waren. Auch schwere Verletzungen waren nicht zu erkennen, die Folter war also mit der gebotenen Behutsamkeit durchgeführt worden. Vielleicht gab es Blutergüsse unter der Kleidung, aber das wäre unerheblich. Gerissene Muskeln wären ärgerlich gewesen und auch Knochenbrüche. Sie wuchsen während der Umwandlung meist schief zusammen. Die Ritualgewänder der beiden Terron-Priester waren sauber und unversehrt, nur Pnemajas Toga hatte unter dem Marsch gelitten, aber nicht übermäßig. In gewisser Weise war dies ein Festtag für die drei, der prächtige Kleidung verlangte. Es war ihr letzter Tag als Menschen. Lióla kicherte.

Pnemaja erkannte sie nicht. An der widerstandslosen Art, wie sich die Opfer auf die Positionen führen ließen, die Lióla ihnen anwies, war zu erkennen, dass ihr Wille vollständig gebrochen war. Oder sie schauspielerten gut. Einmal hatte Lióla das erlebt. Damals war es sehr mühsam geworden, für alle Beteiligten. Den Willen eines Opfers während einer Zeremonie zu brechen, ohne den Körper zu entwerten, erforderte neben Entschlossenheit auch Geduld, obwohl es nicht zu lange dauern durfte, damit die Hoffnung der Zuschauer nicht zu hoch stieg.

Lióla ließ die Kissen aus ihrer Sänfte an die Wand unmittelbar neben dem Tor bringen und setzte sich darauf. Während draußen die Menschen zusammengetrieben wurden, schloss sie die Augen und suchte die Schatten in sich. Sie ließ sich Zeit dabei, nahm nur am Rande wahr, wie das Gemurmel der Menge immer lauter wurde. Die innere Dunkelheit faszinierte sie. Manche Menschen wussten nichts von den Abgründen ihrer Seelen, dabei waren sie so unermesslich. Eine der zentralen Lehren des Kults bestand darin, dass man das Gewissen überwinden musste, jenen Wächter der Schwäche, der eifersüchtig auf die Stärke war, die in der Dunkelheit lag. Dies war die echte Kraft, über die ein Mensch gebot, nicht die Muskeln, die im Kult des Stiergotts gestärkt wurden. Wer die Finsternis meisterte, der konnte hundert Krieger unter seinen Willen zwingen.

Als Lióla die Augen aufschlug, sah Avin sie erwartungsvoll an. »Alles ist bereit, Dunkelruferin. Ich werde Euch zur Hand gehen, wenn es Euch gefällt.«

Huldvoll nickend erhob sie sich.

Die Opfer standen noch immer an exakt den Stellen, auf die sie sie beordert hatte, gut sichtbar für die Menge. Sie trat an Pnemaja heran. Noch nicht einmal ihr brünettes Haar war durch die Anstrengungen der vergangenen Tage in Mitleidenschaft gezogen worden. Sie wickelte eine Locke um ihren Finger und roch daran. Sie war frisch gewaschen worden, sogar mit Duftöl. Es war sicher nicht leicht gewesen, das auf der letzten Etappe der Reise zu arrangieren. Avin taugte etwas. Sie würde ihn im Auge behalten. Wenn er immer so gute Arbeit leistete, würde sie ihn an die Kathedrale von Karat-Dor holen.

Lióla ging weiter zu der milirischen Priesterin und glättete ihre Stola, damit man die heiligen Symbole darauf erkennen konnte. Sie glänzten hell, aber echten Silberfaden hatte man sich wohl in diesem abgelegenen Ort nicht leisten können. Zwar wäre auch das Mondmetall kein ausreichender Schutz gegen die Zeremonie gewesen, aber Baron Gadior hätte Silber als Gabe sicher zu schätzen gewusst. Schade. Doch mit den

Kristallen würde Lióla auch so das Wohlwollen ihres Meisters erlangen.

Sie begutachtete den Mann, dann schritt sie durch das Tor und sah auf die Menge. Etwa eintausend Menschen mochten es sein, die hier versammelt waren: Frauen, Alte und so viele Kinder, wie man brauchte, um die nächste Generation nicht zu gefährden. Es war wie mit Getreide, man musste immer etwas Saatgut übrig lassen. Die Schattenherren wünschten nicht, die Menschen auszumerzen. Sie beherrschten sie, und sie wiesen ihnen den Platz zu, der ihnen gebührte.

»Hört und seht!«, rief Lióla. »Erkennt, wie vergeblich euer Hoffen ist! Eure Götter haben keine Kraft mehr! Eitel ist die Hoffnung, die ihr auf sie werft! Gebt euch den Schatten hin, nur darin liegt Kraft für euer Leben!«

»Terron!«, rief jemand verzweifelt den Namen des Stiergotts an. Lióla brauchte keinen Befehl zu geben, die Krieger wussten auch so, was zu tun war. Der Mann würde das Morgengrauen nicht mehr sehen. Ondrien war jetzt Herr über Corella, und Ondrien duldete keine Aufsässigkeit.

»Werdet Zeugen des Schicksals eurer Priester und lernt daraus!«

Zwei Stunden dauerte die Zeremonie. Lióla las aus dem Buch der Schatten, von der Macht, die neidische Götter den Sterblichen vorenthielten, von der Lächerlichkeit, mit der ihre Diener bei ihnen um Zuflucht jammerten. Von Stolz und Stärke der Schattenherren, die ihnen entrissen hatten, was sie begehrten. Von ihrer unbeschränkten Herrschaft und davon, dass von der Gnade der Osadroi alles abhing. Auf den Wink eines ondrischen Grafen konnten Städte geschleift und Flüsse vergiftet werden. Keine Schöpfung der Götter bot Schutz, wo ihr Zorn loderte. Ihre Finsternis erstickte alles Licht.

Nach dem Vortrag wurden die Trommeln geschlagen, die bis kurz vor dem Ende des Rituals nicht mehr verstummen sollten. Lióla überließ Avin die Ehre, den Opfern den ersten

Trunk zu reichen. In der goldenen Amphore wallte Dunkelheit. Es war eher Rauch als Flüssigkeit, aber der Rauch war schwerer als Luft, deswegen konnte man ihn in die geöffneten Münder gießen. Lióla hatte einmal die Ehre gehabt, dabei zu sein, als Baron Gadior diese Substanz hergestellt hatte. Zehn Menschen hatten ihre Lebenskraft gegeben, um eine solche Amphore zu füllen. Dazu kam das Blut von fünf Schädeleulen. Auch einige Tropfen anderer Substanzen hatte der Schattenherr hineingeträufelt, aber sie hatte nicht gewagt, ihn zu fragen, worum es sich dabei gehandelt hatte. So vorsichtig, wie er die Mengen abgemessen hatte, musste es sich um sehr wertvolle Ingredienzien handeln. Die Anrufungen, die er danach vollführt hatte, um die mystischen Kräfte unter seinen Willen zu zwingen, überstiegen vollends Liólas Begreifen.

Das gegenwärtige Ritual dagegen war leicht auszuführen. Auch der Seelenbrecher hätte es vermocht. Die Kraft war in der Dunkelheit in der Amphore gebunden, die jetzt nur noch verabreicht werden musste. Der einzige Fehler, der dabei unterlaufen konnte, war, dass man zu rasch vorging. Das Gift durfte nicht zu schnell wirken. Man musste dem Körper Zeit zum Sterben lassen.

Auch den zweiten Trunk ließ sie den Seelenbrecher einflößen, woraufhin seine Brust vor Stolz anschwoll. Die Opfer fügten sich stoisch. Nach der Tortur der vergangenen Tage war ihnen gleich, ob sie lebten oder starben. Für ihre Gemeinde galt das nicht. Immer wieder übertönten Schluchzen und hysterisches Schreien die wirbelnden Trommeln.

Erst den dritten Schluck verabreichte Lióla den Opfern selbst. Sie spürte einen leichten Widerstand, als sie Pnemajas Kopf in den Nacken zog, sodass der Mund weit genug aufstand und die rauchige Substanz ohne Hindernis in die Kehle laufen konnte. Die beiden anderen folgten Liólas Drängen willenlos.

Sie gab die Amphore dem Seelenbrecher zurück, der sie sorgfältig verschloss. Mit herrischer Geste brachte sie die Trommeln zum Schweigen. Sie trat zur Seite, um den Blick auf die Opfer freizugeben. Jetzt musste man nur noch abwarten.

Allzu lange dauerte es nicht. Zuerst brachen die Knie des Mannes ein. Dunkler Schaum trat vor seinen Mund, als er am Boden zuckend sein Leben aufgab. Schon jetzt mehrten sich die Schreie in der Menge, und sie steigerten sich noch weiter, als die Priesterin seinem Beispiel folgte, aber Pnemaja gefiel Lióla noch besser. Im letzten Augenblick, als schon alles verloren war, kämpfte sie noch einmal gegen den Tod an, der längst Besitz von ihrem Körper ergriffen hatte. Sie wand sich so heftig, dass sie die heiligen Gewänder über ihrer Brust zerriss. Dann lag auch sie still. Eine Leiche wie die anderen beiden. Ein Diener stach jeder von ihnen seinen Dolch in die Fußsohlen, um zu beweisen, dass sie nichts mehr spürten.

Avin musste nah an Lióla herantreten, damit sie ihn bemerkte und ihren verträumten Blick von den Toten ab- und dem Kästchen zuwandte, das er ihr aufgeklappt entgegenhielt. Drei schwarze Nacktschnecken lagen darin auf Samt gebettet. Vielleicht hoffte er darauf, dass sie ihm eine überließe, aber das sparte Lióla für sein nächstes Mal auf. Sie nahm die sich träge windenden, fingergroßen Körper heraus und schritt würdevoll zu den Leichen. Einer nach der anderen setzte sie ihnen eine Schnecke auf die Oberlippe. Kaum in Berührung mit dem erkaltenden Leichenfleisch, erwachte die dunkle Magie der Tiere. Leider waren die Menschen zu weit entfernt, um erkennen zu können, wie sich die Schnecken ihren Weg durch die Nasen in die Opfer hinein suchten. Lióla wusste, dass die unheiligen Tiere jetzt eine erstaunliche Schnelligkeit entwickelten, auf ihrem Weg durch die Kehle in die Brust, wo sie sich mit scharfen Zähnen bis ins Herz bissen.

Die wilden Zuckungen, die daraufhin einsetzten, musste jeder sehen. Es war, als tanzten die Leichen ekstatisch zum Geisterklang der inzwischen verstummten Trommeln. Auch jetzt fand Lióla an Pnemaja den größten Gefallen. Während sich die anderen beiden auf dem Boden hin und her warfen, stand sie auf, stampfte und sprang umher. Flocken von Schaum flogen von ihrem Mund wie bei einem überhitzten Pferd.

Dann setzte die Verwandlung ein. In der Stille war unüberhörbar, wie Muskeln und Sehnen sangen, als sich die Knochen in die Länge schoben, vor allem an den Armen. Unter der Haut verschmorten Fleisch und Fett. Dunkler Qualm drang nun anstatt des Schaums aus den Mündern, die sich knackend verbreiterten, zu Fängen wurden. Die Zähne wuchsen in die Länge, bogen sich dabei in verschiedene Richtungen, bildeten Spitzen aus, die geeignet waren, totes Fleisch vom Aas zu lösen. Auch die Wirbel verformten sich, bogen die Rücken nach vorn, bis sich die typischen Buckel geformt hatten.

Bei Pnemaja, die sich am heftigsten gewehrt hatte, ging die Umwandlung am schnellsten. Ihr Heulen durchschnitt schon die Nacht, als bei den anderen noch Hände und Füße anschwollen, um Pranken und Klauen herauszubilden.

Die priesterlichen Gewänder hatten dieser Gewalt nichts entgegenzusetzen. Die Kraft der Verwandlung zwang die Nähte auseinander. Das Reißen des Stoffs begleitete das Knirschen der Knochen und das Heulen der jungen Ghoule.

Dann war es geschehen. Geistlos starrten die neu geschaffenen Untoten die Menge an. Das war immer ein spannender Moment, jede Gemeinde reagierte anders auf die Verwandlung ihrer Priester in willenlose Diener der Schattenherren. Hier waren es stumme Tränen, mit denen die Menschen ihr neues Leben begrüßten. Andernorts gab es Schreie der Verzweiflung. Sehr selten kam es auch zu einer kleinen Rebellion, die niedergeschlagen werden musste.

Das stille Fügen gefiel Lióla am besten. Lächelnd betrachtete sie Pnemaja, deren Vorstellung sicher dazu beigetragen hatte, dass der heutige Abend so befriedigend verlaufen war. Ihr Haar war noch immer schön, aber ihr Gesicht war nicht wiederzuerkennen. Die Lippen wulstig, Reste vom Schaum noch daran, die helle Haut mit einem Schimmer von Blau und Grün gefärbt, die Augen tief zurückgezogen und von nun an empfindlich gegenüber hellem Licht, die Kiefer so breit, dass man den Kopf eines Kindes hätte dazwischenschieben können. Auch die Locken würden ihr bald ausfallen. Lióla spürte einen Hauch Bedauern darüber. Eine Schwäche, für die sie sich später geißeln würde.

Jetzt zeigte sie auf die Statue. »Stürzt den machtlosen Gott!«, befahl sie.

Die Kraft von Ghoulen war erstaunlich, vor allem in den ersten Nächten ihres Unlebens. Der männliche erreichte das Standbild als Erster. Ein einziger Hieb seiner Pranken reichte aus, ein steinernes Bein zu zertrümmern. Danach blieb nur noch, den Stiergott in immer kleinere Bruchstücke zu zermalmen. Nur der eiserne Torso machte ein wenig Mühe. Lióla gebot den Ghoulen Einhalt, bevor sie sich zu sehr an den scharfen Metallkanten verletzten.

Sie trat wieder vor die Menge. »Denkt nach über das, was ihr hier gesehen habt! Vergesst niemals die Macht der Schattenherren!« Ein letztes Mal ließ sie den Blick über die Menge schweifen. Niemand sah sie an, alle Augen waren zu Boden gerichtet. *Sehr gut.*

»Und nun geht!«

Die Krieger gaben den Weg für die Menge frei.

Avin war die Zufriedenheit anzusehen. Er scherzte mit den Trommlern, sogar mit einem der Bewaffneten, die sie aus Karat-Dor hierherbegleitet hatten. Nach einem prüfenden Blick traute er sich, zu ihr zu kommen. »Das war überwältigend, Dunkelruferin!«

»War es das?«, fragte sie eisig.

Er zuckte zusammen. »Ja. Ich meine …«, er schluckte. »Ich maße mir nicht an, Eure Handlungen zu beurteilen.«

»Gut. Lass die Ghoule zu den Gräbern führen. Sie werden hungrig sein. Wann wurde dieser Ort genommen?«

»Vor drei Wochen, Herrin.«

»Wann genau? Vor wie vielen Tagen?«

»Zweiundzwanzig, Herrin.«

»Dann sollten die Leichen der Gefallenen weit genug verwest sein. Aber dafür haben die drei jetzt ohnehin eine Nase. Lasst sie sich ihren Schmaus selbst wählen.«

»Ja, Dunkelruferin.«

»Wenn sie satt sind, lass die Frau, die wir aus Karat-Dor mitgebracht haben, zu meinem Gefolge führen. Ich behalte sie als Lohn für meine Mühen.«

Sie lächelte, als er sich unter Verbeugungen entfernte. Sie würde noch viel Freude an Pnemaja haben. Nein, nicht Pnemaja. Das war der Name der Lebenden gewesen, die Untote brauchte einen neuen. Mit Wohlgefallen betrachtete Lióla das auch nach der Verwandlung noch schöne brünette Haar.

Die Süße war noch in Helions Mund. »Keine Sorge, ich habe sie selbst probiert.«

Die Flinken Gnome, Gelajas Freunde, riefen ihre Zustimmung und bekundeten lautstark den guten Geschmack.

Ajinas Gesicht blieb skeptisch. Sie stand vor dem Lager ihrer jungen Patientin wie eine Wache vor einem Tempel. Sofort nach ihrer Rückkehr hatte sie dafür gesorgt, dass die Gnome einen Platz an einem der Lagerfeuer bekamen, aber erst Helions Einfluss hatte einen milirischen Ritter dazu bewogen, sie in sein Zelt zu lassen. Hierzulande bedeutete Ritterschaft Stolz, das konnte man an den aufgepflanzten Standarten sehen, dem prächtigen Zelt, den zwei Rossen mit dem bronzenen Zaumzeug, den edlen Verzierungen an Schild und Waffen. Aber es war kein leerer Hochmut, der diese Ritter prägte. So kunstvoll gearbeitet Lanzen und Schwerter waren, hatte man doch darauf geachtet, dass sie im Kampf ihren Zweck erfüllten, wie Helion sofort erkannte. Und so war es der Stolz gewesen, der diesen Ritter hatte anerkennen lassen, dass Gelaja und ihre Retter in dieser Nacht durch eben jene Finsternis gegangen waren, die zu bekämpfen er ausgezogen war. Er hatte ihnen nicht nur Platz in seinem Zelt gegeben, er hatte es gänzlich geräumt und ihnen für den Rest der Nacht überlassen.

Ajina roch an den dürren Wurzeln, an denen noch etwas Erde hing. »Wisst Ihr, was das für eine Pflanze ist?«

»Nein«, gab Helion zu. »Aber macht Euch keine Sorgen, Ajina.« Als er ihren Namen nannte, hellten sich ihre Züge auf. »Ich weiß nicht, woran es liegt, aber schon als Kind hatte ich ein Gespür für alles, was essbar ist.«

»Die Wurzel schmeckt!«, insistierte auch eines der Kinder mit solchem Ernst, dass Helion lachen musste.

»Das klingt gut«, sagte Ajina. Sie sah ihm in die Augen, während sie ein Stück abbiss und vorsichtig darauf herumkaute. Dann lächelte sie. »Wirklich süß.«

»Und ganz ungefährlich«, beteuerte er.

»Dass von Euch etwas Ungefährliches kommt, wage ich noch nicht zu glauben«, erwiderte sie schnippisch, klopfte aber die Erde von den Wurzeln und reichte die süße Speise ihrer Patientin. Gelaja hatte sich nicht beklagt, als Ajina ihren Fuß mit Heilpaste eingerieben und geschient hatte. Leider lag das weniger an der Tapferkeit des Mädchens als an dem Schrecken, der es noch immer im Bann hielt.

»Kinder sind stark«, murmelte Helion. »Sie können viel leichter vergessen als Erwachsene.«

»Ja, nicht wahr?«, fragte Ajina und sah ihn direkt an.

Unbehaglich wandte er sich von ihren Saphiraugen ab.

Gelaja kaute auf der Wurzel. Ihr Gesicht blieb dabei unbewegt, aber sie schien ihr zu schmecken, denn sie biss noch einmal ab.

Ajina trat an ihn heran. »Ich will Euch nur dieses eine Mal bitten, mir zu antworten, danach werde ich wieder schweigen.

Wir gehen auf eine gefährliche Mission, vielleicht werden wir sterben. Wollt Ihr mir nicht sagen, was ich Übles getan habe, dass Ihr mich meidet? In Akene war es anders, und auch in der Mine. Ich bin Euch nicht gleichgültig, sonst wärt Ihr mir nicht in die Nacht gefolgt.«

»Ich habe den Befehl, Euch zu schützen.« Die kalte Erwiderung fühlte sich wie Eis in seinem Hals an. Unwillkürlich hustete er. Verriet er nicht ein Ideal, das ein Mondschwert leitete? Die Ehrlichkeit? »Aber Ihr seid mir nicht gleichgültig, Ajina.«

»Was ist es dann? Hat man Euch befohlen, mir fernzubleiben?«

Einer der Gnome rettete ihn, indem er Ajina ansah und ihr eine Frage stellte. »Darf Gelaja die Sterne sehen? Sie ist so traurig. Sie sieht immer gern die Sterne an.«

Ajina strich über den Kopf des Kindes. »Gelaja hatte eine sehr anstrengende Nacht. Ihr Fuß ist jetzt versorgt, aber es kann sein, dass sie noch weitere Verletzungen hat. Ich muss sie untersuchen.«

»Ich glaube nicht, dass der Seelenspiegel sie verwundet hat«, sagte Helion. Treaton hatte ihn viel über die Unkreaturen der Finsternis gelehrt. »Er hat nur wenig Gestalt in der Wirklichkeit. Ein Seelenspiegel ist zu feinstofflich, um einen Menschen körperlich anzugreifen.«

»Und was ist mit dieser Kälte, die einen durchdringt?«, zweifelte Ajina.

»Mehr Vorstellung als Wirklichkeit. Wasser würde nicht gefrieren, wenn er es berührte.«

»Bitte! Gelaja ist so traurig!« Der Knabe nahm die Hand seiner Freundin.

Ajina seufzte ergeben. »Na gut. Aber nur, wenn ihr mir versprecht, dass ihr aufpasst, damit Gelajas Decken nicht verrutschen. Sie soll ja nicht frieren.«

Eifrig nickend bestätigten die Gnome, dass sie für ihre Kameradin Sorge tragen würden. Helion half dabei, das federleichte Kind, dem der Hunger sicher nicht fremd war, nach draußen an ein Lagerfeuer zu tragen. Es war wohl mehr der Respekt vor seiner silberbesetzten Rüstung, der die Erwachsenen zur Seite rücken ließ, als das Mitleid mit dem Mädchen. Das war ihnen nicht zu verdenken. Sie kamen von der Front und hatten ähnlich Schlimmes gesehen wie den Seelenspiegel.

Als sie mit Gelajas Lager zufrieden war, nahm Ajina Helions Hand und führte ihn in das Zelt des Ritters zurück. »Ihr wolltet mir die Mauer zeigen, die zwischen uns steht«, erinnerte sie und sah ihn schüchtern an.

Er fand keine passenden Worte.

»Denkt Ihr nicht, ich habe es verdient, dass Ihr mir diese Bitte erfüllt? Ihr seid mein Beschützer und der meines Vaters. Da will ich wissen, woran ich bei Euch bin.«

»Ja, *Euer Vater*!«, platzte er heraus.

»Was ist mit meinem Vater?«

Gerade noch hielt Helion einen Fluch zurück. »Wie könnt Ihr zu ihm stehen? Er ist ein Magier der übelsten Sorte. Soweit ich sehen kann, bereut er nichts! Ich verstehe noch nicht einmal, warum er mit uns gekommen ist. Er scheint die Osadroi zu bewundern.«

»Er wird Lisanne stellen und sie töten.« Ajinas Stimme schwankte. »Oder bei dem Versuch sterben. Er hat es mir versprochen.«

»Was zählt ein Eid aus seinem Mund? Hat er den Schatten etwa nicht seine eigene Tochter geopfert?«

Ihre zusammengepressten Lippen bildeten einen Strich, als sie nickte. »Lióla. Meine Schwester. Ich erinnere mich kaum an sie. Dass ihre Haut wie Milch war, weiß ich noch. Alle nannten sie ›das Mondkind‹.«

»Ihr leugnet es nicht!«

»Es ist die Wahrheit«, flüsterte sie. »Aber eineinhalb Jahrzehnte trennen uns davon.«

Helion atmete tief durch. Er überlegte, ob er eine geistige Übung durchführen sollte, die ihn beruhigen würde. Aber er hatte das Gefühl, dass dies ein Moment war, in dem Aufregung heilsam sein konnte. »Ihr kennt den Namen meines verstorbenen Meisters? Treaton?«

»Ich hörte, er war ein Einsiedler.«

»Ja!«, rief Helion bitter. »Euer Vater hat ihn dazu gemacht! Er hat ihn gedemütigt! Wie oft habe ich ihn im Schlaf von jener Nacht murmeln hören, in der er versuchte, Eure Schwester zu retten. Und Eure Mutter! Auch sie ist damals gestorben.«

»Ja, das ist sie.«

»Meister Treaton konnte sich sein Versagen nicht verzeihen. Es hat an ihm gefressen wie ein Dämon, sich von seinem Herzen genährt. Noch auf dem Totenbett.«

»Ihr glaubt, mein Vater habe ihn umgebracht?«

Helion dachte darüber nach. Er brauchte eine Weile, um die Wahrheit in ihren Worten zu erkennen. »Ja. Treaton war eines der edelsten Mondschwerter. Nach der Begegnung mit Eurem Vater ging er dem Orden verloren. Und der Gram hielt ihn gefangen für den Rest seines Lebens.«

Sie nickte langsam. Dann legte sie die flache Hand an sein Gesicht, hastig, als fürchte sie, er würde sich ihr entziehen. »Aber er wurde Euer Lehrer. Die Wege der Götter sind für uns undurchschaubar. Vielleicht haben sie es so gefügt. Wäre er bei den Mondschwertern geblieben, er wäre vielleicht im Kampf gestorben, bevor Ihr ihm begegnet wäret. Oder er wäre Herr einer Burg geworden, weit entfernt, unerreichbar. Auch dann würdet Ihr jetzt nicht hier stehen. Was uns falsch, manchmal gar unerträglich scheint, kann sich in der Rückschau als Segen erweisen.«

»Ist das die Predigt, die man im Tempel der Mondmutter den Adeptae der ersten Stunde hält?«

Sie ließ sich nicht beirren. »Mein Vater hat schreckliche Dinge getan, ja. Auch ich wandte mich von ihm ab, aber das ist eine Sache allein zwischen ihm und mir. Ich habe ihm verziehen, und das war nicht leicht. Es hat mich viel gekostet, und darum ist mir dieser Friede wertvoll. Ihm ist er es auch. Er bereut und …«

Helion lachte auf.

Ajina wartete, bis sie seiner Aufmerksamkeit sicher war. Dann setzte sie setzte neu an. »Er mag nicht auf die Weise geläutert sein, die Ihr Euch wünscht oder sogar erwartet. Er ist kein Mann, der alles wegwirft, was er erreicht hat. Auch er hat einen hohen Preis gezahlt, um zu werden, wer er ist. Niemand bestreitet, dass es keinen lebenden Magier von größerer Macht gibt. Und er ist bereit, sein Leben für eine Sache niederzulegen, an die er nur bedingt glaubt. Aus Liebe zu mir und zu einem Teil auch als Buße für seine Taten. Sein Weg war ein finsterer, ein grausamer. Jeder kann das sehen, und wenn Ihr über ihn wüsstet, was ich weiß, würdet Ihr meinen Vater noch mehr hassen. Aber wenn er all dies nicht getan hätte, dann hätte er nicht die Macht, eine Schattenherzogin zu töten. Sagt man nicht bei Euch Paladinen, dass man kein Schwert in die Brust eines Feindes stoßen kann, ohne die Klinge mit Blut zu beflecken?«

»In diesem Krieg gibt es keine unschuldigen Kämpfer«, zitierte Helion, was Ordensmarschall Giswon ihm mit auf den Weg gegeben hatte. »Keine, die noch leben.«

»Also, Paladin, wollt Ihr siegen? Oder wollt Ihr Eure Unschuld bewahren?«

Schnaubend schüttelte Helion den Kopf. »Mir scheint, man kann sich auf Modranel nicht verlassen. Er verspottet mich bei jeder Gelegenheit.«

»Er konnte sich noch nie unterordnen. Und einem Fremden würde er nicht sagen, was er mir anvertraut. Seine harschen Worte sind eine Rüstung.«

»Wie könnt Ihr sicher sein, dass er nicht wanken wird, wenn Lisanne ihm gegenübersteht?«

»Ich werde ihn begleiten und stärken.«

»Nein!«, rief Helion.

»Oh doch, Paladin, das werde ich. Es muss sein. Ich werde meinen Vater nie wieder allein lassen.«

»Er wird seine ganze Lebenskraft für den Zauber brauchen.«

»Ich weiß, dass er dabei sterben wird. Noch ein Grund mehr, ihn zu begleiten. Es ist sein letzter Weg. Die Erfüllung seines Lebens.« Ihre Stimme war jetzt sanft wie Mondlicht.

»Er wird Euch nicht mehr schützen können.«

»Lisanne wird vergangen sein. Und vor allem anderen werdet Ihr mich schützen.«

Seufzend gab er sich geschlagen. »Ich kann nur hoffen, dass Ihr recht habt.«

Sie lächelte. »Findet Ihr, ich sähe meinem Vater zum Verwechseln ähnlich?«

»Nein!« Der Vergleich der bildschönen blonden Frau mit dem faltigen Greis war absurd. »Wie kommt Ihr darauf?«

»Ich fragte, was uns trennt.« Sie stellte sich auf die Zehenspitzen, um ihn sanft auf die Lippen zu küssen. »Und du sprichst immer nur von meinem Vater.«

Er hielt seine Arme nicht zurück, als sie sich um ihre Schultern legten. »Wir haben genug von deinem Vater geredet.« Vorsichtig tastete seine Zunge an ihren Zähnen.

»Bist du sicher, dass ein Seelenspiegel niemanden verletzen kann?«

Sie küssten sich lange, bevor er flüsterte: »So hat es mein Meister mich gelehrt. Aber ich bin zuvor keinem begegnet.«

»Dann sollten wir sichergehen.« Ihre Finger spielten mit einem Verschluss seiner Rüstung. »Ich werde dich genau untersuchen müssen.«

Er lachte.

Sie sah ihn ernst an. »Wir haben nicht mehr viel Zeit, Helion. Morgen könnten wir sterben.«

»Wir sind dem Feind so nah, dass jede Stunde den Tod bringen kann«, stimmte er zu.

»Worauf willst du dann noch warten?«

Er half ihr, die Toga auszuziehen.

Lisanne! Da Baron Gadior seine Truppen an einem anderen Frontabschnitt befehligte, würde Lióla die unaussprechliche Ehre haben, der Schattenherzogin selbst gegenüberzutreten. Ungeduldig starrte sie auf den Rest der verhassten Sonne, der noch über die Hügel lugte.

Man hatte versucht, das hohe Westfenster zu reparieren, aber elegant war die Arbeit nicht gerade. Es reichte vom Boden bis zur Decke des neun Schritt hohen Tanzsaals. Bei den Kämpfen um Delguardaja, die Stadt, die sich nördlich der noch immer vom Feind gehaltenen Feste Guardaja erstreckte, war es zu Bruch gegangen. Lióla stellte sich vor, wie tausend Glassplitter auf dem federnden Holzboden gelegen hatten. Beinahe konnte sie ihr Knirschen unter den Schuhsohlen hören. An den Rändern sah man noch bunte Scheiben. Das Fenster hatte wohl ein Bild gezeigt, vermutlich eine dieser Szenen von Tjoste oder Jagd, die die Milirier so liebten. Jetzt war es mit einem Gitter aus Metallstreben verschlossen, in das farbloses Glas eingesetzt war. Die Konstruktion erfüllte ihren Zweck, hielt den Wind draußen und gestattete den Blick über das mit Häusern gefüllte Tal bis zu den steil ansteigenden Flanken der Berge im Südwesten, deren einziger Pass von Guardaja blockiert wurde. Aber schön war das Fenster nicht. Da bot der Boden dem Auge schon mehr. Er war aus verschiedenen Holzsorten gefügt, die mit ihren Maserungen die Wappen edler Geschlechter bildeten. Gefallene Häuser, allesamt. Wenn nicht jetzt, dann wenn Guardaja erobert wäre oder ein Jahr später, ein Jahrzehnt, ein Jahrhundert … Was machte das schon? Ondrien würde seine Finsternis so weit nach Süden tragen, wie der SCHATTENKÖNIG, Ehrfurcht SEINEM Namen, es wünschte.

Als die in feine Spitze gekleideten Diener kamen, um die Leuchter zu entzünden, fuhr Lióla sie an und drohte ihnen mit dem Strick, sollten sie sich nicht beeilen, als könne sie so den Untergang der Sonne beschleunigen. Leider musste sie jedoch feststellen, dass eine Dunkelruferin jenen, die täglich Umgang mit Unsterblichen hatten, keine Angst einjagen konnte. So ging sie missmutig auf und ab und stellte sich vor, wie die Edlen, die in diesem Saal getanzt hatten, in ihren Gräbern moderten als Futter für die Ghoule, oder wie sie, heimatlos geworden, verlorene Haufen Bewaffneter in einen Krieg gegen einen Gegner führten, dessen Stärke sie noch immer nicht erfasst hatten. Es war seltsam, dass sie unbeschwert auf diesem Boden getanzt hatten. Hatten sie die Ironie erkannt, die darin lag, dass sie mit den eigenen Füßen auf die Wappen ihrer Häuser getreten waren? Verfuhr man so nicht mit den Flaggen der Besiegten?

Während die Diener den Leuchter abließen, um ihn mit frischen Kerzen zu bestücken, sah sie durch die geöffnete Tür hinaus in den Wandelgang. Dort hatte sie zehn Krieger postiert, etwas übertrieben vielleicht angesichts der gesicherten Umgebung, in der sie sich befand, aber sie wollte auf keinen Fall so kurz vor der Übergabe die vier Truhen mit den Kristallen verlieren. Brünetta, wie sie Pnemaja in ihrem untoten Dasein nannte, stand zwischen den Kisten. Lióla hatte sie für den besonderen Anlass in ein weißes Seidenkleid gesteckt, dessen Schimmern mit den grünen und blauen Verfärbungen ihrer Haut harmonierte. Es musste einer beleibten Dame gehört haben, da es genug Platz für den ghoulischen Buckel bot. Ein Schneider hatte am Nachmittag Hand angelegt, damit es nicht zu sehr einem Sack ähnelte. Dadurch war es jetzt so auf Figur gerafft, dass Brünetta es nicht mehr ausziehen konnte. Bald würde sie wieder in Lumpen gehen. Immerhin hatte sie es noch nicht zerrissen. Das hätte der entscheidenden Begegnung die Würde genommen. Lióla rang die Hände. War es wirklich ein guter Gedanke gewesen, einer Schattenherzogin mit einem Ghoul unter die Augen zu treten?

Als die Diener den Saal wieder verließen, war auch die Sonne untergegangen. Sie schlossen die große Tür, sodass die Krieger und der Ghoul Liólas Blick entzogen wurden und sie erneut allein mit ihrer furchtsamen Vorfreude war. Lióla wusste so wenig von Lisanne! Sie stammte aus dem Süden, sagten die meisten Quellen. Fünf Jahrhunderte hatte sie wenigstens gesehen, denn so alt war ein von ihrer eigenen Hand geschriebenes Dokument, das Lióla für Baron Gadior aus dem Archiv gesucht hatte. Es war eine Abhandlung über den Geist und seine Anfälligkeit gegen verschiedene Versuchungen. Niemals hatte Lióla eine Schrift gelesen, deren Buchstaben mit solcher Sorgfalt gesetzt waren. Sie waren nicht monoton, nicht gleich. Man merkte dem Text an, dass die Kalligrafin, Lisanne selbst, darauf geachtet hatte, dass jedes Wort, jeder Buchstabe, jeder Strich die Harmonie im Gesamtbild der Seite erhöhte. Man musste wohl eine Unsterbliche sein, um ein Blatt nach dem anderen zu verbrennen, bis schließlich eines in Vollkommenheit erstellt war und in das Buch eingebunden werden konnte. Lisannes Schlussfolgerung war, dass die kraftvollste Sehnsucht der Seele jene nach Schönheit war. Gier, Hass, Liebe oder Neid konnten mit größerer Impulsivität Besitz von einem Herzen ergreifen, aber die Schönheit wirkte in der Tiefe. Lisannes Schrift, die Gestaltung ihres Werks, war die stärkste Bekräftigung dieser These. Wer sie betrachtete, konnte sich leicht in der dunklen Harmonie verlieren. Man sagte, Lisanne selbst sei die Verkörperung der Schönheit in der Welt des Greifbaren. Lióla zitterte in Erwartung der Begegnung.

Als sich eine kleine, goldbeschlagene Tür öffnete, war es ihr mit einem Mal viel zu früh. Erschrocken ließ sie sich auf ein

Knie nieder, beugte sich weit über den Oberschenkel des anderen Beines und drückte die Fäuste auf den Boden. Sie wagte nicht, aufzublicken, sondern verharrte reglos in der ehrfürchtigen Haltung. Schon das leichte Schwingen des schwarzen Umhangs, der sich um ihre Arme legte, kam ihr ungehörig und bestrafungswürdig vor.

Sie hörte, wie sich mehrere Personen näherten. Mehr als zwei, weniger als fünf. Sie setzten ihre Schritte ohne Hast. *Mit der Geduld von Unsterblichen.*

»Dunkelruferin Lióla von Karat-Dor. Erhebe dich.« Die Stimme war unwiderstehlich. Nicht, weil ihr Gewalt innegewohnt hätte wie dem Befehl eines Feldherrn oder die Süße eines Liebhabers, die den Zauber einer Nacht versprach. Ihre Verheißung war nicht Wohlwollen oder Gnade oder Reichtum. Sie war Vollkommenheit. Knapp unter ihrer Brust, in ihrem Sonnengeflecht, spürte Lióla eine erhabene Kälte, wie es sie in der Schwärze zwischen den Sternen geben mochte, wo alles vor dem Schweigen der Unendlichkeit verstummte. Und so wie auch die Sterne stets vollkommen waren, unbeirrbar in ihrem Platz am Himmel, schön und unnahbar, so waren auch diese Worte vollkommen. Die Welt war in Unordnung, ihre Harmonie gestört, solange nicht der Zustand hergestellt war, den diese Stimme bezeichnete. Es gab keinen Widerstand und keine Furcht. Lióla stand auf.

Es waren zwei Männer und eine Frau. Nein, nicht einfach *eine Frau*. Lisanne. Obwohl ihre Bildnisse in Karat-Dor ihr in keiner Weise gerecht wurden, war sie unverkennbar. Ihr Gesicht war lang und schmal, die Wangenknochen hoch angesetzt, die Nase gerade, die Brauen dünn und doppelt geschwungen, die hypnotischen Augen graublau. Das Kinn hatte eine harte Linie, die schmalen Lippen brannten leuchtend rot in einem weißen Gesicht. Ein bläulicher Schimmer lag auf dem schwarzen Haar, das von der elfenbeinernen Krone aus der Stirn gehalten wurde und umso dichter über die Schultern auf den Rücken fiel. Lisanne trug ein schwarzes Kleid, das so genau abgemessen war, dass sein Saum den Boden küsste. Um den Hals funkelten blaue Edelsteine, in das Gespinst einer Platinkette gefasst. Die Ärmel reichten nur zu den Ellbogen. Unterarme und Hände waren ebenso weiß wie das Gesicht und der Schwanenhals. Sogar die Krallen, obwohl spitz und so lang wie ein Fingerglied, wirkten elegant in ihrem metallischen Schimmern. Liólas Augen füllten sich mit Tränen. Die beiden Männer bemerkte sie nur am Rande. Auch sie waren Osadroi, eine unverkennbare Tatsache, die Lióla bei jeder anderen Gelegenheit veranlasst hätte, ihnen ihre ungeteilte Aufmerksamkeit zu widmen. Aber Lisannes Präsenz ließ alles um sie herum zur Nichtigkeit werden.

»Was bringst du mir?« Diese Stimme! Diese Verheißung der Zufriedenheit, wenn es nur gelang, den Wünschen der Schattenherzogin gerecht zu werden! Als würde dann alles Begehren verlöschen, als würden alle Gefühle versiegen.

Auf dem Gang warteten die Krieger darauf, dass sie dreimal laut in die Hände klatschte, woraufhin sie effektvoll die Tür öffnen sollten. Jetzt erstickte Lióla beinahe an der Vorstellung, eine solch blasphemisch banale Handlung in Gegenwart der Schattenherzogin durchzuführen. Sie wäre nicht besser als eine zerlumpte Schmierenkomödiantin, die sich einbildete, am Hof eines Königs das Drama eines großen Dichters aufführen zu können. Bestenfalls würde sie verlacht. Nicht auszuschließen, dass Lisanne ihrer kümmerlichen Existenz nach einem solchen Auftritt ein Ende bereiten würde. Aber Lióla bekam auch kein Wort heraus, um die gestellte Frage zu beantworten.

Es kostete Überwindung, die Füße vom Boden zu lösen. Als das einmal geschafft war, rannte sie zu der Tür, als sei sie auf der Flucht, und stieß sie selbst auf. Für einen Moment schockierte sie die Vorstellung, sie sei zu schwach, die schweren Holzflügel allein zu bewegen. Sie stemmte sich mit vollem Gewicht dagegen. Es war eine Erlösung, als sie sich in Bewegung setzten.

Augenblicklich fielen die Krieger auf die Knie. Natürlich nicht vor Lióla, sondern vor dem Charisma der Schattenherzogin. Nur Brünetta blieb stehen. Ghoulen musste Sensibilität mit Peitschenhieben anerzogen werden. Selbst dann fiel es ihnen schwer, gesellschaftliche Situationen korrekt einzuschätzen. Es gab Tiere, die intelligenter waren.

Sengend heiß zwang sich Lisannes Frage zurück in Liólas Bewusstsein. Herrisch winkte sie Brünetta und hoffte, dass sie nicht so blöd war, dass sie ihre einfache Anweisung vergessen hätte.

Sie hatte Glück. Wie sie es geübt hatten, nahm Brünetta die Henkel der ersten Truhe in ihre Pranken und hob sie an, als hätte sie kein Gewicht. Mit tapsigen, aber zielstrebigen Schritten trug sie sie in den Saal. Ihre Füße waren nackt, sie waren so groß, dass menschliche Schuhe ihr nicht gepasst hätten. Gespannt beobachtete Lióla, wie der Ghoul die wertvolle Fracht vor den drei Osadroi abstellte.

War da die Andeutung eines Lächelns auf Lisannes Lippen? Welch verwegene Hoffnung, ihr Freude bereiten zu können! Vielleicht gar so sehr, dass sich die Unsterbliche an Lióla erinnern würde …

Sie schüttelte den Wachtraum ab und eilte zu der Kiste. Rüde stieß sie Brünetta zurück und bedeutete ihr, die nächste Truhe zu holen. Dann wandte sie sich um, kniete sich hin und zog die Schlüsselkette über ihren Kopf. Demütig hielt sie sie Lisanne entgegen.

Zu ihrer Enttäuschung war es einer der anderen Osadroi, der sie ihr abnahm und das Schloss öffnete. Mühelos, mit einer Hand, klappte er die Truhe auf. Ein befriedigtes Lächeln verzog sein weißes Gesicht. Lisanne bewegte noch nicht einmal den Kopf. Nur mit einem Blinzeln der Augen begutachtete sie die Kristalle, die die in Karat-Dor gesammelte Lebenskraft enthielten. Nun kam Lióla die Gabe schäbig vor. Wie konnte sie die Schattenherzogin mit einer solchen Nichtigkeit belästigen?

Polternd stellte Brünetta die zweite Kiste ab. Lisanne winkte ihrem Gefolgsmann, auch diese zu öffnen. War sie also doch interessiert? Jetzt erst bemerkte Lióla, wie ihr Herz raste. Sie schämte sich dafür. Die Sinne eines Osadro waren feiner als die der Menschen. Sie konnten das Pochen unmöglich überhören und würden sich vielleicht gestört fühlen, hatten sie ihre eigenen Herzen doch dem SCHATTENKÖNIG dargebracht.

Lisannes perfekte Hand griff in die zweite Truhe, nahm einige Kristalle heraus und ließ sie zurückrieseln.

Liólas Lungen schmerzten. Sie zwang sich, zu atmen.

Mit spitzen Fingern nahm Lisanne einen Kristall und hielt ihn gegen das Licht einer Kerze. Die eingeschlossene Lebenskraft glitzerte quecksilbern. Er war gut gefüllt, kaum noch durchsichtig. Darauf hatte Lióla geachtet, sie hatte sich nicht mit minderwertigen Stücken zufriedengegeben. Die Haut von zwei Seelenbrechern hatte ihnen zum Abschied einen Gruß vom Tor der Kathedrale hinterhergeflattert, anderen Pfuschern zur Warnung.

»Schön«, sagte Lisanne.

Nur dieses eine Wort, vorgetragen mit einer Stimme, wie sie einer Göttin geraubt sein mochte, reichte aus, Liólas Mut in ungeahnte Höhen zu heben. Ihre Gabe war willkommen! Ihre Reise war nicht unnütz, ihr Leben nicht wertlos gewesen! Sie hatte Lisanne Schönheit gebracht! Nichts konnte jetzt noch ihre Tränen aufhalten.

Erst spät bemerkte sie, dass sich Lisannes Aufmerksamkeit einem Neuankömmling zuwandte.

»Dunkelrufer Jatzell, was bringst du mir?«

Der Mann war nur wenig älter als Lióla. Er hätte ein Krieger sein können, so deutlich waren die Muskeln unter der schwarzen Kleidung des Kults zu sehen. Statt einer Antwort kniete er nieder, auf die gleiche Weise, auf die auch Lióla ihre Unterwerfung bekundet hatte. Hinter ihm strömten Kinder in den Saal. Eine endlose Doppelreihe eingeschüchterter Mädchen und Jungen, begleitet von einer Handvoll Bewaffneter. Sie waren verdreckt und ihre Kleidung zerrissen, aber sie selbst hatten keine Mängel. Sie humpelten nicht einmal. Jatzell musste sorgsam mit ihnen umgegangen sein. Ehrfürchtig blickten sie zu der Osadra auf. Die Krieger knieten nieder.

Lisanne schien die Truhen zu vergessen. Sie ging zu den Kindern. Ihre Füße berührten kaum den Boden, es war, als schwebe das Kleid über dem Parkett.

So der Aufmerksamkeit der Schattenherzogin verlustig gegangen, fühlte sich Lióla verlassen. Als habe sie einen alten Freund verloren, drängte sich eine schmerzhafte Leere in ihre Brust.

Lisannes Krallen hoben zärtlich das Gesicht eines Mädchens an, bis das Kind ihr in die Augen sah. »Wie heißt du?«

»Rina«, antwortete die dünne Stimme.

Lisanne nickte lächelnd. »Hast du Angst, Rina?«

»Nein.« Das Zittern, mit dem sie das sagte, strafte das Wort Lügen.

»Das solltest du aber, mein Kind.« Sie sah über die versammelte Schar und befahl beiläufig: »Erhebe dich, Jatzell.«

Hasserfüllt sah Lióla zu, wie der Dunkelrufer aufstand. Die Leere, die sie in sich spürte, war allein seine Schuld! Dafür würde er büßen!

Lisanne schritt die Reihen der Kinder entlang. Eines drückte ein Kätzchen an die Brust. »Ist das dein Freund?«, fragte Lisanne den Jungen.

Er nickte stumm.

»Darf ich deinen Freund kennenlernen?«

Er versuchte, einen Schritt rückwärts zu machen, prallte aber gegen die hinter ihm stehenden Kinder. So blieb es bei einem Kopfschütteln.

Lisanne streckte ihm die Hand entgegen, faltete die Finger auf. »Aber bitte …«, flüsterte sie.

Einer solchen Aufforderung konnte sich kein Sterblicher entziehen. Behutsam legte er das junge Tier in die Hand. Auf der perfekten, weißen Haut sah es unglaublich hässlich aus. Das schien es auch selbst zu empfinden, denn während es in den Armen des Jungen noch ruhig gedöst hatte, strampelte es jetzt hektisch, fuhr sogar die Krallen aus, die die Haut der Osadra aber nicht ritzen konnten.

Lisanne hielt es auf Augenhöhe, betrachtete das gestreifte Fell genau. »Was für ein widerlicher Pelzball.« Mit einer schnellen Bewegung riss sie den Kopf des Kätzchens ab und warf ihn zusammen mit dem Körper zwischen die Kinder. Erschrockenes Kreischen erhob sich, vor allem bei denen, die von dem aus dem Hals sprudelnden Blut besudelt wurden. Nur der Junge, dem das Kätzchen gehört hatte, stand erstarrt in seinem Schrecken.

Lächelnd schloss Lisanne die Augen, breitete die Arme aus und legte den Kopf in den Nacken. Ihr schwarzes Haar fiel bis hinab zu den Oberschenkeln.

Das Kreischen der Kinder wurde noch schriller. Ihr Entsetzen, auf Lisanne gerichtet, wurde zur Brücke, über die die Schattenherrin ihre Essenz rief. Silbriger Schaum bildete sich in der Luft vor ihnen. Die Lebenskraft der Einzelnen vereinigte sich, als sie zu der Osadra strömte, wobei sie zunehmend verdunkelte, bis Lisanne sie nachtgrau einatmete. Vier Züge nahm sie.

Dann riss sie die Augen auf, richtete das Gesicht wieder nach vorn. Der Strom versiegte, die Essenz, die sich schon in der Luft befand, zerfaserte. »Genug gekostet«, murmelte sie.

Lisanne wandte sich ab und begab sich zu den beiden anderen Osadroi. Ihre Ringe verrieten Lióla, dass sie Barone waren. »Das solltet Ihr Euch nicht entgehen lassen. Es ist ein exquisiter Genuss.«

Die Männer schlossen die Augen. Sie zogen keine weitere Lebenskraft aus den Kindern, verhinderten aber, dass sich das, was Lisanne hervorgeholt hatte, nutzlos verflüchtigte, riefen es zu sich und veratmeten es. Andächtig sah Lióla zu, bis sie bemerkte, mit welchem Stolz Jatzell die Szene betrachtete. Sie ballte die Fäuste so fest, dass die Knochen in ihrer Hand knackten.

Um ihn nicht länger ansehen zu müssen, betrachtete sie die Kinder. Sie sahen verloren aus, hilflos. »So war es auch bei mir«, sagte sie. »Die meisten von euch werden verzagen und vergehen. Aber manche werden in der Finsternis erstarken. Eifert, den Schatten zu dienen, und eines Nachts könnt ihr zur Dunkelruferin erhoben werden!«

Jatzell lächelte schräg. »Gut memoriert. Aber dies ist doch keine Gemeinde und auch nicht der rechte Ort für eine Predigt. Zumindest steht es unsereins nicht an, hier von Weisheit zu sprechen.« Ergeben verbeugte er sich vor den Osadroi.

Lióla fühlte ihre Wangen glühen. Sie wagte nicht, den Blick zu heben.

Die Schattenherren wiesen sie nicht zurecht. Sie taten Schlimmeres. Sie wandten sich ab. Gemeinsam schritten sie zu dem großen Fenster.

Draußen sah Lióla Frauengestalten mit Fledermausflügeln vorbeiflattern. Sie waren aus Finsternis geschaffen, so dunkel, dass man sie selbst in tiefster Nacht wahrgenommen hätte, umso mehr jetzt, wo die Dämmerung noch nicht ganz vergangen war und die Sterne am Himmel standen. Die Seelenspiegel schwärmten aus, den Feind zu zermürben und seine Lebenskraft zu rauben, um sie den Schattenherren darzubringen.

Lióla atmete tief durch, wartete, bis sich ihr Puls beruhigte, bevor sie sich Jatzell zuwandte. »Selten traf ich jemanden, der den Schatten so vollkommen diente. Erlaubt Ihr mir, Euch zu besuchen, auf dass ich von Euch lernen kann?«

Nach Wochen, in denen er in Zelten geschlafen hatte, war ein Bett eine Annehmlichkeit, die Helion eines Königs für würdig erachtete. Dabei war Guardaja sicher kein Palast. Die Festung war aus wuchtigen Steinblöcken errichtet, die ein wenig denen ähnelten, die die Ritterhalle der Mondschwerter in Akene fügten. Schon der Hauptbau Guardajas war um ein Vielfaches größer. Hinzu kamen die Türme und Kastelle, meist durch übermauerte Wehrgänge oder Tunnel miteinander verbunden. In ihrer Gesamtheit versperrte die Anlage den Falkenpass vollkommen, und die steilen Bergflanken sorgten dafür, dass kein anderer Weg zu den Silberminen führte, die sie bewachte. Dennoch waren die Räumlichkeiten im Innern der Festung beengt. Die Fenster waren hoch und schmal, in den beiden unteren Stockwerken nicht mehr als Schießscharten und auch oben kein Vergleich zu den Kunstwerken aus Buntglas, die die reichen Milirier so liebten. Hierzulande schätzte man die Lichtmalerei, bei der die Helligkeit komplexe Bilder schuf, wenn sie durch meisterlich gefügte Scheiben fiel. Die aus verschiedenen Farben zusammengesetzte Figur eines Adlers, der mannshoch auf der Ostterrasse thronte, wo er die ersten Sonnenstrahlen hundertfach auffächerte, war das größte Bildnis dieser Art, das Helion bei seinem ersten Rundgang durch Guardaja entdeckt hatte.

Die Festung stand für die Vervollkommnung einer anderen Kunst, der des Krieges. Wer sie aus der Ferne betrachtete, fand den Gedanken unvorstellbar, jemand könne eine so wehrhafte Burg angreifen. Erst als der Tross sie fast erreicht hatte, hatte Helion den Beweis dafür gesehen, dass es dennoch geschah. Zinnen, sogar einzelne Türme waren zertrümmert. Katapulte hatten die Mauern zernarbt. Auch Feuer war zum Einsatz gekommen, an der Nordostseite waren die Quader schwarz vom Ruß. Ihren Stolz aber hatte man der Festung nicht nehmen können. Die Pechnasen, aus denen die Verteidiger siedendes Öl auf die Angreifer gießen konnten, reckten sich noch immer trotzig vor, und Milirs Banner knallten im Wind. Es waren Hunderte, ein Schwarm gelber Schwingen, die die beiden steigenden Hengste des Wappens zeigten.

»Warum lächelst du?«, fragte Ajina neben ihm. Heute Nacht hatte sie sich lebhaft unter den Fellen gewunden, aber jetzt wirkte sie wie eine zufriedene Katze, die gleich losschnurren wollte.

»Ich denke darüber nach, warum ich diesen Ort so schön finde. Die meisten würden ihn als ungastlich beschreiben.«

»Die meisten wachen nicht neben einer so hübschen Frau auf«, versetzte sie und küsste ihn lange.

Er strich durch ihr Haar und stellte sich vor, wie es in der Sonne glänzte. Noch war es dunkel in der kleinen Kammer, und richtig hell würde es wegen des schmalen Fensters den ganzen Tag über nicht werden. Aber das machte nichts. Er trug Ajinas Bild im Herzen. Genüsslich sog er ihren Duft ein. Jeder Mann an seiner Stelle wäre glücklich gewesen.

Aber das war es nicht allein. Helion hatte das Gefühl, hier, wo die Hörner jederzeit zur Schlacht rufen konnten, endlich bei seiner Bestimmung angekommen zu sein. Wenn seine Mission nicht gewesen wäre, hätte er an der Seite seiner Kameraden Dienst auf den Zinnen tun können, Schulter an Schulter mit den stolzen Rittern aus Milir und den Mondschwertern, die hier so anders waren als in Ilyjia. Gern hätte er mit Narron darüber gesprochen, der jetzt ebenfalls irgendwo in der Festung sein musste. Ihre fremden Züge verrieten, dass viele der Paladine aus dem Norden stammten, nicht aus Helions Heimat. Und doch waren sie sich alle ähnlich. Ihre Gesichter waren von einem Ernst gezeichnet, der etwas Heiliges hatte. Nicht in dem gleichen Sinne wie die Einrichtung eines Tempels, die nach Harmonie und dem Gefühl von Geborgenheit strebte, sondern deswegen, weil man ihnen ansah, dass sie Männer waren, die etwas gefunden hatten, wofür zu leben und zu sterben sich lohnte. Helion hatte einen einarmigen Paladin gesehen, der mehr Kraft ausstrahlte als die zehn Silberträger aus der Wache der Dreifach Gepriesenen. Das Alter dieser Kameraden war schwierig zu schätzen. Sie hatten Dinge durchgestanden, die die Jugend verwehen ließen wie Laub im Herbststurm. Ihre Rüstungen waren mit Schrammen übersät. Wenn er diese Ehrenzeichen bestandener Kämpfe sah, fühlte sich Helion unwohl in seinem beinahe unversehrten Panzer. Noch hatte er keinen von ihnen angesprochen. Einerseits fürchtete er, von den Veteranen zurückgewiesen zu werden wie ein unreifer Junge, andererseits wollte er den Stolz, den er aus der Ferne fühlte, noch nicht der Überprüfung durch die Wirklichkeit unterziehen. Er glaubte nicht, dass die Begegnung die Paladine als schauspielernde Narren enthüllen würde, aber wenn doch …

Nachdenklich betrachtete er seine Rüstung auf ihrem Holzgestell. Er würde eine halbe Stunde brauchen, um sie komplett anzulegen. Jetzt trug er nur eine leichte Tunika gegen die Kälte der Nacht. Selbst dieser dünne Stoff schien Ajina zu viel zu sein. Während sie seinen Hals küsste, schob sie eine Hand darunter an seinem Bauch hinauf bis zur Brust, wo ihre Finger seine Muskulatur erkundeten.

»Du bist so ernst«, flüsterte sie. »Denkst du wieder an meinen Vater?«

Modranel bewohnte den Nachbarraum, der etwas geräumiger war als dieser. Die beiden Zimmer waren durch eine Tür verbunden, weswegen Helion als Leibwächter hier untergebracht worden war.

»Nein«, murmelte er und streichelte ihren Rücken. »Obwohl ich es noch immer nicht verstehe.«

»Was?« Sie küsste sein Kinn. »Was verstehst du nicht? Dass er sich der Sache der Mondschwerter angeschlossen hat?«

»Auch das ist mir ein Rätsel.« Nachdenklich spielte er mit ihrem Haar. Es war so weich, und seine Hände waren so schwielig, weil sie so häufig Waffen liebkosten. »Aber wenn ich an ihn denke, dann denke ich immer auch an dich. Und merke, dass ich dich überhaupt nicht kenne.«

Sie versteifte sich, rückte ein Stück von ihm ab. »Weil ich ihm verziehen habe.«

»Ja. Er hat viel getan, was wir verdammen, aber das ist es nicht. Fremde sterben, ohne unser Herz zu rühren. In Akene werden rauschende Feste gefeiert, während hier im Norden eine Stadt nach der anderen in die Sklaverei fällt. Oder Baron Truber. Hätte er Deria besser gekannt, hätte er uns vielleicht gestattet, das Schiff mit ihrer Tochter abzufangen. Schon so, wo sie ihm nicht mehr als ein Name war, hat ihr Leid ihm etwas bedeutet, das konnte ich in seinen Augen sehen.« Er überlegte. »Ich kann mir vorstellen, dass die Taten deines Vaters, die auf den Wandteppichen und den Gemälden allerorten dargestellt werden, für dich irgendwie ... entfernt sind. Modranel übergibt den Schatten die Schlüssel einer Burg. Modranel weckt einen Drachen. Modranel verlangt die Kinder einer Stadt und führt sie nach Ondrien, in das Eis der Nacht ohne Wiederkehr. Ich weiß nicht, wie viel davon Legende ist und was wirklich geschah.«

»Vieles ist wahr«, flüsterte. Sie hatte wieder damit begonnen, ihn zu streicheln, ganz sanft, mit ihren Fingerkuppen an seinem Hals.

Er nickte. »Das sind schreckliche Dinge, die er getan hat. Aber er hat sie nicht dir angetan. Bei einigen wirst du auch nicht dabei gewesen sein. Aber er hat auch«, Helion schluckte, »deine Schwester fortgegeben und deine Mutter umgebracht und ...«

»... und ich war dabei.« Sie küsste ihn.

»So etwas kann man nicht vergeben. Das übersteigt die Kräfte eines Menschen.«

Eine Weile sagte sie nichts. »Das dachte ich auch einmal«, gestand sie dann. »Ich war siebzehn, als ich mich gegen meinen Vater stellte. Bis dahin hatte uns zusammengehalten, dass die ganze Welt sich gegen uns gewandt hatte. Die freien Reiche sowieso, wegen der Dinge, die du aufgezählt hast. Viele Fürsten waren von meinem Vater fasziniert, vor allem von seiner Macht. Manchmal gab er ihnen, was sie wollten, oft auch nicht. Wenn sie uns fortjagten, stifteten sie ein neues Gemälde. Meistens zeigte es sie in weitaus heroischerer Pose, als ich sie in Erinnerung habe. Und auch die Schatten waren selten freundlich zu uns. In Ondrien muss man sich nehmen, was man will, die Schattenherren sind nicht für freimütige Gaben bekannt und scheren sich wenig darum, wenn ihre sterblichen Gefolgsleute einander aus dem Weg räumen. Sie wollen das sogar. Es ist ihre Art, jene herauszusieben, die stark genug sind für die Unsterblichkeit. Also waren mein Vater und ich einander das Einzige, was wir hatten.« Sie zögerte. »Nein, das stimmt nicht. Da war noch die Magie. Sie war die Dritte im Bunde, stets ihm viel näher als mir, aber auch mir hat sie manchen Blick gewährt. Zu dritt waren wir also, und so hätte es bleiben können, unser ganzes Leben lang.«

»Was ist geschehen?«

»Verschlungene Pfade haben uns nach Ilyjia geführt. Nicht ganz zufällig, nehme ich an. Vater hatte sofort Kontakt zu Ordensmarschall Giswon. Ich glaube nicht, dass er von allein auf diesen Gedanken gekommen ist, also hat dein oberster Herr wohl einige Dinge in Bewegung gesetzt.«

»Ein anderes Schlachtfeld«, murmelte Helion.

»Was meinst du?«

»Nichts. Erzähl weiter, bitte.«

»Wir waren in Akene. Anfangs lächelte ich über die Mondmutter und ihre Schwesternschaft. Ich ging in ihren Tempel, um mich darüber lustig zu machen. Ich verstand nicht, was wir in Ilyjia suchten, Vater schien keinen interessanten Handel zu schließen, er wollte sich noch nicht einmal offen zeigen. Mir war langweilig, und ich hatte nicht vor, mich in dunklen Zimmern einschließen zu lassen. Ich wollte meinem Ärger Luft machen.«

»Aber es kam anders?«

Sie lachte leise. »Zunächst nicht. Ich habe einen ziemlichen Aufstand im Tempel der Mondmutter verursacht. Heilige Gegenstände versteckt, die Nähte an der Zeremonialkleidung aufgetrennt.«

»Hat man dich erwischt?«

»Ich war unvorsichtig. Ich wollte unbedingt Zeugin sein, wenn sich Oberin Esmalla am Altar verbeugt und dann mit nacktem Hintern dasteht. Es kam auch so, wie ich es geplant hatte, aber mein Lachen war zu laut und die Tempelwachen zu schnell. Doch Esmalla war anders, als ich sie mir vorgestellt hatte. Da waren weder schwülstige Betroffenheit noch Wut, stattdessen Enttäuschung und Mitleid. Ich glaube, bis dahin hatte noch nie jemand Mitleid mit mir gehabt. Deswegen habe ich damals erst begriffen, dass nichts ein deutlicherer Ausdruck von Stärke ist, als wenn du Mitleid hast. Es hebt dich aus der Sphäre deines eigenen Selbst hinaus, weitet deinen Geist. Jedenfalls, wenn es nicht selbstgerecht ist.«

»Was hat sie denn mit dir gemacht?«

»Sie hat mir gesagt, ich solle wiederkommen, wenn ich reifer wäre.«

»Das hätte mich eher verärgert als alles andere.«

»Mich auch. Zunächst. Aber ich hatte ja viel Zeit zum Nachdenken. Vor allem über etwas, das sich so sehr von allem unterschied, was ich bis dahin erlebt hatte. Jedenfalls ging ich dann häufiger in den Tempel der Mondmutter.«

»Ohne Streiche, nehme ich an.«

»Ja. Um mit Esmalla zu sprechen. Sie hat etwas in mir genährt, von dem ich bis dahin nicht wusste, dass ich es überhaupt hatte. Eine andere Art von Stärke. Eine, die nicht auf der Kraft zur Zerstörung ruhte oder darauf, jemandem seinen Willen aufzuzwingen. Die Gabe zu heilen.«

»Aber dein Vater stand dem doch entgegen, mit dem gesamten Zeugnis seines Lebens.«

»Ja. Deswegen haben wir uns auch voneinander entfernt. Ich konnte immer besser erfassen, wie schrecklich wirklich war, was er getan hatte. Auch und gerade mit Lióla und mit meiner Mutter. Und somit auch mit mir. Monatelang wollte ich ihn nicht sehen. Er hat mir Briefe geschickt, obwohl wir in derselben Stadt lebten. Viele Seiten. Die meisten habe ich ungelesen verbrannt. Aber das half meinem Schmerz nicht, und Esmalla erkannte das. Sie hat mir erklärt, dass ich nur zwei Möglichkeiten hatte. Ich konnte vergessen, das würde die Wunde vernarben, aber nicht heilen lassen. Jede Erinnerung hätte den Schmerz neu aufbrechen lassen können. Oder vergeben.«

»Aber jemandem zu vergeben, die eigene Mutter getötet zu haben …«

Sie strich über seine Wange. »Esmalla war der Meinung, ich sei außergewöhnlich stark. Auf meine Art. Sie lehrte mich nicht nur die Kraft der Vergebung, sondern vor allem das Mitleid. Mit einem Mann, so mächtig, dass er dieses Gefühl noch nie empfangen hatte.«

»Deinem Vater.«

»Ja. Der mächtigste Magier der Menschheit. Und einer der einsamsten Menschen der Welt. Ich studierte die Lehren der Mondmutter, ich wusste bald sehr genau, was ihn im Nebelland erwartete. Er hat mehr göttliche Gesetze gebrochen, als die meisten Menschen überhaupt kennen. Seine Qualen werden ohne Vergleich sein. Es sei denn, er schafft einen Ausgleich.«

Helion schwieg.

»Du verstehst es noch immer nicht, oder?«

Er seufzte. »Nein.«

»Wenn ich ihn über alle Maßen hassen würde, das wäre leichter zu begreifen, oder?«

»Ich denke schon.«

»Hass, Gier, Neid … Es ist ein Spiegel für uns, welche Regungen uns leichter einleuchten. Aber wenn wir diesen Weg weitergehen, dann werden wir niemals ein Land erreichen, in dem Liebe, Fürsorge und Milde bestimmen.«

»Genug davon.« Er zog sie an sich und küsste sie. »Eine Frau sollte immer auch ein Rätsel für einen Mann bleiben.«

Ein Schrei aus dem Nachbarraum ließ ihn auffahren. Noch bevor der zweite Schrei erklang, diesmal eindeutig aus einer weiblichen Kehle, hatte Helion das am Bett lehnende Schwert gefasst. Er sprang über Ajina und riss die Tür auf.

Modranel war nicht allein. Deria war bei ihm. Beide waren vollständig angekleidet, ihre geröteten Augen verrieten, dass sie in dieser Nacht nicht geschlafen hatten. Auf dem Tischchen zwischen ihnen stand ein Spielbrett mit unterschiedlich großen Drachenfiguren darauf. Es wurde von einem Leuchter beschienen, vor dem erloschene Kerzenstummel davon zeugten, dass er mehrmals neu bestückt worden war. Nichts von dem gab einen Hinweis darauf, warum ihre Gesichter solches Erschrecken zeigten. Sie sahen jedoch so alarmiert aus, dass Helion das Schwert aus der Scheide zog, während er sich weiter umsah.

Das Bett lag unberührt, wie die Zofe es hergerichtet hatte. Ein bauchiger Krug stand auf dem Boden zwischen zwei schmucklosen Kelchen. Wahrscheinlich mit Wasser verdünnter Saft, Deria und Modranel teilten eine Abneigung gegen Wein. Sie hatten auf dem Weg viele Stunden miteinander verbracht, aber ihr Interesse aneinander war rein geistiger Natur. Aus dem, was Helion mitgehört hatte, schloss er, dass Deria ihr entbehrungsreiches Leben vor Modranel ausbreitete, der ihr gegenüber eine erstaunliche Feinfühligkeit aufbrachte.

Dann sah Helion, dass die zweite Tür, jene zum Gang, offen stand. »Wer war hier?«, fragte er.

»Er hat mich gesehen«, sagte Modranel. Sein Gesicht war unverhüllt und die Kerzen brannten hell.

»Wer?«

»Pepp«, antwortete Deria.

»Er hat nichts gesagt«, fügte Modranel hinzu, der jetzt aufstand. »Ist sofort wieder hinausgestürzt.«

»Gnädige Monde!«, rief Helion und rannte los.

Seine nackten Füße klatschten in so rascher Folge auf den Steinen, als wären sie die Stöcke eines Trommlers. Die Magd, die an der nächsten Einmündung die Fackeln auswechselte, erschrak beim Anblick seines blanken Schwerts.

»Hast du Pepp gesehen?«, rief er ihr zu. »Kurze rote Haare?«

Mit offenem Mund nickend, zeigte sie nach rechts.

Er musste den Knaben unbedingt einholen. Was hatte ihn in Modranels Kammer geführt? Wenn er so schnell davongerannt war, konnte er nicht erwartet haben, was er vorgefunden hatte. Was wusste er? Er war zum Zimmer Arulas gekommen, der altersschwachen Priesterin, als die sich Modranel ausgab. Helion wusste, dass Pepp in der Nacht einem von Estrog angeführten Spähtrupp zugeteilt worden war. Vielleicht hatte er Trost bei jemandem gesucht, der den Göttern nahestand. Aber das erklärte nicht, warum er so überstürzt davonrannte. Es mochte ihn verblüffen, dass ein Mann in der Toga der Priesterin steckte, er mochte empört sein, weil dieser Mann sich den ganzen Weg hatte kutschieren lassen. Doch Empörung entlud sich bei jemandem wie Pepp in zeternden Flüchen, nicht in einer Flucht.

An der nächsten Kreuzung warf Helion einen raschen Blick nach links. Da war er. Pepp stand an eine Wand gelehnt und schien nachzudenken. Erst als er Helion bemerkte, stieß er sich ab und lief weiter. Sein Gesicht war ebenso verdreckt wie sein Lederpanzer, also kam er wohl direkt von seinem Einsatz.

»Warte!«, rief Helion. »Pepp! Bleib stehen!«

Dass der Junge es nicht tat, war ein weiteres sicheres Zeichen dafür, dass er mehr wusste, als für alle gut war. Es gab so viele Bilder, die Modranel darstellten, meist aus der Zeit vor seiner Läuterung.

»Es ist nicht so, wie du denkst!«, rief Helion und hoffte, dass er damit recht hatte. Modranels Verhalten gegenüber Deria gab Grund zu der Hoffnung, dass Ajina seine Gesinnung richtig einschätzte, aber wann immer Helion direkt mit ihm sprach, fühlte er sich versucht, ihn in Silberfesseln schlagen zu lassen. Er rannte noch schneller.

Pepps Kondition war der seinen nicht gewachsen. Treaton hatte ihn über viele Jahre geschliffen, und er trug keine Rüstung, die ihn behindert hätte. Pepp wandte sich bei jeder Gelegenheit nach unten. Erst hatte er eine volle Treppe Vorsprung, dann eine halbe, schließlich noch fünf Stufen. Helion erwog, zu springen und ihn so zu packen, aber das wäre ein unnötiges Risiko gewesen.

»Du kannst mir nicht entkommen!«, rief er. Sein Atem brannte mittlerweile in den Lungen.

Aber Pepp gab nicht auf. Neben einem Raum, aus dem der Lärm ausgelassener Zecher drang, rannte er in einen Gang, der an seinem Beginn gerade mannshoch war und beständig niedriger wurde, bis er vor einer Luke endete. Das mochte ein Schlupf sein, durch den Späher die Festung verließen und wieder betraten. Gerade als er versuchte, ihn zu öffnen, riss Helion ihn am Kragen seiner Lederrüstung zurück und schleifte den zappelnden Knaben aus dem Gang.

»Ich brauche das Gold!«, rief Pepp.

»Was für Gold?« Helion zog ihn auf die Füße und drückte ihn an die Wand. Obwohl er nur eine Hand frei hatte, bereitete ihm sein sich windender Gefangener keine Probleme.

Pepp gab keine Antwort, wurde aber ruhiger, als er das Schwert von Nahem sah. Er presste die Zähne aufeinander. Seine Nase blähte sich unter den heftigen Atemzügen, die der anstrengende Lauf von ihm forderte.

»Was für Gold?«, fragte Helion nochmals.

Pepp schwieg beharrlich.

»Was hast du gesehen?«

»Genug«, stieß Pepp hervor.

Vergeblich versuchte Helion sein Gesicht zu deuten. Pepp hatte nie lesen gelernt, aber er war nicht dumm. Wenn er anfangs einen Verdacht gehegt hatte, dann bestätigte Helions Verfolgung ihn darin. »Es gibt Geheimnisse, die niemand erfahren darf«, raunte Helion.

Pepp brachte ein Grinsen zustande. »Und was ist Euch mein Schweigen wert?«

»Das ist es? Du willst dein Wissen zu klingender Münze machen?«

Er fasste neuen Mut und zuckte mit den Schultern.

»Du hattest doch nicht vor, zum Feind zu laufen und ihm zu verraten, was du zu wissen glaubst?«, fragte Helion scharf.

»Was ich wollte, ist jetzt ohne Belang. Lasst mich frei, oder bald wird jeder wissen, dass Modranel unter uns ist.«

Helion runzelte die Stirn.

»Warum ist er wohl hier? Stimmt es, dass er seinen alten Meistern abgeschworen hat? Es würde sicher die Zuversicht vieler in Guardaja heben, wenn sie wüssten …«

»Gar nichts dürfen sie wissen!«, fuhr Helion ihm über den Mund. *Drei Menschen können ein Geheimnis bewahren,* erinnerte er sich an einen Lehrsatz Treatons, *sofern mindestens zwei von ihnen tot sind.*

Er bemerkte erst, dass der Lärm aus dem Raum neben dem niedrigen Gang verstummt war, als sich eine Gruppe Krieger näherte. Aus den Augenwinkeln sah er ihren schwankenden Gang. Den Wein roch er auf drei Schritt Entfernung. Und Estrogs dröhnenden Bass erkannte er sofort. »Lasst den Kleinen los, er hat sich wacker geschlagen mit uns da draußen!«

Die Andeutung eines Lachens schwang in diesen Worten mit, aber Helion war nicht nach Heiterkeit zumute.

»Gebt mich frei, Herr Paladin«, zischte Pepp ihm zu, »oder die Kunde wird von Mund zu Mund fliegen wie ein Schwarm Spatzen, den niemand einzufangen vermag.«

Helion hatte den Jungen lieb gewonnen. Als Fechter war er kein großes Talent, aber er drückte sich vor nichts und hatte Mut, wenn es darauf ankam. Oft hatte er von der Armut erzählt, die ihn verleitet hatte, den Waffensold anzunehmen. Die Gefahr eines Schwerts im Bauch war leichter zu ertragen als die Gewissheit, dass der Magen für den Rest des Lebens nicht richtig voll würde. Marschverpflegung, die Helion nur ungern einem Hund vorgeworfen hätte, war für Pepp ein Mahl, für das er den Göttern mit tiefem Ernst dankte. Helion sah ihm in die Augen und erkannte die Sehnsucht nach einem besseren Leben darin. Einem Leben, das eine Truhe Gold ihm kaufen konnte. Solcher Reichtum und die Möglichkeit, Guardaja Richtung Süden zu verlassen, auf den eigenen Beinen oder sogar auf einem sauber gezäumten Ross, konnten bis vor einer Stunde für Pepp nicht mehr gewesen sein als ein Traum. Von keinem Menschen durfte man verlangen, seine Träume aufzugeben.

Aber die Gefahr war zu groß. Die Schattenherren hatten ihre Spione überall, denn ihre Verlockung war nicht nur Reichtum, sondern die Unsterblichkeit der Nacht. Ein unbedachtes Wort, aus Pepps weinseligem Mund in irgendeiner Taverne gelallt, konnte ihre einzige Hoffnung zunichtemachen, Lisanne zu besiegen und die Silberminen zu halten. Ohne Silberminen würde man in einigen Jahren keine Waffen mehr schmieden können, die auch einem Osadro Wunden schlugen. Die Reiche der Menschen wären endgültig verloren. Jeder Herrscher würde das wissen. Die meisten würden versuchen, mit Ondrien zu verhandeln, solange es noch etwas zu verhandeln gab. So wie Baron Truber, der eigentlich kein schlechter Mensch war, strebte er doch nur danach, sein Volk zu schützen. Vor seinem geistigen Auge sah Helion endlose Karawanen von Kindern in das gnadenlose Eis des Nordens ziehen.

Er konnte Pepps Wunsch nicht erfüllen. Aber was dann? In den Kerker mit ihm? Man konnte ihn fesseln und vielleicht würde Helion erreichen, dass man ihn auch knebelte. Aber er musste essen, und wenn man den Knebel herausnahm, konnte er sprechen. Er war trotzig. Möglich, dass er sein Wissen preisgab, auch wenn es ihm nichts nützte. Nur um sich sinnlos zu rächen.

»Nun lasst ihn schon los«, röhrte Estrog. Offensichtlich hatte auch der Barbar dem Branntwein zugesprochen, der jedem Überlebenden eines Spähtrupps zustand.

»Was wollt Ihr jetzt tun, Paladin?«, flüsterte Pepp beinahe verschwörerisch. »Ihr könnt mich schließlich nicht einfach abstechen.«

Aber da täuschte sich Pepp.

Mit einer fließenden Bewegung brachte Helion die Spitze seines Schwertes unter den Ansatz des Lederharnischs und rammte die Klinge aufwärts. Sie war so scharf, dass sie erst wieder zum Halten kam, als sie von innen gegen ein Schulterblatt stieß.

Kurz nur war ein überraschter Ausdruck auf Pepps Gesicht zu sehen. Dann spuckte er einen dicken Schwall Blut.

»Seid Ihr wahnsinnig?«, brüllte Estrog und riss Helion zurück.

Er schlitterte weit über den Steinboden. Pepp verschwand unter Estrog und den anderen Spähern, die sofort das Schwert aus der Wunde zogen, aber schon bald die Sinnlosigkeit aller Versuche erkannten, das Leben des Jungen zu retten.

Estrog sah aus wie ein zorniger Titan, als er mit geballten Fäusten auf Helion zutrat. »Was habt Ihr Euch dabei gedacht?« Der Alkohol war nicht mehr in der tiefen Stimme zu hören.

Langsam stand Helion auf. »Bringt mich zu den Heerführern.«

»Mir scheint, wir legen Euch besser in Eisen.«

Helion starrte in die Augen des Riesen. »Ich weiß, dass Ihr nicht verstehen könnt, was Ihr hier seht. Aber bei allem, was wir in den vergangenen Wochen miteinander teilten, bringt mich erst zu den Heerführern. Ich werde mich nicht wehren und nicht fliehen.« *Als wenn das möglich wäre.* »Ich kann hier nicht sagen, was ich ihnen sagen werde. Mögen sie entscheiden, ob ein Kerker der rechte Ort für mich ist.«

Als Lióla Jatzells Gesicht von Nahem betrachtete, die erwartungsvoll glühenden Augen, den in lüsterner Vorfreude leicht offen stehenden Mund, wurde ihr erstmals bewusst, dass er ein gut aussehender Mann war. Zudem bestimmt ein geübter Liebhaber. So wie sich seine Hände ihren Brüsten widmeten – vorsichtig erst wie schüchterne Vögel, die unsicher waren, ob sie dem Grund unter sich trauen konnten, nur langsam forscher werdend, ermutigt durch die erhärtenden Knospen –, hatte er sich in der Vergangenheit sicher nicht nur mit Gewalt genommen, was seine Männlichkeit verlangte. Sie spürte, wie ihr Körper auf den seinen reagierte, die Hitze zwischen den Beinen, den feinen Schweiß auf der Haut.

»Der Besitzer dieses Hauses hat sicher geirrt, als er sich Ondrien entgegenstellte«, meinte er, als er die Hände tiefer wandern ließ. Liólas Oberkörper war bereits entblößt, das Kleid hing über ihren Hüften. Er umfasste ihren Hintern und zog sie an sich heran. Sie spürte die harte Stelle in seiner Hose. »Aber er hatte Geschmack. Den Kamin hätte man nicht besser herrichten können.«

Dieses Zimmer war eines der wenigen, die bei der Eroberung unbeschädigt geblieben waren. Deswegen hatten sie auch kein Bett zur Verfügung. Ein Fell vor dem prasselnden Feuer musste reichen.

»Auch der Wein ist nicht zu verachten.«

»Welcher Wein?«

»Die Milirier verstehen sich darauf.« Sie zeigte auf den Korb mit der bauchigen Flasche und dem Zinnbecher, in den ein Rebenmuster geritzt war. Geschmeidig und mit einer Spur Bedauern entzog sie sich ihm, löste den Korken und füllte das Gefäß, bis die rote Flüssigkeit über den Rand trat. »Koste!«

»Du zuerst.«

Wissend lächelte sie ihn an. Einen tiefen Zug schluckte sie hinunter. Der schwere Trunk zog die Haut in ihrem Rachen zusammen und brannte in der Kehle. Den zweiten Schluck behielt sie im Mund. Sie griff das leicht gelockte Haar an seinem Hinterkopf, zog ihn heran und drückte ihre Lippen auf seine. So presste sie die Flüssigkeit in ihn hinein. »Und?«

»Gut, wie du sagtest. Aber du mundest mir besser! Du hältst mehr, als der Vorgeschmack versprach!«

Im Palast hatte sie ihn ein wenig erhitzt, um ihn dazu zu bringen, dem Treffen in diesem Haus am Stadtrand zuzustimmen. Männer waren so leicht zu lenken.

Sie drückte den Becher in seine Hand. Er leerte ihn ganz, bevor er ihn fortschleuderte. So befreit, griff er ihre Brüste, zog Lióla heran und barg sein Gesicht an ihrem Busen. Seine Küsse wanderten tiefer. Lióla hörte sich stöhnen, als er das Kleid von ihren Hüften schob.

Wieder betrachtete sie sein Gesicht. Er sah wirklich gut aus.

»Jetzt hast du es aber eilig!«, neckte er, als sie seinen Gürtel löste und gleich drauf die Hose herunterstreifte. Sein Glied war fest und ganz gerade. Das gefiel ihr. »Ich will dich reiten!«, forderte sie.

»Ich werde ein heißer Hengst zwischen deinen Schenkeln sein«, versprach er, als er sich ausstreckte. Er lallte schon ein wenig.

Hastig hockte sie sich über ihn, benutzte die Hand, um ihn dorthin zu führen, wo sie ihn haben wollte. Sie nahm ihn tief in sich auf. Er stöhnte.

Und hustete.

Allzu schnell.

Warum hatte er auch so viel getrunken?

Er erschlaffte bereits. Etwas enttäuscht setzte sich Lióla auf und sah in sein ungläubiges Gesicht. »Ja. Gift«, bestätigte sie die Befürchtung, die sie in seinen Augen las. »Goldmohn, vermischt mit Adelwurz. Ich habe immer etwas davon dabei.«

»Du Hexe«, röchelte er und schlug nach ihr.

Er war bereits so schwach, dass sie seinen Arm mühelos abwehren konnte.

»Aber … auch …«

Sie stand auf. »Ich habe auch getrunken? Ja, das habe ich. Wenn eine Dame so gefährliches Pulver mit sich führt, darf ihr das Gegengift nicht fehlen.«

Er griff sich an den Hals. Wäre er kein Diener des Kults gewesen, hätte sie ihm geraten, Frieden mit seinen Göttern zu machen. Die Schattenherren versprachen jedoch kein glückliches Nachleben im Nebelland. Jeder ihrer Anhänger war von allen Gottheiten verflucht, so wie die Meister Ondriens selbst. Man hatte nur dieses eine Leben, um ihre Gunst zu erlangen. Die wenigen Erwählten wurden zu Osadroi erhoben. Es geschah so selten, dass Lióla noch nie Zeugin einer solchen Zeremonie geworden war. Für Jatzell war es jedenfalls zu spät. Er würgte sein Leben auf dem Bärenfell aus. Er hatte versagt, sich von einer Besseren aus dem Weg räumen lassen.

»Du hättest mir die Gunst Lisannes nicht stehlen sollen«, flüsterte sie ihm nach.

Sie kleidete sich an, verließ das Haus und ging zur Rückseite, wo Brünetta wartete, genau an der Stelle, wo sie den Ghoul zurückgelassen hatte. »Komm mit«, befahl sie.

Drinnen wiederholte sie zur Sicherheit die Anweisungen, die sie ihr bereits vor ein paar Stunden gegeben hatte. »Bring ihn in den Wald, wenigstens eine Meile. Zerreiß ihn, zerdrücke den Kopf. Niemand soll ihn erkennen. Ich will, dass du von ihm frisst.«

Brünetta rümpfte die platte Nase.

»Ich weiß, sein Fleisch ist noch zu frisch. Du musst es trotzdem tun. Zerbreche auch alle großen Knochen. Den Rest werden die Tiere erledigen.« Die Belagerung versorgte die Aasfresser mit reichlich Speise. Das Tal war eine Festtafel für die Krähen.

Als Brünetta mit ihrer Last verschwunden war, sammelte Lióla Jatzells Kleidung zusammen und warf sie in den Kamin. Sie wartete, bis alles verbrannt war. Am Schluss schob sie auch noch das Fell hinein, um alle Spuren zu beseitigen. Sie sah zu, wie es verschmorte.

Ich hätte eine Stunde warten sollen, dachte sie. *Er sah wirklich gut aus.*

Sie prüfte den Sitz ihres Gewandes, nahm den Umhang vom Haken neben der Tür und legte ihn um ihre Schultern. »Andererseits – wahrscheinlich bin ich ihm nur zuvorgekommen. Hätte ich abgewartet, wäre ich jetzt vielleicht diejenige, die in den Wald getragen würde.«

Wenn der Wind schwieg, hörte man die Geräusche von Brecheisen, Hämmern und schwer beladenen Fuhrwerken aus dem Tal im Süden. Tag und Nacht wurde das Silbererz aus den Minen geschürft und in Sicherheit gebracht.

Heerführer waren viel beschäftigt, jedermann wollte sie sprechen. Vor allem an der Front. Phaistor, der gegenwärtig seinen Hang zum Alkohol im Griff hatte, war nun in dem Saal, in dem man sie zusammengerufen hatte. Er hatte auch dafür gesorgt, dass Helions Silberrüstung in den kleinen Raum gebracht worden war, in dem er wartete. Eine Turmkammer mit nur einem Ausgang, vor dem zwei Hellebardiere standen. Ein Kerker ohne Ketten.

Dass Helion nach Ajina verlangt hatte, mochte Phaistor noch verstehen. Die Kunde von einer neu erblühten Liebe machte schnell die Runde in Zeiten, in denen gute Nachrichten rar waren. Die Bitte, auch Priesterin Arula zu sehen, mochte er dagegen als Schuldeingeständnis deuten. Wollte Helion seinen Frieden mit der Mondmutter machen? Sein Verlangen nach Deria schließlich musste für jeden Außenstehenden unverständlich bleiben.

Sie standen eng beisammen, damit ihre Worte nicht belauscht werden konnten. Beinahe einen Tag lang hatte Helion auf seinen Besuch warten müssen. Abgesehen vom Anlegen seiner Silberrüstung hatte er wenig Beschäftigung gehabt. Durch die fensterlose, aber mit einer Silberstrebe gegen unheilige Eindringlinge geschützte Öffnung hatte er schon vor einiger Zeit die Sonne hinter die Berge sinken sehen.

Als sich Ajina und Helion voneinander lösten, räumte Modranel ungefragt ein: »Ich hätte meine Kammer abschließen sollen.«

»Nein, das wäre meine Aufgabe gewesen«, gestand Deria. »Ich habe frisches Wasser geholt, und da habe ich es vergessen.«

»Was weiß man über Pepps Entdeckung?«, fragte Helion.

»Gar nichts«, sagte Ajina. »Jeder spricht von seinem Tod. Davon, wie du ihn …« Sie verstummte.

»Wie ich meinen eigenen Schüler erstochen habe, als er mir wehrlos ausgeliefert war.«

»Hast du wirklich noch auf die Leiche eingehackt, als er bereits tot war?«

Entsetzt starrte Helion Ajina an. »Warum hätte ich das tun sollen?«

»Man erzählt sich noch Schlimmeres. Der Dämon, der in dich gefahren sei, habe dich gezwungen, Pepps Augen zu fressen …«

»Das ist gut«, murmelte Modranel. »Wenn sie solche Gerüchte brauchen, um die Geschichte interessant zu machen, können sie von der Wahrheit nichts wissen.«

»Ich glaube nicht, dass sich Pepp auf dem Weg jemandem anvertraut hat. Ich habe ihn zu schnell eingeholt. Was wollte er eigentlich in Eurer Kammer?«

»Er hat mich gesucht«, erklärte Deria an Modranels Stelle. »Ich glaube, er hatte mich ein wenig lieb gewonnen.« Sie musste schlucken, bevor sie weiterreden konnte. »Ich mochte ihn auch. Nicht auf die Weise, wie es bei ihm der Fall war. Er verstand das, schließlich ist Kester erst kurze Zeit … Und ich bin fünf Jahre älter als er. Aber er war noch ein Junge, da kann man den Aufwallungen nichts entgegensetzen. Jedenfalls hatte er ein wenig Angst vor dem Spähtrupp. Nein, nicht ein wenig. Als er mir davon erzählte, war ihm so übel, dass er sich übergab. Ich habe ihm versprochen, für ihn da zu sein, wenn er lebend zurückkehrt. Ich dachte nicht, dass er direkt zu mir kommen wollte. Im Schlafsaal hat er mich nicht gefunden, aber als ich das Wasser holte, bin ich der Magd begegnet, die die Fackeln erneuerte. Sie wird ihm gesagt haben, wo er mich finden konnte.«

»Wir müssen vorsichtiger sein«, meinte Modranel.

Helion starrte nach draußen. »Solcherlei kann immer passieren. Von den Spähern des Feindes ganz zu schweigen. Auch wenn kein Mensch durch diese Mauern zu lauschen vermag, wer weiß, was für ein Gezücht die Schatten aussenden? Seit ich dem Seelenspiegel begegnet bin, ahne ich, über welche Möglichkeiten die Finsternis gebietet.«

Von der Festungsanlage selbst hielten sich die geflügelten Frauen fern, aber zu Beginn der Nacht hatte man sie darüber hinwegfliegen sehen, auf der Suche nach neuen Opfern, deren Lebenskraft sie ihren Herren bringen konnten.

Helion bemerkte, dass er Ajina so fest hielt, dass es sie schmerzen musste, schon allein wegen des harten Metalls seiner Rüstung. Obwohl sie sich nicht beklagte, lockerte er die Umarmung. »Wir müssen unseren Auftrag rasch umsetzen. Bevor noch mehr Menschen für seine Geheimhaltung sterben.«

»Ich habe Pepp gemocht«, flüsterte Deria.

Ich auch, dachte Helion, sagte aber nichts. Es hätte falsch geklungen. *Manchmal sind Freund und Feind auch an der Front nicht leicht zu unterscheiden, Ordensmarschall.*

Die Tür öffnete sich. »Es ist so weit«, stellte Phaistor fest.

Helion nickte. Phaistor runzelte die Stirn, als sich die anderen ihm anschlossen, aber er protestierte nicht, sondern geleitete sie mit einer Eskorte aus sechs Hellebardieren hinunter in den Saal, wo die Feldherren warteten.

Graf Jidon von Arriar, der Anführer des Heerzugs, mit dem Helion gekommen war, wirkte neben den anderen wie ein Kind. Das lag nicht an seinem Alter und auch an seiner Kraft und der Fähigkeit, das Schwert zu führen, bestand kein Zweifel, aber sein Gesicht hatte nicht den Ernst der anderen vier.

Der älteste erinnerte an einen Geier. Die Herbststürme seines Lebens hatten seinen Rücken gebeugt, seine harten Tage alles, was weich war, aus seinem Körper gerissen. Die Nase ragte aus dem Gesicht wie ein Beil, die Augen waren stechend, die Haut so schlaff, dass die Wangen faltig herunterhingen. Er trug eine Rüstung aus schwarzen Schuppen. An seinem Thron lehnte ein Rabenschnabel, eine hammerartige Waffe mit einem gebogenen Eisendorn daran. Das musste Baron Gonnar sein, der Herr der Festung. Er war ein junger Mann gewesen, als sein Vater an der damals noch weit im Norden verlaufenden Front gefallen war und ihn so zum Herrn der Baronie gemacht hatte. Jetzt war Guardaja der kümmerliche Rest seines einstmals reichen Lehens. Man munkelte, dass es nicht fallen würde, solange er lebte, was allerdings nicht mehr allzu lange der Fall wäre.

Mondritter Kentateos war der ranghöchste Vertreter der Mondschwerter. Seine Rüstung hatte nicht den strahlenden Glanz derjenigen von Helion. Das Silber schimmerte auf Eisen, das durch Ruß und Schrammen vieler Kämpfe ebenso verdunkelt war wie das Gesicht des Ritters. Seit vier Jahren hielt er die Stellung, und die Mondschwerter, das hatte Helion inzwischen erfahren, waren stets die Ersten, die Stoßtrupps in das vom Feind gehaltene Gebiet unternahmen. Nicht selten führte er sie persönlich an. Viele glaubten, er suche den Tod.

Prinz Varrior war an den zwei Hengsten auf seinem Harnisch zu erkennen. Angeblich zählte er noch keine dreißig Jahre, aber er sah aus wie vierzig, was vor allem an der tief eingegrabenen Härte um seine Augen lag. Er war der Jüngste der fünf Heerführer, hatte aber wegen seines hohen Standes den Befehl. Er war ein Nachgeborener des milirischen Königs. Seine Entscheidungen traf er dennoch niemals einsam, er wusste um den Wert eines guten Ratschlags aus erfahrenem Munde.

Damit konnte der Letzte nur Graf Dimmoar sein, ein Eskadier, in seiner Heimat aus nichtigen Gründen in Ungnade gefallen, woraufhin er sein Schwert den Miliriern angeboten hatte und dankbar angenommen worden war. Es war sein Geschick in Feldschlachten, das den ondrischen Truppen in den vergangenen acht Jahren empfindliche Niederlagen beigebracht hatte, doch jetzt musste auch er sich damit abfinden, dass das Land nördlich von Guardaja unter die Schatten gefallen war. Er hatte breite Schultern, was durch die Stacheln an den Panzerelementen noch betont wurde.

Dennoch wirkte er schmächtig neben dem letzten Mann, der Helion entgegenblickte. Er gehörte nicht zum Kreis der Heerführer.

»Ich hätte Euch nicht erwartet«, sagte Helion.

»Man kann nicht behaupten, dass ich herzlich zu dieser Beratung eingeladen worden wäre«, dröhnte Estrogs Bass. Für ihn gab es keinen Sessel, er stand mit gespreizten Beinen, das Blatt der Axt vor sich auf dem Boden, die Pranken auf dem Ende des Stiels. »Aber man hat erkannt, dass ein Häuptling aus Bron einen Schädel hat, der härter ist als ein Eisenhelm.«

»Genug geplappert«, sagte Baron Gonnar. »Ich bin der Herr dieser Festung, es liegt an mir, Recht zu sprechen. Ihr seid Helion von den Mondschwertern?«

»So ist es, Hochgeboren.« Helion verbeugte sich, wie es die Sitte gebot.

»Die Frauen in Eurem Gefolge sollen für Euch Zeugnis ablegen?«

»Sie werden zur Klärung der Umstände beitragen«, antwortete Helion ausweichend.

»Euch wird zur Last gelegt, einen wehrlosen Angehörigen unserer Streitmacht ermordet zu haben. Waren diese hier anwesend, sodass sie etwas zur Sache sagen können?«

»Nein, aber sie werden dennoch zum Verständnis beitragen.«

Gonnar runzelte die Stirn. »Wie das?«

»Das ist eine vertrauliche Angelegenheit.«

Graf Jidon lachte.

Helion blieb ernst. »Ich bitte Euch, hohe Herren, schickt alle hinaus, die Ihr nicht zu Eurer Entscheidung braucht. Die Wachen und auch Meister Phaistor.«

Jidon lachte noch lauter. »Glaubt Ihr etwa, Ihr könntet uns an der Seite von drei Weibern überwinden, wenn wir die Wachen hinausschickten? Unbewaffnet?«

Ein Lächeln zuckte um Gonnars Lippen, auch wenn sein stechender Blick nicht von Helion wich.

Mondritter Kentateos' Räuspern brachte Jidon zum Verstummen. »Paladin Helion ist ein Mondschwert, und das wiegt schwer. Seine Bitte ist ungewöhnlich, aber bis seine Schuld erwiesen ist, zählt die Ehre unseres Ordens genug, dass ich geneigt bin, seinem Ersuchen zu entsprechen.«

Fahrig wischte Gonnar mit der dürren Rechten durch die Luft. Die Wachen verließen sofort den Saal, Phaistor erst, nachdem Gonnar ihm in die Augen gesehen hatte. »Er auch?«, wollte Gonnar mit übertriebener Freundlichkeit wissen, als er auf Estrog zeigte.

Ein Grollen aus der mächtigen Brust des Barbaren ließ Helion vermuten, dass er nicht ohne Ärger gehen würde. »Das wird nicht nötig sein, Hochgeboren. Ich danke Euch für Euer Entgegenkommen.«

»Lieber als Euer Dank wäre mir Euer Geständnis. Es könnte uns Zeit ersparen. Also, habt Ihr den wehrlosen Pepp erstochen?«

»Ja.«

Gonnars Brauen zuckten. »Und warum sollte ich Euch nicht mitsamt Eurer Rüstung in einen Fluss werfen lassen und zusehen, wie Euer letzter Atemzug an die Oberfläche blubbert?«

Helion sah, dass die Tür fest verschlossen war. »Weil ich die Waffe habe, die diesen Krieg entscheiden wird.«

Modranel schlug das Tuch zurück, das seinen Kopf verhüllte. »Endlich«, meinte er.

Dimmoar erkannte ihn zuerst, rief seinen Namen und sprang auf. Als die anderen begriffen, dass sie den Menschen vor sich sahen, der wie kein anderer über die finsteren Kräfte der Magie gebot, erhoben sie sich ebenfalls, die Waffen gefasst.

»Pepp sah zu viel«, erklärte Helion. »Unsere Hoffnung auf den Sieg liegt im Unwissen unseres Feindes. In mehr als zweihundert Meilen Umkreis sind die Einzigen, die von Modranel wissen, die Anwesenden in diesem Saal. So muss es bleiben. Ich habe Befehl, Modranel so nah an Schattenherzogin Lisanne heranzubringen, dass er ihrer blasphemischen Existenz ein Ende bereiten kann.«

Helion entging Gonnars Zittern nicht. Der Greis begann zu hoffen, dass er noch erleben würde, wie der Würgegriff der feindlichen Streitmacht gesprengt würde. Bis jetzt hatte er bei allem Vertrauen auf die Götter nur darum beten können, den Rest seines Erbes zu halten. »Er ist es wirklich, nicht wahr?«

»Ich bin es!«, sagte Modranel fest.

Estrog quetschte einen Fluch durch die Zähne. Er hielt seine Axt nun in beiden Händen, nicht schlagbereit, aber so, dass er schnell zu einem Hieb ausholen könnte.

Modranel lachte leise. »Nun, da ich Eure geschätzte Aufmerksamkeit habe, tut mir bitte den Gefallen, mich von der Sorge zu erlösen, ich sei den weiten Weg umsonst gekommen. Schattenherzogin Lisanne ist doch in der Nähe?«

»Das kann man wohl sagen«, grollte Estrog. »Das Banner mit ihrer schwarzen Katze ist überall. Die Ondrier bewachen den Palast, als residiere dort der Schattenkönig selbst. Unser Spähtrupp konnte sich nicht nähern. Die Garde, die sie aufbieten, versteht etwas von ihrem Handwerk.«

Helion seufzte leise. Der gleiche Spähtrupp, in dem auch Pepp gegangen war, hatte diese Information gebracht.

»Man sagt, das Alter mache geduldig«, fuhr Modranel fort, als unterwiese er eine Gruppe von Eleven. »Bei mir trifft das nicht zu. Eine gewisse Ungeduld zähle ich zu meinen Lastern. Darf ich vorschlagen, dass wir schnellstmöglich zur Tat schreiten?«

»Wie stellt Ihr Euch das vor?«

»Werft einen Blick aus dem Fenster. Silion und Vejata stehen so dünn am Himmel, als wären sie Striche auf einem Halbkreis. Vejata nimmt wieder zu, aber Stygron schwindet. Es sind gute Nächte für starke Magie, und wenn ich Euch recht verstehe, ist das Ziel in Reichweite.«

»Ihr wollt eine Schattenherzogin mit Zauberei angehen?«, flüsterte Kentateos mit einem Unglauben, der Helion selbst an der Durchführbarkeit des Plans zweifeln ließ. Osadroi waren Meister der Magie, sie hatten Jahrhunderte Zeit, das verbotene Wissen zu studieren, und es war nicht die eigene Lebenskraft, mit der sie für ihre Zauber bezahlen mussten. Konnte man eine Schattenherzogin auf diesem Gebiet schlagen?

Modranel lachte wieder. »Wollt Ihr es lieber mit Eurem Silberschwert versuchen? Ich lasse Euch den Vortritt, wenn Ihr darauf besteht.«

Kentateos runzelte die Stirn.

»Der Plan kommt von Ordensmarschall Giswon«, beeilte sich Helion zu sagen. Es galt, sinnlosen Streit zu vermeiden. »Er schickt uns. Ich habe meine Befehle direkt von ihm.«

Das gab Kentateos genug zu denken, damit Estrog sprechen konnte. »Wie nah müsst Ihr an sie herankommen?«

»Ich muss ihr in die Augen sehen.«

»Sie ist nah, das stimmt, aber das heißt nicht, dass sie leicht zu erreichen wäre. Unsere Späher kamen nicht durch. Wenn Modranel keinen Zauber weben kann, der Euch verbirgt, werdet Ihr Euer Ziel kaum erreichen.«

Mit einem undeutbaren Lächeln schüttelte der Magier den Kopf. »Ich kann meine Kraft nicht auf solcherlei Nichtigkeiten verschwenden. Außerdem vermag ich zwar das Auge des Einfältigen zu foppen, aber Lisanne würde zweifellos die Veränderung in den Strömen der Magie bemerken. Vor ihr kann uns kein Zauber verhüllen.«

»Wie habt Ihr es Euch dann gedacht?«, fragte zum ersten Mal Prinz Varrior.

Helion schloss kurz die Augen und rezitierte in Gedanken den Vers der Sammlung. »Wir brauchen eine Ablenkung. Eine, die so groß ist, dass sie Lisannes Aufmerksamkeit erregt und Zugleich ihren Verbleib an der Front erfordert.«

»Was habt Ihr im Sinn?«

Modranel kam Helion zuvor. Zu groß war seine Vorfreude darauf, sich am unvermeidlichen Unbehagen der Feldherren zu weiden. »Über wie viele Helme befehlt Ihr?«

»Etwa achttausend nach der letzten Zählung.«

»Das sollte reichen.«

Niemand sagte etwas.

Als das Schweigen unangenehm wurde, sprach Helion aus, was alle erkannt hatten. »Wir brauchen einen Ausfall. Einen Frontalangriff auf die feindliche Stellung.«

»Wir sollen Guardaja entblößen«, sagte Gonnar mit großer Ruhe, als erteile er einem Diener den Befehl, sein Kissen aufzuschütteln.

»Wir werden uns vorher in eine günstige Position begeben. Estrog wird uns führen, wie ich hoffe. Euer Opfer wird nicht vergebens sein. Gut möglich, dass es Milir rettet.«

»Und die Silberminen«, sagte Dimmoar kalt.

»Und die Silberminen«, bestätigte Helion. »Niemand hat jemals davon gehört, dass eine Schattenherzogin vernichtet worden wäre. Wenn Lisanne fällt, zerschmettern wir damit die Moral ihres Heeres. Und stärken die der Menschen in der gesamten freien Welt. Es wäre der Beweis, dass die Schattenherren besiegbar sind.«

Prinz Varrior nickte bedächtig. »Mir scheint, wir tun gut daran, Euren Vorschlag gründlich zu erwägen.«

Doch dafür sollten sie keine Zeit mehr haben.

Die Augen des Fayé hatten weder Pupillen noch eine Iris. Ein Blick in die nebelartigen blauen Schlieren genügte, um die Nähe dieses Wesens zur Welt der Geister zu offenbaren. Die Fayé waren älter als die Menschen, und sie starben nicht wie die Menschen. Lióla hatte keine Möglichkeit, die Jahre des Mannes vor ihr zu schätzen, sie war noch nicht einmal sicher, dass er ein Mann war. Nicht nur seine lidlosen Augen waren fremdartig, die gesamte Kopfform wirkte wie ein Spiegelbild auf einer von Wellen durchzogenen Wasseroberfläche. Die Wangenknochen lagen sehr hoch, was dem Schädel in Verbindung mit den großen Ohren, deren Muscheln sich beinahe am Hinterkopf berührten, eine Keilform gab. Das Kinn war schmal, der Mund ebenso, die Nase klein, die Stirn dafür breit. Das Menschlichste an ihm war das schwarze Haar, das im Sternenlicht schimmerte. Es fiel auf eine breite Brust, die in merkwürdigem Gegensatz zu den dünnen Armen stand. Die Kleidung des Fayé kam weder aus einer Gerberei noch von einem Webstuhl. Sie war gewachsen. Deutlich waren die Zweige zu erkennen, die unheiliger Zauber in solche Bahnen gezwungen hatten, dass sie gemeinsam mit ihrem blauen Laub den Körper bedeckten. Dabei legten sie sich offenbar eng um den Leib, denn mit jedem Atemzug des Mannes hoben und senkten sie sich. Hätte Lióla nicht unmittelbar vor ihm gestanden, sie hätte die Kleidung für eine fremdartige Haut halten können.

»Sein Name ist Limoras«, sagte ein Mann in schwarzer Robe, der plötzlich neben ihr stand. Die Runen auf seiner Stola wiesen ihn als Nachtsucher aus, also verbeugte Lióla sich tief. »Ich werde mich selbst um ihn kümmern.«

Mit anderen Worten: Ich soll verschwinden.

Lióla konnte nicht widerstehen, den Pfahl, an den der Fayé gebunden war, zu umrunden. Jeder seiner Arme hatte zwei Gelenke, die gefesselten Hände sechs Finger. Der zweite Daumen machte den Griff eines Fayé unfehlbar, sagte man, so wie die Nebelaugen die Schatten der Wälder durchdrangen und das Geschick dieses Volkes einen Pfeil so sicher fliegen ließ, als würde er von Dämonen ins Ziel getragen. Dennoch fühlte Lióla in Limoras' Nähe nichts von der Ehrfurcht, die sie schon beim bloßen Gedanken an die Schattenherren durchdrang. Vielleicht, weil die Fayé die Vergangenheit waren, die Osadroi aber die Zukunft. Oder weil die Unsterblichkeit des Volkes der Wälder so zerbrechlich war. Das Alter brauchten sie nicht zu fürchten, aber ein Stück gewöhnlicher Stahl im Herzen tötete einen Fayé so gewiss wie einen Menschen.

Während Lióla dem gebogenen Pfad den Hang entlang folgte, überlegte sie, ob sie sich jemals so erhaben gefühlt hatte. Der Mord an Jatzell wirkte noch nach. Was bewies die eigene Macht mehr, als jemandem seinen elementarsten Besitz zu nehmen, das Leben? Lióla mochte als zierliche, junge Frau erscheinen, beinahe als Mädchen, aber sie wusste, dass sie viel mehr war als das. Die Ahnung von ihrer wahren Stärke war das Letzte gewesen, was den Weg in Jatzells Verstand gefunden hatte.

Die Schattenherren konnte Lióla natürlich nicht täuschen. Vielleicht war es Lisanne selbst gewesen, die den Befehl gegeben hatte, Lióla im anstehenden Ritual die Essenz der Kinder schöpfen zu lassen. War das ein Hinweis darauf, dass die Schattenherzogin nicht nur wusste, was Lióla getan hatte, sondern es auch guthieß und sie ermutigen wollte?

Brünettas Anwesenheit wäre eigentlich nicht erforderlich gewesen, aber Lióla hatte den Ghoul gern in ihrer Nähe. Er schmatzte zwar ab und zu, belastete sie aber nicht mit dummem Gerede und war außerdem eine Erinnerung an einen weiteren Triumph. Niemals hätte man die Priesterin Pnemaja zu einem jener Dienste bringen können, die der Ghoul stoisch erledigte. Leider hatte Brünetta heute ihr Kleid zerrissen. Ghoule waren einfach ungeschickt, was der Preis für ihre beeindruckende Kraft sein mochte. So sah man die dunkle Haut des flachen Bauchs durch den zerfetzten weißen Stoff. Brünetta selbst schien es nicht zu bemerken, oder wenn sie es tat, störte es sie nicht. Auch jeder Sinn für Ästhetik ging Ghoulen ab. So stand sie als Monstrum zwischen den eingeschüchterten Kindern.

Lióla würde die Essenz der Kleinen über ihre Furcht ernten. Im Grunde war jedes Gefühl geeignet, aber Furcht war der sicherste und schnellste Weg. Zwar verbrauchte sie sich mit der Zeit, weil die Opfer abstumpften, aber das war heute unwichtig. Das Ritual würde in dieser Nacht abgeschlossen, und die Oberen hatten deutlich gemacht, dass es danach kein Problem mehr wäre, Guardaja zu nehmen.

Das Heer stand auf den Hängen versammelt. Jede Hundertschaft hatte ihr Feldzeichen, jede Tausendschaft ihr Banner. Manchmal übernahmen die Ondrier die Wappen der gefallenen Dynastien, aber immer glichen sie die Farben an. Alle Flaggen waren schwarz wie die Nacht, alle Symbole als graue Umrisse ausgeführt, wie etwa die Rose Ondriens oder die Katze, die für Lisanne stand. Lióla versuchte zu schätzen, wie viele Krieger auf den letzten Sturm warteten. Fünfzigtausend? Sechzig? Manche Banner erkannte sie nicht, von so weit her kamen sie.

Baron Gadior war nicht unter den fünf Schattenherren, die mit Lisanne auf der Balustrade des Palastes standen und über die Stadt im Tal auf die Festung Guardaja starrten. Also wirkte er nicht an dem Ritual mit. War er in Ungnade gefallen? Konnte das auch Lióla gefährden, die schließlich seine Dienerin war? Oder war es im Gegenteil ein Vertrauensbeweis Lisannes? Vielleicht führte er den Angriff, falls der Zauber sie selbst erschöpfte?

Furchtsam warf Lióla einen Blick zu der Schattenherzogin hinauf. Der Palast war zweihundert Schritt entfernt, nah genug, um die helle Haut der Osadroi zu erkennen und auch auszumachen, welche von ihnen Lisanne war. Die Elfenbeinkrone schimmerte im Sternenlicht, aber die drei Monde waren beinahe vollständig verdunkelt. Die Distanz war groß genug, damit Lióla keinen Drang verspürte, vor der Schattenherzogin auf die Knie zu fallen und die Stirn auf den Boden zu drücken, aber einen kurzen Hymnus der Verehrung murmelte sie dennoch.

Lióla versuchte in den Konstellationen der Himmelslichter zu lesen, warum Lisanne diese Stunde gewählt hatte. Lióla hätte eine weitere Nacht gewartet, dann wäre Stygrons rotes Licht schwächer gewesen. Aber das war nur die elementare Lehre der Magie. Das Studium der feineren Weisheiten, die in den stärkenden und schwächenden Einflüssen der Sterne lagen, hatte Lióla gerade erst begonnen. Irgendwo dort in der Dunkelheit des Himmels lag der Grund für Lisannes Entscheidung.

Aus einem fernen Teil Ondriens waren hingebungsvolle Gläubige hierhergepilgert. Etwa einhundert hatten es bis ans Ziel geschafft, ihre Füße waren nackt und blutig gelaufen. Sie standen auf der anderen Seite des Palasts. Als sie ihren Choral anstimmten, scholl ihr Gesang nicht nur zu Lisanne empor, sondern auch zu Lióla herüber.

Lisanne hob die weißen Arme. Lióla konnte nicht erkennen, was genau sie tat, aber das Ergebnis stellte sich sofort ein. Rauch stieg auf, und die Erde bebte. Unter Liólas Füßen war es nur ein Zittern, aber im Tal brachen die Mauern der Häuser. Donnernd stürzten Gebäude ein.

Hinter den Osadroi auf dem Balkon schien ein silbriges Leuchten durch die Palastfenster. Das musste die Essenz sein, die von den Kristallen freigesetzt wurde. Rasch verdunkelte sie sich, als die Unsterblichen sie zu sich riefen. Der Preis der Magie war immer Lebenskraft, entweder die eigene oder fremde.

Die Seelenspiegel stiegen aus den dunklen Winkeln auf, in denen sie sich vor dem Tageslicht verborgen hatten. Ihr lautes Kreischen war so unmenschlich, dass Lióla das Gefühl hatte, ihr würde das Mark aus den Knochen gesogen. Sie sammelten sich zu einem Schwarm um den Balkon, wodurch sie die Osadroi vor Liólas Blick verbargen.

Sie wandte sich den Kindern zu, die sie furchtsam anstarrten. Einige von ihnen schrien, als ein kräftiger Stoß die Erde erschütterte, andere weinten stumm. Beides war Lióla recht. Sie hätte Brünetta eines von ihnen zerreißen lassen oder sich der Folterwerkzeuge bedienen können, die sie zu diesem Zweck mitgebracht hatte. Aber Ersteres wäre Verschwendung gewesen, und die Folter war nicht um des Schmerzes selbst willen sinnvoll, sondern nur, um die Angst zu fördern. Im Moment erschien ihr das unnötig. Die Furcht der Kinder war auch so stark genug. Also schloss sie die Augen und konzentrierte sich auf die Tätigkeit, die ihrem Rang innerhalb des Kults seinen Namen gab. Sie rief die Dunkelheit.

Lióla wusste nicht, wie ein Osadro die Essenz wahrnahm. Für sterbliche Augen war sie ein silbrig glitzernder Schaum, für Liólas Sinne ein Prickeln in den Handflächen, wenn sie diese der Quelle zuwandte, aus der die Lebenskraft hervorkam. Es war vergleichbar mit einem Kamin, dessen Wärme man auf der nackten Haut spüren konnte. Wie bei einem Feuer konnte man sich auch an der Essenz verbrennen, das

Empfinden konnte so stark werden, dass es schmerzte. Heute wäre das Lióla gleich. Ihr einziger Wunsch war, den Schattenherren zu dienen. Vor allem Lisanne.

Sie intonierte die zauberischen Worte, mit denen sie die Essenz dazu brachte, sich aus den kleinen Körpern vor ihr zu lösen. Da Liólas Augen noch immer geschlossen waren, konnte sie das Glitzern nicht sehen, aber ihre anderen Sinne verrieten ihr, dass es da sein musste. Sie griff danach, zog daran, indem sie eine Verbindung zur Unnatur der Osadroi auf dem Balkon schuf, wie ein Baumeister, der einen Kanal grub. In einem Kanal floss das Wasser beständig abwärts, und die Lebenskraft zog hinauf zu den Osadroi. Unter anderen Umständen wäre die Distanz von zweihundert Schritt zu weit gewesen, aber Lisanne hatte ein magisches Gitter geschaffen, das noch über weit größere Entfernungen reichte. Lióla zweifelte nicht daran, dass die finstere Kraft schon jetzt an die Mauern Guardajas brandete. Kriegshörner riefen dort die Kämpfer auf die Zinnen. Sogar vor den Befestigungen waren Fackeln zu sehen, was nur bedeuten konnte, dass die Milirier einen größeren Ausfall unternahmen.

Lióla achtete darauf, dass der Strom der Essenz gleichmäßig blieb. Einige Kinder gaben sie sehr impulsiv ab, in heftigen Stößen, andere kontinuierlich. Manche reagierten deutlich auf die Führung der Dunkelruferin, andere kaum. Wenn sich ein Kind so stark erschöpfte, dass es zu sterben drohte, nahm Lióla es für eine Weile aus dem Zauber. Zwei Mädchen schickte sie sogar in eine Ohnmacht, damit sie sie später wecken konnte, als sie sich soweit erholt hatten, dass sie wieder von Nutzen waren. Da war ihr junger Verstand allerdings schon unwiderruflich geschädigt.

Als sie erkannte, dass sie der gesamten Gruppe Ruhe verschaffen musste, wenn nicht wenigstens die Hälfte ausfallen sollte, nahm sie den Ruf zurück, schloss die Verbindung zu den Osadroi und öffnete die Augen.

Hoffentlich hatten die Feldherren einen Weg geplant, der die Truppen einigermaßen schnell zur feindlichen Festung brachte. Das Tal war unter den fortgesetzten Beben zu einer Trümmerwüste geworden, die Straßen der Stadt nicht mehr zu erkennen. Der Rauch, der von keinem natürlichen Feuer geboren war, zog in dichten Schwaden durch die Luft, zuweilen auch entgegen der Richtung, in der der schwache Wind ihn hätte treiben müssen. Der Choral war verstummt, die Pilger hatten ihr letztes Opfer gebracht. Den Seelenspiegeln stand das noch bevor. Nur wenige waren so klug, ihr Ende kommen zu sehen, und versuchten, in die Nacht zu fliehen, doch die Macht der Schattenherren hielt sie gefangen. Sie konnten sich nicht weiter als fünfzig Schritt entfernen, dann stürzten sie zurück, als risse jemand an einer Schlinge um ihren Hals. Die Finsternis der Ersten teilte sich bereits in Dunkelheit, die in den Schatten der Nacht aufging, und glitzernde Essenz, die von den Osadroi aufgenommen wurde. Nur Limoras, der gefangene Fayé, stand unbewegt an seinem Pfahl. Mit ihm schienen sich die Dunkelrufer vergeblich abzumühen. Vielleicht war die Lebenskraft der Fayé zu fremd, um den Schattenherren, die schließlich selbst einmal Menschen gewesen waren, von Nutzen zu sein.

Lióla wandte sich wieder den Kindern zu. Durch die Verbindung zu den Osadroi spürte sie, dass sich das Ritual seiner Vollendung näherte. Sie hielt nichts mehr zurück, forderte alles von den Kindern und war sehr zufrieden mit der Essenz, die sie gaben. Es war eine Nacht voller dunkler Wunder.

Die Finsternis stieg aus der kalten Leere zwischen den Sternen herab.

SCHLACHT

Modranel hatte sichtlich Schwierigkeiten, den Blick zu lösen, aber es war keine Furcht, die ihn gebannt hielt. Es war Faszination. Im flackernden Schein der Feuerbälle, die die Katapulte gegen die Türme und Kastelle der Festungsanlage schleuderten, sah Helion den verträumten Zug um die blauen Augen in dem alten Gesicht.

Die von Ghoulen bewegten Wurfmaschinen waren überwiegend auf den Hängen in Stellung gebracht, nur wenige kamen durch das Tal. Dorthin hatte sich die Finsternis gesenkt, die aus der Nacht herabgekommen war. Wie eine Qualle sah sie aus. Eine Qualle, so groß wie eine Burg und so schwarz wie das Herz des Schattenkönigs. Nur bei dem Seelenspiegel hatte Helion bereits eine solche Finsternis gesehen, die nach allem Licht gierte. Wenn die Brandgeschosse gegen die Mauern krachten, zerplatzten sie und gossen ihr flüssiges Feuer über den Stein. Oft spritzte die Glut weit genug, dass sie die Finsternis erreichte, manchmal war ein Schuss auch so schlecht gezielt, dass er den schwarzen Giganten direkt traf. Sobald das Feuer die Finsternis berührte, verschwand es spurlos.

»Wenn Ihr Herr über Eure Bewunderung werden könntet, wären wir alle Euch sehr verbunden!«, rief Helion. Sie waren erst fünfhundert Schritt von dem Schlupf entfernt, durch den sie die Festung verlassen hatten. Es war der gleiche, durch den auch Pepp hatte fliehen wollen. Estrog hatte sie zunächst vom

Kampfgeschehen fortgeführt, den Hang hinauf. Deswegen sahen sie genau, wie sich die Tausendschaften der Menschen in denen der Ondrier verbissen. Noch zählte die überlegene Zahl der Angreifer wenig, das Gelände war zu eng. Aber das würde sich schnell ändern. Sicher hatten die Schattenherren nicht mit einem Ausfall gerechnet, er würde ihre Taktik zerstören und sie kurzzeitig zurückwerfen, sicher würden sie auch viel schweres Gerät verlieren. Aber die Menschen würden in der Feldschlacht aufgerieben. Eine Stunde, vielleicht zwei, dann wäre Guardaja bis auf die klägliche Restmannschaft entblößt. Noch vor dem Morgengrauen würden sich die Schatten auf den Pass senken. Es sei denn, sie konnten Lisanne töten. *Kann der Tod selbst sterben?*

»Ihr wisst nicht, welches Opfer Ihr verlangt, Paladin«, seufzte Modranel. »Nach mehr als einem halben Jahrhundert fällt es einem leicht, eine so hässliche und langweilige Welt loszulassen. Aber so etwas wie dies haben nur wenige jemals gesehen.«

»Und die meisten, die es sehen, können nicht mehr davon berichten«, murrte Estrog. Nicht nur die glockenartige Form des Torsos entsprach der einer Qualle. Die unheilige Wesenheit hatte auch Tentakel, dünne Fangarme, Fäden der Finsternis, viele Hundert Schritt lang, mit denen sie den Hang hinauf peitschte. Wenn ein Krieger davon erfasst wurde, ging er in gespenstischer Stille zu Boden.

»Wohl wahr«, sinnierte Modranel. »Dies ist ein Geheimnis, das zu erforschen einen hohen Preis kostet.«

»Den höchsten, will mir scheinen«, meinte Helion.

Forschend sah Modranel ihn an. »Dafür, dass Ihr das Leben so hoch schätzt, geht Ihr sehr unvorsichtig damit um.«

»Wir haben einen Auftrag zu erfüllen. Ich suche den Sieg, nicht den Tod. Und den Sieg werden wir dort finden, wo unser Feind ist.« Er zeigte auf den Palast auf der anderen Seite des Tals. Die glitzernde Essenz leuchtete unübersehbar hell durch seine Fenster, nur verdunkelt von einzelnen finsteren Wesenheiten, die ab und an davor durch die Luft flogen. Seelenspiegel vielleicht.

Modranel war noch nicht bereit, sich von dem Anblick zu trennen. »Das dort ist kein Dämon, wisst Ihr? Man könnte es leicht dafür halten. Aber die Osadroi beschwören Bewohner des Nebellands nicht so häufig, wie die Fayé es tun. Sie haben weniger Verbindung zu Geistern. Das dort ist die Schattenherzogin selbst.«

»Lisanne?«, rief Helion überrascht.

»Ein Teil von ihr. Ein Albtraum ihrer Seele, wenn Ihr so wollt. Sie hat diese Erscheinung aus sich selbst geschaffen. Ich kann den Strom der magischen Kraft sehen, mit dem sie sie beständig nährt.«

»Könnt Ihr Euren Zauber dann nicht gegen dieses Ziel richten? Es sollte sich kaum verfehlen lassen!«

Modranel lachte so leise, dass es über den Lärm der Schlacht nicht zu hören war. Nur seine Brust sah man zittern. »Ihr wisst nichts, Paladin. Gar nichts. Ich sagte doch, ich muss ihr in die Augen sehen. Aber Ihr solltet dennoch begreifen können, was für eine wundervolle Waffe dies ist! Die Trottel, die glauben, außerhalb der Mauern irgendetwas ausrichten zu können, könnte man auch anders ins Nebelland schicken.«

»Jene, die Ihr Trottel nennt, sterben, damit wir unser Ziel erreichen!«

»Mag sein«, wischte er den Einwand beiseite. »Aber seht einmal genau hin, was die Fäden mit den Befestigungen machen.«

Viele der finsteren Ausläufer tasteten über die Steinblöcke. »Einige von ihnen dringen durch!«

Jetzt lachte Modranel so laut, dass es auch zu hören war. »Für Euren Verstand besteht doch noch Hoffnung! Diese Waffe verbindet große Kraft mit außergewöhnlicher Beweglichkeit. Die Fäden sind so dünn, dass sie durch enge Stellen schlüpfen können, an denen die Baumeister mit Silber und die

Priester mit Segen gespart haben. Ich bin mir gewiss, dass sie im Innern Verheerungen anrichten werden, mit denen niemand gerechnet hat. Als hätte unser Freund hier«, beiläufig klopfte er auf Estrogs Arm, während er an ihm vorbeiging, »die Beweglichkeit eines Wiesels. Kommt Ihr jetzt endlich, oder wollt Ihr doch lieber heimlaufen zu Eurer Mutter? Oh, ich vergaß, die ist ja verstorben, nicht wahr?«

Helion hoffte, dass dem alten Baron Gonnar etwas einfiele, was er der Finsternis entgegensetzen konnte. Er wandte sich ab. Er musste sich seiner eigenen Aufgabe widmen.

Deria sah ihn fest an. Sie trug ein leichtes Schwert an der Hüfte und einen Bogen in der Hand.

»Du kannst noch gehen«, bot Helion an. »Estrog muss uns führen, Ajina und Modranel brauchen wir für den Angriff auf Lisanne, ich muss sie schützen. Es ist nicht dein Kampf.«

»Oh doch«, sagte sie. »Vielleicht mehr als der Eure. Ihr habt Eure Eltern und Euren Schwertvater an die Schatten verloren. Das ist hart. Aber ich bin nicht aus Rache hier und nicht, um die Welt lichter zu machen. Ich bin hier, um für meine Tochter zu kämpfen.«

»Lasst gut sein«, sagte Estrog. »Wenn sie nicht mit uns kommt, wird sie versuchen, allein einen Weg zu finden. Das wäre noch gefährlicher.«

»Ich werde Euren Marsch nicht verlangsamen«, versprach Deria. »Ich war immer einer gute Jägerin. Auf Wildpfaden komme ich zurecht.«

Helion nickte. *Einen Versuch war es wert.*

»Wir müssen noch dreihundert Schritt weiter«, erklärte Estrog. »Der Pfad wird hinter dem Turm eng und links geht es steil abwärts, also gebt acht, wohin Ihr Eure Füße setzt. Danach machen wir uns an den Abstieg. Wir müssen sehen, wie wir an den Truppen vorbeikommen.« Er schulterte seine Axt.

»Einen Moment noch.« Helion küsste Ajina. »Wir sollten sie jetzt verteilen.«

Ajina nahm den Beutel von der Schulter und setzte ihn vorsichtig ab. Ein Dutzend Tongefäße waren darin, so groß wie Äpfel, umwunden mit Schnüren, um sie besser werfen zu können.

»Die haben mir beim Kampf gegen Baron Ranomoff in Akene gute Dienste geleistet«, beantwortete Helion Estrogs fragenden Blick. »Sie verteilen Silberstaub, wenn sie zerbrechen.« Kurz erläuterte er, wie die Waffe zu handhaben war und welche Wirkung sie auf die Osadroi haben würde.

Dann machten sie sich auf den Weg, vorbei an einem runden, einzeln stehenden Turm, der nur durch eine Handvoll Krieger bemannt war. Einige von ihnen sammelten Steine vom Hang ein, die sie von den Zinnen auf die Ondrier werfen wollten, die sich aus dem Tal heraufarbeiteten.

Von dem Pfad aus hatten sie einen ungehinderten Blick auf die tobende Schlacht. Der Berg warf die Kampfgeräusche zurück. Das Donnern der Katapulte, das Brechen von Schilden und Rüstungen, das Klirren der Schwerter, die Hörner und Posaunen, die die Truppen leiteten, Schreie des Mutes, des Triumphs, der Verzweiflung, des Schmerzes und des Todes. Letztere waren immer herauszuhören, unverwechselbar. Der Schrei, mit dem ein Mensch ins Nebelland gerissen wurde, unterschied sich von allem anderen, als läge darin die Einmaligkeit des Lebens, das ihn bis auf die Klinge seines Feindes geführt hatte. Das stumme Sterben jener, die von den Tentakeln der Finsternis erfasst wurden – ein Schicksal, das auch nicht wenige Ondrier ereilte –, war umso schrecklicher, als es diesen letzten Abschied von der Welt verwehrte.

Besonders heftig wurde um ein Katapult gerungen, das keine Brandladungen verschoss, sondern Trümmer der Ruinen, zu denen die Häuser Delguardajas nach den Beben zu Beginn der Nacht geworden waren. Der Turm, der den Pfad bewachte, wies bereits deutliche Risse auf und würde keinem Volltreffer mehr standhalten. Deswegen konnten die Milirier die Wurfmaschine nicht länger dulden. Die Ondrier wollten jedoch so kurz vor dem Durchbruch nicht weichen, zumal sich hinter ihnen die Finsternis weiter ausdehnte und ihnen so den Rückweg versperrte. Einige von ihnen bildeten mit Schild und Speer eine lebende Sperre gegen die Milirier, während andere den Wurfarm spannten und beluden.

Der milirische Offizier zeigte den Mut, den man seinem Volk zuschrieb. Er stellte sich an die Spitze der Truppe und stürmte seinen Kriegern voran gegen den Feind. Soweit Helion sehen konnte, fand er den Tod, riss jedoch eine Lücke in die Formation, die groß genug war, damit die Nachfolgenden durchbrechen konnten. Das Katapult wankte. Bevor es gänzlich umkippte, zerschlug ein Ondrier das Spannseil. Der Wurfarm krachte gegen den Querbalken und schleuderte die Ladung aus Trümmern in die Luft.

Sie flog jedoch nicht auf den Turm zu, sondern auf den Pfad, auf dem die Gefährten vorsichtig einen Fuß vor den anderen setzten. »Achtung!«, schrie Helion und duckte sich unter den Schild, dann donnerten die Brocken schon über ihnen an den Steilhang. Eine Lawine aus Geröll löste sich und prasselte herab. Ajina schrie und rutschte aus. Gerade noch konnte Deria ihren Arm fassen und so verhindern, dass die Adepta fünfzig Schritt in die Tiefe fiel.

Deria sah in Helions Augen, als sie seine Geliebte mit ruhiger Hand zurück auf den Pfad zog. Er nickte ihr dankbar zu. Schweigend setzten sie ihren Weg fort.

Die Offiziere versuchten, zumindest die Kampfgruppen von zehn Kriegern zusammenzuhalten. Daher wichen die meisten von ihnen dem beengten und unübersichtlichen Trümmerfeld aus, das einmal die Stadt Delguardaja gewesen war. Als die Gefährten erst einmal den ehemaligen Stadtrand hinter dem Schleier dichten Rauchs überwunden hatten, gelang es ihnen, unbemerkt durch die Ruinen zu schleichen. Helions Achtung vor Deria wuchs beständig. Sie hielt nicht nur Schritt, sondern besaß sogar genug Ausdauer, um gemeinsam mit Estrog die nähere Umgebung zu erkunden und so vereinzelte Truppen zu entdecken, bevor sie ihnen in die Klingen liefen. Sie wäre eine hervorragende Späherin gewesen, auch wenn sie abgesehen von den wenigen Fechtstunden, die Helion ihr erteilt hatte, nie gekämpft hatte.

Am Nordhang des Tals arbeiteten sie sich den Hang hinauf. Sie wagten nicht, die Straße zu benutzen, die zu den Villen führte, denn dort hätte man sie zu leicht entdecken können, also kletterten sie zwischen Gestrüpp und Bäumen aufwärts. Man merkte Modranel und Ajina an, dass auch sie viel Zeit in der Wildnis verbracht hatten. So war es Helion, der sich am schwersten tat. Vollrüstungen stützten ihr eigenes Gewicht, solange man aufrecht stand, aber für das Klettern an einem Hang, halb liegend, halb kniend, waren sie nicht konstruiert.

»Mir scheint, Euer Atem geht ein wenig schnell«, raunte Estrog dann auch, als sie sich hinter einer Hecke sammelten.

»Ach was! Ich pfeife ein Lied aus meiner Heimat!«, gab Helion munter zurück.

Durch die Zweige beobachteten sie den Palast. In der aus Marmor gefügten Front prangte nach Westen hin ein riesiges Fenster, durch dessen Scheiben das Glitzern der Essenz drang. Nur am Rand war noch farbiges Glas zu sehen, ansonsten war es schmucklos ausgebessert worden. Im Süden war ein Balkon über dem Tal angebracht. Auf diesem standen einige Gestalten, um die Seelenspiegel herumflogen.

»Sind das Osadroi?«, flüsterte Ajina.

Helion hielt seinen Schild ins Sternenlicht. Der Baum darauf funkelte dunkelrot wie alter Wein. Das war Antwort genug.

Der Haupteingang lag an der Nordfront, wo auch eine Handvoll Gardisten Wache stand. Sie waren mit Kettenhemden gepanzert und mit Hellebarden bewaffnet, zusätzlich trugen sie Schwerter. An der Ausrüstung jener, die die Unsterblichen schützten, wurde nicht gespart.

»Sie scheinen ihre Gier nicht bezähmen zu können«, flüsterte Estrog. Es war seltsam, den Barbaren so leise sprechen zu hören.

Helion folgte seinem Blick, und Deria unterdrückte einen Schrei. Ein Krieger, der wegen der Verkrüppelung seiner rechten Hand in der Schlacht nur noch von geringem Wert gewesen wäre, trieb zwei Knaben vor sich her. Zartfühlend ging er nicht zu Werke. Mit der Linken schlug er eines der Kinder auf den Kopf, als sein humpelnder Gang ihm nicht schnell genug war.

»Runter!« Helion zog Deria in Deckung. Sie hatten sich die Haut mit Ruß geschwärzt, aber dennoch konnte der zufällige Blick einer Wache ihre Entdeckung bedeuten.

»Vielleicht kann man mit ihnen noch etwas anfangen!«, hörten sie den Krieger rufen. Das Murmeln der Gardisten ließ sich nicht verstehen. Deria weinte leise.

»Es sind zwei Jungen. Deine Tochter ist nicht dabei«, flüsterte Helion.

»Auch diese Kinder haben Mütter«, gab sie zurück.

Estrog zeigte sich unbeeindruckt. »Jedenfalls sind sie abgelenkt. Das mag die beste Gelegenheit sein, die wir bekommen.«

Rasch verließen sie ihre Deckung und liefen zur Westwand, wo sie unterhalb des großen Fensters, verborgen hinter einem Gebüsch, das im Sommer bunte Blüten tragen mochte, eine Tür fanden, die so unscheinbar war, dass sie nur für Dienstboten bestimmt sein konnte. »Da lobe ich mir, dass die Ondrier die Schatten so verehren, dass sie Fackeln nur sparsam einsetzen«, flüsterte Helion. Wäre die Umgebung des Palastes ausgeleuchtet gewesen, hätten sie unmöglich kampflos so weit vordringen können.

Die Tür war verschlossen. »Es ist nicht zufällig jemand unter uns, der sich auf das Öffnen von Schlössern versteht?«, fragte Helion.

»Ich kann Eisen zum Schmelzen bringen«, sagte Modranel. »Aber die Osadroi würden das Fließen meiner Magie bemerken.«

»Wer achtet bei dem Schlachtenlärm um uns herum schon auf brechendes Holz?«, fragte Estrog und trat die Tür ein. Er musste sich bücken, um durch die Öffnung zu passen.

Helion zog sein Mondsilberschwert. Er bildete den Abschluss der Gruppe, unmittelbar hinter Modranel.

»Ich ertaste Säcke und Regale«, meldete Deria, als sie sich in einem vollkommen dunklen Raum wiederfanden. »Das scheint eine Vorratskammer zu sein.«

»Weiter!«, zischte Helion.

Er hatte gehofft, dass sie noch etwas näher an Lisanne herangekommen wären, bevor sie von Gardisten gestellt wurden. Aber die Wache vor dem Haupteingang war nur ein kleines Kontingent. Offensichtlich war das Haus dermaßen überfüllt mit Bewaffneten, dass sie in den Fluren und Hallen lagern mussten. Jedenfalls, wenn man nach dem Gang urteilte, in den die Tür der Vorratskammer führte. Das Licht der bronzenen Schalen, die von der Decke hingen, fiel auf ein Dutzend dunkel gewandeter Krieger. Die meisten von ihnen saßen auf dem Boden, an die Wände gelehnt, spielten Würfel oder zogen Schleifsteine über Klingen.

Estrog bewies seine Kampferfahrung, indem er ihre Überraschung ausnutzte. Brüllend schlug er seine Doppelblattaxt in die Brust des Ersten, der für ihn erreichbar war. Das Kettenhemd hielt, was aber nichts nützte, weil die Rippen zwischen der schweren Waffe und der Wand zermalmt wurden. Ein Schwall Blut schoss aus dem Mund des Mannes. Bevor er auf den Marmorboden klatschte, trat Estrog schon nach dem nächsten.

Rüde stieß Helion Modranel beiseite, um dem Barbaren beizustehen. Er erreichte ihn gerade rechtzeitig, um mit seinem Schild den Hieb eines Kurzschwerts vor seinem Rücken abzufangen. »Ihr bietet einfach zu viel Angriffsfläche!«, beschwerte er sich und stach zu. Die rote Mondsilberklinge zwang die Ringe des Kettenhemds weit genug auseinander, um fünf Zoll tief einzudringen. Röchelnd ließ der Gegner seine Waffe fallen.

»Ich leide eben nicht unter Zwergenwuchs!«, gab Estrog zurück und spaltete Helm, Schädel und Brust eines Gardisten.

Ein Unteroffizier schrie seine Männer in Formation. Derjenige, den Helion in den Bauch getroffen hatte, blieb zurück. Er erlöste ihn mit einem Stich in den Hals.

Einer der Gardisten warf einen Dolch. Er flog zu hoch, um selbst Estrog zu treffen, aber er fand ein anderes Ziel, die Öllampe, die daraufhin ihr Feuer auf die Gefährten regnen ließ. Helions Eisenpanzer schützte ihn, aber Deria schrie auf und schlug nach den Flammen in ihrem Haar.

Estrog stürmte vor. Der Anblick des Riesen mit seiner blutigen Axt in den Pranken, Hirn und Knochensplitter im wilden Bart, hätte andere Gegner davonrennen lassen. Die Gardisten jedoch stemmten sich ihm mit geschlossener Schildwand entgegen.

Helion sah nicht, ob Estrog beim Aufprall verletzt wurde. Vermutlich schon, Spieße und Schwerter wurden von geübten Fäusten gehalten. Dennoch brach er die Formation auf, eine Gelegenheit, die sich Helion nicht entgehen ließ.

Er stieß sein Schwert seitlich an einem Schild vorbei tief in den Oberschenkel eines Gardisten, wo das Kettenhemd nicht mehr schützte. Er traf einen Muskel. Der Mann brach zusammen.

Ein Kamerad trat auf den Schild des Gefallenen, um seinerseits einen Hieb gegen Helion zu führen.

Der Paladin dankte der Mondmutter für ihren Schutz. Die Rüstung hielt, das Schwert glitt kreischend über das Metall. Mit einem Schildhieb öffnete er die Deckung des Gegners, um ihm mit dem Rückschwung die Oberkante gegen das Gesicht zu schmettern. Zähne splitterten.

Für die Garde wurden nur die Besten erwählt. Sein Gegner bewies das. Obwohl er aus dem Mund blutete, als habe man ihm die Lippen abgeschnitten, nahm er wieder Kampfhaltung ein, parierte Helions Schwert mit seinem Schild und drang sogar seinerseits erneut vor.

Doch auch wenn sein den Schattenherren ergebener Geist den Schmerz ignorieren konnte, sein Körper konnte es nicht. Die Tränen trübten den Blick, er sah Helions von unten geführten Schlag nicht kommen. Die Mondsilberklinge drang in seinen Unterleib, wo sie eine schreckliche Wunde riss.

Estrog wütete unter den Gardisten wie ein tollwütiger Bär. Zwei Leichen lagen neben ihm, seine Axt trennte einen Arm oberhalb des Ellbogens ab und für den Stich, der seinen Schenkel traf, hatte er nur ein röhrendes Lachen übrig. Helion musste aufpassen, dass die herandrängenden Gardisten sie nicht trennten, womit sie verhindert hätten, dass der Paladin und der Barbar sich weiterhin gegenseitig schützten.

Es wurden immer mehr Gegner. Trotzdem kämpften sich Estrog und er vor. Bald waren sie aus dem engen Gang heraus im offenen Saal, in den auch die Treppe führte, von der weitere Gardisten herabkamen. Hier wagte Deria, ihren Bogen einzusetzen. Der erste Pfeil verzitterte in einem Schild.

Wir brauchen den ganzen Segen der Mondmutter, um gegen diese Übermacht zu bestehen, erkannte Helion. Nur leider waren die Götter der Menschen dem Krieg nicht hold. Ajinas Gebete konnten die Saat sprießen und Wunden heilen lassen. In einem Kampf waren sie nutzlos. Modranel hätte ihnen zweifellos helfen können, doch er brauchte seine Kraft für Lisanne.

Die Offiziere brüllten Befehle, die Helion nicht verstand. Die Gardisten hielten ein, zogen sich einige Schritte zurück, um aus der Reichweite von Axt und Mondsilberschwert zu kommen. Verwirrt wandte Helion den Kopf, um sich durch die Schlitze seines Visiers Überblick zu verschaffen.

»Aber was soll denn das?«, hauchte eine tadelnde Stimme. Eigentlich war sie zu leise, um so deutlich vernommen zu werden.

Auf der Treppe stand ein Osadro. Er trug eine nachtschwarze Rüstung, aber keinen Helm, sodass sein blondes, beinahe weißes Haar offen um sein knabenhaftes Gesicht auf die Brust fiel. Er machte sich nicht die Mühe, das Schwert an seiner Seite zu ziehen. Stattdessen legte er lässig eine Hand auf den Knauf, als er die Stufen herabschritt. Die Gardisten machten ihm respektvoll Platz.

»Schattenbaron Gadior!«, rief Modranel.

»Ah, ein alter Bekannter«, entgegnete der Osadro geringschätzig. »Wie ist es dir ergangen in den letzten ... wie lange ist es her?«

»Fünfzehn Jahre, seit Ihr meine Tochter nahmt.«

Er erreichte den Fuß der Treppe. »Aber, aber. Wer wird denn nur den Preis eines Handels nennen, ohne seinen Wert zu erkennen? Wie man hört, hast du unter deinesgleichen so einiges erreicht mit dem Wissen, das ich dir anvertraute.«

Estrog fehlte die Geduld für geziertes Geschwafel. Mit einem tiefen Grollen, das seine ganze Verachtung zum Ausdruck brachte, führte er die Axt in weitem Bogen. Sie traf den Schattenherrn, der auf dem Weg zu Modranel alle Vorsicht außer Acht gelassen hatte, in die Brust. Seine Rüstung barst mit einem Knall. Die bleiche Gestalt wurde in hohem Bogen davongeschleudert, krachte gegen die Wand und fiel auf den Marmor.

Niemand rührte sich. Der Schrecken auf den Gesichtern der Gardisten war unübersehbar.

»Na, wo ist die Macht der Schatten jetzt?«, brüllte Estrog. Triumphierend trat er einen Schritt vor. »Die Selbstüberschätzung ist die größte Schwäche der ...«

Die Lichter flackerten wie in einem Windstoß.

Helion griff nach dem Tongefäß mit dem Silberstaub.

Der Saal wurde heller und dunkler, als folge er dem Rhythmus von Atemzügen. Die Gardisten neigten die Häupter, aber nicht Trauer veranlasste sie dazu, erkannte Helion, sondern Andacht.

Baron Gadiors Lachen drang leise bis zu ihnen. »Das hat wehgetan«, hauchte seine Stimme. »Aber ich mag dich, Barbar.«

In der Stille des Raumes hörte Helion, wie sich Gadiors Rüstung bewegte. Erst als der Schattenherr die Treppenstufen hinaufstieg, war er wieder hinter seinen Gardisten zu erkennen. Ein gewaltiger Riss klaffte in seiner Rüstung. Er drehte sich nicht zu ihnen um, setzte seine Schritte in gleichbleibendem Tempo. »Schluss mit den Kindereien. Gebt ihnen einen raschen Tod«, sagte er über die Schulter.

Helion schleuderte sein Wurfgeschoss. Es zerbarst auf dem Marmor und setzte eine silberglänzende Wolke frei. Leider etwas zu weit vom Ziel entfernt, um die lähmende Wirkung zu entfalten. Der Osadro hob die Hände abwehrend vor das Gesicht und wich zurück.

Helion wollte vordringen, aber Ajina hielt ihn fest. »Es sind zu viele!«, rief sie.

Wütend riss er sich los. Er würde nicht aufgeben. Niemals!

Die Gardisten schlossen ihre Reihen. Es waren wenigstens drei Dutzend. Zuvorderst standen die Hellebardiere.

Helion hatte gelernt, wie man gegen Stangenwaffen bestand. Für einen Reiter war ein Lanzenwall unüberwindlich, aber wenn man zu Fuß kämpfte, war man mit Schild und Schwert im Vorteil. Er schmetterte einen auf seine Brust gezielten Stoß zur Seite und machte zwei schnelle Schritte vor. Damit war er zu nah an seinem Gegner, als dass dieser seine Waffe effektiv hätte handhaben können. Zudem brauchte er zwei Hände für die Hellebarde. Helion sorgte dafür, dass er von nun an nur noch eine Hand hatte. Das Blut spritzte aus dem Stumpf.

Helion wirbelte herum und ließ den Schild gegen die Wehr des nächsten Gardisten prallen. Beide Männer gerieten ins Taumeln. Er spürte, wie Hiebe seine Rüstung trafen, aber der Schutz der Mondmutter hielt auch dann noch, als ihn ein Wuchtschlag vor Derias Füße schleuderte.

Die Frau hatte den Bogen gegen ihr leichtes Schwert getauscht. Jetzt half sie ihm auf die Beine. »Wollt Ihr noch immer den Sieg«, rief sie, »oder sucht Ihr jetzt doch den Tod, Paladin?«

»Ich kann Euch helfen, dieses Geschmeiß zu zertreten«, raunte Modranel neben seinem Ohr, durch den Helm gerade noch zu verstehen, »doch dann werde ich kein Gegner mehr für Lisanne sein.«

Helion suchte Baron Gadior, aber der Osadro war nicht mehr zu sehen. Holte er weitere Verstärkung? Noch einen Unsterblichen? Die Schattenherzogin selbst? Wenn Lisanne käme, könnte Modranel dann seinen Zauber auf sie werfen? Trotz der Gardisten, die nicht weniger wurden?

»Wir müssen uns zurückziehen!«, rief Deria.

»Sie hat recht!«, brüllte Estrog. »So, wie wir gekommen sind!«

Helion begann die Litanei der Sammlung, um seine Gefühle zurückzudrängen, aber die Zeit reichte nicht dafür. Ein Wurfspieß donnerte gegen seine Schulter und sprengte einen Teil des Schutzes ab.

Wenn er Lisanne besiegen wollte, musste er zuerst seinen Stolz überwinden. Er zwang sich, den Schild zu heben und einen Schritt rückwärts zu machen. Deria, Ajina und Modranel verstanden das Signal und liefen los.

»Estrog!«, rief Helion.

Mit weiten Axtschlägen verschaffte sich der Barbar Raum, sodass er sich von den Gegnern lösen konnte. Helion sah, dass er aus vielen Wunden blutete, sogar am Kopf, auch wenn das seine Kraft nicht zu mindern schien.

Einer der Gardisten schleuderte einen Speer. Helion warf sich nach links und riss den Schild hoch. Der Speer schrammte mit solcher Wucht am Eisen entlang, dass Helion gegen die Wand geworfen wurde. Ein Holzschild wäre durchschlagen worden.

Auch so richtete die Waffe Schaden an. Ajina schrie ihren Schmerz heraus. Helion sah, wie sich die Toga über ihrem linken Arm rot färbte, noch während der Speer in der Wand verzitterte. Ajinas Gesicht war bleich wie der Putz.

»Raus hier!«, schrie Helion.

Estrog prallte gegen ihn. Die Gardisten drängten gnadenlos nach. Unwillig grunzte der Barbar, als ein Schwert gegen seine Rückenpanzerung donnerte. Sie hatten viel mehr Verfolger, als der Gang fassen konnte, und nach den Rufen zu urteilen drängten weitere nach.

In der Vorratskammer war es stockdunkel, aber die Außentür war als graues Rechteck zu erkennen, in dem sich Derias Schattenriss abzeichnete. Modranel musste schon draußen sein, Ajina folgte. Als Helion schon beinahe im Freien war, rief Estrog: »Lebt wohl und bringt zu Ende, was wir gemeinsam begonnen haben!«

Helion wirbelte herum. »Beeilt Euch!«

»Nein. Unser gemeinsamer Weg endet hier. In dieser Kammer kann ich sie aufhalten. Flieht!«

Widerwillig erkannte Helion, dass dies die einzige Möglichkeit war. Er stürzte hinaus und schlug die Tür zu.

Sie waren schon hundert Schritt entfernt, als Helion den Todesschrei des stärksten Mannes hörte, den er jemals gekannt hatte.

»Seine Lebenskraft war wohl schmackhafter als die meinige.« Trotz seiner Lage, gefesselt an einen Pfahl, verlassen am Rande eines Schlachtfeldes, troff die Stimme des Fayé vor herablassendem Zynismus. Die Geräusche der Schlacht drangen zu ihnen herauf, die Finsternis lag massiv und schwer im Tal und der Palast, in dem sich die Osadroi aufhielten, war nur zweihundert Schritt entfernt, aber das fremdartige Wesen strafte die Umstände, die einen anderen in den Wahnsinn getrieben hätten, mit Missachtung. Einzig der mit einer schwarzen Robe zu seinen Füßen liegende Tote schien ihm ein Minimum an Interesse abnötigen zu können.

Helion atmete heftig vom schnellen Lauf. Ajina hielt sich ihren linken Arm. Immerhin waren keine Verfolger zu sehen. Offenbar waren die Gardisten nicht bereit, den Palast seines Schutzes zu berauben, um ein paar erfolglosen Eindringlingen nachzustellen. In der Tat konnte ein Offizier leicht auf den Gedanken verfallen, dass Helions Stoßtrupp nur ein Ablenkungsmanöver gewesen war, ausgestattet mit jemandem, der Modranel zum Verwechseln ähnlich sah. Wenn der eigentliche Angriff noch bevorgestanden hätte, wäre es ein törichter Fehler gewesen, die Schattenherzogin von ihrem Schutz zu entblößen.

Was aber nicht bedeutete, dass nicht doch eine Handvoll Bewaffneter hinter ihnen hergeschickt würde. Spätestens, wenn dieser Schattenbaron Gadior insistierte, dass er sich in Modranel nicht getäuscht hatte. Sie durften sich nicht ausruhen.

»Vermutlich wollt Ihr, dass wir Euch losbinden?«, fragte er den Fayé.

»Wenn es Euch nichts ausmacht, wäre ich Euch verbunden.«

»In Eskad wäre man nicht froh, jemanden von Eurem Volk frei zu wissen.«

»Glaubt mir, im Nachtschattenwald war man auch zufrieden, den aufsässigen Limoras los zu sein.«

»Ist das Euer Name?«

»Wenn es Euch gefällt.«

Deria war vorausgegangen, um den Weg zu erkunden. Jetzt schrie sie auf. Aber sie rannte nicht vor etwas davon, sondern weiter.

»Sagt man nicht, der Feind eines Feindes sei ein Freund?« Helion zerschlug die Fessel zwischen den sechsfingrigen Händen. Es waren seltsame Zeiten, in denen eskadische Barone die Schatten stärkten und ilyjische Mondschwerter den Fayé halfen.

Helion eilte Ajina und Modranel nach, die bereits nach Deria suchten. Sie fanden sie in einer Senke. Der Anblick war grauenhaft. Die Mutter ging zitternd, als müsse sie sich bei jedem Schritt neu überwinden, durch die Leichen von hundert Kindern. Keines war älter als zehn Jahre gewesen, die meisten etwa fünf. Ihre Kleidung war größtenteils zerrissen, viele hatten aus den Augen geblutet. Jetzt war der Lebenssaft getrocknet und auf den Wangen geronnen.

Helion wusste nicht, wie lange Limoras an dem Pfahl gestanden hatte, aber die Geschmeidigkeit seiner Glieder schien die Zeit nicht beeinträchtigt zu haben. Mit federndem Schritt trat er neben ihn. »Die hier hat nicht der Tentakel dieses finsteren Unwesens erwischt, aber der Priester ist schneller gestorben als die Kleinen. Er sah zwar nicht glücklich aus dabei, aber wenigstens hat er nicht so enervierend gejammert.«

Helion packte ihn an der Kehle. »Passt auf, was Ihr sagt! Sonst mag mich meine Milde reuen und ich besinne mich doch noch darauf, dass Euer Volk kein Freund der Menschen ist!«

Der Fayé röchelte.

»Was ist hier geschehen?« Helion lockerte den Griff so weit, dass er sprechen konnte.

Limoras hustete. »Wer weiß das schon so genau? Soweit ich es beurteilen kann, haben sie Essenz geerntet, um ihren Zauber zu stärken.« Er zeigte auf den Balkon des Palastes, der von hier aus gut zu sehen war. Noch immer standen die unbewegten, aufrechten Gestalten darauf, umflattert von vereinzelten Seelenspiegeln. Eine von ihnen war vermutlich Lisanne. Zu weit entfernt, um ihre Augen zu sehen. Außer Reichweite für Modranels Zauber. Die Osadroi standen so ruhig, dass sie das Eindringen von Helions Trupp und den Tod eines Dutzends ihrer Gardisten wahrscheinlich noch nicht einmal zur Kenntnis genommen hatten.

»Es ist ihnen völlig gleich, wenn jemand für sie stirbt«, murmelte Helion.

»Das stimmt nicht«, widersprach Modranel. Ajina war bei Deria, aber der Magier scheute wohl so sehr vor der nach ihrem Kind suchenden Mutter zurück, dass er sogar die Gesellschaft des Mondschwerts vorzog. »Sie genießen es. Die Hingabe im Augenblick des Todes setzt die Essenz frei. Ebenso, wie Furcht oder Hass es tun würden. Es ist nicht so ergiebig wie in einem Ritual, dafür ein kurzer, heftiger Stoß. Ich kenne Schattenherren, die zu ihren Ehren Gladiatoren mit scharfen Schwertern gegeneinander antreten lassen. Der Verlierer stirbt für den Osadro, der Sieger dankt ihm inbrünstig für sein Leben.«

»Dann haben wir sie sogar noch gestärkt?« Matt gab Helion Limoras' Hals frei.

Modranel lachte auf. »Habt Ihr vergessen, was hier gerade geschieht?« Er machte eine einladende Geste zum Tal hin, wo die Schlacht tobte. »Das ist, als würdet Ihr einen Span in einen Feuersturm werfen.«

Helion kniete nieder und drückte den Rubin seines Schwertes gegen seine Stirn. »Mondmutter, gib mir Kraft!« War denn alles vergeblich? Von überall her klangen die Schreie der Sterbenden. Wenn die Schattenherren all diese Kraft aufnehmen konnten, gingen sie vermutlich stärker aus dieser Schlacht hervor, als sie hineingegangen waren, trotz des mächtigen Rituals, das sie gewoben hatten. Donnernd stürzte ein Turm der Befestigungsanlage ein.

Helion sah zu den beiden Frauen hinüber. Ihre Stille berührte ihn mehr als der Lärm der Schlacht. Ajinas Arme lagen um Derias Schultern, die stumm ein totes Mädchen auf den Knien wiegte. Helion spürte die Tränen auf seinen eigenen Wangen und fragte sich, ob auch dieser Schmerz die Schatten nährte. Immerhin rief das Grauen, das in ihrem Namen begangen worden war, seine Gefühle hervor. Das ließ Wut in ihm aufsteigen, und bei dieser war er ganz sicher, dass sie den Osadroi half, denn sie war direkt gegen sie gerichtet. Er begriff, wie schwierig der Kampf gegen die Finsternis und was für ein schlechter Schüler er seinem Meister gewesen war. Er hätte sich beherrschen müssen, seine Gefühle unterdrücken, mit kalter Ratio dem Feind entgegenschreiten, wie es einem Mondschwert anstand.

Aber jetzt war kein Augenblick der Sammlung. Er stand auf und ging zu den Frauen.

»Hier können wir nicht bleiben«, sagte er, obwohl Ajina ihn anklagend ansah.

»Rina«, flüsterte Deria in einem fort. Man konnte das Wort in den Momenten zwischen dem Donnern der Katapulte verstehen. »Rina. Rina. Rina.« Sie streichelte eine Strähne aus der Stirn des toten Kindes.

»Wenn du nicht willst, dass sie ein Fraß für die Ghoule wird, nimm sie mit«, sagte Helion streng. »Wir müssen einen Ort finden, an dem wir uns verbergen können. Dort kannst du sie begraben.«

Die Schattenherren waren zufrieden mit Lióla. Anders ließ sich nicht erklären, dass sie ihr diese Aufgabe übertrugen. Voller Stolz schritt sie durch die Hallen von Guardaja. Nur vereinzelt wurde noch gekämpft, warfen die Steinblöcke das Klirren von Waffen und die Schreie von Sterbenden zurück. Auf dem Feld war inzwischen alles entschieden. Das Tal nördlich Guardajas war gesichert, und nichts würde nun noch den Marsch der Ondrier nach Süden, zu den Silberminen, aufhalten. In diese Richtung flüchteten auch die Reste des feindlichen Heeres. Dort lagen keine Festungsanlagen mehr, in denen sie sich hätten verschanzen können. Lióla verstand nicht viel von Militärtaktik, aber sie wusste, dass man dem Feind immer einen Ausweg ließ. Tat man das nicht, weckte man den Mut der Verzweiflung. Wer nicht fliehen konnte, der kämpfte bis zum Äußersten, was bedeutete, dass die Verluste in den eigenen Reihen erheblich anstiegen. Dennoch bedauerte Lióla, dass man die Aufsässigen nicht vollständig zermalmt hatte. *Aber wer bin ich,* tadelte sie sich, *den Ratschluss der Schatten zu bewerten?* Diese Nacht hatte einen großen Sieg gesehen, und Lióla hatte ihren Anteil daran gehabt.

Die finstere Wesenheit, die sich auf die Stadt gelegt hatte, war inzwischen in der Dunkelheit der Nacht aufgegangen. Die Osadroi bereiteten sich auf ihren Einzug vor. Zwei Tausendschaften standen Spalier zwischen dem Palast und der Festung, in der schon nach den besten Räumlichkeiten gesucht wurde, damit sie den Tag geschützt vor den Strahlen der Sonne verbringen konnten. Liólas Aufgabe bestand darin, für einen angemessenen Empfang der Schattenherren zu sorgen.

Erwartungsfroh ließ sie sich von einem Gardisten die Treppe emporführen. Sie ging langsam, schon allein, damit Brünetta Schritt hielt. Ghoule bewegten sich beinahe wie Schlafwandler, wenn man sie nicht mit Peitschen antrieb. Leider war Brünettas Kleid keine Zierde mehr. Zu dem Riss über dem Bauch war nun auch der Schmutz von Schlamm und Blut gekommen, der den Stoff bis zu den Knien tränkte. Ein Schlachtfeld war eben kein Ballsaal.

Auf der Treppe hatte man die Leichen weggeschafft, nur ihr Blut war auf den Stufen geblieben. Guardaja war anders als der Palast, in dem die Osadroi warteten. Hier gab es nur grobe Quader, keinen Marmor. Bei den rauen Oberflächen musste man genau hinsehen, um zu erkennen, wo ein Schwerthieb oder ein Lanzenstoß eine Narbe hinterlassen hatte. Alle Krieger, die an ihnen vorbeihasteten, trugen das ondrische Schwarz. Viele waren verwundet und alle verdreckt, aber das störte Lióla nicht, war es doch Zeugnis einer Hingabe an die Osadroi, die keine Härte scheute. Dies war eine Nacht, in der man sich über die Schwäche sterblichen Fleisches erhob, indem man ihr mit Geringschätzung begegnete und das Herz für die Macht der Schatten öffnete.

Lióla fürchtete schon, in einer dämonischen Enklave gelandet zu sein, wo die Treppen niemals endeten, als sie endlich das flache Dach erreichten. Der Wind hatte aufgefrischt und zog nun kräftig an ihren Haaren. Vielleicht lag es an den Feuern, die ringsum brannten. Die nordwärts ausgerichteten Kastelle und Wehrtürme standen in Flammen. Gen Ondrien wurde kein Schutz mehr benötigt.

Die Berge versperrten die Sicht zum östlichen Horizont, aber an der Strecke, die die Sterne auf ihrer Wanderung zurückgelegt hatten, erkannte Lióla, dass die Morgendämmerung noch drei Stunden entfernt war. *Genug Zeit.*

Einige Gardisten waren damit beschäftigt, die verbrannten Banner Milirs von den Masten zu holen und stattdessen ondrische aufzuziehen. In der Nacht waren die schwarzen Flaggen nur dadurch zu erkennen, dass sie die Sterne verdeckten.

Ihr Führer brachte sie zu der edelsten Gruppe Gefangener, die Lióla jemals auf die Ankunft der Schattenherren hatte vorbereiten dürfen. Dies hier waren diejenigen Anführer des feindlichen Heeres, die genug Feigheit und Ungeschick bewiesen hatten, um sich gefangen nehmen zu lassen. Sogar Prinz Varrior war darunter, unverkennbar durch den goldenen Harnisch, auf dem sich zwei steigende Rappen gegenüberstanden.

»Ich werde Euch nicht nach Euren Namen fragen«, kündigte Lióla an, »denn sie sind bedeutungslos geworden. Die

Osadroi werden entscheiden, wie mit Euren Lehen verfahren wird, wer von Euch lebt und wer stirbt, wem die unverdiente Ehre zuteilwird, in den Dienst der Schatten zu treten, und wer dem Vergnügen der Mächtigen als Sklave zu dienen hat.« *Oder Schlimmeres,* dachte sie mit einem Seitenblick auf den Prinzen.

Die zehn Männer wirkten abgekämpft, ihre Rüstungen waren vom Ruß geschwärzt, zerbeult, an manchen Stellen gebrochen, und einige trugen Verbände aus Stofffetzen. Jeder Einzelne von ihnen hätte Lióla augenblicklich über die Zinnen in die Tiefe geschleudert, wären die Gardisten nicht gewesen, das konnte sie in ihren Augen lesen. Das hier waren keine eingeschüchterten Untertanen. Es waren Edle und Krieger dazu, gewohnt, ihren Willen durchzusetzen.

Doch diese Phase ihres Lebens war nun vorbei, auch wenn sie es noch nicht begriffen hatten.

Lióla winkte eine Standarte mit der schwarzen Rose Ondriens heran und ließ ein Kohlebecken davor aufstellen, damit das Wappen gut angeleuchtet wurde. »Ihr habt die Wahl. Küsst das Feldzeichen des über alles erhabenen SCHATTENKÖNIGS«, sie verbeugte sich, »oder küsst die Glut, auf dass Eure rebellischen Lippen verbrennen.«

Mit einem Schrei löste sich ein Mann aus der Reihe. Er trug eine Rüstung aus sich überlappenden Platten und hatte ein Ohr verloren, allerdings schon vor einiger Zeit, denn die Wunde war vernarbt.

Bevor er Lióla erreichte, rammte ihm ein Gardist einen Speer in den Bauch. Das Metall des Panzers brach mit lautem Knall. Gurgelnd ging der Mann zu Boden. Wachsam hielt der Gardist die jetzt dunkel glänzende Spitze seiner Waffe auf den Gegner gerichtet. Die anderen Gefangenen ballten die Fäuste.

Interessiert trat Lióla näher und betrachtete den Todeskampf des Mannes. Offenbar litt er Atemnot, zugleich bereitete ihm jedoch das Luftholen Pein. Deswegen zögerte er es so lange wie möglich hinaus, um dann wie ein Fisch im Staub einen tiefen Zug zu nehmen, unmittelbar gefolgt von gequältem Röcheln.

Lióla blieb stumm, als sie die anderen musterte. Das Schicksal ihres Kameraden war eine beredtere Ansprache als alles, was sie hätte sagen können. Wer gegen die Schattenherren aufbegehrte, hatte nur noch Schmerzen vor sich. Schmerzen und den Tod. Das hatte auch der Barbar lernen müssen, der heute Nacht die Frechheit besessen hatte, mit einigen Gefährten in den Palast einzudringen. Die Garde hatte ihn in Stücke gehauen, wie er es verdient hatte. Hätte er tatsächlich einen Osadro getötet, hätte der SCHATTENKÖNIG sein ganzes Heimatland dafür bezahlen lassen. Leider waren die anderen Aufrührer entkommen. Dafür hatte der Gardehauptmann mit seiner Haut bezahlt. Lióla hoffte, dass ihrer Bitte entsprochen würde, sie gerben zu lassen und dann in der Kathedrale von Karat-Dor auszustellen, auf dass die Zweifler erkannten, dass die Schatten nichts weniger als bedingungslose Hingabe erwarteten und Fehler nicht akzeptiert wurden.

Der tödlich Verwundete hielt erstaunlich lange durch. Er war ein echter Krieger, auch in seinem letzten Kampf. Sein Röcheln war noch immer nicht verstummt, als Lióla sich für einen Mann mit rotem Bart entschieden hatte. »Tretet vor, Namenloser!«, rief sie. »Ihr sollt der Erste sein!«

Sie hatte gut gewählt. Zwar war das Gesicht des Adligen vom Grimm entstellt, als er die Geste der Unterwerfung leistete, aber er tat es dennoch. Nur schade, dass kein Kristall in der Nähe war, um seine Essenz aufzunehmen. Die Wut, die er auf die Schattenherren richtete, wäre eine gute Brücke gewesen, wie die weiß aus seiner Faust tretenden Knöchel verrieten.

Als er die Lippen vom Stoff löste, war ein Teil von dessen Dunkelheit auch in seine Augen getreten und hatte die darin lodernden Flammen gelöscht.

»Ihr habt Euch also entschieden, in den Schatten zu leben, statt im Licht zu sterben«, stellte Lióla mit einem verächtlichen Blick auf ihn fest. »So sei es. Kniet nieder und erweist dem Wappen des SCHATTENKÖNIGS Eure Hochachtung.«

Seine Zähne knirschten, und für einen Moment zweifelte Lióla an ihm. Neben ihr zog ein Gardist das Kurzschwert. *Ein Wort von mir, und dieser Mann stirbt,* dachte Lióla erregt. Sie liebte die Macht, die ihr die Schatten gaben.

Der Rotbärtige brach mit scheppernder Rüstung in die Knie.

»Der Nächste!«, bestimmte Lióla. »Ihr!«

Schon am festen Schritt des Mannes bemerkte sie, dass sein Wille ungebrochen war. Tatsächlich maß er die Standarte mit einem trotzigen Blick, trat dann zur Seite und beugte sich über das Kohlebecken, um sein Gesicht hineinzudrücken.

Fasziniert lauschte Lióla auf das Zischen von Haut, Fett und Fleisch. Solche Hingabe erlebte man selbst im Kult selten. Wie konnte der Mann so sehr an einem Reich hängen, das dem Untergang geweiht war, oder an Göttern, deren Schwäche sich in dieser Nacht erneut erwiesen hatte? Worin lag sein Vorteil? Selbst wenn er die Schattenherren verabscheute, ergab sein Handeln nur auf einer Ebene Sinn, die Lióla lediglich erahnen konnte.

Nach drei Herzschlägen stöhnte er, nach vier schrie er, nach sechs riss er sein verbranntes Gesicht empor. *Schade. Sieben wären schön gewesen. Das hätte den Zacken der Kathedrale entsprochen.*

Die Wangen waren ein Geflecht aus Schwarz auf Rot, das schmorende Haar schuf eine Krone aus Rauch und das Gesicht war eine einzige heiße Wunde.

Lióla hielt den Gardisten zurück. Diese Gefangenen hatten schon zu oft Kameraden auf dem Schlachtfeld sterben sehen, als dass ein Stück Stahl in der Brust sie noch angemessen hätte beeindrucken können.

»Brünetta!«, rief sie.

Gehorsam schlurfte der Ghoul heran.

»Reiß ihm den Kopf ab.«

Brünettas Ungeschicklichkeit wirkte sich in diesem Fall günstig aus. Statt eine saubere Enthauptung durchzuführen, zerquetschten ihre Pranken den Schädel zu einem unansehnlichen Brei. Lióla ging ihr nach vollbrachter Tat aus dem Weg, um sich nicht zu besudeln.

»Ihr!« Sie deutete auf den Nächsten. »Tretet vor!«

In diesem Moment kam Unruhe in die Gardisten. Sie zeigten hinab ins Tal, wo die Spalier stehenden Krieger Haltung annahmen. In der Dunkelheit konnte Lióla nicht weit genug sehen, aber sie trat dennoch an die Zinnen. Die Osadroi mussten sich in Bewegung gesetzt haben. Sie schloss die Augen und versuchte, das Charisma der nahenden Schattenherzogin zu erspüren. Eigentlich hätte es auch dafür zu weit sein müssen, aber war dies nicht eine ganz besondere Nacht? Lisanne hatte diesem Ort schon den Anblick eines dunklen Wunders geschenkt, von dem man noch in Generationen spräche. *Menschlichen* Generationen, natürlich. War es da unmöglich, dass sich die Magie, die sie über das Tal gelegt hatte, in einer Verstärkung ihrer Aura äußerte? Vielleicht war es nur Liólas Einbildungskraft, aber sie spürte ein andächtiges Schaudern auf ihrem Rücken. Niemals war sie so sehr ein Teil der Welt der Schatten gewesen, hatte so viel von der Unendlichkeit der Finsternis erspüren können wie in dieser Nacht. Baron Gadior war sie oft begegnet, ab und an auch einem anderen Schattenherrn. Aber so viele auf einmal? In dem Palast hatte sie heute die Nähe von sechs Unsterblichen erleben dürfen – eine Gnade, für die viele zu sterben und noch mehr zu morden bereit gewesen wären. Ein solches Erlebnis überstieg, was man für ein Menschenleben erhoffen durfte, selbst wenn man höher in der Hierarchie des Kults stand, als das bei Lióla der Fall war. Sie war sich gewiss, dass diese eine Nacht ihr Leben verändern würde. Sie wusste noch nicht, auf welche Weise, der Pfad vor ihr lag im doppelten Sinne im Dunkel, aber das machte es nur noch aufregender.

»Ich werde Euer Banner niemals küssen«, raunte Prinz Varrior neben ihr und ließ damit jedes Empfinden für die Erhabenheit des Augenblicks vermissen.

Lióla unterdrückte ein Seufzen. Wenigstens war der Mann mit der Speerwunde im Bauch inzwischen verstummt.

»Das braucht Ihr auch nicht. Ihr würdet Euch ohnehin nicht lange daran erinnern.«

»Wollt Ihr mich etwa hinrichten lassen?«

»Besser. Viel besser.« Lächelnd drehte sie sich zu Brünetta um, die ihr teilnahmslos entgegenstarrte. »Seht in die Augen des Ghouls und blickt in den Spiegel Eurer Zukunft, Prinz.«

Die Gebete, mit denen Helion seine Gefühle hinter einen undurchlässigen Wall verbannt hatte, trugen Früchte. Er fühlte weder Befriedigung noch Mitleid, als er zusah, wie Limoras den Ondrier bei lebendigem Leibe aufschnitt. Der Mann schrie gegen den Knebel in seinem Mund an, als wolle er alle Dämonen und Götter zu Hilfe rufen. Der dreckige Stoff dämpfte seine Mühen zu einem Röcheln.

Der Mann hatte sich Hoffnung gemacht, als sie ihn unter einem Gebüsch mit einem Armbrustbolzen im Bauch und verlassen von seinen Kameraden gefunden hatten. Er hatte wohl gedacht, dass die Milirier gnädiger mit ihren Gefangenen verfuhren, als seine Herren es taten. Vor allem, nachdem Helion sein Schwert weggesteckt hatte. Dass der Fayé ihm die Hand in den Bauch rammen und seine Innereien herausreißen würde, um mit seinen Schmerzen einen minderen Dämon zu beschwören, hatte er sich wohl nicht ausgemalt.

Helion wandte sich ab, um die Umgebung zu beobachten. Sie hockten vor dem Schlupf, aus dem die Späher Guardaja verließen. Von außen ließ sich die niedrige Tür nicht öffnen. Nicht ohne Magie. Und da sie Modranels Kraft für Lisanne brauchten, musste der Fayé seine Kunst beweisen. Sein Volk manipulierte die magischen Ströme nicht direkt, sondern nur über Wesenheiten aus dem Nebelland. Dazu passte auch, dass der mondsilberne Baum auf Helions Schild nur schwach rot schimmerte, beinahe rosafarben, als würde sich das Blut träge unter dem Silber regen, wie in einem Albtraum, der jedoch nicht stark genug war, damit er den Schläfer schreiend erwachen ließ. Dennoch blieb die grundsätzliche Wahrheit bestehen, wer die Gesetze änderte, die die Götter der Welt gegeben hatten, der zahlte mit Lebenskraft dafür. Mit seiner eigenen oder mit fremder.

Deria war sichtlich nervös. Sie hatte einen neuen Bogen gefunden, der aber stärker war, als es ihrer Gewohnheit entsprach. Ständig zog sie die Sehne aus, um sich damit vertraut zu machen. Der Pfeil würde mit mehr Wucht und weiter fliegen, aber wenn sie zitterte, würde er kaum im Ziel sitzen. Trotzdem war ihre Übung unsinnig. Erschöpfte Muskeln hielten einen Bogen nicht gerade ruhiger. »Werden sie die Magie wirklich nicht bemerken?«, flüsterte sie jetzt. »Die Schattenherren, meine ich?«

Modranel würdigte sie keiner Antwort. Auf dem Weg hierher hatte er kaum drei Worte gesprochen. Ob er den ganzen Tag über so schweigsam gewesen war, konnte Helion nicht beurteilen. Er war vollauf mit der Litanei beschäftigt gewesen, die seine Gefühle auf ein Minimum dämpfte. Die Scham wegen der gescheiterten Mission. Die Trauer über Estrogs Tod. Die Verzweiflung über die Macht der Schatten. Selbst den brennenden Hass auf den Feind. Diese Litanei hatte ihren Preis. Sie war wie ein Damm, der einen Fluss aufstaute. Das Wasser war noch da, und wenn der Damm erst bräche, würde es mit aller Gewalt seine Bahn erzwingen. Doch jetzt fühlte Helion kaum noch etwas, und darauf kam es an. Er tat, was nötig war. Wenn man einen Gefangenen in den Tod foltern musste, um zu Lisanne durchzudringen, dann tat er auch das. Nur ganz tief in ihm gab es etwas, das froh darüber war, dass

Limoras das Ritual ausführte, nicht er selbst. Es blieb ein Unterschied, ob man für etwas verantwortlich war oder ob man es mit eigenen Händen tat.

Ajina schüttelte den Kopf, um Derias Frage zu beantworten. Selbst sie hatte sich ein Schwert genommen. Es sah falsch an ihr aus und mit dem verbundenen linken Arm, den sie kaum bewegen konnte, war ihre Kampfkraft noch weiter gemindert. Wahrscheinlich würde sie eher sich selbst als einen geübten Gegner verletzen, aber der Stahl schien ihr Halt zu geben. »Dieser Ort ist so mit Magie getränkt, dass eine einfache Beschwörung nicht auffälliger sein wird als ein Blitz in der Sonne. Nach so viel gewaltsamem Tod wird die Verbindung in das Nebelland noch viele Jahre sehr durchlässig sein.«

Der Schlupf war gut getarnt. Trotz der Öllampe, die Limoras für das Ritual brauchte, bestand kaum Gefahr, dass man sie zufällig entdeckte. Nur der Weg hierher war mühselig gewesen, dreimal waren sie den Patrouillen, die das Schlachtfeld von Überlebenden säuberten, nur knapp entkommen. Die Krähen waren überall. Es würde Helion nicht wundern, wenn sie bald zu schwer wären, um über die Berge zu fliegen. Aber warum hätten sie auch abziehen sollen? Der Tisch würde auch morgen noch reich gedeckt sein.

Durchdringendes Geheul ließ Ajina und Deria zusammenzucken. Modranel war solcherlei wohl gewohnt und Helion konnte in seinem jetzigen Zustand kaum etwas beunruhigen. Er wandte sich zu dem Geräusch um.

Der Gefangene war noch immer nicht tot, was absurd war angesichts der Tatsache, dass sich viele seiner Organe bereits außerhalb des Körpers befanden, ausgelegt in einer Weise, die Helion ein magisches Muster vermuten ließ. Vielleicht verwehrte ihm dies auch die Flucht in das Nebelland. Es war seltsam, Limoras zuzusehen. Die beiden Ellbogen an jedem Arm ermöglichten Bewegungen, die gänzlich falsch aussahen. Helion verstand nicht wirklich, warum der Fayé ihnen half.

Vielleicht traf zu, dass eine gewisse Dankbarkeit gegenüber seinen Rettern ihm eine Pflicht auferlegte, wie er behauptete. Vielleicht wollte er sich auch einfach nur an den Osadroi rächen. Oder es erschien seinem verdrehten Verstand als großer Spaß, am Kampf gegen eine unbesiegbare Schattenherzogin mitzuwirken.

Limoras sagte kein Wort, und dem Gefolterten gelang wegen des Knebels nicht mehr als ein irres Röcheln. Das Geheul kam von einer Wesenheit, die sich aus dem Boden grub. Sie glich einer Made, so lang und so dick wie ein Unterarm. Ihr Körper hatte Ähnlichkeit mit den Augen des Fayé. Er war nicht scharf zu erfassen, man konnte nicht sehen, wo die Haut endete, die zudem ständig in Bewegung war, wie Rauch in einem durchsichtigen Gefäß.

Vorsichtig, als wolle er eine Katze streicheln, nahm Limoras die Kreatur auf. Seine sechsfingrigen Hände betteten sie in die offene Bauchhöhle des Opfers. Alles schien so zu verlaufen, wie er es geplant hatte.

Helion wandte sich ab und beobachtete weiter die Umgebung. Deria kämpfte mit einem Würgereiz, musste den Bogen ablegen, sich mit beiden Händen abstützen. Sie zitterte immer heftiger, hustete, war kurz davor, sich zu übergeben. Aber sie beschwerte sich nicht. Es hätte auch nichts genützt. Sie waren zu weit gegangen, um jetzt noch umzukehren.

»Ich denke, wir können eintreten«, näselte Limoras nach einer Weile.

Die Made saß auf der Tür wie eine Schnecke, die an einem Baum aufwärts kroch. Die Eisenbänder waren verbogen, das Holz der Tür verformt. Helion wusste nicht, woher der Eindruck kam, aber ihm schien, dass das Holz noch gequälter aussah als das Gesicht des Gefolterten, der endlich im Nebelland angekommen war. Es wirkte, als hätte es unter der Berührung der Made Wellen geschlagen, die jetzt erstarrt waren. Seine Muster ähnelten einem zu einem stummen Schrei aufgerissenen Mund. Limoras griff durch diese Öffnung, um innen nach dem Riegel zu tasten. Von einem metallischen Knacken begleitet zog er ihn auf, um dann die Tür aufzuschieben.

Deria sah angewidert auf die Made. Sie achtete darauf, weder die ausgeweidete Leiche noch die um sie herum platzierten Organe zu berühren, als sie zitternd ihre Schritte setzte.

Limoras verzog den Mund zu einem schiefen Grinsen, packte die Unkreatur, die er beschworen hatte, und schleuderte sie knapp an Deria vorbei ins Gebüsch. Er zog sein Schwert, nahm die Öllampe auf und ging voran. Helion folgte als Zweiter.

Kaum war Limoras aus dem Gang in den breiter werdenden Raum getreten, in dem Helion Pepp erstochen hatte, als er auch schon aufschrie und zusammenbrach. Die Lampe zersplitterte auf dem Boden. Helion sprang über die flammende Öllache, um den anderen das Nachrücken zu ermöglichen.

»Ihr!«, rief er und hielt den Streich zurück, zu dem er schon ausgeholt hatte.

Blut tropfte vom Sporn des Rabenschnabels, den Baron Gonnar in den Fäusten hielt. Limoras presste die Hände auf einen Oberschenkel.

Gonnar senkte seine Waffe. »Also doch Ihr«, sagte er leise. »Einen Fayé hatte ich nicht erwartet.«

»Es schmerzt mich, dass ich Euch enttäuschen musste«, zischte Limoras. Ajina hockte sich neben ihn und murmelte einen Segen über der Wunde.

Gonnar grinste wölfisch. Das alte, abgemagerte Gesicht bekam dadurch Ähnlichkeit mit einem Totenschädel. »Als Herr einer Festung gewöhnt man sich daran, dass Besucher sich melden lassen. Und als Feldherr weiß man Überraschungen nicht gerade zu schätzen.«

Helion senkte das Schwert. »Aber mein Erscheinen überrascht Euch nicht?«

Gonnar sah Modranel an, der jetzt aus dem Gang trat. »Offenbar hattet Ihr keinen Erfolg gestern Nacht. Aber ich wusste, dass Ihr um keinen Preis aufgeben würdet.«

»Woher?«

»Ich habe es in Euren Augen gesehen, Paladin. Euer Leben ist zu arm, als dass Ihr diesen Kampf aufgeben könntet. Euch bliebe nichts mehr.«

»Darum habt Ihr auf uns gewartet?«

»Ich wusste, dass Ihr Euch hier Einlass verschaffen würdet. Wo sonst? Es ist die schwächste Stelle der Verteidigung. Zumindest die schwächste, die Euch bekannt ist.«

Modranel räusperte sich. »Und woher wusstet Ihr, dass wir überlebt haben?«

Die schwarzen Schuppen seines Panzers klackten, als er mit den Schultern zuckte. »Man kann nicht alles wissen. Aber wenn Ihr tot gewesen wärt, hätten wir ohnehin keine Möglichkeit mehr für den Sieg gehabt. Auch mit dem Angriff des Heeres nicht.«

»Angriff?«

»Die Truppen gruppieren sich im Silbertal. Letzte Nacht war die Festung nicht mehr zu halten. Wir wussten, dass wir Euch Zeit geben mussten«, er schenkte Modranel einen herablassenden Blick, »solltet Ihr noch leben. Und dass Ihr für Euren zweiten Versuch wieder eine Ablenkung brauchen würdet. Also zogen wir die Truppen ab, ich blieb mit einigen Getreuen hier.«

Helion dachte an die leichenübersäte Landschaft. ›Abzug‹ war ein zweifelhaftes Wort für etwas, das man mit vollem Recht als ›vernichtende Niederlage‹ beschreiben konnte. Wenigstens die Hälfte des Heeres lag tot dort draußen. »Und wo sind diese Getreuen jetzt?«

Gonnars Stirn umwölkte sich. »Nicht alles lief so, wie ich es plante.« Er presste die Zähne aufeinander, bevor er weitersprach. »Aber auch so, wie Lisanne es sich ausmalt, wird es nicht geschehen.«

»Dann ist sie wirklich hier in der Festung?«, fragte Helion.

Deria warf ihm einen beleidigten Blick zu. Sie hatte geschworen, die Anlage den ganzen Tag über beobachtet zu haben. Nichts hatte sie verlassen, was als Gefährt für einen Osadro getaugt hätte, während die Sonne am Himmel stand.

»Immerhin hätte sie durch einen der Verbindungstunnel in eines der Kastelle gelangen können«, fügte Helion an.

Gonnar schüttelte den Kopf. »Sie hat den Tag in der Schatzkammer verschlafen. Ich hoffe, sie war enttäuscht davon, wie wenig Gold uns der Krieg gelassen hat.« Er lachte freudlos. »Aber jetzt ist sie im Kerker.«

»Was will sie dort?«

»Prinz Varrior bat um eine Unterredung. Er wird sie so lange aufhalten, wie er kann, aber offengestanden weiß er wenig zu berichten. Wir sollten uns beeilen.«

Helion zeigte auf Limoras. »Kann er gehen?«

Das Licht des Ölfeuers fiel so auf Ajinas Gesicht, dass ihre blauen Augen ihn anstrahlten. »Ich konnte die Blutung stoppen, aber das Gewebe braucht länger, um zu verheilen.«

»Könnt Ihr aufstehen?«, wandte er sich direkt an den Fayé.

Limoras drückte sich probeweise mit dem Rücken an der Wand hoch. Als er das rechte Bein belastete, zischte er schmerzerfüllt und knickte wieder ein.

»Dann bleibt Ihr hier!« Er wandte sich wieder dem Burgherrn zu. »Geht voran!«

Gonnar blendete die Laterne auf, die er hinter sich abgestellt hatte, und wandte sich zur Treppe.

»Wie viele Gardisten hat sie bei sich?«

»Etwas mehr als ein Dutzend.« Er lachte leise. »Aber das wird kein Problem sein.«

»Dann haben wir doch noch Verbündete in der Festung?«

»Bestimmt. Irgendwo werden noch welche sein, in manchem Winkel sogar solche, die noch nicht in Eisen liegen. Aber die können uns nicht helfen. Unsere Verbündete ist Guardaja selbst.«

»Wie meint Ihr das?«

»Ich kenne meine Burg. Besser als jeder andere. Besser vor allem als das Geschmeiß aus den Schatten. Sie hat ihre Geheimnisse gut gehütet. Zum Beispiel, was die Fluchtgänge betrifft. Durch einen von ihnen wird Lisanne kommen, wenn sie vom Kerker aus hinaufsteigt.«

»Was hat es damit auf sich?«

»Verfolger sind eine lästige Sache, wisst Ihr? Deswegen lassen sich diese Gänge leicht zum Einsturz bringen. Vorausgesetzt, man weiß, an welchem Hebel man ziehen muss.«

»Ein paar Steinquader werden eine Schattenherzogin nicht töten«, wandte Modranel ein.

»Sie nicht«, erwiderte Gonnar. »Aber ihre Garde ist weniger robust. Und der Rest liegt dann in Händen, die von untadeliger, lichter Gesinnung unfehlbar geführt werden. Euren.« Diesmal war sein Lachen lauter.

Diese Impertinenz! Liólas Kiefer schmerzten, so fest presste sie die Zähne aufeinander. Sie war so stolz gewesen, hatte sich den ganzen Tag über die perfekte Formulierung zurechtgelegt, um Lisanne davon in Kenntnis zu setzen, dass Prinz Varrior, dieser Wurm, den Wunsch verspüre, ihr alles Wissen zu Füßen zu legen, das er über das Reich seines Vaters besaß. Und dann bewies der Nichtswürdige, dass sein Schädel genauso dick war wie der des Stiergottes, den er verehrte! Niemals in ihrem ganzen Leben hatte sie sich so sehr geschämt. Ihre Wut war so stark, dass sie sogar die Hingabe überschattete, die die Präsenz der Schattenherzogin einforderte. Damit war es jetzt ohnehin vorbei. Lisanne verließ den Kerker und die Gardisten warfen Lióla spöttische Blicke zu, als sie ihrer Herrin folgten.

Mühsam beherrscht schloss Lióla die Tür. Jetzt war sie allein mit Brünetta, dem in Ketten geschlagenen Varrior und einer rußenden Fackel. Die guten Lichter hatten die Gardisten mitgenommen.

Sie wandte sich um und ging mit gesenktem Haupt auf den Uneinsichtigen zu. »Das werdet Ihr büßen!«, zischte sie.

»Was denn, Mädchen?«, fragte er ohne die Spur eines Zitterns in der Stimme. Vielleicht waren diese Milirier doch so hart, wie man sagte.

»Wie könnt Ihr es wagen, solch belangloses Zeug in Gegenwart der Schattenherzogin zu reden?«

»Sie ist Eure Herrin, nicht meine. Ich habe ihr niemals die Treue geschworen.«

»Darauf kommt es nicht an!«, kreischte Lióla. »Eure Schwüre sind belanglos! Was Ihr wollt oder nicht wollt, interessiert keinen mehr! Ihr seid ein Niemand! Ein unbedeutender Mensch! Bald nicht einmal mehr das! Seht Euer Schicksal!« Sie stieß den Zeigefinger in Brünettas Richtung.

»Terron wird meine Seele durch das Nebelland leiten. Sie wird nicht mehr da sein, wenn Ihr meinem Körper dies antut. Es wird eine leere Hülle sein, die Euch dient.«

Lióla war versucht, Brünetta zu befehlen, ihm einen Arm auszureißen, nur um den hochmütigen Ausdruck von seinem Gesicht zu wischen. Tief atmete sie durch. Das wäre zu wenig. Er würde an der Wunde verbluten. Vielleicht legte er es sogar darauf an, um den Schmerzen und der Erniedrigung zu entgehen. Aber daraus würde nichts werden. Lióla war keine Dunkelruferin geworden, weil sie sich hätte hinreißen lassen. Die Kühle der Schatten hatte sie bis hierhergebracht. Ihrem dunklen Pfad wollte sie auch jetzt folgen.

»Viel mehr als ein leeres Gefäß seid Ihr auch jetzt nicht. Ihr habt Euer Leben verschwendet. Euer Volk hätte es gut haben können, wenn Ihr die Silberminen hergegeben hättet. Ihr wisst, dass Ondrien stets zu seinem Wort steht. Eine Vereinbarung hätte erzielt werden können. Stattdessen seid Ihr wie ein saftloser Baum, der im Sturm bricht. Wie viele Tausend Eurer Getreuen modern vor den Mauern dieser Festung, die nun unser ist? Wie viele werden sich zu ihnen legen, jetzt, wo unserem Heer der Weg nach Süden offensteht? Ihr seid bedeutungslos, und Eure Gedanken sind ohne Wert.«

»Wenn dem so ist, warum wollte Eure Herrin dann meinen Worten lauschen?«

Liólas Finger knackten, als sie die Fäuste zusammenpresste. Hoffentlich waren die Gardisten nicht schwatzhaft. Wenn sie herumerzählten, dass der Wille des Prinzen den Fragen Lisannes getrotzt hatte, würde das die Moral des Heeres untergraben. Lióla war unbegreiflich, wie er das fertiggebracht hatte. Man munkelte davon, dass herausragende Heiler Hochadligen kleine Silberbarren unter der Schädeldecke anbrachten, um sie vor zauberischer Beeinflussung der Gedanken zu schützen. Vielleicht war etwas daran. Oder der Prinz hatte von den Hohepriestern des Stiergottes einen machtvollen Segen empfangen, der noch nachwirkte. Aus eigener Stärke hatte er keinesfalls widerstehen können. Aber das mochten nicht alle Beobachter richtig einschätzen, und zudem änderte es nichts an der Tatsache, dass blasphemischer Widerstand gegen eine Schattenherzogin möglich war. Lióla sah sich aus der Gunst der Schatten fallen. Wen sonst als nur sie würde Lisanne für dieses Desaster verantwortlich machen? Lióla brauchte dringend einen Schuldigen. Vielleicht den Wächter, der ihr von Varriors Bereitschaft zur Zusammenarbeit berichtet hatte. Genau! Der Trottel hatte ihr die Nachricht falsch übermittelt, und nur deswegen hatte sie Lisanne den törichten Vorschlag überbracht. Jetzt musste sie nur noch einen Idioten finden, von dem sie behaupten konnte, er sei dieser Wächter. Dass er alles abstreiten würde, war unwichtig, das würde man erwarten …

Brünettas Schmatzen holte ihre Aufmerksamkeit zurück.

»Stell den Tisch so, dass der Fackelschein darauf fällt«, befahl sie.

Der Ghoul gehorchte.

»Die Kiste.« Sie zeigte auf das hölzerne Behältnis, einen halben Schritt lang und breit, aber nur eine Handspanne tief.

Brünetta war zu dumm, den Griff zu benutzen. Sie packte die Kiste an beiden Seiten und legte sie ungeschickt auf den Tisch.

Lióla schob sie mit einem Wink zur Seite. *Ich muss ihr ein neues Kleid besorgen.* Sie öffnete die beiden Verschlüsse und klappte die Kiste auf. Im Deckel und im einzigen Fach waren Instrumente sorgfältig festgebunden, sodass sie beim Transport nicht verrutschten. Messer. Haken. Ein Beil. Kleine Sägen. Gewichte. Kettchen. Nadeln. Dornen. Lióla würde sie alle verwenden, um Varrior vorzubereiten. Wen kümmerte es schon, wenn er ein verkrüppelter Ghoul wurde? Das war sogar besser! Damit würde sein Fall noch tiefer, ein noch besseres Beispiel für jene, die von ihrem Trotz nicht lassen wollten. Sie lächelte ihn an, während sie mit einem geölten Tuch den langstieligen Löffel polierte, der dazu gedacht war, das Mark aus einem Knochen zu kratzen.

Lautes Donnern drang durch die Decke, wie von einer Steinlawine. Sogar Brünetta zuckte zusammen. *Die Festung stürzt ein!*, dachte Lióla.

Varrior lachte schallend.

Steinstaub erfüllte den Gang und brannte bei jedem Atemzug in den Lungen. Ajina hustete heftig, aber das machte es nur schlimmer. Ihre Augen tränten. Nach der gestrigen Verwundung war die Taubheit trotz des Heilsegens noch immer nicht vollständig aus ihrem linken Arm gewichen. Neben ihr schrie Deria. Gonnars Laterne leuchtete durch den Dunst und ließ die Gestalt der auf dem Boden kauernden Frau erahnen.

Ajina lief zu ihr und versuchte, die Hände fortzuziehen, die sie noch immer gegen die Ohren presste, obwohl keine Steine mehr aus der Decke fielen. Es gelang nur mit Mühe. Dann verpasste sie Deria eine so kräftige Ohrfeige, dass der Helm verrutschte. Das half. Ihre Tränen wurden stumm.

Enttäuschte Hoffnung, das Grab der eigenen Tochter, ein blutiges Ritual, eine dämonische Wesenheit, eine Festung, so schwer wie ein Berg, die drohte, über dem eigenen Kopf zusammenzustürzen … Wie viel konnte man einer einfachen Köhlersfrau zumuten? Ajina nahm sie in die Arme.

Nicht alle Gardisten waren tot oder bewusstlos. Einige waren durch eiserne Harnische geschützt, andere hatten sich geistesgegenwärtig unter ihre Schilde geduckt. Jetzt schoben sie sich aus dem Geröll.

Helion schlug sein Visier herunter und stakste über die Trümmer, um dem Ersten das Schwert in den Hals zu rammen, bevor der seine Waffe unter dem Schutt finden konnte. Baron Gonnar folgte dicht dahinter. Die Aussicht auf den Kampf schien den Greis zu beleben, an seinen Schritten war nichts Schwerfälliges und der wuchtige Rabenschnabel schien ihm leicht in den Händen zu liegen. Mit einem weit ausholenden Hieb schlug er den fingerlangen Dorn durch Helm und Schädel eines Gegners.

Deria zitterte in Ajinas Armen. Die Adepta küsste die Wange der Frau und wiegte sie, während vor ihnen die Geräusche des Kampfes erklangen. Stahl prallte auf Schilde und Rüstungen, Männer schrien, Leben gurgelte aus einem zerschnittenen Hals. Doch nicht die Krieger waren es, die diesen Kampf entscheiden würden.

Ein Schaudern durchlief Ajina. Sie wusste zu viel über die mystischen Kräfte, um an seiner Ursache zu zweifeln. Die Initiationen durch ihren Vater hatten nur ein schwaches Magiegespür in ihr geweckt, aber dieses reichte aus, um die Richtung festzustellen, aus der die Kraft auf sie einwirkte.

Dort vorn im Dunkel hatte sich etwas aus den Trümmern erhoben. Nein, nicht etwas. Jemand. Und deren Charisma brandete durch den Gang wie eine Feuerwalze.

Deria war dieser Ausstrahlung hilflos ausgesetzt. Der Atem wich aus ihrem weit aufgerissenen Mund, mit einem stummen Schrei machte sie sich los und kniete nieder, die Stirn so heftig auf den Boden schlagend, dass Ajina froh war, dass sie einen Helm trug.

»Ich muss sie sehen«, sagte Vater. Er hatte die Laterne aufgenommen und stand jetzt neben Ajina. »Ihr in die Augen blicken.« Er wirkte entrückt, als er sich auf den Weg über das Geröll machte. Beinahe wie ein Pilger, der einer Begegnung mit seiner Göttin entgegenstrebte.

Helion schien durch die jetzt flammend rot strahlende Silberpanzerung geschützt, sicher auch durch die Meditationen, denen er sich den ganzen Tag lang gewidmet hatte. Dadurch waren seine Emotionen eingedämmt, und ohne Emotionen konnte die Osadra seine Essenz nicht rufen. Ajina hörte die Geräusche seiner Rüstung und seines Schwertes, wie er unermüdlich auf die Gegner einhackte. Sehen konnte sie von ihm durch den sich allmählich legenden Staub nur das rote Leuchten des Mondsilbers.

Dafür erreichte die Helligkeit von Vaters Laterne Gonnar. Der Burgherr war sichtlich gebannt. Er hatte sich auf die Knie niedergelassen. Zwar konnte er sich soweit beherrschen, dass er die Stirn nicht auf den Boden drückte, wie Deria es tat, aber das half ihm nichts. Der Gardist vor ihm erfüllte seine Pflicht gegenüber seiner Meisterin, indem er wild mit dem Kurzschwert auf Gonnars Schuppenpanzer einstach. Nach der dritten vergeblichen Attacke erkannte er, dass das Gesicht unter dem visierlosen Helm ein besseres Ziel war. Schreiend kippte Gonnar nach hinten.

Ajina eilte zu ihm. Als sie ihn erreichte, war der Gardist zurückgewichen. Er wollte seine Herrin schützen, nicht Ruhm im Kampf erringen. Vielleicht hatte Lisanne auch die Kontrolle über seinen Verstand übernommen und beorderte ihn zu sich, als sei er eine willenlose Handpuppe. Sein glasiger Blick zeugte keineswegs von einem wachen Verstand.

Ihr Vater ging noch immer wie ein Schlafwandler, trotz des unebenen Untergrunds.

Ajina war vieles gewohnt, aber als sie Gonnars Gesicht sah, musste sie sich zwingen, nicht wegzusehen. Der Schwertstich war neben dem Nasenschutz in das rechte Auge gedrungen, hatte den Schädel zerbrochen und ihn bis zum Oberkiefer gespalten, obwohl die Lippe noch zusammenhielt. Gonnar lebte. Er lachte sogar. »Guardaja und ich«, seine Worte waren kaum zu verstehen, »wir sterben zusammen.«

Ajina betete um den Segen der Mondmutter, damit sie wenigstens die Schmerzen des Greises linderte. Auf mehr war nicht zu hoffen. Aber selbst diese Gunst war hier unmöglich zu erflehen, zu nah war die Finsternis, die Lisanne ausstrahlte.

Als wolle sie dieser Überlegung spotten, schuf die Schattenherzogin ein blaues Leuchten um sich. Darin war sie deutlich zu erkennen. Ihr Kleid hatte gelitten, einige Spitzen waren von der elfenbeinernen Krone gebrochen, aber ihren makellosen Körper konnten weltliche Unbilden nicht erreichen. Ihre Haut war so hell, dass sie das widernatürliche Licht unverfälscht zurückwarf, sodass sie in der Farbe eines fahlen Winterhimmels schimmerte. Den Kopf hatte sie leicht zurückgelegt, die Arme ausgebreitet.

Jetzt konnte sich selbst Ajina nicht widersetzen. Sie kniete sich so heftig auf die Trümmer, dass die scharfe Kante eines Bruchsteins ihre Knie aufriss. Gonnar traf es schlimmer. Er hatte mit dem letzten Hass seines Lebens gegen Lisanne gefochten. Jetzt kam ihr dunkler Ruf über diese Brücke und riss die Essenz aus seinem Herzen. Silberglitzernd strömte die Lebenskraft aus seiner Brust, begleitet von einem aus höchster Verzweiflung geborenen Schrei. Wie ein Wasserfall dem Grund zustrebte, rauschte der Strom zu Lisanne. So heftig forderte sie sein Leben ein, dass er keine drei Herzschläge aushielt. Dann versiegte es. Gonnars Körper sah aus wie eine Moorleiche, das entstellte Gesicht in einem Schmerz verzogen, für den Menschen keine Worte hatten.

Helion zögerte. Lisanne waren drei Gardisten geblieben, die Schild an Schild vor ihr hockten. Als die Schattenherzogin die Essenz vollständig eingeatmet hatte, öffnete sie triumphierend die Augen.

Das war der Moment, auf den Vater gewartet hatte. Er schlug ihren Blick in seinen Bann. Dadurch waren die beiden so fest verbunden wie Glieder einer Ankerkette. »Ich sehe Euch!«, rief Vater. »Ich sehe Eure schwarze Seele!«

Was dann geschah, konnte Ajina nur erahnen. Ihre Sinne reichten nicht aus, um zu erfassen, auf welche Weise ihr Vater und Lisanne miteinander rangen. Es fühlte sich an wie ein Sturm, aber da war kein Wind und kein Geräusch, das Ohren hätten wahrnehmen können. Das Tosen kam aus der Welt der Geister, und die Wirbel rissen an Verstand und Seele, nicht am Körper. Dass die Tentakel aus purer Finsternis, die hinter Lisanne auftauchten und Vater entgegenpeitschten, im eigentlichen Sinne wirklich waren, bezweifelte Ajina. Nichtsdestoweniger waren sie tödlich. An Helions feuerrot strahlendem Silberschild fanden sie Widerstand, sodass sie ihn fortschleuderten wie eine Puppe. Bei einem der Gardisten jedoch wischten sie durch den Kopf. Er fiel um wie eine Holzfigur, die der unachtsame Fuß eines Kindes umstieß. Die Essenz, die seinen Körper verließ, glich Wasser, das aus einer Amphore spritze, die auf dem Pflaster zersprang.

Vater zeigte keine Furcht. Er hielt weiterhin die Laterne und ging langsam vorwärts, aber was sein Körper tat, war kaum von Bedeutung. Sein Geist griff in Sphären, zu denen die Götter keinem Sterblichen jemals Zutritt gewährt hatten. Schwarze Wirbel zeigten sich um ihn herum. Einige von ihnen glaubte

Ajina hinter den massiven Wänden des Gangs zu sehen, als seien die Quader aus bestem Glas gefertigt. Manche hatten drei Arme, andere fünf oder sieben. Immer schneller drehten sie sich, bis ihre Formen gänzlich verwischten. Dann schleuderte Vater sie gegen Lisanne. Sie flogen pfeilschnell, eines der Geschosse schlug durch die Brust eines Gardisten, die dadurch wie eine Melone zerplatzte. Auch seine Lebenskraft stärkte Lisanne, die aber sichtlich unter Vaters Angriff wankte. Schon bildeten sich die nächsten Wirbel. »Na!«, brüllte er. »Erinnert Ihr Euch, was Sterblichkeit bedeutet? Nach all den Jahrhunderten, die Ihr raubtet?«

Lisanne sandte eine Front aus Finsternis aus, wie eine Welle bei einer Springflut. Niemand konnte ihr ausweichen. Mit eisiger Kälte brandete sie durch Ajina hindurch. Es war ein Frost der Gefühle, der sie erstarren ließ. Einsamkeit griff nach ihrem Herzen, lähmende Furcht, Verlorenheit in einer Finsternis, die kein Erbarmen kannte, noch nicht einmal Interesse an ihrem Schicksal. Sie war vollkommen gleichgültig, unbedeutend. Eine Missgeburt, ein überflüssiger Fehler, ein Nichts gemessen an der unendlichen Schwärze zwischen den Sternen des Nachthimmels, die ihrem Erlöschen entgegentrieben. Die Mondmutter hatte sie nicht nur verlassen, sie war tot, gestorben wie alle Götter der Menschen, ihre Kraft erloschen. Wie eine Wanderin, die auf einem Gletscher ausgerutscht war und auf dem steil abfallenden Eis nach Halt suchte, kämpfte Ajina um ihren Lebenswillen. Warum nicht die Scham ihrer Existenz aufgeben? Warum nicht in den Frieden des Vergessens eingehen? Sich dem Nichts ergeben, in dem all ihre Unvollkommenheiten bedeutungslos waren?

Vaters Wirbel zerrissen die Finsternis, zerfetzten sie zu Nebelschlieren. »Mehr vermögt Ihr nicht?«, rief er. »So viele Jahrhunderte und kein Zauber, der mich überwinden kann?«

Der letzte Gardist brach zusammen, brachte der Macht seiner Meisterin das höchste Opfer dar. Ajina spürte, dass Lisanne nun auch ihre Lebenskraft einforderte. Auf der Brücke von Angst und Zweifel sah sie das Glitzern ihrer Essenz zur Osadra entschwinden.

»Denkt nicht an sie!«, rief sie ihren Gefährten zu. »Löst eure Gedanken und Gefühle von Lisanne! Sie machen sie nur stärker!« Sie verkrampfte die Hände über ihrem Herzen und versuchte, ihren eigenen Rat zu befolgen, indem sie an die Mondmutter dachte, das milde Licht der drei Monde, den Tempel in Akene, wo Nalaji vielleicht gerade jetzt Kerzen entzündete und für ihre Freundin betete. Es gelang ihr nur unvollkommen. Mit jedem Herzschlag verließ sie etwas von ihrer Lebenskraft, um die finstere Meisterin zu stärken. Immer weiter flüchtete sich Ajina fort von hier, in ihre Erinnerungen. Sie dachte an Helions Zärtlichkeit, an den Schmerz, den sie während der Reise empfunden hatte, als er sie zurückgewiesen hatte, an die Vernehmung durch die Feldherren. Nein! Das war kein kluger Gedanke! Er hatte zu viel mit den Plänen zu tun, die sie gegen die Schattenherren gefasst hatten, dadurch auch zu viel mit Lisanne! Sie wurde immer schwächer.

»Ajina!«, rief Vater.

Er braucht mich. Sie kroch zu ihm, fiel zwischen zwei Steinbrocken, rappelte sich wieder auf, kroch weiter, während um sie herum die mystischen Kräfte tobten, als hätten sich zwei Rudel tollwütiger Hunde ineinander verbissen. Als sie Vater berührte, erschrak sie über die Kälte seiner Haut. Er fühlte sich an wie ein Erfrierender.

Aber auch Lisanne wankte, das war nicht zu übersehen. Ihre Schattenarme waren matt, kraftlos. Ihre Augen konnten sich nicht von Vater lösen. Diese Auseinandersetzung, unmittelbar nach dem gestrigen großen Ritual geführt, zeigte Lisanne ihre Grenzen auf. Schattenherren waren sterblich, auch wenn sie es gern vergaßen.

Vater stand jetzt so unbewegt wie eine Statue. Ajina zog sich an ihm hoch, stellte sich vor ihn, umarmte ihn, legte den

Kopf an seine Brust, ließ seine Kälte in sich dringen. »Bleib standhaft«, sagte sie. »Du bist stärker als die Finsternis. Du hast den Weg zurück ins Licht gefunden. Ich glaube an dich.«

Sie erhaschte eine Ahnung von dem, was er wahrnahm. Ein schwaches Abbild nur, wie Kerzenschein hinter einem Vorhang, aber es reichte aus, um ihren Verstand anzugreifen. Da wallte das Chaos, verlachte alles, was die Götter gefügt hatten. Vorher und Nachher, Oben und Unten hatten dort keine Bedeutung, woher Vater die Kräfte rief, die er Lisanne entgegenschleuderte. Manche Wirbel trafen die Schattenherzogin nicht, weil er sie ihr entgegenschleuderte, sondern sie setzten sich in Bewegung, weil schon vor dem Geschehen Tatsache war, dass sie Lisanne träfen, nur der Weg war noch unklar. Vater versuchte solche Pfade zu finden, die seine Lebenskraft schonten, aber das wurde immer schwieriger, je schwächer er wurde. Sein Leben zerrann wie Sand in einer Uhr.

Ajina besann sich auf das, was er sie gelehrt hatte. Sie verstärkte ihre Umarmung, glich ihren Herzschlag dem seinen an. Sie rückte alle Zweifel beiseite. »Du kannst sie töten«, flüsterte sie. »Ich weiß es.« Über die Brücke ihres Vertrauens gab sie ihm von ihrer Lebenskraft.

Ihr Vater erschrak, als er erkannte, was sie tat. »Nein!«, stammelte er und versuchte, sie fortzuschieben, in seinem Geist und auch körperlich.

Sie verstärkte die Umarmung. »Ich wusste, dass dieser Kampf auch von mir einen Preis fordern würde. Und du wusstest es auch!«

Lisannes nächster Angriff ließ ihn taumeln. Sein Geist drohte in die Finsternis zu fallen. Instinktiv griff er zu.

Ajina schrie. Noch nie hatte sie solche Gewalt gespürt. Es war, als risse ihr Vater ihr das zuckende Herz aus der Brust.

Das Unvorstellbare geschah. Lisanne stürzte zu Boden, als wäre sie ein Baum, der von einem Blitz gefällt wurde.

Helion nahm es kaum wahr. Er hatte nur Augen für Ajina, die leblos zu Modranels Füßen zusammensackte. Ihr blondes Haar schimmerte grünlich in dem blauen Licht, das hinter Lisanne aufschien.

»Nein!«, schrie er und rannte vor, die Schmerzen in seinen Knochen nicht achtend. Er hastete über die Steine, ließ seinen Schild fallen, um schneller vorwärtszukommen. Der rot strahlende Wappenbaum darauf leuchtete den Gang aus wie ein Lagerfeuer, die Klinge seines Mondsilberschwerts sah aus, als sei sie gerade erst glühend aus der Esse gezogen worden. Der Bann, den die Litanei des Tages um seine Gefühle errichtet hatte, war verschwunden. Mit ungeahnter Macht brach sich alles Bahn, was er zurückgehalten hatte. Die Erinnerung an Limoras' unmenschliches Ritual widerte ihn an. Die Liebe zu Ajina wollte ihm schier die Brust zerreißen, der Anblick ihrer reglosen Gestalt durchdrang ihn wie glutflüssiges Eisen. Furcht empfand er nicht, aber Wut, unbändigen Zorn auf die Schattenherren und vor allem auf Lisanne, die für so viel Leid verantwortlich war. Und auf Modranel, der seine Tochter zu sich gerufen und so in Gefahr gebracht hatte. Gerade noch konnte Helion sich soweit beherrschen, dass er nicht mit dem Schwert zuschlug, sondern den Magier mit der freien Hand fortstieß. »Ist dies das zweite Kind, das Ihr auf dem Gewissen habt?«

Er kniete sich neben Ajina, hob ihren schlaffen Körper auf seine Knie, bettete ihren Kopf auf seinen gepanzerten Oberschenkel. »Ajina! Wach auf! Sprich mit mir!«

Aber das Einzige, was sich an ihr bewegten, waren die blutigen Tränen, die aus ihren Augen rannen und eine violette Spur über die weichen Wangen zogen.

»Sie ist tot«, stellte Modranel tonlos fest.

Heftig atmend starrte Helion zu ihm hinauf.

»Ajina ist tot«, wiederholte Modranel.

Ruhig pulsten die mondsilbernen Applikationen auf Helions Rüstung, wie Lava, die allmählich abkühlte. Erst jetzt drang der

Sinn der Worte zu ihm durch. »Nein!«, schrie er. »Nein, Ihr Götter! Der Preis ist zu hoch! So viel durften die Schatten nicht von uns fordern!« Hasserfüllt starrte er zu Lisanne hinüber.

»Passt auf, was Ihr tut, Paladin!«, rief Modranel. »Nicht! Beherrscht Euch!«

Helion bemerkte zuerst das intensivere Leuchten der Silberelemente auf seiner Rüstung. Sie strahlten von innen heraus, als seien sie glühende Kohlen, in die ein Windstoß fuhr. Dann spürte er das Kribbeln in seiner Brust. Es fühlte sich ähnlich an wie bei einem Finger, den man abdrückte, sodass das Blut in seinem Fluss behindert wurde.

Silbrig glänzend schwebten Funken aus seiner Brust, unbehindert vom Eisen seiner Panzerung. Bei Gonnar hatte er im Augenblick seines Todes Ähnliches gesehen, wenn auch nur verschwommen, so wie die Finsternis, die Modranel und Lisanne aufeinander geschleudert hatten. Er war kein Magier, dessen Sinne für solcherlei geschult waren. Dennoch verstand er, dass es seine Lebenskraft war, die sich von ihm löste und zu Lisanne gezogen wurde.

Er wusste, dass er seine Gefühle hätte zurückhalten müssen, aber nachdem die Litanei ihre Wirkung verloren hatte, fand er nicht die Disziplin dazu. Wie er sie hasste, diese Schattenherzogin, die ihm die Liebste genommen hatte! Aus tiefstem Herzen verabscheute er sie! Zornig packte er sein Schwert, legte Ajinas Kopf sanft auf den Boden und drückte sich danach umso heftiger in die Höhe. »Ich ramme ihr meine Mondsilberklinge durch den Hals! Ich …«

Das Reißen in seiner Brust wurde heftiger. Ein plötzlicher Ruck, der einen Schwall Essenz materialisieren ließ. Helion wurde schwarz vor Augen.

Als seine Sicht zurückkehrte, sah er zwei Gestalten hinter Lisanne auftauchen. Eine ging so krumm und hatte so lange Arme, dass es sich nur um einen Ghoul handeln konnte. Die andere mochte eine junge Frau sein.

»Lióla?«, rief Modranel. Dann, lauter: »Lióla! Meine Tochter!«

»Du hättest nicht kommen sollen, Vater!«, kreischte sie. Sie stützte ihre Meisterin, half ihr auf.

Dann ist Lisanne noch immer nicht tot, erkannte Helion. *Endet es denn niemals? Soll die Finsternis für alle Ewigkeit auf den Menschen lasten?*

Noch einmal rissen die Schatten an seiner Lebenskraft. Er verlor das Bewusstsein.

Lióla versuchte, die Tränen wegzublinzeln. Der Steinstaub war der geringere Grund für das Brennen in ihren Augen. Niemals war sie so aufgewühlt gewesen. Das Undenkbare geschah, Lisanne lag im Sterben. Das Gewicht, mit dem die ansonsten beinahe schwebende Schattenherzogin auf ihr lastete, war so schwer, dass Lióla sie wieder ablegen musste. Ein noch deutlicherer Hinweis war das Verlöschen ihres Charismas. Andererseits waren in dem blauen Leuchten keine Anzeichen des Verfalls zu erkennen, der Körper war ätherisch schön, wie stets. *Noch.* Liólas Herz raste bei der Vorstellung, wie die Jahrhunderte ihren Tribut fordern würden, wie Lisanne unter ihren Händen verfaulen würde, wie die Knochen zerbröselten, bis die Schönste der Osadroi als Staub zwischen die Trümmer rieselte. Es konnte nicht mehr lange dauern. Der übernatürliche Zwang zur Verehrung war schon verloschen. Lióla fühlte nur noch die Hingabe, die aus ihrem Inneren kam, nicht mehr jene erdrückende Kraft, die von Lisanne ausgegangen war.

»Komm her!«, rief sie Brünetta zu. Viel zu langsam stakste der Ghoul heran.

Entsetzt beobachtete Lióla, dass Lisanne atmete. Die Lungen der Unsterblichen brauchten keine Luft. Sie atmeten nur, um Essenz aufzunehmen, oder wenn sie sprachen. Lisanne tat weder das eine noch das andere, der dunkle Schaum, zu dem die Lebenskraft des Ordensritters geworden war, war aufgebraucht. Sie atmete, wie ein Mensch es getan hätte. Das konnte nur bedeuten, dass sich ihr Körper an die Sterblichkeit erinnerte. Sie musste ihrem Ende sehr nahe sein.

Lióla sah zu Modranel hinüber. Ihr Vater hatte sich nicht bewegt, stand noch immer bei dem Mondschwert und der blonden Frau, die neben ihm lagen. Gut. Sie konnte sich jetzt nicht mit ihm befassen.

»Heb sie auf!«, befahl sie Brünetta.

Die Pranken des Ghouls wirkten monströs, als sie sich dem Körper der Osadra näherten, die jetzt so zerbrechlich aussah.

»Vorsichtig!«, kreischte Lióla und schlug auf Brünettas Buckel.

Sie hielt den Atem an, als sich die langen Arme unter den perfekten Körper schoben und ihn anhoben.

Modranel regte sich noch immer nicht. Irgendwo hinter ihm wimmerte eine Frau, die Lióla nicht erkennen konnte. Sie musste in diese Richtung, wenn sie zu den ondrischen Kriegern wollte, aber in Lisannes jetzigem Zustand war das riskant. Ein Stich mit einem Silberdolch, während sie an Modranel vorübergingen, würde ihr den Rest geben. Und hinter ihm mochten noch weitere Aufrührer lauern.

Also musste sie Lisanne zunächst stärken. Sie erwog, ihre eigene Lebenskraft dafür zu verwenden. Das wäre möglich gewesen, schließlich war sie eine Dunkelruferin. Sie konnte eine Verbindung zu der Schattenherzogin schaffen und ihre Essenz in den sterbenden Körper befehlen. Das könnte helfen, aber würde es auch ausreichen? Wäre Lisanne danach stark genug, aus eigener Kraft ihren Weg zu gehen? Wenn nicht, wäre sie hier allein mit Brünetta, die nichts tat, was ihr nicht deutlich befohlen wurde. Lióla wäre nicht mehr da, um sie zu beschützen. Welch merkwürdiger Gedanke, sie, Lióla, ein schwacher Mensch, musste eine Schattenherzogin beschützen! Sie lachte irre.

»Los!«, rief sie und dirigierte Brünetta in die Richtung, aus der sie gekommen waren. Manchmal bremste sie den Ghoul, damit er nicht mit seiner kostbaren Last stolperte. Sie nutzte die Zeit, eine Verbindung zu Lisanne aufzubauen. Der Kampf der Zauberer hatte viel magische Kraft freigesetzt, und nicht alles davon hatte sein Ziel gefunden. Deswegen war die Luft mit zauberischer Energie übersättigt. Nie war es Lióla so leichtgefallen, das Geflecht der Wirklichkeit zu zerreißen und ihrem Willen zu unterwerfen. Es dauerte nicht länger als ein Zwinkern ihrer Augen, um Lisannes gewaltigen, finsteren Geist zu erspüren. Das Gefühl kam so plötzlich, dass Lióla wankte wie bei einem Erdbeben.

Auf dieser Ebene war die Schattenherzogin noch immer erhaben, titanisch, eine Halbgöttin, unfassbar in ihrer dunklen Pracht. Lióla musste sich beherrschen, um nicht in tatenloser Verehrung zu verharren. Stattdessen erkundete sie das Umfeld. Lisanne kämpfte weiterhin mit Modranel, die Verbindung war deutlich zu sehen. Das magische Gitter erzitterte unter den Schlägen, die sie austauschten. Trotzdem hatte Lióla den Eindruck, dass beide zauderten. Sie schienen mehr Kraft auf ihre jeweilige Verteidigung aufzuwenden, die Angriffe wirkten trotz ihrer Gewalt tastend. Sie suchten nach Schwachstellen in der Deckung des anderen. Lisanne war noch defensiver als Modranel. Sie sandte ihre finsteren Kräfte seltener aus, und selbst das Bollwerk, das sie errichtet hatte, gestaltete sie ständig um. Sie glich einem Turm, dessen Spitze sich in den Wolken verlor, dessen Steine aber brüchig waren, sodass er einzustürzen drohte, wenn die Baumeister ihn nicht ständig ausbesserten. Und sein Fundament ruhte in der stofflichen Welt, in diesem schwachen Körper, der zu verfallen drohte, weil er sich an seine einstige Sterblichkeit erinnerte.

Es war verführerisch, den Ausläufern der Magie in Wirklichkeiten zu folgen, die Lióla gänzlich unbekannt waren. Hier standen Tore offen, von denen nichts in den Schriften der gefallenen Götter stand. Lióla bekam sich in die Gewalt, wehrte den Drang ab, aber sie wusste, dass diese Verwerfungen niemandem verborgen bleiben konnten, der auch nur ein schwaches Gespür für Magie hatte. Insbesondere die Osadroi in der Festung mussten bemerkt haben, was hier geschah. Wahrscheinlich wussten sie sogar, wie es um Lisanne bestellt war. Aber welche Schlüsse zogen sie daraus? Eilten sie herbei, um zu helfen? Oder warteten sie ab, in der Hoffnung, selbst den Thron des Herzogtums beanspruchen zu können? Oder waren sie ebenso von Entsetzen erfasst wie Lióla? Wann war Vergleichbares jemals geschehen? Eine Schattenherzogin – an der Schwelle des Todes!

Sie erreichten den Kerker. Prinz Varrior sah ihnen interessiert entgegen. Er würde kaum noch Zeit haben, in seiner frechen Arroganz zu schwelgen!

Sie griff die längste Klinge, die das Folterbesteck hergab, und rammte sie dem Gefesselten in die Brust. »Wisse, du stirbst zur höheren Ehre der Schatten!«, schrie sie ihm ins Gesicht. »Ich fordere dein Leben für Lisanne!«

Lióla schloss die Augen. Unter anderen Umständen wäre es eine kaum verzeihliche Verschwendung gewesen, die Essenz auf diese Art zu ernten. Das meiste verflog ungenutzt. Aber was immer sie zu fassen bekam, rief sie zusammen und zwang es zu Lisanne, die auf Brünettas unbewegten Armen lag. Ihr Kopf hing genauso kraftlos herunter wie die Glieder, sodass das schwarze Haar den Boden berührte.

»O Finsternis, erstarke!«, flehte Lióla. Es war so wenig, was den Weg zu Lisannes Gesicht fand, wo sie es einatmen konnte. Würde es ausreichen? Konnte eine so kümmerliche Menge der Sterblichkeit Einhalt gebieten?

Lióla riss an dem Messer, aber Varrior war bereits tot. Sie konnte ihm keine Schmerzen mehr zufügen, seinen Schrecken nicht erhöhen, ihm keine weitere Essenz entreißen. Sein Körper war ein leeres Gefäß. Enttäuscht zog sie die Klinge aus der

Wunde und betrachtete ihr Spiegelbild in dem darauf schimmernden Blut.

Sie erwog, nun doch die eigene Lebenskraft zu opfern, als Modranel in der Tür auftauchte. Er trug sogar noch seine alberne Laterne mit sich herum! Der Mann, der die Macht der Schatten hätte teilen können, sah aus wie ein zahnloser Tattergreis, der als Nachtwächter durch eine Bibliothek schlurfte. Er war so erbärmlich, dass es Lióla ekelte. Und solch ein Gewürm wagte, Hand an Lisanne zu legen, die Verkörperung von Schönheit und Würde! Liólas Wut brach mit einem unartikulierten Schrei aus ihr heraus.

Modranel sah sie an, als sei sie eine Erscheinung. »Meine Tochter«, flüsterte er.

Was bildete sich dieser Unwürdige ein? Tauchte nach fünfzehn Jahren aus dem Nichts auf, drohte alles zu zerstören, wofür Lióla lebte, und nannte sie ›Tochter‹! Sie lachte und hörte in dem Geräusch den Wahnsinn nahen. Ihr Verstand drohte zu entgleiten.

Modranel streckte die Hand aus, als wolle er sie streicheln, obwohl zwei Schritt Abstand zwischen ihnen lagen. »Meine letzte … meine einzige Tochter. Ajina ist tot. Hast du sie gesehen?«

Das musste die blonde Schlampe gewesen sein, die zu seinen Füßen gelegen hatte. Lióla hatte kaum Erinnerungen an ihre jüngere Schwester, aber die Haarfarbe passte. Ihre dämliche Mutter hatte Ajina ›Sonnenkind‹ genannt und Lióla ›Mondkind‹, wegen ihrer bleichen Haut. Kein Name hätte weiter von der Wirklichkeit entfernt sein können. Sie war in einer Nacht dreifacher Mondfinsternis zur Welt gekommen, deswegen war ihr angeborenes Gespür für Magie auch so stark.

»Du bist immer meine eigentliche Tochter gewesen, Lióla. Ich habe es vergessen, aber jetzt, da ich dich sehe … Du bist mir so ähnlich. Ich hätte dich niemals fortgeben dürfen.«

In seinen Augen glomm die gleiche Hoffnung, die auch Sklaven hatten, wenn sie dachten, man zöge ihre Freilassung in

Erwägung. *Er sucht nach Erlösung,* erkannte Lióla. Warum richtete er seine Gefühle nicht auf Nützlicheres?

Obwohl …

Sie senkte den Blick, damit er nicht in ihr Gesicht sehen konnte. Mit kleinen Schritten näherte sie sich ihm. Trotz der Kälte brach ihr der Schweiß aus allen Poren. Modranel war immerhin ein mächtiger Magier. So mächtig, dass er Lisanne gefährlich werden konnte. Er war geschwächt, aber dennoch gebot er über Kräfte, die Lióla mit der gleichen Leichtigkeit zu zerquetschen vermochten, mit der ein Eisenstiefel eine Blume zermalmte. Ihre Unterlippe zitterte, als seine Hand über ihren Kopf strich, die Finger sanft wie Schmetterlinge. Zugleich spürte sie über ihre Verbindung zu Lisanne, dass er noch immer gegen die Schattenherzogin kämpfte, wenn seine Konzentration auch soweit nachgelassen hatte, dass seine Angriffe schwächer waren als vorhin. Wenn er aber auf den Gedanken verfiel, Lisanne aus dieser Nähe direkt anzusehen … Wenn er gar ihre Augen aufdrückte … Lióla würgte. Sie durfte sich nicht darauf verlassen, dass Brünetta ihn davon abhalten konnte. Seine Kraft wirkte jenseits ghoulischer Muskeln.

Ein Donnern hallte von oben herab, das Lióla nach den Erfahrungen der gestrigen Nacht sofort zuordnen konnte. Ein Wurfgeschoss, das gegen die Mauern der Festung prallte. Aber welches Katapult hatte es abgeschossen? Die Ondrier besaßen die Festung doch bereits.

»Meine Tochter«, flüsterte Modranel. »Meine wahre Tochter …«

Möglich, dass sie seine wahre Tochter war.

Aber er war nicht ihr wahrer Vater.

»Ich habe meine Seele den Schatten überschrieben!«, rief sie und stieß ihr Messer durch die weiche Haut unter seinem Kinn tief in den Rachen hinein. Sein Blut spritzte heiß auf ihr Gesicht. Er wankte rückwärts.

Sie spürte, dass sich sein Angriff auf Lisanne abschwächte. Triumphierend setzte sie nach, brachte ihm eine klaffende Wunde quer über die Brust bei. »Deine Tochter, ja?« Sie spie ihn an. »Dann sieh, was deine Tochter gelernt hat! Ich gehöre den Schatten, mit jeder Faser meines Körpers, mit jedem Funken meiner Essenz, mit all meiner Seele! Die Finsternis ist meine Heimat. Und sie«, mit dem blutigen Messer zeigte sie auf Lisanne, »ist meine Herrin!«

Sie trat ihm in den Bauch. Er krümmte sich zusammen. Sie rammte ihm die Klinge bis zum Heft in die Schulter.

»Verzweifle!«, brüllte sie. Sie packte seinen vom warmen Lebenssaft schlüpfrigen Hals, zog ihn hoch, bis er in ihr Gesicht sah. »Dies ist der Ort, dies ist die Stunde, in der du stirbst! Und die Schattenherzogin wird leben! In alle Ewigkeit!«

Sie stach das Messer in seinen Bauch, riss es durch die Gedärme. Sein Blut sprudelte über ihre Hand.

Ohne ihn loszulassen, schloss sie die Augen. Sie sah seine Lebenskraft, spürte sein Entsetzen. In ihm war etwas zerbrochen. Er konnte nicht länger gegen Lisanne kämpfen. Instinktiv hatte er seinen Schutz verstärkt, wehrte ihre tastenden Angriffe ab. Aber das würde ihm nichts nützen.

Modranels Verzweiflung richtete sich auf sie, aber der Grund dafür lag in Liólas Bindung zu Lisanne. Das reichte, um einen Kanal zu schaffen, durch den die Dunkelruferin die Essenz leiten konnte. Und der alte Mann hatte Unmengen an Lebenskraft, wie sie mit freudiger Überraschung erkannte! Gänzlich unfähig konnte er nicht gewesen sein, auch wenn er sich in seinem Wahnsinn auf die falsche Seite gestellt hatte. Sie zog alles aus ihm heraus und leitete es Lisanne zu. Die Lebenskraft durchströmte sie mit solcher Macht, dass Lióla sich trunken fühlte, als sie versiegte. Sie schwankte sogar, als hätte sie im Übermaß dem Wein zugesprochen.

Glücklich glucksend erhob sie sich. Sie hatte gar nicht gemerkt, dass sie der Leiche zu Boden gefolgt war. Bauch und

Brust waren völlig zerschnitten. Sie rammte das Messer zwischen die Rippen des Toten. Sollte Modranel die feine Klinge behalten. Er hatte sie sich verdient.

Lisanne war noch immer nicht bei Bewusstsein, aber sie war nicht länger gefährdet. Modranels Angriff war beendet, und auch sonst wirkte sie gefestigt.

Oben donnerten jetzt ständig Geschosse gegen die Mauern. Die Menschenfürsten versuchten tatsächlich, Guardaja zurückzuerlangen. Es stand zu befürchten, dass ihnen das gelingen würde. Wenn die Osadroi Lisanne hätten helfen wollen, wären sie schon längst hier gewesen. Also hatte sie wohl Panik erfasst und sie waren geflohen. Unsterbliche wurden selten Zeuge, wie eine der Ihren an den Abgrund des Vergessens geführt wurde.

Also mussten auch sie fliehen. Das ging gegen Liólas Stolz, aber der war unwichtig. Nur Lisanne zählte. Sie mussten eine Kutsche finden, die sie vor der Sonne schützte. Und zwar schnell, solange noch welche verfügbar waren. Lióla hatte schon so viel erreicht, aber sie durfte nicht nachlassen, nicht auf dem letzten Stück der Strecke scheitern! Nicht auszudenken, was die Milirier mit einer gefangenen Lisanne anstellen würden. Der Tod stünde erst am Ende ihrer Bemühungen! Es gehörte nicht viel Phantasie dazu, sich die silbernen Ketten vorzustellen, die Schandmaske aus dem gleichen Metall, eine Schattenherzogin, die von Stadt zu Stadt geschickt wurde, um auf jedem Marktplatz vom Pöbel begafft zu werden … Dazu durfte es nicht kommen!

Lióla dirigierte Brünetta hinter sich her durch den von Trümmern übersäten Gang. Sie passierte die tote Blondine und den Paladin in seiner Rüstung, an der das Mondsilber noch orange glühte, ebenso wie bei der Schwertklinge, die er in der leblosen Hand hielt. Die Leichen einiger Gardisten lagen hier, teilweise von den mystischen Kräften, die in dieser Nacht getobt hatten, bis zur Unkenntlichkeit zerfetzt. Die Leiche eines alten

Mannes in einem Schuppenpanzer. Sie kamen an einer Frau vorbei, die auf dem Boden kauernd beide Knie umfasst hielt und sich schluchzend vor und zurück wiegte. Lióla verspürte Lust, ihr den Hals durchzuschneiden, aber sie hielt lieber Abstand. Es wäre verantwortungslos gewesen, das Risiko einzugehen, dass die Schlampe das neben ihr liegende Schwert ergriff und Lióla damit zu Leibe rückte, um anschließend auf Lisanne einzuhacken. Lióla hatte zu oft gesehen, wie Verzweiflung in blinde Wut umschlug.

Also drückten sie sich an der gegenüberliegenden Wand entlang, erreichten so die Treppe und begannen ihre Suche nach einem geeigneten Gefährt.

Winena, die ranghöchste Priesterin der Mondmutter in Delguardaja, hatte Helion persönlich gepflegt, so wie sie jetzt ihre Gebete über Limoras' Wunde sprach. Er wusste nicht, ob sie recht damit hatte, dass Lisanne ihm trotz der Silberrüstung zehn Jahre gestohlen hatte, aber er hatte auch keinen Grund, daran zu zweifeln. Das Fehlen der Lebenskraft machte sich durch eine Leere in der Brust bemerkbar, wo die Trauer um Ajina hätte sein sollen. Seine Knochen schmerzten, als er aus dem Zelt der Heilerinnen trat. Er versuchte, die Wärme der Sonne auf dem Gesicht zu spüren. Es gelang ihm nicht.

Die Festung war nach dem Wüten der magischen Kräfte und der zweimaligen Eroberung instabil geworden. Ständig brachen Teile davon ein. Bei den meisten Kastellen und Wehrtürmen sah es nicht besser aus. Deswegen lagerte das Heer in Zelten am Nordrand des Talkessels. Die meisten Krieger waren damit beschäftigt, Leichenhügel aufzuschichten. Die Feuer brannten überall, ihr süßlicher Geruch reizte zum Würgen. Nur die Adligen wurden begraben, nur die Edelsten für eine letzte Reise in die Heimat vorbereitet. Prinz Varriors Sarg war bereits eine halbe Tagesreise entfernt. Baron Gonnar würde am Abend zu Füßen der Festung, die sein Leben gewesen war, zur letzten Ruhe gebettet.

»Jetzt seid Ihr ein Held, nicht wahr?«, rief jemand.

Helion drehte sich zu dem Sprecher um. Er brauchte einen Moment, um den Krüppel zu erkennen, der seinen rechten Arm wohl in der letzten Schlacht verloren hatte, denn sein Verband blutete noch durch. »Narron«, stellte er fest. »Ihr habt also überlebt?«

»Ich war schon immer hart im Nehmen.« Keine Freude war in der Stimme des Mannes, der an Helions Stelle zum Paladin hätte erhoben werden können. »Viele andere hatten nicht dieses Glück.« Er hob den Kopf der Leiche hoch, die er über den Rücken eines Esels geworfen mit sich führte.

»Karseus!«, rief Helion.

»Ganz recht. Phaistors Knappe. Er sprach unablässig von Euch, obwohl er wusste, dass Euer Name keinen angenehmen Klang in meinen Ohren hat. Er setzte solche Hoffnung auf die Hiebe und Finten, die Ihr ihn lehrtet! Selbst nachdem Phaistor gefallen war.«

»Wann war das?«

»Vorletzte Nacht.« Narron schnaubte. »Zwei Nächte, zwei Schlachten. Das Nebelland scheint ausgetrocknet, dass es in so kurzer Zeit so viele Seelen trinkt.«

Solche Erlebnisse fordern ihren Tribut, dachte Helion. *Auch Ihr seid gealtert, Narron.*

»Was wollt Ihr jetzt tun?«

»Der Kampf ist noch nicht zu Ende«, erwiderte Helion.

Narron netzte die Lippen. »Der Falkenpass ist unser. Das ondrische Heer ist in alle Winde geflohen.«

»Lisanne hat sich nach Osten gewandt. Ich kann es spüren. In meiner Brust.« Ein seltsames, unangenehmes Ziehen verband ihn noch immer mit der Schattenherzogin, auch wenn Winena versicherte, dass er keine Lebenskraft mehr verlor.

»Ihr wollt ihr nach? Habt Ihr nie genug?«

Er starrte auf den blutigen Verband über dem Stumpf. »Ihr habt Euren Preis gezahlt, Narron. Ich mache Euch keinen Vorwurf. Aber ich kann nicht aufgeben. Sonst sind alle umsonst gestorben. Die Krieger, an denen sich die Krähen fett gefressen haben. Estrog. Baron Gonnar. Prinz Varrior.« *Und Ajina.*

»Ist Modranel nicht auch gefallen?«

»Ja. Dennoch ist Lisanne so schwach wie nie. Sie ist sterblich, und sie weiß es. Sie hat Angst vor uns, sonst wäre sie nicht geflohen.«

Es waren beinahe die gleichen Worte, die Helion wenig später gegenüber den Feldherren benutzte. Sie waren nur noch zu zweit: Kentateos, der Anführer der Mondschwerter, der wiederum vergeblich nach einem Feind gesucht hatte, der in der Lage war, seinem Leben ein Ende zu setzen, und Graf Dimmoar, der den Angriff der vergangenen Nacht geleitet und mit einer Kopfwunde dafür bezahlt hatte, die die linke Seite seines Gesichts unter einem Verband verschwinden ließ. »Es ist ein großer Sieg«, murmelte Letzterer. »Jetzt kommt es darauf an, ihn weise zu nutzen. Wir dürfen ihn nicht zu einer Niederlage werden lassen. Wenn wir halten, was wir gewonnen haben, wird das ein Fanal für die freie Welt sein. Wenn wir kopflos nachsetzen und geschlagen werden, wird das die Nachricht vom Sieg verdunkeln.«

Helion starrte Kentateos an. Dem Rang nach hätte er sich ihm gegenüber ehrerbietig erweisen müssen, aber solche Dinge zählten nicht in einem geschlossenen Zelt am Rande eines Schlachtfelds, das ihn zum Helden geschmiedet hatte.

Kentateos zog die Stirn in Falten. »Ihr werdet keinen in unseren Reihen finden, der ohne Wunden aus der Schlacht gekommen ist. Selbst wenn wir ein Heer von einiger Schlagkraft zusammenstellen könnten, würde ich es nicht nach Osten führen. In dieser Richtung ist es nicht weit bis Amdra mit seinem Nachtschattenwald. Sollen die Fayé Lisanne den Gnadenstoß geben. Wenn sie es nicht tun, bringen auch wir es nicht zustande. Aber im Norden liegt ein lohnendes Ziel, die Silberminen von Fenarra. Zwei Tagesmärsche, drei bei schlechtem Wetter.«

»Haben wir nicht gerade das Silber von Guardaja gesichert?«

»Auch das wird sich irgendwann erschöpfen. Das Silber ist das Tor zum Sieg, Paladin! Das wisst Ihr!«

Helion knirschte mit den Zähnen. Er dachte an die Waffen und Rüstungen der Mondschwerter, die auf einem speziellen Karren gesammelt wurden. Sicher würde Kentateos später die Rubine aus den Schwertern der Gefallenen entnehmen. Das war die Aufgabe des Heerführers. Dann würde alles nach Akene geschickt, in den Tempel der Mondmutter, um neuen Paladinen zu dienen. Von denen die meisten ein Leben als Würdenträger an Fürstenhöfen voller Luxus anstrebten. Helion lachte bitter.

»Was amüsiert Euch? Haltet Ihr uns für altersschwache Recken, die der Mut verlassen hat?«

»Wie könnt Ihr aufgeben? Ist es nicht unsere Mission, die Welt von Lisannes Finsternis zu befreien?«

»Das ist Euer Auftrag, nicht der unsrige. Wir haben einen Krieg zu gewinnen.« Dimmoar legte eine Hand auf Helions Schulter. »Dabei wärt Ihr von großem Nutzen. Ihr habt bewiesen, dass Ihr kämpfen könnt. Wie viele Gardisten habt Ihr erschlagen?«

Helion schnaubte. »Ein Dutzend, vielleicht mehr. Kommt es darauf wirklich an? Die Schatten des Nordens gebären in jeder Nacht hundert neue, wenn sie es wollen. Es geht um Lisanne. Drei Monde stehen am Himmel, drei Versuche müssen es sein, um den Sieg zu erringen!«

»Wie wollt Ihr das schaffen? Ich wiederhole mich nur ungern, aber Modranel ist nicht mehr.«

Helion schluckte. »Das weiß ich. Und auch ich habe viel verloren in den letzten Nächten. Es wäre leicht, mich der Trauer zu überlassen. Oder den Zweifeln. Glaubt mir, ich martere mein Herz unablässig. Ich hätte meine Leute nicht so leichtsinnig in Lisannes Palast führen dürfen, und in Guardaja hätte ich meine Gefühle besser beherrschen müssen. Sie sind meine größte Schwäche, das hat schon Meister Treaton erkannt. Aber Trauer und Zweifel helfen mir nicht. Sie helfen uns nicht. Uns hilft nur, Lisanne endlich zu erschlagen.«

»Entschlossenheit ist eine gute Sache«, sagte Dimmoar in einem Tonfall, als redete er mit einem Kind. »Aber bei Euch scheint sie wenn nicht ziel-, so doch mittellos. Was wollt Ihr tun? Eure mächtige Waffe ist zerbrochen. Was wollt Ihr gegen die Schattenherzogin ins Feld werfen?«

Kentateos sah ihm in die Augen. »Glaubt Ihr wirklich, besser als wir zu wissen, wie dieser Krieg zu führen ist?«

Helion horchte in sich hinein. Die Frage des verdienten Mondschwerts fand starken Widerhall in seiner Seele, verlangte nach einer Antwort ohne Ausflüchte. Was glaubte er wirklich?

Er glaubte an die Mondschwerter. Zumindest an diejenigen von ihnen, die hier in Guardaja fochten. Und an Giswon, ihren Ordensmarschall, der einen merkwürdigen Weg beschritt, der jedoch zum Ziel hatte, den Kameraden an der Front den Rücken zu stärken, auch wenn dieses Anliegen oft nicht unmittelbar zu erkennen war. Helion vertraute darauf, dass die Mondschwerter die freien Menschen schützen wollten und es auch tun würden, unter Einsatz ihres Lebens. Das galt auch für Kentateos.

Er glaubte daran, dass Kentateos weitaus mehr vom Krieg gesehen hatte als er selbst. Kentateos hatte jahrelang die Stellung gehalten, die Zinnen bemannt, die Nacht um Nacht unter Beschuss gestanden hatten. Im Laufe der Zeit hatte er Hunderte, wenn nicht Tausende Mondschwerter in die Schlacht geführt, war ihnen selbst vorangeritten, hatte sicher manche Wunde empfangen, wenn auch nicht, wie so viele unter seinem Befehl, eine tödliche. Er war keiner, der ewig leben wollte. Er war unempfänglich für die Verlockungen des Feindes, er hasste die Schatten ebenso, wie Treaton es getan hatte. Und er stand in der Befehlskette deutlich über Helion. In mehreren Hundert Meilen Umkreis war er der ranghöchste Paladin des Ordens.

Niemand hätte Helion einen Vorwurf gemacht, wenn er sich dem Entschluss der beiden Feldherren gebeugt hätte.

Niemand außer ihm selbst.

Er war nicht in den Orden eingetreten, weil es sein Wunsch gewesen wäre, einer großen Organisation anzugehören. Er sah den Sinn von Heeren ein, in denen Befehle die Anstrengungen vieler auf ein gemeinsames Ziel ausrichteten. Aber das war nicht seine Welt. Er war nicht in Guardaja, weil man es ihm befohlen hatte. Auch ohne Befehl wäre er hierhergekommen. Selbst wenn er kein Mondschwert gewesen wäre. Nicht wegen des Goldes, das die Söldner gelockt hatte, sondern weil es seine Pflicht war.

Giswons Befehl hatte er bislang nur dem Wortlaut, nicht aber dem Sinn nach erfüllt. Er hatte Modranel in Lisannes Reichweite gebracht, doch das eigentliche Ziel, die Schattenherzogin zu vernichten, hatte er nicht erreicht. Aber auch diese Pflicht war es nicht, die ihm jetzt verwehrte, den Blick zu senken und sich den Wünschen der Feldherren zu beugen.

Es war noch nicht einmal die Pflicht, die sich aus Treatons letzten Worten ergab, obwohl Helion sicher war, dass er es sich sein Leben lang vorgeworfen hätte, wenn der den letzten Wunsch seines Meisters nicht mit aller Kraft verfolgt hätte.

Die Pflicht war ihm in seine gesamte Existenz eingeschrieben. Im tiefsten Kern seiner Seele wusste er, dass der Grund, aus dem er geboren war, darin bestand, die Schattenherzogin zu vernichten, um welchen Preis auch immer. In dem Moment, in dem er kapitulierte, ganz gleich, vor welchen Schwierigkeiten, wurde sein Leben sinnlos. Ebenso wie die Opfer, die dieser Kampf bisher gefordert hatte. Estrog und Ajina waren nicht gestorben, um eine Festung zu halten und Silberminen zu schützen. Sie hatten ihr Leben für ein ehrgeizigeres Ziel gegeben. Wenn es Helion nicht gelingen sollte, Lisanne zur Strecke zu bringen, wären sie umsonst gestorben. Sie waren tot, aber Helion hatte dennoch das Gefühl, dass sie ihn beobachteten, genau in diesem Moment, und erwarteten, dass er tat, was sie nicht mehr tun konnten.

Er war nicht dazu geboren, Befehle zu befolgen. Er war geboren, um Lisanne zu töten.

Mit einem schleifenden Geräusch zog Helion sein Mondsilberschwert. »Das hier ist, woran wir uns halten müssen! Die Magie ist eine dunkle Kunst. Sie hat ihren eigenen Willen, und der strebt der Finsternis zu. Wir hätten niemals auf sie vertrauen sollen. Das Silber dieser Klinge soll ihren Kopf von den Schultern schlagen. Davon wird selbst sie sich nicht erholen!«

Der Blick, mit dem die beiden ihn betrachteten, kündete von ihrer Überzeugung, er habe den Verstand verloren.

Hier war nichts zu gewinnen. Entschlossenen Schrittes verließ Helion das Zelt. Er ging zu dem Wagen, auf dem die Rüstungen der Mondschwerter gestapelt wurden, kletterte hinauf und stellte sich breitbeinig auf die Panzer, die seine Kameraden stolz vor der Brust getragen hatten. Neugierige Blicke sahen zu ihm auf. Dimmoar und Kentateos waren ihm ins Freie gefolgt.

Tief atmete er durch. Dann reckte er sein Mondsilberschwert der Sonne entgegen. »Hört! Alle, die genug haben von Lisannes Schrecken, gebt acht! Ich bin Helion von den Mondschwertern! Zweimal hat Lisanne mich besiegt, aber um mich zu brechen, ist sie nicht stark genug! Hier stehe ich, in meiner Faust eine Klinge, die nach ihrem Unleben schreit! Wer den Pass befestigen oder einer Expedition nach Fenarra folgen will, der soll es tun! Aber mich müsst ihr in Eisen schlagen, wollt ihr verhindern, dass ich nach Osten gehe! Ich werde Lisanne jagen, bis ich ihr abgeschlagenes Haupt in der Hand halte und zusehen kann, wie die gestohlenen Jahrhunderte ihren Tribut fordern. Ich habe eine Mutter getroffen, die mehr Mut bewies als ein Baron. Ich habe Kameraden verloren, meine Liebe, zehn Jahre meines Lebens. Aber ich werde nicht aufgeben! Niemals! Ich werde nicht ruhen, bis Lisannes Finsternis von der Welt genommen ist. Wenn es sein muss, werde ich allein gehen. Aber ich bin sicher, dass in diesem Heer genug Herzen schlagen, in denen so viel Ehre wohnt, dass sie das nicht zulassen werden.«

Als er von dem Wagen sprang, wusste er noch nicht, dass er Anführer von dreihundert Bewaffneten geworden war.

Nachtschatten

Endlich ein Dorf.

Lióla war der Verzweiflung nahe. Sie wusste nicht, wie lange sie heute neben Lisannes leblosem Körper in der Kutsche gehockt und nichts anderes getan hatte, als zu weinen, während das Gefährt den dritten Tag mit halsbrecherischer Geschwindigkeit nach Osten raste. Das Unleben blieb im Körper ihrer Herrin, aber ihr Charisma war nur ein Abglanz ihres Selbst, und sie hatte bis heute noch nicht einmal die Augen geöffnet. Es war, als ob sich die Osadra in Starre befände. Dieser Zustand trat normalerweise ein, wenn die Strahlen der Sonne direkt auf den untoten Körper schienen. Er wurde dann zu vollkommener Bewegungslosigkeit verdammt, wurde hart wie Stein. Aber Lisannes Gelenke waren nicht steif. Lióla hatte sie sogar mit Gurten festbinden müssen, damit die Arme bei der unruhigen Fahrt nicht von der Pritsche fielen. Jetzt lag die Schattenherzogin da wie eine Gefesselte. Allein ihre magische Sicht gab Lióla Hoffnung. Auf der Ebene jenseits des Greifbaren war Lisanne finster und erhaben, wie es sein sollte. Finster, erhaben, und stumm.

Aber jetzt endlich meldete die Garde ein Dorf. Lióla rieb sich mit dem Ärmel ihrer Robe die Wangen trocken und klopfte gegen die Tür, damit man ihr öffnete. Die ausklappbare Treppe war auf einem holprigen Waldweg abgebrochen. Ein Gardist kauerte sich auf den Boden, damit sie seinen Rücken als Stufe benutzen konnte. *Würde.* Würde war jetzt wichtig. Sonst mochten die Krieger auf den Gedanken verfallen, dass sie besser allein ihr Glück versuchten, als dem Befehl einer fünfundzwanzig Jahre alten Dunkelruferin und einer Osadra, die beinahe schon ins Nebelland hinübergegangen schien, zu folgen. Es waren zwanzig Bewaffnete, alle beritten. Genug, um eine Räuberbande zu gründen.

›Dorf‹ war eine hochtrabende Bezeichnung. Eine Mühle stand an dem Bach, der sich durch das Tal schlängelte. Daran angeschlossen waren drei Häuser, eines davon sicher ein Schuppen für Getreide und Mehl. Weiter verteilt gab es eine Handvoll Gehöfte, jedes mit einer Palisade umgeben.

»Wie beurteilt Ihr die Verteidigungsanlagen, Bannerträger?«

Er spie aus. »Lachhaft.« Er war kein Mann, der so etwas leichtfertig gesagt hätte. Er tat überhaupt nichts leichtfertig. Obwohl sie nur die nötigste Zeit für Rastpausen gewährt hatte, waren seine Wangen sauber geschabt. Wenn es die Garde mit ihrem Kodex von Disziplin und Ordnung nicht gegeben hätte, hätte er sie erfunden. Sein Name war Irien.

»Denkt Ihr, im Wald sind weitere Siedlungen?«

Am Bach entlang war das Land gerodet, um Platz für Felder zu schaffen, aber an den Hängen standen die Bäume des Nachtschattenwaldes. Hier sahen sie nicht viel anders aus als Eichen und Buchen anderswo auch, doch Lióla hatte gehört, dass sie unter dem Einfluss der Fayé im Kernland Amdras so riesig wurden, dass ihre Kronen die Wolken berührten. Das war sicher übertrieben, aber solche Legenden waren wie der Eiter, der um einen festen Dorn wucherte.

»Möglich, aber ich sehe keinen Grund dafür. Es gibt genug freies Land im Tal, das man hätte bebauen können.«

Brünetta stieg von ihrem Platz an der Rückseite der Kutsche, wo sie sich stundenlang stoisch festhalten konnte. Ihre einzige Annehmlichkeit war eine Plane gegen die Sonne. Schon das Licht des fahlen Tages schmerzte den Ghoul in den kleinen Augen, sodass er sie mit den Pranken beschattete. Treu wie ein Hund näherte sich Brünetta Lióla, die ihr die monströse Schulter tätschelte.

»Ich will sie alle«, sagte sie. »Bringt sie zur Mühle. Lasst keinen entkommen.«

Mit einem Nicken bestätigte Irien den Befehl. Er teilte seine Leute in Zweiergruppen ein und ließ sie ausschwärmen. Nur zwei blieben zurück, um die Kutsche zu bewachen. Lióla war nicht wohl dabei. Sie konnte spüren, dass Lisanne noch eine Verbindung zu jemandem hatte, der sich im Westen aufhielt. Wohl jemand, von dem sie Leben genommen hatte, ohne dass er daran gestorben war. Dieser Jemand konnte nur ein Feind sein, und wenn er die Verbindung ebenfalls spürte, verfolgte er sie bestimmt. Der Gedanke schnürte Lióla die Luft ab. Modranel und Varrior waren tot, da war sie sicher. Die Verwundung im Gesicht des Greises im Schuppenpanzer hatte ebenfalls sehr vielversprechend ausgesehen. Vielleicht hatte ihre nichtsnutzige Schwester überlebt. Oder die verhassten Mondschwerter waren ihnen auf den Fersen. Der Paladin hatte schlaff am Boden gelegen, aber durch die Rüstung hatte sie nicht erkennen können, in welchem Zustand er sich befunden hatte.

Sie beobachtete, wie ein Gehöft nach dem anderen in Flammen aufging. Die Gardisten wussten, was sie taten. Sie hatten Erfahrung darin, Opfer zusammenzutreiben. Die Wolken wurden dichter, Nieselregen setzte ein, steigerte sich, wurde zu einem Trommeln auf den Blättern der Bäume.

Schließlich kam Irien mit drei Begleitern zurück. »Das Tal ist gesichert, Dunkelruferin.«

Sie stieg wieder in die Kutsche und löste die Riemen, die ihre Meisterin banden, während sie sich zur Mühle bringen ließ. Sie mussten Fackeln in den feuchten Boden stecken, die Dämmerung verdunkelte den Himmel zusätzlich. In ihrem Schein musterte sie die Menschen, wie sie sich Schutz suchend aneinanderschmiegten. Ihre Kleidung war grob, lederne Schürzen, Wollhemden, Holzschuhe. Etwa fünfzig waren es, die Hälfte davon Kinder, wie Lióla befriedigt feststellte. Endlich hatte ihr Pech ein Ende.

»Ihr!« Sie winkte zwei Gardisten heran. »Holt eure Schattenherzogin«, sie sprach das Wort so laut aus, dass jeder es hören musste, »bringt sie dort hinauf, wo alle sie sehen können.« Sie zeigte unter das Vordach, das einen Eingang der Mühle am oberen Ende einer Freitreppe beschirmte. »Und seid vorsichtig, wenn euch euer Leben lieb ist.«

Lächelnd wandte sie sich den Menschen zu. »Euer Leben endet in dieser Nacht. Ihr werdet alle sterben. Die Ältesten zuerst, die Jüngsten zuletzt. Sagt mir, wer von Euch hat die meisten Jahre gesehen?«

Die Menschen zitterten, schwiegen aber. Prüfend sah Lióla in den Himmel. Wegen der Wolken konnte sie nicht sicher sein, dass die Sonne schon vollständig untergegangen war. Immerhin würden sie auch das Mondlicht abschirmen. Anders als Höhlen oder Gebäude blockten sie die Macht der Himmelslichter, wenn auch nicht vollständig. Jede Erleichterung wäre Lióla recht. Wer wusste, wie weit es zum nächsten Dorf war, falls dieses nicht den gewünschten Erfolg brachte? Sie brauchte jetzt Geduld, musste abwarten.

Aber sie konnte die Zeit nutzen, um diese Menschen vorzubereiten. »Wollt ihr Zuflucht zu Terron suchen?«

Sie sahen sie fragend an.

»Was ist? Vertraut ihr nicht auf den Stiergott?«

Irien räusperte sich. »Ich glaube, wir sind nicht mehr in Milir«, raunte er ihr zu. »Dies könnte schon Eskad sein.«

Sie runzelte die Stirn. »Du!« Sie schlug einem kräftigen Mann ins Gesicht. »Wer empfängt deine Hingabe?«

Blöde glotzte er sie an.

»Zu wem betest du?«, fauchte sie.

»Morn ist einfach«, wimmerte eine alte Frau neben ihm.

»Wer hat dich gefragt, Weib?«, fuhr Lióla sie an.

Die Alte weinte. »Mein Morn hat ein gutes Herz. Aber das Denken bereitet ihm Mühe. Er versteht nicht, was Götter sind.«

Für einen Moment starrte Lióla sie sprachlos an. »Also sag du es mir! Welchem Gott gilt eure Verehrung?«, fragte sie schließlich.

Sie sah zu Boden. »Die Mondmutter hat unser Sehnen stets erhört.«

»Die Mondmutter?«, rief Lióla. »So weit im Norden?«

»Eine ihrer Priesterinnen kam zu uns. Sie hat uns geholfen und uns gelehrt. Baron Truber erlaubt uns, zur Mondmutter zu beten.«

Mit verächtlichem Schnauben wandte sich Lióla ab. Ihr Blick fiel auf Brünetta. Anscheinend war die Schwesternschaft, der Pnemaja angehört hatte, ungewohnt missionarisch aktiv. Oder sollte etwa Pnemaja selbst die Priesterin gewesen sein, die dieses Dorf bekehrt hatte?

Sie suchte in den tiefliegenden Augen des Ghouls nach Erinnerungen, fand aber nur dumpfes Unwissen. Ein solcher Zufall hätte Lióla amüsiert, aber sie hatte keine Möglichkeit, zu der Pnemaja vorzudringen, die Brünetta früher gewesen war. Außerdem gab es eine ungleich wichtigere Aufgabe zu erledigen.

Also stellte sie sich auf die Treppe und sah zu den Knienden hinunter. »Dann ruft nach der Mondmutter! Lasst uns sehen, welchen Lohn euch all die Gaben, die ihr dargebracht habt, einbringen! Na los! Irgendwo über den Wolken stehen die Monde! Fleht um eure Rettung!«

Zunächst gingen sie es zaghaft an. Lióla musste der vorlauten Alten die Nase abschneiden lassen, bis sie mit angemessener Hingabe um ihre Rettung bettelten. Menschen waren so dumm. Es fiel ihnen schwer, das Gewicht von Worten zu erfassen. Sie mussten Taten sehen, um zu begreifen. Das lag daran, dass sie selbst ständig dummes Zeug quasselten.

Schließlich war ihr Verstand so unwissend wie der einer Raupe, die ihr ganzes Leben an einem einzigen Busch zubrachte. Der Gedanke, dass Lióla selbst so erbärmlich hätte werden können, war ihr unangenehm. Wenn Modranel sie nicht an Baron Gadior übergeben hätte …

Im Grunde hatte ihr Vater doch einige brauchbare Entscheidungen getroffen, fand sie. Er hatte sie in die Schatten geführt und vor ein paar Nächten den Anstand besessen, seine Essenz für Lisanne zur Verfügung zu stellen. Irien sah fragend zu ihr auf, als sie ohne einen für ihn erkennbaren Grund lachte.

Die Sonne war gegangen. Zeit für die Dunkelheit.

»Brünetta! Nimm den Idioten und reiß ihn in der Mitte auseinander!«

»Nein!« Trotz ihrer eigenen Verletzung warf sich die Alte vor den Trottel, der noch nicht einmal wusste, was Götter waren. Er war genauso dumm wie ein Ghoul, wäre es da nicht herzlos gewesen, ihm Brünettas Umarmung vorzuenthalten?

Ein Gardist zog die Alte weg. Das löste einen kleinen Tumult aus. Da die Bewaffneten erkannt hatten, dass Lióla die Gefangenen lebend brauchte, schlugen sie mit den flachen Seiten ihrer Schwerter zu. Einige Platzwunden gab es dennoch. Lióla hörte Knochen brechen.

Eisiges Schweigen legte sich über die Schreie, als Brünetta den Idioten endlich gepackt und auf die Füße gezogen hatte. Er begriff wohl immer noch nicht, wie kurz die Zeit war, die er noch zu leben hatte. Ein Grund mehr, ihn zu wählen. Wer so wenig von dem verstand, was um ihn herum vorging, konnte seine Gefühle nicht auf die Schattenherzogin ausrichten. Seine Essenz wäre schwierig zu ernten gewesen.

Alle diesbezüglichen Überlegungen wurden überflüssig, als Brünetta ihren Befehl ausführte. Ihr weißes Kleid war nun endgültig unbrauchbar. Selbst wenn die Gedärme fortgewischt wären, wäre noch so viel Blut darin, dass der Anblick jeden ästhetisch gebildeten Verstand beleidigen musste. Da war selbst der nackte Ghoulkörper eher zumutbar.

Lióla war dennoch zufrieden. Die Menge war angemessen entsetzt. »Ihr werdet alle sterben!«, rief sie. »Die Mondmutter hilft euch nicht! Die Schatten sind über euch gekommen! Jetzt seid ihr das Eigentum der Nacht! Lisanne, die Schöne, fordert euer Leben von euch! Verzweifelt! Es gibt keine Rettung!« Triumphierend sah sie in die weit aufgerissenen Augen. »Ihr seid allein, von allen verlassen. Niemand wird euch retten.«

Sie breitete die Arme aus und schloss die Lider. Die Verbindung zu Lisanne hatte sie in den vergangenen Tagen so oft gesucht, dass sie sie sofort fand. Die Gefühle der Menschen richteten sich stärker auf sie selbst, Lióla, als auf die Schattenherrin, aber das war nicht schlimm. Sie würde als Medium fungieren, wie eine Linse, die einen Lichtstrahl lenkte. Um den Verlust an Essenz möglichst gering zu halten, fasste sie Lisannes kalte Hand.

Die Dunkelruferin verlangte nach der Essenz. Sie spürte, wie sich die Lebenskraft als glitzernder Schaum von den Menschen löste. Es war ein Prickeln auf der Haut, nicht gestört durch die Robe, die sie trug. Dann fühlte sie die Essenz durch sich hindurchpulsieren. Sie benutzte ihre Nerven, wanderte an ihnen entlang zur Schattenherrin. Dort würde sie über den Körper fließen, den Hals entlang, über die Wange bis zur Nase, wo sie aufgenommen werden würde.

Als der Anfang gemacht war, wurde es sofort leichter. Die Menschen erfassten, dass etwas mit ihnen geschah, was sie nicht verstanden, aber aus den Legenden kannten, die überall von den Osadroi erzählt wurden. Das steigerte ihre Furcht, und damit floss auch die Essenz freier. Lióla hielt sie nicht zurück, wie sie es in Karat-Dor getan hätte, wenn es darum gegangen wäre, Kristalle gründlich zu füllen. Jetzt wollte sie Lisanne wecken, und dazu war eine möglichst starke Zufuhr am besten geeignet.

Die ersten Menschen starben. Lióla versuchte es auszugleichen, indem sie stärker nach der Lebenskraft der anderen rief, Hindernisse zerriss, Widerstände brach. Einigen Opfern zerfetzte sie den Verstand. Sie wären zu sabbernden Idioten geworden, hätten sie diese Nacht überlebt. Aber Lióla hatte sie nicht angelogen.

Wenigstens eine Stunde war vergangen, dann geschah es plötzlich. Wie ein Blitz streckte das Charisma der erwachenden Schattenherzogin sie nieder. Lióla warf sich so heftig auf die Knie, dass sie von den Stufen der Freitreppe stürzte. Hart prallte sie auf den Boden, aber der Schmerz interessierte sie nicht. Lisanne war erwacht! Lióla presste die Stirn auf das Pflaster. Ihre Augen liefen über mit Tränen der Dankbarkeit.

Lisanne nahm jetzt unmittelbar die Essenz entgegen. Lióla konnte ihrem Verlangen nicht widerstehen. Sie musste ihre Meisterin schauen! Scheu hob sie den Blick.

Lisanne war nur bis zur Brust zu sehen. Darüber verdichtete sich die Essenz so stark, dass der dunkle Schaum die Sicht versperrte.

Aber das dauerte nur ein Dutzend Herzschläge an, dann hatte die Schattenherrin das Leben aller Opfer gänzlich in sich aufgenommen. Bleich und schön stand sie in der Nacht, den Blick unverwandt in die Ferne gerichtet, wo noch einige Gehöfte brannten. Da die Gardisten niemanden mehr bewachen mussten, knieten sie nieder. Die Toten lagen kreuz und quer übereinander, reglos bis auf das Blut, das aus ihren Augen tropfte. So war Brünetta die Einzige, die Lisanne stehend anglotzte, das Kleid von Idiotenblut getränkt. Lióla schämte sich dafür, der Meisterin den Anblick dieses Ghouls zuzumuten. Hätte sie es vermocht, hätte sie Brünetta sofort sterben lassen.

»Dunkelruferin«, hörte sie das Flüstern der so lang ersehnten, übersinnlichen Stimme. »Du hast mir Freude bereitet. Komm zu mir.«

Lióla sprang auf, um den Wunsch Lisannes sogleich zu erfüllen. An ihrer Seite stach etwas, wahrscheinlich war eine Rippe gebrochen, aber wen kümmerte das schon, wenn man der Schattenherzogin nahekommen durfte? Dafür hätte sie sich jeden beliebigen Knochen aus dem Leib reißen lassen. Selig warf sie sich auf die obersten Stufen, wagte aber nicht, Lisannes Füße zu berühren.

»Erhebe dich, Dunkelruferin.«

Zitternd tat sie es.

»Ich war nicht wach, aber ich habe auch nicht geschlafen«, erklärte Lisanne so leise flüsternd, dass nur Lióla sie verstand. »Sprach einer dieser Unwürdigen von Baron Truber von Eskad?«

Lióla dachte nach. »Ich erinnere mich nicht, Herrin.«

Abwesend nickte Lisanne. »Wisse, dass wir einen Kontrakt mit Truber geschlossen haben. Seine Baronie wird von uns kein Leid erfahren.«

Entsetzt fiel Lióla auf die Knie, was auf den Stufen nicht einfach war. »Ich wusste nicht, dass wir einen Pakt brachen!«

»Leise«, bat Lisanne, wandte den Kopf und schenkte ihr die Gnade eines direkten Blicks aus ihren Augen. »Steh wieder auf. Wenn niemand davon weiß, niemand davon berichten kann, dann ist es niemals geschehen.«

Lióla seufzte erleichtert. »Ich habe alle Bewohner des Tals zusammentreiben lassen. Keiner von ihnen hat überlebt.«

»Von ihnen nicht.« Lisannes Blick glitt über die knienden Gardisten.

Lióla schluckte schwer. »Ich verstehe. Es wird mir eine Ehre sein, meine Lebenskraft für Euch zu geben.«

»Deine Lebenskraft? Vielleicht. Du hast zu viel gesehen, um jetzt noch in die Unwissenheit zurückzukehren. Du hast mein Wesen geschaut, und du hast eine Schattenherzogin gerettet.«

Lióla wollte gegen den blasphemischen Gedanken protestieren, aber Lisanne gebot ihr mit einem Wink Schweigen.

»Ich allein befinde über dein Schicksal, aber nicht heute Nacht. Doch diese hier müssen auf ewig schweigen. Lass sie die Mühle niederbrennen und dann versammle sie. Sag ihnen, es handele sich um ein Ritual der Stärkung.« Ihre wundervollen Lippen zeigten die Andeutung eines Lächelns. »Das wird es auch sein. Nur wird es nicht sie stärken, sondern mich.«

»Sie ist erstarkt«, sagte Helion. »Ich weiß es!«

Limoras sah ihn an. Helion hatte aufgegeben, die Stimmung in dem fremdartigen Gesicht des Fayé ablesen zu wollen. Ein Mensch vermied den Augenkontakt, um seine Gedanken zu verschleiern. Fayé hatten keine Augen. Keine wie Menschen. Die Öffnungen neben Limoras' Nase waren ähnlich geformt, aber man hatte das Gefühl, durch Löcher in einer Wand in ein weites Land zu spähen, das von blauen Nebelschwaden erstickt wurde. Diese Wesen hatten eine starke Verbindung zur Welt der Geister. »Was meint Ihr mit ›erstarkt‹?«, fragte Limoras.

Immerhin hielt er sich genauso schlecht auf einem Pferd wie Helion. Er musste sogar einen seiner verderbten Zauber wirken, bei dem er eine Art Nacktschnecke durch ein Ohr in den Schädel kriechen ließ, damit das Tier ihn überhaupt aufsitzen ließ.

»Ich kann es nicht erklären. Ich spüre es in meiner Brust.« Er tastete über seinen Harnisch. »Ich habe eine Verbindung zu ihr. Deswegen weiß ich auch die Richtung, in der wir suchen müssen. Das Band wird schwächer, bald wird es ganz zerschlissen sein, aber letzte Nacht ist etwas Bedeutendes passiert. Sie fühlt sich aktiver an. Vitaler.«

»Klingt, als hättet Ihr einen Fisch am Haken und spürtet seine Bewegungen durch die Angelschnur.«

»Das müsste dann schon ein Hai sein.«

Limoras' kleiner Mund lächelte. Noch so ein Mienenspiel, das ohne Augen so fremd aussah, dass man seine Bedeutung erst erfasste, wenn man darüber nachdachte.

Helion wandte sich im Sattel um. Das Heer war noch immer nicht abmarschbereit, obwohl sie in der Nacht darauf verzichtet hatten, die Zelte vollständig aufzubauen. Planen hatten ausreichen müssen.

»Ihr müsst ihnen Zeit lassen. Bei einem Zusammentreffen sind sie nichts wert, wenn sie erschöpft sind.«

»Ich weiß.« Helion war kein Anführer, hatte es nie sein wollen. Er wollte nur kämpfen. Und doch befehligte er jetzt dreihundert Mann, die meisten davon milirische Ritter mit ihren Waffenknechten. Sie hatten viel Zierrat an ihrem Zaumzeug und an ihren Rüstungen, aber das konnte nicht darüber hinwegtäuschen, dass sie entschlossen waren, zu Ende zu bringen, was in Guardaja begonnen worden war. Wieder überlegte Helion, ob er mit einer kleineren Truppe besseren Erfolg hätte. Ein Dutzend Ritter, vielleicht würde das reichen, um Lisanne nachzusetzen, ihre Garde zu überwinden und ihr mit dem Mondsilberschwert den Kopf abzuschlagen. Aber sie wussten nicht, wie stark der Trupp war, mit dem sie reiste. Die Spuren zeigten nur die Räder einer Kutsche und Hufabdrücke, die nach Derias Meinung höchstens zwanzig Tiere verursacht hatten. Deria war eine geübte Jägerin, aber konnte man ihrem Urteil in dieser Sache trauen?

Überhaupt, Deria. Sie war unermüdlich. Auch jetzt war sie dem Heerzug schon wieder voraus, um das Gelände zu erkunden. Sie fühlte sich schuldig wegen ihres Zusammenbruchs bei der Auseinandersetzung mit Lisanne und wollte diese Schmach ausgleichen. Aber sie war keine Kämpferin. Ein Gardist würde keine drei Hiebe benötigen, um ihr den Weg ins Nebelland zu weisen.

Und Limoras? Sie hatten die Ausläufer des Nachtschattenwalds erreicht. Seine Kenntnisse mochten sich als nützlich erweisen. Aber warum er bei ihnen war, verstand Helion nicht. Er behauptete, seine Ehre fordere, dass er seinem Retter beistand. Den Schattenherren gegenüber schien er jedoch keinen Groll zu hegen.

»Was werdet Ihr tun, wenn wir Lisanne stellen?«, fragte Helion.

»Dabei zusehen, wie Ihr der Dame den Kopf abschlagt.«

Wie so oft wusste Helion nicht, ob die Worte als Scherz gemeint waren. »Ein Mensch würde sie hassen dafür, dass sie Euch bei einem Ritual opfern wollte.«

»Und dieser Hass würde sie stärken, nicht wahr?« Jetzt war der Spott deutlich zu hören.

Helion hasste Lisanne, aber das war etwas, das er wusste, nicht etwas, das er fühlte. Jedenfalls traf das die meiste Zeit zu. Als er heute erwacht war, hatte er an Ajina gedacht. Er träumte immer von ihr, von ihrem Lachen, ihrem leuchtenden Haar, ihren schnippischen Bemerkungen. Er spürte sich lächeln, wenn er erwachte. Und dann kam die gallige Bitterkeit, die Wirklichkeit, dass Ajina tot war, dass er sie nicht hatte schützen können. Dass er sie niemals wiedersehen, ihr niemals sagen könnte, was ihm jetzt so leicht einfiel und wofür er keine Worte gefunden hatte, als noch Zeit gewesen war. Das war ein kurzer, heftiger Schmerz, der ihn immer wieder überkam, nicht nur nach dem Erwachen, sondern auch manchmal, wenn er auf dem Ritt Gelegenheit hatte, seine Gedanken wandern zu lassen. Das waren auch die Momente, in denen er Lisanne hasste, unverfälscht, ehrlich und abgrundtief, für alles, was sie getan hatte, für alles, was sie war. Aber ein menschliches Herz war für so starke Gefühle nicht gemacht, und deswegen legte sich rasch eine umfassende Taubheit darüber. Dann war es so wie jetzt, er wusste, dass er um Ajina trauerte, und er wusste, dass er Lisanne hasste, aber er fühlte weder das eine noch das andere. Obwohl da dieses Rumoren in seiner Brust war, wie bei einem unruhigen Schläfer. Es war seltsam.

»Betrachtet Ihr die Osadroi überhaupt als Eure Feinde?«

Limoras zuckte mit den Schultern. Wegen der zwei Gelenke in jedem Arm sah es merkwürdig aus, wenn er sie bewegte. »Freunde. Feinde. Sind das nicht leere Worte? Mein eigenes Volk gab mich in die Hände der Schattenherren, weil ich zu viel wollte.«

»Zu viel wovon?«

»Ihr würdet es wohl Macht nennen, aber unsere Wege unterscheiden sich von Euren. Wir denken anders als Ihr, und wir entscheiden anders als Ihr. Aber ich wollte Dinge, die anderen nicht gefielen.«

»Was für Dinge?«

Wieder lächelte er. »Das würdet Ihr nicht verstehen. Jedenfalls empfand man meine Gedanken als störend, und so entsprach man der Bitte der Ondrier gern, ihnen einen gesunden Fayé zu überlassen, den sie studieren konnten.«

Helion hatte nie darüber nachgedacht, wie lange sich Limoras in Gefangenschaft befunden haben mochte. Fayé alterten nicht, von daher mochten es Jahrzehnte gewesen sein. Aber er hatte genug von Limoras' herablassender Art, sodass er auf die Frage verzichtete. Es ging ihn schließlich auch nichts an. Wenn sie nur Lisanne stellten, wäre er zufrieden. Egal, wer ihm dabei half, dieses Ziel zu erreichen.

Ein Versorgungstrupp kehrte zurück. Um auf dem Marsch keine Zeit zu verlieren, schickt er sie bei Nacht aus. Die Männer sahen ihm aus verhärteten Gesichtern entgegen. Es war kein leichter Dienst, den Bewohnern einsamer Gehöfte vom Letzten zu nehmen, was sie noch hatten, aber das Heer brauchte Nahrung. Einer Gruppe Flüchtlinge hatten sie alle Zugtiere geschlachtet, sodass sie den Rest ihres Besitzes jetzt auf den eigenen Schultern tragen mussten. Selbst diese harten Maßnahmen reichten kaum aus. Die Krieger hungerten. Helion schob sich ein paar Pilze in den Mund, die er als essbar befunden hatte. Wenn es morgen nicht besser wurde, müsste Helion die Pferde schlachten lassen. Sie mussten Lisanne einholen, um jeden Preis. Die Geschwindigkeit mussten sie ohnehin an den Fußsoldaten ausrichten, nur ein Drittel ihrer Streitmacht war beritten, was aber weniger Probleme machte, als Helion vermutet hatte. In dem waldigen Gelände waren Reittiere ohnehin nur von geringem Nutzen, was die Geschwindigkeit anging. Zudem mussten Pferde nicht nur schlafen, sondern auch grasen und saufen. Ein Fußsoldat konnte im Gehen essen und trinken.

Deria begleitete den Versorgungstrupp, sie war wohl kurz vor dem Lager auf ihn getroffen.

»Mir wäre wohler, wenn sie nicht dabei wäre«, murmelte er. »So viele sind schon gestorben.«

»Sie wird sich nicht fortschicken lassen«, stellte Limoras nüchtern fest. Anscheinend kannte er sich mit dem Wesen der Menschen besser aus, als das umgekehrt der Fall war.

Helions Falbe tänzelte. »Sie taugt nicht zur Heldin.«

»Das hätten viele auch von Modranel gesagt, und doch schicken sie ihn jetzt in den Süden, um ihm ein prunkvolles Begräbnis zu bereiten.«

Ja, das Leben war seltsam. Es war noch nicht lange her, dass jeder aufrechte Fürst Modranel verbrannt hätte, wenn er ihn in die Finger bekommen hätte. Jetzt wurde der Zauberer geehrt. Helion hatte dafür gesorgt, dass Ajinas Leiche mit ihm geschickt wurde. Sie würde ihre letzte Ruhe neben ihrem Vater finden. Helion verstand jetzt alles, was sie über ihn gesagt hatte. Er hatte sie neben ihm sterben sehen, aber er wusste, dass sie ihr Leben freiwillig gegeben hatte. Er hatte es ihr nicht entrissen. Sie war im Sterben mit ihrem Vater vereint gewesen, also sollte sie es auch im Tod sein. Immerhin waren ihr die Qualen erspart geblieben, die Modranels Ableben begleitet haben mussten. Sie hatten seine Leiche bei Prinz Varrior gefunden. Der Oberkörper war so zerschnitten gewesen, dass er kaum noch als Mensch zu erkennen gewesen war. Das

Gesicht war im Gegensatz dazu jedoch beinahe unberührt geblieben. Eine Stichwunde im Unterkiefer und die blutenden Augen, die vom Verlust der Essenz zeugten, mehr nicht.

Deria kam näher.

»Vielleicht kann ich sie jetzt überzeugen. Wir sind in Eskad, ihrer Heimat. Vielleicht sogar in Trubers Baronie.«

»Mein Volk würde nicht zustimmen, dass dies Eskad ist. Für die Meinen befinden wir uns in Amdra. Sie beanspruchen den gesamten Nachtschattenwald.«

»Wohl eine dieser Entscheidungen, die auf eine Weise gefällt wurden, die ein Mensch nicht begreifen kann?«

Limoras' Antwort war ein undeutbarer Blick.

Deria verbeugte sich. »Sie haben eine Siedlung überfallen. An einem Bach.«

Helion war hellwach. »Wie weit entfernt?«

»Zwei Meilen. Weiter nicht.« Sie zeigte in die Richtung. »Es sind einzelne Gehöfte und eine Mühle. Alle abgebrannt.«

»Und sie sind sicher fort?«

»Ich habe mich nicht genähert. Soweit ich in der Dämmerung erkennen konnte, hat sich nichts mehr bewegt.«

Helion wandte sich um. »Aufbruch!«, rief er. »Wer noch nicht marschbereit ist, kommt nach, so schnell er kann!«

Er gab dem Falben die Sporen, was er sofort in den Knochen spürte. Er war nie ein guter Reiter gewesen, aber seit Lisanne die Lebenskraft aus seinem Körper gezogen hatte, spürte er das besonders deutlich. Er zeigte es niemandem, aber das Alter hatte sich in ihm eingenistet, ohne dass er die Möglichkeit gehabt hätte, sich über Jahre darauf einzustellen.

Das Tal war nicht zu verfehlen, der Bach zog eine Schneise durch die Landschaft. Anders als Deria berichtet hatte, sah Helion jedoch im Licht des anbrechenden Tages Gestalten, die sich um die noch rauchende Ruine der Mühle bewegten.

Er stellte sich in den Steigbügeln auf. »Sind das Fayé?«

»Nein«, sagte Limoras. »Aber macht das einen Unterschied? Wir werden uns die Sache ohnehin aus der Nähe ansehen, oder?«

Helion nickte. Er sah sich um, versuchte, abzuschätzen, wie viele Bewaffnete bei ihm waren. Wegen des Waldes konnte er sich keine klare Übersicht verschaffen, aber es waren sicher einige Dutzend. Deutlich mehr als die Handvoll Gestalten im Tal. »Vorrücken!«, befahl er.

Sie wurden schnell bemerkt. Jemand an der Mühle rief etwas, dann wandten sich die Leute zur Flucht.

»Fangt sie ein, aber tut ihnen kein Leid an! Vielleicht sind es Überlebende!«

Davon konnte es allerdings nicht viele geben. Als sie die Mühle passierten, sahen sie einen ganzen Berg von verkohlten Leichen. Dazu kamen tote Gardisten, etwa ein Dutzend. Sie waren nicht an den Folgen eines Kampfes gestorben. Helion sah keine Wunden, aber das Blut auf den Wangen, und sie waren so ordentlich aufgereiht, dass sie wohl andächtig gekniet hatten, als ihre Zeit gekommen war.

Milir führte die beiden Rappen nicht grundlos im Wappen. Seine Ritter wussten deutlich besser mit Pferden umzugehen als Helion. Sie hatten ihn schnell überholt und die Fliehenden gestellt, die nun von ihren Lanzen umgeben waren.

»Arriek!«, rief Helion überrascht. Aus der Nähe waren die Wüstenkrieger leicht an dem roten Stoff zu erkennen, den sie um ihre Helme gewunden und vor ihre Gesichter gelegt hatten, sodass nur die Augen zu erkennen waren. Sie waren zu klug, um die krummen Schwerter aus den Scheiden zu ziehen, die sich auf ihren Rücken kreuzten. Vielleicht waren sie Söldner, vielleicht auch nur auf der Durchreise, während sie den Sitten ihres Volkes entsprechend nach der Gelegenheit für einen guten Kampf suchten. Jedenfalls waren sie keine Bauern, die dieses Massaker überlebt hatten. »Was führt euch hierher?«, verlangte Helion zu wissen.

Ein Ruck ging durch den Falben. Er stieß ein gequältes Wiehern aus, Helion spürte sein Zittern zwischen den Schenkeln. Gerade noch rechtzeitig bekam er die Stiefel aus den Steigbügeln, um sich von dem Pferd abzustoßen, als es zusammenbrach. Er hatte schon viele Krüppel gesehen, deren Beine unter ihrem Reittier zerquetscht worden waren.

Das Pferd war noch nicht tot, aber es röchelte Blut auf den Boden. Die Augen quollen im Todeskampf hervor, die Beine traten ins Leere. Helion beeilte sich, den Schild vom Sattel zu lösen. Jetzt hatte er den Pfeil im Hals des Tiers gesehen.

»Wenn sie Euch hätten treffen wollen«, sagte Limoras gelangweilt, »hätten sie es getan. Fayé verfehlen ihr Ziel nicht.«

Wütend starrte Helion ihn an. »Was soll das dann sein? Ein gefiederter Freundschaftsgruß?«

»Nein. Eine Einladung.« Er zeigte den Hang hinauf.

Helion brauchte einen Moment, bis er die Fayé erkannte. Sie waren ähnlich gekleidet wie Limoras, mit Zweigen und Blättern, die sich um ihre Körper gelegt hatten, was sie mit dem Unterholz verschmelzen ließ. Die hellen, dreieckigen Gesichter verrieten ihren Standort noch am leichtesten.

»Sind das eure Herren?«, fragte Helion die Arriek.

»Ihr Gold ist so gut wie das jedes anderen«, erwiderte einer von ihnen.

Also waren sie Söldner. Und sie waren nicht die einzigen. Neben den Fayé kam Bewegung in den Wald, als sich weitere menschliche Krieger erhoben. Die meisten waren keine Arriek, sondern das übliche Geschmeiß, das die Kriege der Welt gebaren. Kaum ein Söldner wählte dieses Leben, weil er sich Wohlstand davon versprach. Für gewöhnlich vermietete man sein Schwert, weil man unter dem Banner seines Fürsten nicht mehr geduldet wurde. Der Krieg zerbrach die Moral, das wusste Helion spätestens, seit er die Versorgungstrupps hatte ausschicken müssen. Da war der Weg, sich selbst zu nehmen, was sein Besitzer nicht verteidigen konnte, nicht weit. Der Übergang zwischen Räuber und Söldner war fließend. Und manche mochten auch die Kämpfer eines Herrn gewesen sein, dessen Heer zerstört worden war, oder deren Heimat jetzt unter den Schatten lag. Wer nicht nach Hause zurückkehren konnte und auch sonst nirgendwo willkommen war, mochte sich entscheiden, fortan Hammer zu sein, nicht mehr Amboss.

Aber das Schicksal dieser Männer kümmerte Helion wenig. »Wenn sie mit mir reden wollen, dann reden wir eben.« Er stieg den Hang hinauf. Einige Ritter schlossen sich ihm an, ohne dass er sie darum gebeten hätte.

»Lasst Eure Truppen den Wald auf dieser Seite des Tals betreten und keiner von Euch wird ihn lebend wieder verlassen«, sagte der vorderste Fayé statt einer Begrüßung. Auch seine Augen waren treibender Nebel, aber braun, nicht blau wie bei Limoras. Er war etwas kleiner als Helion. Da er höher am Hang stand, sah er dennoch auf ihn herab.

»Wir sind nicht gekommen, um Eure Grenze zu verletzen.«

»Gut. Dann verschwindet.«

Helion erspürte das Ziehen in seiner Brust. Es wies noch immer nach Osten. »Das werden wir. Sobald wir gefunden haben, was wir suchen.«

Der Unterkiefer des Fayé bewegte sich. War das ein Anzeichen von Wut? »Der Nachtschattenwald gehört uns. Ihr seid hier nicht willkommen.«

»Wir wollen Eure Gastfreundschaft nicht beanspruchen. Es ist kein Fayé, nach dem wir suchen, sondern eine Osadra.«

»Schattenherzogin Lisanne ist Gast an König Ilions Hof«, versetzte er.

Helion rezitierte in Gedanken einen Vers, um die Ruhe zu bewahren. »Wir respektieren Euch. Ihr mögt im Streit mit Eskad liegen, aber das ist nicht unser Krieg. Wir kommen von Guardaja, aus Milir. Wir werden uns nicht in Eure Angelegenheiten mischen. Aber ich kann nicht zulassen, dass Lisanne uns entkommt.«

»Geht und lebt oder kommt und sterbt. Was ich sagen wollte, ist gesagt.« Ohne ein weiteres Wort wandten sich die Fayé ab und verschwanden im Wald.

Helion führte die Ritter zurück zu der Mühle. Eine Stunde warteten sie, bis sich das Heer versammelt hatte. Er ließ die Aufstellung durchzählen. Zweihundertneunundachtzig Mann erwarteten seinen Befehl. Er lautete: »Angriff!«

Obwohl es nicht warm war, sah es aus, als ob der Boden kochte. Zwischen den Bäumen taten sich immer neue Löcher auf, aus denen Dampf zischte. Wo Sonnenlicht durch das Blätterwerk fiel, wallte er zurück, als sei er ein Lebewesen, das den Kontakt mit der Helligkeit scheute. Er behinderte nicht nur die Sicht, sondern dämpfte auch die Geräusche der Schlacht. Das Wiehern der Pferde, die sich auf dem unsicheren Boden die Beine brachen, das Splittern der Rüstungen, das metallische Klirren der Waffen. Die Schreie der Verwundeten und der Sterbenden. Wie des Söldners, der gerade sein Leben auf Helions Silberschwert blutete, das in seiner Brust steckte. Das helle Metall der Klinge war so dicht von Blut bedeckt, dass man sein Funkeln nicht mehr sehen konnte. Es leuchtete zweifellos ebenso schwach wie das Mondsilber auf Rüstung und Schild, mit einem orangefarbenen Schimmer. Hier wurde Magie gewirkt, aber es war nicht die Verderbnis der Osadroi, sondern die Tradition der Fayé, die die Gesetze der Götter brach.

Helion trat den Mann fort, um die Waffe frei zu bekommen.

Durch den Dampf näherte sich jemand. Groß, schlank, federnder Gang, zwei Gelenke an jedem Arm. Das konnte nur Limoras sein. Das Volk der Nachtschatten sah besser unter diesen Bedingungen als ein Mensch. Kein Gegner wäre so offen auf das Mondschwert zugekommen.

Er hielt den abgeschlagenen Kopf eines Fayé an den Haaren und grinste Helion an. War das ein Ausdruck, den sein Volk teilte, oder hatte er ihn sich während seiner Zeit unter den Menschen abgeschaut?

»Der Kampf scheint Euch Vergnügen zu bereiten«, stellte Helion fest.

»Ich gebe zu, ich hätte nicht damit gerechnet, an der Seite eines Sauertopfs, wie Ihr es seid, solchen Spaß zu haben.« Er hob seine Trophäe hoch und betrachtete die Augen, in denen die farbigen Nebel nun erstarrt waren.

»Ein Feind aus alten Zeiten?«, riet Helion.

»Ich habe ihn nie getroffen, aber ich räume ein, dass seine Fallan nicht meine uneingeschränkte Zuneigung genießt.«

»Was soll das sein? Eine Baronie? Eine Familie?«

»Wir haben keine Familien wie Ihr.«

Helion lachte auf. »Ihr lebt nicht wie wir. Ihr entscheidet nicht wie wir. Und jetzt habt Ihr keine Familien wie wir? Macht Euch nicht lächerlich! Mann, Frau, Kind. So etwas muss es auch bei Euch geben.«

Limoras' Kopf verharrte bewegungslos, eine Geste, die dem menschlichen Starren nahekam. Helion kippte den Schild, sodass seine Fläche exakt senkrecht stand und er ihn sofort zwischen sich und den Fayé reißen konnte. Ihm war die leichte Bewegung des Schwerts in dessen Faust nicht entgangen. Es mochte eine unbewusste Geste sein, aber die Waffe war jetzt in einer guten Position, um zuzuschlagen. Offenbar trieb Limoras zwar gern seinen Spott mit seiner Umgebung, schätzte es jedoch nicht, wenn ihm mit gleicher Münze gewechselt wurde.

Aber sein Gegenüber beherrschte sich. Die Schwertspitze sank wieder Richtung Boden. »Eine Fallan bildet sich nicht nach dem Zufall der Geburt. Man entscheidet sich dafür.«

»Kann man sich auch dagegen entscheiden? Eine Fallan wechseln?«

»Es kommt vor. Nach ein paar Jahrhunderten werden manche ihrer Gesellschaft überdrüssig.«

»Oder ihre Gesellschaft wird ihrer überdrüssig, wie? Es war Eure Fallan, die Euch verstieß und in die Schatten gab?«

Das Bersten eines Baums erinnerte sie daran, dass sie sich mitten in einer Schlacht befanden. Die Löcher, aus denen der Dampf zischte, waren nicht das Einzige, was mit dem Boden geschah. Etwas bewegte sich darin, wie Maulwürfe, so groß wie Hunde, die mit ungewöhnlicher Geschwindigkeit nahe der Oberfläche ihre Gänge aufschütteten. Die dadurch entstehenden Hohlräume waren gefährliche Stolperfallen, aber sie gingen auch gezielt Wurzeln an, um Bäume ins Wanken zu bringen. Da sich das feindliche Heer langsam hangaufwärts zurückzog und Helions Truppen aus dem Tal nachrückten, fielen die Bäume meist auf die Gegner der Fayé. Oder auf die menschlichen Söldner, die sie in ihre vorderen Linien gestellt hatten und deren Leben offenbar nicht viel zählte. Hier erging es den käuflichen Schwertern nicht anders als in jedem anderen Heer auch.

Die Krone des fallenden Baums rauschte herunter, die aus der Erde brechenden Wurzeln schleuderten Dreck auf Helions Rüstung. Bebend schlug der Stamm auf, rutschte hangabwärts. Soweit Helion erkennen konnte, hatte er niemanden erfasst. Im Gegenteil, dadurch, dass das Sonnenlicht wegen der Lücke im Blätterdach nun leichter Einlass fand, half ihnen dies sogar. Der Dampf wich zurück, öffnete die Sicht.

»Da sind noch mehr von Eurem Volk.« Helion zeigte mit dem Schwert auf eine Gruppe von fünf Fayé, die den Kampf beobachteten. »Hierher!«, rief Helion. »Angriff!«

Schon in einer gewöhnlichen Schlacht wurde Kontrolle für einen Feldherrn schnell zu einer Illusion. Deswegen kam den Truppführern eine entscheidende Bedeutung zu. Sosehr man sich auch auf deutliche Feldzeichen und laute Trommeln verließ, die Entscheidungen wurden immer dort getroffen, wo die

Krieger Schwert an Schild, Lanze an Axt mit dem Feind standen. In diesem dampfgeschwängerten Wald galt das umso mehr. So viele Todesschreie hatte dieser Tag gehört, dass die Verluste immens sein mussten. Helion wusste nicht, wie es um den Kampf stand, welche Seite die Oberhand hatte. Die Fayé wichen zurück, aber das taten sie von Anfang an, was vermuten ließ, dass es sich um ein taktisches Manöver handelte. Für eine Flucht war die Bewegung zu langsam.

So konnte Helion nur ungeduldig warten, bis sich eine Handvoll Bewaffneter bei ihm eingefunden hatten. Dann führte er sie in den Kampf.

Die Fayé empfingen sie mit Pfeilen. Kein Schuss ging fehl, aber an eisengeschmiedeten Rüstungen fand auch die Kunst der besten Bogenschützen ihre Grenze. Die Fayé wussten das und wählten ihre Ziele dementsprechend. Während an Helions Helm nur ein Pfeil abprallte, schlugen drei durch den Lederpanzer des alten Waffenknechts neben ihm und einer in das ungeschützte Bein unter dem Kettenhemd eines weiteren. Zweimal noch kamen die Fayé zum Schuss, fanden die brüchige Stelle in der Kniepanzerung eines Ritters. Dann war Helion heran.

Die Feinde hatten sich zu sehr auf ihre Fernkampffähigkeiten verlassen. Helion war dankbar dafür, dass Arroganz offenbar ein Wesenszug war, der in Limoras' Volk weit verbreitet war. Sein Gegner nahm den Bogen in beide Hände und hielt ihn schützend über den Kopf, aber das konnte ihn nicht vor Helions Angriff bewahren. Das Mondsilberschwert durchbrach das Holz. Dabei verlor der Hieb an Wucht, sodass er den ungedeckten Schädel nicht spalten konnte, aber der Fayé trug einen tiefen Schnitt davon. Er taumelte rückwärts, fingerte nach der halblangen Klinge in seinem Gürtel. Helion gab ihm keine Gelegenheit, die Waffe zu ziehen. Hart rammte der die Schwertspitze gegen den Rumpf. Die Kleidung aus Ästen und Blättern erwies sich jedoch als überraschend widerstandsfähig, die Klinge drang nicht durch. Die Blätter bewegten sich sogar, als hätten sie einen Willen, der den Angriff ablenkte.

Diese Bewegung setzte sich weiter fort, lief wie eine Welle durch das Gewand. Raschelnd verschoben sich die Äste, große fleischige Blätter legten sich wie ein Helm um den Kopf ihres Trägers, der nun auch endlich seine Klinge frei bekam.

Helion holte weit aus. Er zog den kräftigen Schlag aber nicht durch, wartete nur darauf, dass der Fayé seine Klinge zur Abwehr hob. Er ließ das Mondsilberschwert abfallen und riss es sogleich wieder hoch, sodass es die Schwerthand des Gegners traf.

Drei der sechs Finger flogen gemeinsam mit der Waffe davon. Der Fayé kreischte, machte einen zitternden Schritt rückwärts.

Helion brachte ihn mit einem Stich ins Gesicht auf ewig zum Verstummen. *Unsterblichkeit ist für die Götter allein!* Vielleicht waren es die letzten Nachwirkungen des Rituals, das er vor dem Kampf gegen Lisanne gewirkt hatte, vielleicht auch einfach die Erlösung, die der Kampf von den ständigen Grübeleien über den Verlust Ajinas brachte. Lange hatte Helion keine so starke Emotion mehr gespürt. Es fühlte sich gut an, und er sah keine Gefahr darin, es zuzulassen, da keine Osadroi in der Nähe waren. Triumphierend reckte er seinen Schwertarm in die Höhe.

Das war ein Fehler.

Ein Pfeil fand die Lücke in der Panzerung unterhalb der Achsel. Wie glutflüssiges Eisen drang er tief in die Brust.

Helion wollte schreien, aber er brachte keinen Ton heraus. Die Bäume drehten sich. Der Dampf deckte ihn zu. Er spürte nichts außer dem Feuer in seiner Brust, als er auf den Boden schlug.

Der Tod hatte viele Leben gefordert. Nun rief er auch nach Helion.

Er trieb im Nichts. Er fühlte sich fallen, aber langsam wie eine Feder. Er war sich jedes Fingers, jedes Glieds, jeder Faser seines Körpers so bewusst wie nie zuvor. Am ehesten war es vergleichbar mit einigen seltenen Erfahrungen, die er beim Kämpfen gemacht hatte. Man erlangte sie stets nur, wenn man bis zur völligen Erschöpfung ging. Dann konnte man das Denken überwinden und eins mit seiner Waffe werden. Man akzeptierte, dass man die Kontrolle über seine Bewegungen aufgab und stellte fest, dass man sie dennoch präzise ausführte, dass man in der Lage war, alles, was die Umwelt bot, aufzunehmen, als sei man selbst ein leeres Gefäß. Man verhielt sich der Harmonie der Dinge entsprechend, brach sie nur, um den Rhythmus des Gegners zu zerstören.

Aber er kämpfte nicht, er war noch nicht einmal in seinem Körper. Obwohl er noch immer den Pfeil in seiner Brust brennen fühlte, gab es hier kein Fleisch, keine Knochen. All das war an einem anderen Ort. Er fiel weiter durch das Nichts.

Helion erschrak vor der Erkenntnis, dass er nicht allein war. Da war etwas, das ihn ohne übermäßiges Interesse beobachtete. Es hatte die Geduld der Unendlichkeit, war vor den Unsterblichen gewesen und würde nach ihnen sein. Es war die eine letzte Wahrheit. In seiner Erhabenheit mischte es sich nicht in die Streitigkeiten der Lebenden. Sie waren gleichgültig wie einzelne Wellen auf dem Ozean, die sich eine Weile behaupten mochten, um dann doch im Meer aufzugehen oder an einem Strand von unzählbar vielen Sandkörnern ausliefen, ohne eine Spur zu hinterlassen. Es war die Negierung aller Existenz, das Erlöschen allen Lichts und die Dämmerung aller Finsternis. Es war der Tod selbst.

Das, was Helion hier war, wand sich. Der Urinstinkt aller Kreaturen verlangte von ihm zu fliehen, so weit und so schnell er konnte. Auch wenn ihm das den Schmerz wieder bewusster machte, den ein Pfeil in einer anderen Wirklichkeit in seine Brust brannte.

Aber dieser Schmerz endete. Als sei er ein Gewicht, fiel er von ihm ab, stürzte in die Richtung, die Helion wegen des Gefühls des Fallens für ›unten‹ hielt. Sein eigener Fall wurde kaum merklich langsamer.

Ich falle nicht. Ich sinke. Als ertränke ich und würde von meiner Rüstung auf den Grund eines Sees gezogen. Treaton hatte ihn einmal mit einem Kettenhemd in einen Teich geworfen. Er hatte den Panzer schnell genug ausziehen müssen, um wieder nach oben schwimmen zu können.

Der Gedanke an seinen Lehrmeister fühlte sich schwer an. Helion erfasste seine gesamte Erinnerung an ihn gleichzeitig, als sei sie ein Gemälde, das er aus einiger Entfernung betrachtete. Ihr erstes Zusammentreffen, als er ihn nach wochenlanger Suche in seiner Kate aufstöbert. Die frühen Schwertübungen, in denen er begreift, wie unfähig er ist. Der erste Erfolg, als er mit Holzschwert und Schild gegen Treaton besteht, der mit einem Dolch auf ihn eindringt. Immer wieder die aufwallenden Gefühle, die sich auch mit den überlieferten Litaneien niemals ganz zähmen lassen. Aber auch die Fortschritte. Die Abhärtung mit Stockschlägen, das Laufen durch die Hügel, Kampf mit Schwert, Axt, Lanze, Morgenstern. Schließlich Treatons Tod, der letzte Blick auf die Leiche in dem Grab, das Helion selbst aushebt.

Er ließ all diese Erinnerungen los. Sie sanken in die Tiefe, und er selbst wurde merklich langsamer. Er verband kein Gefühl mehr mit seinem Schwertvater.

Stattdessen rückte jetzt sein erster Vater in seinen Blick, gemeinsam mit der Mutter. Zuvor hatte sich Helion nur an die leblosen Körper seiner Eltern erinnern können, an jenem Tag, als der Osadro in sein Dorf gekommen war. Jetzt stiegen verschüttete Erinnerungen auf. Sein Vater mit dem Onkel, der sich später Helions annimmt. Die beiden lachen miteinander, ärgeren anscheinend Helions Mutter, die sich mit gespielter Entrüstung dagegen zur Wehr setzt. Dann Vater und ein Krieger. Bevor er wieder seiner Wege zieht, drückt der Mann sein Schwert in Helions kleine Hände. Die Waffe ist so schwer, dass der Knabe sie kaum heben kann.

Auch seine Eltern, seinen Onkel, das Dorf seiner Jugend ließ Helion fallen.

Er bemerkte jetzt, dass mehr um ihn herum war als Nichts und Tod. Da waren schattenhafte Gebilde, beinahe so durchsichtig wie Luft, die über einem heißen Stein flimmerte. Sie hatten keine feste Form, erschienen wie Nacktschnecken, aber so dick, dass Helion sie mit beiden Händen kaum hätte umfassen können. Sie umschwebten ihn, krochen über Beine und Brust, lösten sich wieder.

Seine Faszination für das Schwert führt ihn letztlich nach Akene und weiter nach Guardaja, am Ende in den Nachtschattenwald. Der Tempel der Mondmutter in Stygrons rotem Licht. Die andächtige Stille in der Ritterhalle. Die Gefangennahme und spätere Enthauptung Graf Ranomoffs. Die Schlacht um Guardaja. Er ließ alles fahren.

Estrog, der Barbar, der auf seine Art mehr Gespür für Gerechtigkeit hat als viele, die vornehm zu speisen verstehen. Dessen wilde Kraft jeden Kampf gewonnen hat. Jeden bis auf einen, und in diesem stirbt er. Deria. Limoras. Modranel. Helion ließ alle los, alle fielen unter ihm ins Nichts. Die Schnecken halfen ihm dabei, zogen die Gefühle aus seinem Körper.

Dann kam Ajina. Das Beste in seinem Leben. Selbst hier, wo er kein Herz hatte, spürte er sein Herz schlagen. Einmal nur, dunkel dröhnend. Ihr eleganter Gang im Tempel der Mondmutter. Ihre fließende Gestalt, zierlich in der etwas zu großen Toga. Das goldene Haar. Der erste Blick in die Augen aus Saphir. Ihre Stimme. Ihre Lippen. Die Wochen, in denen er mit ihr reist und doch kaum ein Wort mit ihr spricht. Das ist so dumm, dass es ihn schmerzt, selbst jetzt noch, hier! Dann ihre weiche Haut, ihr Duft, ihre Hingabe.

Die Schnecken setzten immer wieder an, suchten neue Stellen an seinem Körper. Aber er konnte Ajina nicht loslassen. Er wollte es nicht. Und wenn es nur Augenblicke waren, die ihn vom Nichts trennten – besser wenige Augenblicke mit den Erinnerungen an Ajina als ein langes Leben ohne sie!

Dabei erkannte Helion, dass er seine Erinnerungen nicht verlor. Im Gegenteil, sie waren sogar klarer, bewusster, ungetrübter. Aber auch …

Genauer, aber weniger echt. Als hätten sie keine Farben mehr.

Die Schnecken entfernten sich von seinem Körper, sammelten sich über ihm, berührten sich. Es dauerte eine Weile, bis sie sich wieder auf ihn senkten.

Ängstlich klammerte er sich an Ajina.

Und gab ihnen stattdessen sich selbst. Er bemerkte, wie er sich auflöste, selbst durchscheinend wurde. Die Schnecken schienen ihre Bemühungen umzukehren. Hatten sie vorher etwas aus ihm herausgezogen, verhinderten sie nun, dass ihn zu viel verließ. Helion erinnerte sich an einen Kameraden, der verzweifelt versucht hatte, mit den Fingern seine eigenen Gedärme in eine klaffende Bauchwunde zurückzudrücken. Was war wohl aus ihm geworden?

Unwichtig.

Helion bewegte sich nicht weiter abwärts.

Sein Denken war ein beinahe verhalltes Echo des Bildes von Ajina. Mehr gab es nicht. Die Schnecken waren erstarrt.

Irgendwann schien das Licht der drei Monde herauf. Vejatas Blau. Stygrons Rot. Silions Silber wurde heller, immer heller. Gleißend. So präsent, dass es wie eine Flüssigkeit wurde. Helion konnte seine Kühle auf seinem Nicht-Körper spüren wie einen Frühlingsregen.

Das Silberlicht verdichtete sich, wurde kompakt wie der Strahl aus einer Brunnenpumpe. Erst fiel es neben ihm in die Tiefe, dann änderte sich seine Richtung. Es drang in die Wunde ein, die der Pfeil gerissen hatte. Kalt wie Eis spülte das Licht sie aus. Sein Fluss versiegte, aber was in seine Brust eingedrungen war, blieb wie ein Eiszapfen.

Stygrons rotes Licht wurde intensiver, hüllte ihn von allen Seiten ein. Es wärmte ihn, was die Kälte in seiner Brust noch deutlicher spürbar machte.

Nach einer Weile wurde Stygrons Leuchten zu einem Glimmen, war schließlich kaum noch zu sehen. Stattdessen schien nun Vejata auf. Er berührte Helion nicht, wie Silion es getan hatte, und badete ihn auch nicht in seinem Licht, wie es bei Stygron geschehen war. Er war eine hell strahlende blaue Kugel, etwas größer, als er in der Wirklichkeit erschien.

Helion hatte den Eindruck, dass Vejata auf ewig so verharren würde. So wie er am Himmel stand, schwebte er auch in dieser Wirklichkeit. Er würde nicht agieren, sich nicht auf Helion zubewegen.

Vejata wartete, und es lag an Helion, der Einladung zu folgen oder sie auszuschlagen.

Unentschlossen betrachtete er die Erinnerung an Ajina. Die Bilder schienen jetzt fern zu sein, aber sie waren da, und sie hatten ihre Farbe behalten.

Vejata war über ihm, das Verlöschen, der Tod unter ihm. Eigentlich war der Tod das ultimative Nichts. Er hatte keine Eigenschaften, denn wo es keinen Vergleich gab, da konnte der Verstand nichts erfassen, nichts begreifen. Dennoch fand Helion ihn … hässlich. Ehrfurchtgebietend, groß, erhaben, ja. Aber auch abstoßend.

Er schwebte nach oben, Vejata entgegen, langsam erst, dann immer schneller.

Der erste Atemzug war kalt in seinen Lungen. Er öffnete die Augen.

Die Helligkeit war ungewohnt, ebenso wie die Geräusche. Nur langsam gewann die Umgebung an Schärfe. Er lag auf einem Bett und konnte aus einem Fenster auf einige freistehende Häuser sehen, hinter denen sich die Bäume eines dichten Waldes erhoben. Lachende Kinder spielten Fangen, wobei sie um einen runden Brunnen liefen. Die Wände des Zimmers, in dem er sich befand, sahen gewachsen aus, nicht gebaut. Sie glichen denen in Baron Trubers Palast. Er befand sich in einem Baumhaus, geformt vom Gesang der Fayé. Die Häuser, die er durch das Fenster sah, waren auf herkömmliche Weise errichtet worden.

Zwei Personen standen an seinem Lager, eine dritte saß neben ihnen. Limoras erkannte er sofort. Er verband das Lächeln im Gesicht des Fayé mit Spott. Das mochte daran liegen, dass sich Helion schlecht vorstellen konnte, dass Limoras irgendwem gegenüber ehrliche, freundschaftliche Gefühle hegte.

Neben Limoras saß eine Frau, die Ähnlichkeit mit Deria hatte, jedoch etwa zehn Jahre älter sein musste. Sie hatte die Arme verschränkt, sich aber vorgebeugt, als könne sie sich nicht entscheiden, ob sie genau sehen wollte, wie es um ihn bestellt war, oder doch lieber von sich fernhalten wollte, was in diesem Raum geschah.

Bei der dritten Person blinzelte Helion. »Winena, seid Ihr das?« Seine eigene Stimme klang fremd. Unmoduliert. Als hätte er geflüstert, obwohl er halblaut gesprochen hatte.

»Was haben wir ihm angetan?« Die Frau sah ihn mit offenkundiger Besorgnis an. »Wir sind zu weit gegangen.«

»Wann?«, fragte Limoras. »Und wer? Ihr doch nicht, Euer Gewissen ist rein. Ich habe sie getötet. Allerdings, weil sie«, er sah auf die Frau hinab, die Deria ähnelte, »darauf bestand.«

Helion setzte sich auf. Außer der metallischen Kälte in seiner Brust spürte er kaum etwas. »Wen habt Ihr getötet?«

Limoras lachte auf. »Ihr wisst doch, welchem Gesetz die Magie folgt. Lebenskraft nährt sie, egal, ob man selbst ihre Wunder wirkt oder Dämonen hinzuruft.«

Dämonen … Er dachte an die durchscheinenden Schnecken, die um ihn gewesen waren. »Dann sind Menschen für mich gestorben?«

Limoras zuckte mit den Schultern. »Die meisten freiwillig.« Er legte eine Hand auf die Schulter der sitzenden Frau. »So wie auch sie ihre Jahre gab.«

»Deria«, erkannte Helion. Dies war keine ältere Schwester, es war Deria selbst. Sie wirkte jetzt wie Mitte dreißig.

»Ihre Kraft hat Euch durch die erste Krise geholfen. Aber lange hat das nicht gereicht. Wir haben nach Winena geschickt, doch die Zeit bis zu ihrem Eintreffen musstet Ihr überstehen.«

»Wie lange war ich … fort?«

»Etwa einen Monat. Wir sind noch immer im Nachtschattenwald, aber im Süden. Einigermaßen sicher. Die Fayé sind mit den Ondriern beschäftigt.«

»Sind sie sich endlich an die Gurgel gegangen?«

Deria schüttelte den Kopf, wobei sie den Blick auf Helions Augen fixiert hielt. »Im Gegenteil. Nach dem, was unsere Späher berichten, handeln sie ein Bündnis aus. Deswegen haben sich die Fayé auch gegen uns gestellt. Lisanne ist König Ilions Gast, und wie es aussieht, sind die Reiche der Unsterblichen gewillt, einen Pakt zu besiegeln.«

»Was?«, rief Helion. Plötzlich fühlte er sich wieder lebendiger. Seine Augen suchten das Mondsilberschwert und fanden es neben der ordentlich aufgestellten Rüstung an der Wand lehnen.

Limoras lachte. »Lisanne scheint Eindruck auf sie zu machen.«

Der Name der verhassten Feindin ließ Helion die Fäuste ballen. »Ja. Ihr Charisma ist nicht zu leugnen.«

»Er ist von seinem Ziel erfüllt«, stellte Limoras fest. »Er ist ganz Hass.«

Bedächtig schüttelte Winena den Kopf. Sie sah noch immer besorgt aus. »Nicht ganz. Da ist noch etwas, das wir ihm nicht genommen haben.«

Ajina! Winena musste von seinen Erinnerungen an Ajina sprechen. Helions Brust fühlte sich an, als würde sie von einem Riesen zusammengedrückt.

»Was immer es ist«, Winenas Stimme bekam etwas Beschwörendes, »es ist gefährlich. Es ist die Stelle, an der seine Rüstung brüchig ist.«

»Ich würde es vorziehen, wenn Ihr mit mir und nicht über mich sprechen würdet. Limoras, Ihr sagtet, *die meisten* hätten freiwillig ihr Leben für mich gegeben. Also nicht alle?«

»Schweigt davon!«, forderte Winena.

»Warum? Er soll es wissen. Was sagst du, Deria? Du wolltest es doch.«

Deria zögerte, aber dann nickte sie.

Helion glaubte einen vergnügten Zug um Limoras' Mund zu erkennen. »Manche haben es nicht eingesehen. Aber sie waren noch weiter auf dem Weg ins Nebelland als Ihr. Na ja, vielleicht. Ich habe ihnen nur ein paar Stunden genommen. Höchstens einige Tage.«

Helions Erfahrung sagte ihm, dass er über die Nachricht, dass andere Menschen umgebracht worden waren, um ihn zu retten, bestürzt hätte sein sollen. Aber er war es nicht. Er nahm die Kunde mit dem gleichen Interesse auf, als hätte ein Bauer ihm von dem Feld berichtet, das er letzte Woche abgeerntet hatte.

»Seht in seine Augen!«, flüsterte Winena. »Wir sind zu weit gegangen.«

»Sind wir das?« In Derias Stimme lag eine überraschende Kälte. Wahrscheinlich hatte sie zu viel gegeben, um jetzt noch Reue zu empfinden. In ihren Augen loderte ein Feuer, das von mühsam zurückgehaltenem Wahnsinn kündete. »Könnt Ihr Lisanne noch spüren, Helion?«

Er horchte in sich hinein. »Nein. Da ist nichts. Keine Verbindung mehr.«

»Das hatten wir befürchtet«, sagte Winena. »Ihr wart kaum mehr Teil der Welt der Lebenden.«

»Das ist unwichtig«, bestimmte Limoras. »Sie ist am Hof von Amdra, geehrter Gast des Königspaares der Fayé.«

»Woher wisst Ihr das?«

»Unser Späher hat es uns in der vergangenen Nacht berichtet. Nicht unbedingt aus freien Stücken, aber immerhin bin ich sicher, dass er nicht gelogen hat.«

»Kann ich ihn sehen?«

»Natürlich.« Limoras grinste, und diesmal war Helion sicher, dass es spöttisch war.

Helion kleidete sich an und gürtete sein Schwert. *Gehe nirgendwohin ohne dein Schwert. Zehn Schritt sind acht zu viel.* Er erinnerte sich an die Worte, aber ihr Leuchten war erloschen.

Sie verließen das Baumhaus und gingen zu einer Hütte, einem der wenigen Gebäude, die aus Steinen errichtet waren. »Das Licht der Monde ist stark«, erklärte Deria auf dem Weg. »Stygron steht nachts beinahe voll am Himmel.«

»Wo ich herkomme, deutet man das als Zeichen für Blutvergießen.«

Limoras lachte. »Dafür haben wir den roten Mond nicht gebraucht! Von den knapp dreihundert Mann, die Ihr in die Schlacht geführt habt, sind keine vierzig zurückgekommen.«

Wieder suchte Helion in sich nach einem Gefühl, das diese Eröffnung hätte auslösen sollen. Scham wegen der Niederlage, Betroffenheit über die Zahl der Opfer, Zorn auf den Gegner. Aber da war nichts.

Der Späher trug einen dunkelroten Überwurf. Der Schmutz zeigte, dass er damit in der Wildnis unterwegs gewesen und nicht auf den Gedanken verfallen war, den Stoff zu säubern. Die beiden Fenster der Hütte waren kleiner als eine Elle im Quadrat und auf Kopfhöhe in die Mauer gebrochen. Er stand an einem davon, hatte die Hände auf den Rahmen gelegt und starrte gegen die undurchsichtige, wenn auch lichtdurchlässige Tierhaut, die den Wind aussperrte. Als Helion eintrat, drehte er ihm das Gesicht zu. Speichel glänzte in den Haaren an seinem unrasierten Kinn.

»Ich bin Silberträger Helion. Wie heißt du?«

Der Mann gluckste. Er sah Helion an, als fürchte er eine Rüge. Als diese ausblieb, begann er zu kichern, was sich zu einem irren Lachen steigerte.

Limoras kam hinter Helion herein. »Die Schattenherren waren nicht sehr freundlich zu ihm. Ich konnte es auch nicht sein, als ich ihn befragte.«

»Es würde mich überraschen, wenn Euch das Kummer bereitet hätte.«

»Wir haben erfahren, was wir wissen wollten.«

Unvermittelt brach der Späher in Tränen aus. Er heulte wie ein einsamer Wolf.

Helion wandte sich ab und verließ die Hütte. »Wie ist er so weit gekommen? Bis an den Königshof?«

»Die Fayé sind im Krieg mit den Eskadiern. Sie heuern viele menschliche Söldner an. Ihr seht Euch alle so ähnlich, finde ich, aber so dürfte es Euch mit uns auch ergehen. Zudem hat er sich als Arriek verkleidet. Mit einem Tuch vor dem Gesicht. Das hat ausgereicht.«

»Offenbar nicht. Sonst hätten die Fayé ihn nicht so zugerichtet.«

»Das haben sie nicht. Es waren Osadroi, die ihren Spaß mit ihm hatten.«

»Sind noch andere dort außer Lisanne?«

»Zwei Schattenbarone. Und er ist nicht aufgeflogen, sie haben nur ihre Scherze mit ihm getrieben. Etwas raue Scherze, würdet Ihr wohl sagen.«

Helion zuckte mit den Schultern. Er fühlte nichts mehr, aber er hatte noch einen Wunsch. Er wollte etwas, von dem er wusste, dass er nur zu diesem einen Zweck geboren worden war. Er wollte Lisanne töten. »Es war ein Fehler, mit einer Streitmacht zu kommen. Mit einer lärmenden Truppe kann man kein Wild fangen, es wittert zu früh und entzieht sich. Man muss allein gehen. Ich sehe nicht, was mich hindern sollte, ebenfalls die Kleidung eines Arriek anzulegen.«

Damit betrat er wieder das Baumhaus, wo Winena gewartet hatte.

»Bildet Euch nicht ein, Ihr könntet ohne mich gehen«, sagte Deria.

Er sah sie an. Das gealterte Gesicht war ungewohnt, aber in den Augen lag die Entschlossenheit der Mutter, die ihre Tochter rächen würde. Sie würde gehen, mit oder ohne Helion. Wenn sie in Gefangenschaft geriete, könnte sie alles ausplaudern. Kurz erwog er, sie hier und jetzt zu töten, um ihr Schweigen zu sichern. Es erschien ihm jedoch nicht richtig.

»Du kannst mit uns kommen, vorausgesetzt du befolgst meine Befehle.«

»Wieso uns?«, fragte Limoras.

»Ich hoffe, Ihr begleitet mich. Ihr kennt den Nachtschattenwald und die Fayé.«

Limoras grinste. »Da habt Ihr natürlich recht, und jetzt, da Ihr so freundlich fragt, bringe ich es nicht über das Herz, Eure Bitte auszuschlagen.«

»Was sagst du, Deria? Wirst du dich meinen Befehlen beugen?«

»Ihr müsst mir versprechen, dass ich dabei helfen kann, jene zu zerstören, die mir Rina nahmen.«

Er nickte stumm.

Sie erwiderte die Geste. »Ich hole meinen Bogen.«

»Also gut. Dann sind wir zu dritt.«

»Wir hoffen darauf, Taten zu vollbringen, die zu groß sind, als dass Menschen danach streben dürften«, meinte Winena, aber ihre Stimme war schwach. Sie musste etwas in Helion sehen, das sie tief berührte. Vielleicht fand sie die Art, wie sie die heilenden Kräfte der Mondmutter verwendet hatte, blasphemisch. »Wir sind schon zu weit gegangen.«

»Im Gegenteil«, widersprach Helion. »Wir sind noch nicht weit genug gegangen.« Er zog sein Schwert. Das Schimmern der Mondsilberklinge versprach ihm den Kampf, den er suchte.

Die Soldzahlung war eine gute Gelegenheit für Helion und Deria, zum Königspalast der Fayé zu kommen, vor dem die Schreiber die Truhen mit dem Gold aufgestellt hatten und die Abgesandten der verschiedenen Kontingente erwarteten, um ihnen den Lohn für ihre Einheiten auszuhändigen. Limoras war in dem Heerlager zwei Wegstunden südlich zurückgeblieben. Die Gefahr, dass ein anderer Fayé ihn erkannte, war zu groß. Auch das Mondsilberschwert hatte er in Obhut genommen, damit die Waffe nicht von den Osadroi gespürt würde.

Die Stimmung war ausgelassen. Über Feuern drehten sich Spieße mit Wildbret. Helion schnitt ein Stück ab, wartete, damit es ein wenig abkühlte, und schob es sich unter dem Gesichtstuch in den Mund. Die Kruste knackte. Er schmeckte nichts. Ebenso gut hätte er Pergament essen können. Nach seiner Rettung sah, hörte und tastete er so gut wie ehedem, aber Geruch und Geschmack hatte er eingebüßt. Den Gesichtern der anderen Söldner nach zu urteilen war der Braten schmackhaft. Oder sie hatten ihre Gaumen mit dem Wein betäubt, der in Strömen floss. Ein ausgelassener Krieger mit Kettenhemd und einem Morgenstern, den er sich lässig über die Schulter gelegt hatte, bot sogar Helion an, einen Schluck aus seinem Trinkhorn zu nehmen. Helion starrte ihm so lange in die Augen, bis er ihm aus dem Weg ging. Nichts anderes erwartete man von einem eigenbrötlerischen Arriek.

Einen Wald wie diesen hatte er noch nie gesehen. Viele Bäume waren riesenhaft gewachsen, was den Eindruck großer

Stärke schuf. Aber sie waren wie in Ketten gelegte Giganten. Die Fayéhäuser aus vergangenen Zeiten hatten die Bäume freudig geschaffen, sanft verführt von den Liedern des alten Waldvolks. Auch hier wuchsen die Bäume auf eine Weise, die ihre Äste Brücken bilden ließen, die sie auf vielen Ebenen miteinander verbanden, und Hohlräume, in denen die Fayé wohnten. Die Gebilde strahlten sogar Pracht aus, die Macht ihrer Bewohner, zeigten den Herrschaftsanspruch Amdras, ihres Königreichs. Aber es war eine dunkle Pracht, denn die Bäume wirkten gequält. Als sich die Fayé der Forderung der Götter widersetzt hatten, die Welt zu verlassen, waren sie aus ihrer Gnade gefallen und die Natur, die Ausdruck des Götterwillens war, widersetzte sich ihnen, sodass sie mit Gewalt unterworfen werden musste. Wie man erkennen konnte, wenn ein Tier Schmerzen litt, so war es auch bei allen Pflanzen deutlich, die Helion im Umkreis von zwanzig Meilen gesehen hatte. Selbst dort, wo es keinem erkennbaren Zweck diente, waren sie unnatürlich verdreht, als würden sie sich in stummer Qual winden. Deswegen waren Helion und Deria auch auf den Kontakt mit anderen Söldnern angewiesen. Früher hätte Helion schmecken können, welche Früchte genießbar waren und welche nicht, aber das ging nun nicht mehr, und auch Limoras war nicht hinreichend sicher, was die Ernährung von Menschen anging. So mussten sie kaufen, was sie brauchten. Es sei denn, ihre Dienstherren erwiesen sich als so großzügig wie anlässlich der Soldzahlung.

Wenigstens zweihundertfünfzig Söldner waren anwesend. Da sie nur Repräsentanten ihrer Einheiten waren, zeugte dieser Umstand davon, wie wenig sich die Fayé über ihre menschlichen Kämpfer Gedanken machten. Andere Heerführer hätten eine Kommandostruktur etabliert, entlang derer sie das Gold verteilt hätten, Hundert- und Tausendschaften. Hier holte sich ein Truppführer einen Beutel ab, der Kommandant einer Kompanie eine kleine Truhe, und die Einzelkämpfer ließen sich ihre Münzen in die Hand zählen. Es dauerte lange, bis die Schreiber die richtigen Einträge in ihren Listen gefunden hatten. Helion konnte das nur recht sein, denn so waren vergleichsweise viele Arriek hier, deren Stolz es verbot, sich größeren Einheiten anzuschließen. Er fiel also nicht auf, und niemand bemerkte, dass er nicht zu den Soldtischen ging.

Deria und er hatten sich getrennt, um möglichst umfassend erkunden und möglichst viele Gespräche belauschen zu können. An einer Quelle, wo Wasser mit solcher Kraft aus dem Boden gezwungen wurde, dass es drei Schritt in die Höhe schoss, würden sie sich wiedertreffen. Helion ging nun dorthin. Er hatte einige interessante Dinge gehört. Offenbar hatte keiner der Offiziere Order, ein Ziel in Eskad oder sonst wo anzugreifen, was die meisten wunderte, da der Feind schwach erschien. Im Gegenteil wurden die Stellungen, wenn sie denn verlegt wurden, tiefer in den Nachtschattenwald hineingezogen. Das wiederum wirkte sich nachteilig auf die Moral der Truppen aus, da die Natur umso mehr pervertierte, je stärker der Einfluss der Fayé spürbar war.

Wichtiger war für Helion, dass jedermann davon ausging, dass die Osadroi tatsächlich hier waren. Die Schattenbarone waren wohl schon vor Lisannes Ankunft Gäste von König Ilion und Königin Anoga gewesen. Ob Lisanne davon gewusst und sich deswegen hierhergewandt hatte?

Auch der Krieg im Westen war ein Thema. Guardaja schien für die Reiche der Menschen gesichert, die Stadt Corella war befreit, auch einige Silberminen weiter nördlich waren an die Milirier gefallen, die nun anscheinend ihre Stellungen befestigten, während die Ondrier massive Aufgebote zusammenzogen. Für den Moment stand es dort also besser für die Sache der freien Reiche, als man vor zwei Monaten noch zu hoffen gewagt hatte. Aber das war nicht Helions Auftrag. Sein Kampf wurde hier geschlagen.

Er erreichte die Quelle, schöpfte eine Handvoll Wasser und schlenderte zu einem der verdrehten Bäume, unter deren Ästen er wartete. Die Nacht brach an, die meisten Fackeln waren schon aufgestellt, einige weitere kamen hinzu.

Nahe am Palast riefen sich die Kämpfer gegenseitig etwas zu, liefen weiter, redeten mit ihren Kameraden, die ihrerseits die Kunde weitergaben. So breitete sich schnell Unruhe an den Feuern aus.

Helion überlegte, ob er sich zu den Söldnern begeben und den Grund dafür herausfinden sollte, als er Deria sah. Entgegen ihrer Abmachung näherte sie sich nicht unauffällig, sondern stieß sogar einen Mann aus dem Weg, als sie heranhastete. Mühsam beherrscht drückte sie Helion bis an den Baumstamm, bevor sie ihm ins Ohr zischte: »Ich habe Limoras gesehen!«

»Bist du sicher?«, fragte Helion überrascht.

Sie zog den Bogen aus seinem Futteral, stieg über sein Holz, klemmte ein Ende an ihrem Fuß ein. Die Geschwindigkeit, mit der sie die Bewegung ausführte, zeugte von ihrer Vertrautheit mit der Jagdwaffe. »Kein Zweifel.« Sie nestelte die aufgerollte Sehne aus ihrem Gewand und befestigte eine Schlaufe in der Kerbe an dem Ende des Bogenholzes, das an ihrem Fuß anlag.

»Er wollte doch mit dem Mondsilberschwert zurückbleiben.«

»Eben daran habe ich ihn erkannt. Er trägt es nicht offen, aber ich habe die Scheide und den umwickelten Griff oft genug gesehen, um mich nicht täuschen zu lassen.«

»Das ergibt keinen Sinn! Wenn ein anderer Fayé ihm das Schwert abgenommen hat …«

»Es war kein anderer Fayé!« Sie klang wütend, musste sich aber unterbrechen, um den Bogen zu spannen und die Sehne am anderen Ende einzuhängen. »Er trägt sein Blättergewand so, dass es den Kopf verhüllt und sein Gesicht im Schatten liegt, aber als ich nah genug war, habe ich ihn erkannt.«

»Hat er dich auch gesehen?«

»Dann würde ich nicht vor Euch stehen. Er hat nichts Gutes im Sinn. Als sich zwei andere Fayé näherten, zog er sich in den Wald zurück.«

»Was treibt er hier?«

»Ich habe ihn nicht gefragt!«, zischte sie. »Er war auf dem Weg zum Palast, so viel ist klar!«

»Aber wenn er Lisanne töten wollte …«

»… dann hätte er nicht auf unsere Verstärkung verzichtet! Oder haltet Ihr ihn mit einem Mal für so edel, dass er unser Leben durch Unwissenheit schützen wollte?«

Der Gedanke war dermaßen abwegig, dass Helion lachte.

»Was immer er vorhat, er glaubt, dass wir es verhindern würden, wenn wir davon wüssten.«

»Und damit hat er sicher recht«, meinte Helion grimmig.

Deria schnappte nach Luft. Sie wandte sich dem Palast zu, ließ den Bogen los, fiel auf die Knie und drückte die Stirn in den Schlamm.

Sie war nicht die Einzige. Im Gegenteil, verwundert stellte Helion fest, dass alle, gleich ob Mensch oder Fayé, in ähnlicher Weise ihre Verehrung ausdrückten. Nur auf der Empore des Palasts, im Licht einiger Feuerbecken, entdeckte er aufrecht stehende Gestalten. Zwei Fayé, die uralten Adel ausstrahlten, vermutlich also der König und die Königin, auch wenn Helion Schwierigkeiten hatte, bei den Angehörigen des androgynen Volkes das Geschlecht zu erkennen. Sein Blick wurde zudem von der Frau angezogen, die zwischen ihnen stand. Groß, schlank, bleich, unnatürlich schön, in einem makellos schwarzen Kleid, das Haar von einem dunklen Reif aus der Stirn gehalten, die Arme leicht vom Körper abgespreizt. »Lisanne«, flüsterte Helion.

Selbst die königlichen Fayé neigten das Haupt. Auch sie schienen empfänglich für das dunkle Charisma der Schattenherzogin. Helion verspürte allerdings nur ein schwaches Drängen in der Brust, dessen er leicht Herr wurde. Seine Faszination wurde nicht von Lisannes finsterer Kraft erzwungen, sie kam aus ihm selbst, geboren aus dem einzigen Wunsch, der ihn noch beseelte: ihr den Kopf abzuschlagen. Aber er hatte sein Silberschwert nicht bei sich, und sie stand oben auf dem Balkon, dreißig Schritt entfernt. Also ließ er sich auf die Knie nieder, um nicht aufzufallen.

»Wisset, Unwürdige!« Lisanne sprach nicht laut. Dennoch war ihre Stimme so deutlich zu verstehen, als stünde sie direkt neben ihm. »Eine Ehre wird euch zuteil, für die andere das Leben einer Generation opfern würden. Nicht weil ihr es verdient, sondern weil es IHM so gefällt, wird der Meister aller Schatten, Herr der Welt, SCHATTENKÖNIG ELIEN VITAN, Ehrfurcht SEINEM Namen, diesen Ort mit SEINER Gegenwart beehren. Erzittert! Fürchtet jede Unvollkommenheit, die SEINE Augen beleidigen könnte!«

Um sie herum wagten die Knienden kaum zu atmen. Bei jenen, die ihre Gesichter nicht in den Boden drückten, sah Helion eine Mischung aus ekstatischer Erwartung und Panik in den Augen flackern. Lisanne lächelte, als sie einen Schritt zurücktrat und Ilion sanft nach vorn schob.

»Mein Volk!« Obwohl der König von Amdra seine Worte rief, waren sie weniger deutlich zu verstehen. »Zwei große Reiche schließen einen Bund, der die Sterblichen auf ihren Platz verweisen wird! Die Kinder des Nachtschattenwaldes werden …«

Helion griff an Derias Schulter und schüttelte sie. Sie ließ es geschehen, reagierte aber nicht darauf. Helion wiederholte die Geste mit dem gleichen Ergebnis. Er warf einen forschenden Blick auf die Krieger in ihrer Nähe. Alle waren vollständig von dem Geschehen auf dem Balkon gebannt, zudem boten die tief herunterhängenden Zweige des Baumes einigen Sichtschutz.

Helion packte Deria kurzerhand und warf sie sich über die Schulter. Erst schien es so, als wolle sie sich ihm entwinden, aber sie versuchte nur, den Blickkontakt zu Lisanne zu halten. Helion nahm ihren Bogen auf und trug sie fort vom Geschehen.

Als der Palast hinter Büschen verschwand, zappelte Deria unruhig. Er setzte sie ab, umschloss ihre dünnen Gelenke mit einer Hand. Sie versuchte, sich loszureißen, den Blick in die Richtung gewandt, in der sie Lisanne wusste.

Helion schlug ihr mit der flachen Hand ins Gesicht.

Kurz hielt sie in ihrem Bemühen inne. Es schien, als könne sie sich lösen, aber dann strebte sie wieder dem Palast zu.

Noch einmal schlug Helion zu, fester diesmal. »Komm zu dir!«, flüsterte er beschwörend.

Beim dritten Mal wirkte es. Derias Blick klärte sich. »Was war das?«, fragte sie.

»Wenn Limoras auch so beeindruckt ist, können wir ihn noch aufhalten. Führe uns dorthin, wo du ihn zuletzt gesehen hast!«

Deria nahm ihren Bogen auf. Bei den ersten Schritten wirkte sie noch unentschlossen, aber dann nahm sie einen Pfeil aus dem Köcher und fiel in einen lockeren Lauf. Als sie die Stelle erreichten, zeigte Deria, wo Limoras in den Wald verschwunden war.

Helion wäre bereit gewesen, einem guten Fährtensucher sein Gewicht mit Gold aus der Schatzkammer der Mondschwerter aufwiegen zu lassen, aber da sie keinen zur Verfügung hatten, mussten sie Limoras anders aufspüren. Sie liefen zwischen den Bäumen parallel zum Palast. Deria vermied tapfer, den Blick auf den Balkon zu richten, weswegen Helion diesen Bereich abdeckte.

Plötzlich blieb Deria stehen. Noch bevor Helion hätte erkennen können, was sie gesehen hatte, hob sie den Bogen, zog die Sehne aus und schoss. Sofort fingerte sie einen zweiten Pfeil aus dem Köcher. »Er flieht!«, zischte sie.

»Hast du ihn getroffen?«

»Ja! Das scheint seine Andacht gebrochen zu haben!«

Tatsächlich fanden sie im beinahe vollen Licht von Silion und Stygron eine Blutspur. Der Pfeil musste eine große Ader durchtrennt haben. Helion wusste nicht, wo man einen Fayé treffen musste, um ihn zu töten – abgesehen von dem Kopf, dem Hals, dem Herzen. Schon bei den Lungen war er unsicher. »Hinterher!«, rief er. Deria hätte seines Befehls nicht bedurft. Ihr Pfeil lag schon an der Sehne.

Helion warf einen Blick Richtung Palast, aber niemand sah zu ihnen herüber. Zudem waren sie durch die Schatten der Bäume verborgen. Diese erschwerten allerdings auch die Verfolgung, da sie drohten, die Blutspur unkenntlich zu machen. Immer wieder mussten sie stehen bleiben, um sie wiederzufinden.

»Hier!«, rief Deria mit unterdrückter Stimme und folgte der Fährte zu einem dichten Gebüsch.

Helion hörte einen dumpfen Schlag, dann ein Gurgeln. Deria stürzte zu Boden.

Helion sprang hinzu. Auf Verdacht stieß er die beiden Krummschwerter zwischen die Zweige des Gebüschs.

Gerade noch rechtzeitig. Limoras hatte das Mondsilberschwert schon wieder aus Derias Brust gerissen und wollte sich auf Helion stürzen, als ihn dessen Waffen trafen. Dadurch wurde die Attacke des Fayé so schwach, dass sie Helion lediglich eine oberflächliche Schnittwunde am linken Arm beibrachte.

Mit einem festen Schlag schmetterte Helion seinem Gegner die Waffe aus der erschlaffenden Hand. Er stieg über Derias zuckenden Körper, während sie Blut spuckte. Aber auch Limoras war mit zwei tiefen Stichen schwer verwundet, einer in der Schulter, einer im Bauch. Offenbar verringerte das Mondlicht die Festigkeit seiner Rüstung aus vergewaltigten Ästen und Blättern. Er war jetzt wichtiger als die Kameradin. Helion drückte ihm ein Knie auf den Brustkorb und kreuzte die Schwertklingen vor dem dünnen Hals.

»Rede!«, zischte er.

Limoras brachte selbst in dieser Lage noch ein höhnisches Lachen zustande, das aber in ein Husten überging. »Besonders schnell ist Euer Verstand noch nie gewesen, was, Paladin?«

»Ich habe begriffen, dass Ihr uns verraten wolltet. Ihr wart auf dem Weg zu Eurem König, um Euren Ruf wiederherzustellen.«

»Ihr überrascht mich.« Er hustete heftig. »Dann wisst Ihr ja doch alles.«

»Aber warum habt Ihr riskiert, das Mondsilberschwert mitzunehmen? Sobald die Osadroi es spüren, könnten sie auf Euch schießen lassen.«

Er lachte, erbrach dann etwas Blut.

»Was ist so lustig?«

»Auch nach all den Jahrhunderten amüsiert es mich, wie einfältig jene sind, die nichts von der Magie verstehen. Wenn ich Euch sagen würde, Ihr bliebet ewig jung, würdet Ihr nur bei jedem Sonnenaufgang nackt über eine Wiese tanzen, würdet Ihr mir das auch glauben?«

»Dann können sie das Silber gar nicht spüren?«

»Nicht immer. Wenn Ihr es in ein magisches Gitter tragt, das sie gewebt haben, dann wird dieses Gitter gestört, und das werden sie bemerken. Wie bei Wellen auf einem ruhigen See. Ihr seht die Wellen, aber nicht den Stein.«

»Und auch nur, wenn sie einen Zauber wirken«, erkannte Helion.

»Macht noch ein Jahrzehnt so weiter, und Ihr werdet ein schlauer Mann sein. Wenigstens für einen Menschen. Aber jetzt lasst mich in Ruhe sterben, wenn es Euch nichts ausmacht. Ich habe beinahe eine Ewigkeit darauf gewartet, endlich eine neue Erfahrung zu machen.«

Helion zog die Klingen durch und verschaffte ihm damit eine gänzlich neue Erkenntnis.

Er beugte sich über Deria. Auch für sie gab es keine Hoffnung. Die Wunde in ihrer Brust war breit, Limoras musste das Schwert gedreht haben, als er es herausgerissen hatte. Und er hatte tief gestochen. Auch an Derias Rücken wuchs ein dunkler Fleck.

Er stützte ihren Kopf. Sie gurgelte warmes Blut auf sein Handgelenk.

»Kann ich noch etwas für dich tun? Es wird bald vorbei sein, aber wenn der Schmerz zu stark wird …« Er nahm das Mondsilberschwert auf und hielt die Klinge so, dass sie sie sehen konnte.

Sie griff seinen Unterarm so heftig, als sei er eine Katze, die sie fangen wollte. »Versprecht mir nur eines.« Sie atmete in kurzen Stößen. »Rächt meine Tochter! Siegt! Zerstört die Schattenherrin! Keine andere Mutter«, sie hustete, »soll ihr Kind an sie verlieren! Es muss enden!« Aus weit aufgerissenen Augen starrte sie ihn an. »Versprecht es, Mondschwert!«

Er nickte. »Ich werde tun, was du wünschst.«

Sie erschlaffte.

Er drückte ihre Augen zu. Wieder hatte ein sterbender Mensch ihm seinen letzten Wunsch anvertraut.

Aber dieser Wunsch lautete, nicht nur anzugreifen, sondern zu siegen. Das konnte er in dieser Nacht nicht. Die Palastwachen würden ihn in Stücke hacken oder zumindest so lange aufhalten, bis die Osadroi sich seiner annähmen. Er brauchte eine bessere Gelegenheit.

Also musste er Limoras und Deria fortbringen und begraben, damit niemand Verdacht schöpfte. Er machte sich sofort an die Arbeit.

»Glaub mir, ich habe viel gesehen, aber diesen Ort werde ich niemals bei Nacht betreten«, raunte Orrer ihm zu. Die Narbe auf seiner Wange und die Tatsache, dass an seiner Linken zwei Finger fehlten, ließen in der Tat vermuten, dass dem Söldner

Brutalität nicht fremd war. Dennoch fühlte er sich gedrängt, Helion ein Gespräch aufzuzwingen. Vielleicht hoffte er, dass ein Arriek wenig Kontakt zu anderen hatte und deswegen niemand sonst von der Angst erfuhr, die Orrers Hand zittern ließ, als er den Weinschlauch zum Mund führte. Das meiste von der Flüssigkeit ging daneben, sodass es aussah, als bluteten seine Lippen.

»Diese Gesichter«, murmelte er. Seine Augen zuckten, als vermute er in der sich versammelnden Menge Dämonen, die nach seiner Seele verlangten. Gänzlich unbegründet war diese Furcht nicht, schließlich waren auch die Osadroi irgendwo in dem Palast, vor dem nun ein ganzes Heer Aufstellung nahm, um dem Schattenkönig Ehre zu erweisen. Und das, obwohl die Fayé inzwischen massiv nach Eskad vordrangen. Helion war auch nach dort befohlen worden und hatte es wagen müssen, zu desertieren und sich einem anderen Söldnerlager anzuschließen, um sich nicht von Lisanne zu entfernen. Die Dämmerung war fortgeschritten, aber die Reihen der Bewaffneten standen noch immer nicht in der Ordnung, die den Gardisten vorschwebte. Man konnte sie leicht erkennen, ihre Rüstungen waren tadellos. Bei den meisten Söldnern war hier ein Stück Kernleder aufgenäht, dort eine Reihe Kettenringe erneuert. Die Panzer der Gardisten schimmerten in einheitlichem, dunklem Grau. Bei ihnen war kein Helm zu groß, sodass er mit einem Tuch hätte gepolstert werden müssen, und kein Axtblatt rostig.

Helion dagegen fiel unter den Söldnern nicht auf. Es gab ein Dutzend Arriek. Lediglich der Umstand, dass er zusätzlich zu den beiden Krummschwertern auf seinem Rücken auch noch seine ritterliche Waffe an der Seite trug, mochte einen Beobachter verwundern, aber die Scheide war unedel und den Griff mit dem Rubin hatte er umwickelt. Fragen nach der Vergangenheit stellten Söldner ohnehin nie. Sie waren nicht hier, um Freundschaften zu schließen.

Das hatte Orrer offenbar vergessen. »Ich wusste, dass sie die Opferstätte ausgesucht haben, weil dort so viele gestorben sind. Qualvoll gestorben. Manche Rituale haben eine Woche gedauert. Auf den Steinblöcken ist das Blut so tief eingezogen, dass man einen Meißel bräuchte, um es wegzubekommen. Aber das wollen sie gar nicht. Solche Orte lieben sie, die Zauberer. Die Grenze zum Nebelland ist dort nur schwach bewacht. Das wusste ich.«

Wieder wollte er den Weinschlauch zum Mund führen, aber der Gardist, der zwei Reihen weiter vorn die Aufstellung inspizierte, herrschte ihn an: »Hier wird nicht gesoffen!«

Orrer starrte wütend, verschloss den Schlauch aber wieder. »Mit denen legt man sich besser nicht an. Die sind härter als wir. Ihre Meister vollbringen Dinge, zu denen wir nicht fähig sind. Ich meine nicht die zauberische Macht. Aber sie denken anders über Grausamkeit. Für die ist sie ein Werkzeug. Eines, das sie jede Nacht benutzen. Ich meine, ich bin auch kein schüchternes Burgfräulein …« Er versuchte ein Grinsen, das aber an seinen zitternden Lippen scheiterte. »Die Burgfräuleins, die ich getroffen habe, denen habe ich gezeigt, was ein echter Mann ist. Jetzt wissen sie, wozu ihre Früchte gut sind.« Er deutete Wölbungen an seiner Brust an. »Und wie diese Lanze sticht«, er fasste sich in den Schritt, »das habe ich ihnen auch gezeigt. Aber richtig. Am Schluss waren sie alle bei der Sache. Eine wollte nicht. Ich meine, am Anfang wollten sie alle nicht, ich bin ja kein Prinz.« Er lachte. »Aber die eine, die wollte überhaupt nicht, auch nicht, als wir schon dabei waren. Da musste ich nachhelfen. Wie bei einem Pferd, das die Sporen braucht, damit es galoppiert. Hatte meinen Dolch dabei. Bin ja immer vorbereitet. Hat schön gesungen, die Kleine.« Die angenehme Erinnerung schien ihm Sicherheit zu geben. Sein Lachen klang befreit.

»Was ist denn so witzig?«, brüllte der Gardist. »Ich komme gleich rüber, vielleicht finde ich dann auch was zu lachen!«

Orrer kicherte leise weiter. »Als meine Kumpels dran waren, war sie schon richtig zugeritten. Konnte gar nicht genug bekommen, die kleine Schlampe. Ist jetzt sicher eine Hure. Wenn sie erst mal auf den Geschmack kommen, die Weiber, dann sind sie noch geiler als wir.«

»Warum warst du eigentlich an diesem Opferplatz?«, fragte Helion.

Sofort kehrte die Angst in Orrers Gesicht zurück. »Sie lassen uns die Drecksarbeit machen. Dafür sind sich die Gardisten zu fein. Sie wollen, dass alles sauber ist.«

»Die Gardisten haben euch dorthin befohlen? Ich dachte, es sei ein Opferplatz der Fayé?«

»Ist es ja auch«, schnappte Orrer. »Aber die Unsterblichen sind doch alle gleich. Wer mit Magie umgeht, der genießt das Quälen. Nicht, dass ich das nicht auch manchmal getan hätte. War ein großer Spaß, dieses Burgfräulein schreien zu hören. Und ihren Vater, ich glaube, der war sogar ein Baron, den haben wir zusehen lassen.« Beifallheischend sah er Helion an.

Helion starrte stumm in seine Augen.

Orrer räusperte sich. »Bei denen ist das anders. So ein Ort, an dem viel gefoltert wurde, der ist für die wie ein Lustschloss. König Ilion stellt ihn den Schattenherren zur Verfügung, aber die Gardisten meinen, er müsse gereinigt werden. Dabei sind das nur ein paar Steinblöcke, die im Wald stehen! Kaum hast du den Boden gefegt, weht der Wind schon wieder Laub und Zweige heran. Eine Arbeit für Idioten ist das!« Er lachte unsicher. »Aber es muss anscheinend sein. Die neue Osadra soll wohl sauber in die Ewigkeit gehen.«

»Welche neue Osadra?«

»So eine kleine Schlampe. Haut weiß wie Milch. Die würde ich auch gern mal richtig rannehmen.« Er kicherte.

»Sie führen eine neue Osadra in die Schatten?«, versicherte sich Helion noch einmal.

»Du bist schwer von Begriff, was? Ja, das habe ich doch gesagt. Die kam mit dieser Schattenherzogin, Lisanne. Mann, irgendwas stimmt mit mir nicht, aber die würde ich auch gern flachlegen, obwohl ich weiß, dass sie eine Leiche ist und ein paar Jahrhunderte alt.« Das Zittern in seiner Stimme strafte die lockere Rede Lügen.

Als Helion Baron Ranomoff gestellt hatte, war dieser geschwächt gewesen, weil er gerade an einem magischen Ritual teilgenommen hatte. Deswegen hatte Helion ihn überwinden können. Modranel hatte Lisanne beinahe zerstört, in der Nacht nach einem großen Ritual. Offensichtlich zehrten solche Zauber an den Kräften, auch bei den Osadroi. Menschliche Magier zahlten mit ihrer eigenen Lebenskraft, bei den Osadroi war es fremde, aber dennoch strengte die Magie sie an. »Wird der Schattenkönig auch dabei sein?«, fragte er.

»Das habe ich noch gar nicht erzählt! Wie gesagt, das ist einfach nur ein Kreis aus Steinblöcken im Wald. Na ja, ›einfach nur‹ ist nicht richtig, die Bäume dort …« Er schluckte. »Jedenfalls müssen wir einen Thron bauen, für Elien Vitan. Aus Schädeln. Ich weiß nicht, woher sie all die abgeschlagenen Köpfe heranbringen. Wir müssen sie abziehen und auskochen, bis nur noch saubere weiße Totenköpfe übrig sind. Und aus denen bauen wir einen Thron. Wusste gar nicht, dass das geht. Aber die haben diese Kultpriester in den schwarzen Roben dabei. Seelenbrecher nennen die sich. Die machen das nicht zum ersten Mal.«

Elien Vitan würde dort sein! Und er wäre schwach nach dem Ritual! Der Schattenkönig selbst! War das ein Wink der Mondmutter?

»Kniet!«, brüllte ein Gardist, und die anderen fielen in den Ruf ein. »Auf die Knie vor ELIEN VITAN, SCHATTENKÖNIG von Ondrien!«

Wer nicht schnell genug auf dem Boden war, bekam eine Peitsche zu spüren, die Letzten ein Schwert. Helion und Orrer waren unter den Ersten. Die eigene Dummheit war eine Waffe in der Hand des Gegners, und unsinniger Stolz war Dummheit.

Elien Vitans Kutsche wurde von zwölf Rappen gezogen. Aus ihren Nüstern stieg Rauch, als sie durch die Gasse galoppierten, die zwischen den Truppen zum Palast des Fayékönigs führte. Das war noch eine ihrer weniger befremdlichen Eigenschaften. Wo Augen hätten sein sollen, schlugen Flammen aus ihren Köpfen. Ihre Körper entzogen sich dem Blick, als betrachte man sie durch trübes Glas. Man konnte nicht erkennen, wo das nachtschwarze Fell endete. Am seltsamsten aber war, dass sie kein Geräusch verursachten. Ihre Hufe rissen den Boden auf und Flocken von Rauch flogen aus ihren Mäulern, aber sie waren so still wie bewegte Gemälde. Umso lauter hörte man das Ächzen der Deichseln und das Knarren der sechsrädrigen Kutsche, auf deren Bock ein ausgezehrter, bleicher Mann saß, der aber kein Osadro war. Das Gefährt war gänzlich geschlossen, gearbeitet aus schwarzem Holz, an der Tür mit Platin die Rose Ondriens eingelegt.

Die Kutsche verwehrte jedem Licht den Zugang. Der Schattenkönig machte sich nicht die Mühe, seine Fahrt verlangsamen zu lassen. Im Gegenteil, der Kutscher knallte die absurd lange Peitsche, um die Schattenrosse zu noch höherer Geschwindigkeit anzutreiben.

Hinter der Kutsche kam eine Hundertschaft berittener Gardisten. Offenbar wurden ausschließlich schwarze Pferde für die Reiterei der Schattenherren ausgewählt. Und offensichtlich konnte der Schattenkönig bei seinen Gardisten ebenso wählerisch sein. Helion entdeckte keinen, der Schwierigkeiten mit dem halsbrecherischen Ritt gehabt hätte, bei dem Helion schon nach kurzer Zeit aus dem Sattel geschleudert worden wäre.

Gefolgt von den Reitern verschwand die Kutsche in dem aus riesigen Baumwurzeln geformten Eingang zum Palastkomplex.

»Alle aufstehen!«, befahlen die Gardisten. »Zurück auf eure Posten! Los, bewegt euch, Pack!«

Helion klopfte den Schmutz von seinen Knien.

»Dafür nun der ganze Aufwand«, murrte Orrer. »Richtet euch ja sauber aus!«, äffte er. »Mehr als tausend Bewaffnete aufmarschieren lassen – für nichts und wieder nichts! Ich wäre lieber im Süden, ein paar eskadische Dörfer plündern! Der hat uns doch gar nicht gesehen in seiner geschlossenen Kutsche.«

Da war Helion nicht sicher. Der Schattenkönig mochte Sinne besitzen, die über das Begreifen der Menschen hinausgingen.

»Hätte nur noch gefehlt, dass sie gesagt hätten, wir sollten unsere Mütter stolz machen mit unserer Parade!« Orrer lachte.

»So schlimm kann das gar nicht sein mit dieser Opferstätte«, behauptete Helion. »Ein paar Tote und ein bisschen Saubermachen.«

Orrer glotzte ihn an. »Würdest du das etwa machen wollen?«

»Ich bin doch keine Dienstmagd.«

»Das bin ich auch nicht!«, brauste Orrer auf.

»Nur gegen Bezahlung«, sagte Helion.

Orrers Blick schätzte ihn ab. »Fünf Kupferstücke, und morgen gehst du an meiner Stelle.«

»Neun.«

»Neun also!« Grinsend streckte er ihm die Hand entgegen.

Helion sah zu den Monden auf. Stygron war nur noch halb zu sehen, auch Silion nahm deutlich ab. Er schlug ein.

Als Helion am nächsten Morgen am Ritualplatz eintraf, war der eigentliche Schädelthron schon fertig. Jetzt waren die Söldner damit beschäftigt, die geraden Knochen von Oberschenkeln und Oberarmen abzukochen und dann zu den beiden

Seelenbrechern zu bringen, die sie zu einem Baldachin arrangierten.

Der Thron stand am Rand einer Senke, von wo aus man den Platz gut überblicken konnte. Im Zentrum erhob sich ein Quader aus rauem Graustein. Die angeschmiedeten Fesseln und die rostroten Ablaufrinnen ließen keine Zweifel daran, wofür er genutzt wurde.

Der Opferstein stand auf einer ovalen Freifläche mit einem Radius von etwa zehn Schritt. Sie wurde von den Felsblöcken begrenzt, die Orrer beschrieben hatte. Auch diese waren Quader aus grauem Stein, aber sie waren größer als die Opferstätte. Die meisten standen auf ihrer Schmalseite, die immer noch mehr als einen Schritt maß, und ragten zwischen eineinhalb und drei Mannslängen in die Höhe. Manche waren durch querliegende Quader miteinander verbunden, sodass sie leere Tore bildeten. Für Besucher aus der stofflichen Welt erfüllten diese Durchgänge keinen Zweck, denn die Steine standen so weit voneinander entfernt, dass sie in keiner Richtung ein Hindernis bildeten. Als Helion sich ihnen näherte, erkannte er die verschlungenen Zeichen, die in ihre Seiten gemeißelt waren, was ihn in der Vermutung bestärkte, dass sie als Durchgänge für Wesenheiten aus dem Nebelland bestimmt waren.

Was immer der Wald hier an Leben hervorbrachte, hatte sich weit von der Natur entfernt, die die Götter ihm bestimmt hatten. Das Gras war nicht grün, sondern knochenweiß. Die Zweige der Büsche wanden sich so, dass sie unmissverständliche Formen bildeten: verkrüppelte Klauen, starrende Augen, aufgerissene Mäuler. Eitergelbe Blüten öffneten sich in der Morgensonne. Rote Nässe tropfte von ihren Blättern zu Boden. Ein Igel fraß am Kadaver eines Kaninchens, dessen Maul Reißzähne verunstalteten. Seine Stacheln waren fingerlang. Sie wuchsen nicht gerade, einige bogen sich so weit, dass sie dem Tier in das eigene Fleisch stachen.

Am schlimmsten waren die Bäume. Die Äste zweier Riesen waren so verflochten, dass es aussah, als würden sie miteinander ringen, als versuchten sie, den Konkurrenten im Kampf um Licht und Wasser zu zerbrechen. Nicht nur in ihrer Rinde glaubte Helion menschliche Gesichter zu erkennen. Sie waren ausnahmslos Bilder großer Qual, die Augen schreckgeweitet, die Münder zu stummen Schreien geöffnet. Einer dieser Riesenbäume – bis auf die Größe ähnelte er einer Eiche – stand zwischen den Steinblöcken gegenüber des Throns. Er war nicht nur wegen seines Platzes besonders auffällig, schließlich stand er von allen Bäumen dem Opferstein am nächsten, sondern auch, weil in ihm besonders viele und besonders deutliche Gesichter zu erkennen waren.

»Du!«, rief ein Gardist. »Wenn du schon so lange schläfst, dann beeile dich jetzt gefälligst! Leg deine Sachen ab und fass mit an!« Er zeigte mit seiner Lanze auf die Waffen, die die hier arbeitenden Söldner an einem der wenigen flach liegenden Steine deponiert hatten, gerade einmal zwei Schritt von dem Gesichterbaum entfernt.

Söldner besaßen meist nur, was sie mit sich tragen konnten. Sie legten ihren Lohn in Ketten und Ringe aus edlen Metallen an oder eben in ihre Ausrüstung. Deswegen wunderte sich Helion nicht darüber, wie individuell die Äxte und Schwerter gestaltet waren. Einfach- oder Doppelblätter, gebogene, gewellte und gerade Klingen, zwei Morgensterne, eine kleine Armbrust, ein mit Stacheln gespickter Kampfhandschuh, ein Dorn, der sich an den Ellbogen schnallen ließ, sogar eine Hellebarde. Während Helion die beiden Krummschwerter und das Mondsilberschwert dazustellte, betrachtete er den Baum aus der Nähe.

Die Gesichter waren so deutlich ausgebildet, als hätte jemand einen undurchsichtigen Schleier über sie gebreitet, der die Farbe der Baumrinde hatte. Die Struktur der Borke war kaum zu erkennen, das Holz war glatt, wo es eine Stirn, eine

Wange, Lippen oder Augen nachbildete. Der Baum selbst wirkte ebenfalls, als litte er Qualen, wobei Helion nicht wusste, woraus er diesen Eindruck gewann – aus dem gezackten Wuchs der Wurzeln vielleicht oder der Art, wie die Äste sich wanden. Der Stamm war in sich verdreht wie eine Spirale. An manchen Stellen schien er auseinanderzureißen, Löcher öffneten sich.

»Die Fayé verstehen etwas von Strafen«, stellte der Gardist fest, der die Waffen bewachte.

Helion nickte. »Der Baum sieht ungesund aus.«

Der Gardist lachte. »Hast du keine Augen im Kopf, oder liegt dir wirklich mehr an Pflanzen als an Menschen?« Er schlug ihm auf die Schulter.

Helion stieß seine Hand weg.

Der Gardist runzelte die Stirn. »Nicht so unfreundlich, sonst lassen dich unsere neuen Freunde auch noch einwachsen.«

Einwachsen?

Helion sah die Gesichter genau an. Erst jetzt erkannte er, dass da auch Hände waren, die zu versuchen schienen, sich aus dem Holz herauszudrücken, Andeutungen von Brustkörben, Schultern.

»Du hast es wirklich nicht begriffen, was?« Der Gardist lachte. »Die Rituale der Fayé sind anders als die unserer Herren, aber sie vermögen Erstaunliches. So gehen sie mit denen um, die gegen sie aufbegehren!« Verschwörerisch beugte er sich vor. »Die kriegen alles mit, da in dem Holz. Und sie leben lang. So lange wie der Baum. Können sich nicht rühren, ein Jahrhundert Schmerzen, nichts als Schmerzen.« Er grinste.

Helion zuckte mit den Schultern.

Das war wohl nicht die Reaktion, die sein Gegenüber sich erhoffte. Er runzelte die Stirn. »Ja, ihr Arriek bleibt gern unter euch, was? Haltet euch für besser als alle anderen. Aber das seid ihr nicht. Und außerdem«, er nahm das Mondsilberschwert, das Helion abgestellt hatte, »scheinst du den Sitten auch nicht ganz treu zu bleiben. Sonst führt ihr doch nur die gekrümmten Klingen.«

Helion starrte ihn an. Der Stoff, den er um den Griff gewunden hatte, saß fest, der Rubin war noch nicht einmal zu ertasten. Solange das Schwert in der Scheide blieb, war nicht zu erkennen, was es wirklich war. Aber schon ein flüchtiger Blick auf die Mondsilberklinge würde ihn verraten. Nicht auszuschließen, dass die Vorbereitungen für das Ritual bereits genug Magie beinhalteten, um das heilige Metall zum Leuchten zu bringen. »Stell das wieder hin«, verlangte Helion ruhig.

»Ah, jetzt habe ich deine Aufmerksamkeit, was?« In der Rechten hielt er noch seinen Spieß, das Mondsilberschwert schwenkte er in der Linken. »Es macht dir doch nichts aus, wenn ich mir mit deinem Spielzeug die Zeit vertreibe?«

Helion sagte nichts, sah ihm nur fest in die Augen. Er beugte seine Knie leicht, um sich schnell bewegen zu können. Die Waffen lagen auf dem Steinblock wie Leckereien auf einer Tafel, er musste nur zugreifen. Am besten wäre einer der Morgensterne. Er könnte den Stock von unten fassen und die Stachelkugel am Ende der Kette mit der Bewegung nach oben reißen. Es wäre nicht schwierig, dem Gardisten auf diese Weise den Unterkiefer aus dem Gesicht zu schlagen.

Aber er würde nicht seinen Kampf gegen Lisanne gefährden, indem er jetzt diesem Wicht eine Lektion erteilte. Stattdessen schnappte er nach dem Mondsilberschwert. Bevor sein Gegenüber begriff, was geschah, hatte er ihm die Waffe aus der Hand gewunden.

Verblüfft sah der Gardist ihn an. »Du bist so schnell, wie man es von den Arriek sagt.« Sein Gesicht verfinsterte sich, als er die Überraschung überwand. Es mochte auch daran liegen, dass seine Kameraden herübersahen und lachten, ebenso wie einige Söldner, denen jeder Anlass recht war, um mit der Arbeit innezuhalten.

Der Gardist kam um den Stein herum, sodass jetzt kein Hindernis mehr zwischen ihnen war, und fasste dabei seinen Spieß mit beiden Händen, richtete die Spitze auf Helion. »Ich schätze solche Widerspenstigkeit nicht. Aber ich gebe dir noch eine Gelegenheit, mich die Sache vergessen zu lassen. Gib mir das Schwert und mach dich endlich daran, deinen Kameraden zu helfen.«

»Niemand fasst meine Waffen an«, versetzte Helion.

»Ganz wie du meinst, Bursche. Stell das Schwert einfach wieder dorthin, wo es war. Dann werden wir schon sehen, was damit geschieht.«

Helion senkte den Blick und atmete ein. Er beobachtete die Knie des Gardisten. Die Knie verrieten immer, wie sich ein Gegner bewegen würde. Dieser hier wollte offenbar stehen bleiben. Er rechnete mit Helions Einlenken.

Das war sein Fehler.

Im Ausatmen sprang Helion vor. Ohne das Schwert aus der Scheide zu ziehen, schlug er es gegen den Kopf des Gardisten.

Er war durch einen Helm geschützt, also konnte ihn die stumpfe Waffe nicht verletzen, aber der Schlag war sicher schmerzhaft und so wuchtig geführt, dass der Kopf zur Seite gerissen wurde.

Ohne abzuwarten, setzte Helion mit dem Knie nach, das er seinem Gegner zwischen die Beine rammte.

Das Kettenhemd hielt einiges ab und die harten Ringe schmerzten Helion, aber der hohe Schrei des Gardisten verriet, dass auch er beeindruckt war. Es sprach für seine Disziplin, dass er den Spieß nicht fallen ließ, und für seine Klugheit, dass er auf einen sofortigen Gegenangriff verzichtete und stattdessen einen humpelnden Schritt rückwärts machte, um Überblick zu gewinnen. Zudem war der Spieß auf diese Distanz wenig nützlich.

Helion hätte nachsetzen können, aber das hätte nur weitere Schwierigkeiten gebracht. Also blieb er, wo er war.

»Was fällt euch zwei Hitzköpfen ein?« Ein Gardist stapfte in die Senke herunter. Sein Helm war von einem Rossschweif geziert. »Erriol, meine Geduld mit dir ist um!«

»Aber dieser Arriek hat angefangen!«

»Jammer nicht wie ein Waschweib!« Er schlug ihm mit dem Panzerhandschuh ins Gesicht, was durch den Helm ein wenig gedämpft wurde. »Geh mir aus den Augen! Sofort! Bevor ich dich auspeitschen lasse!«

Mit hasserfülltem Blick zog der Geschlagene ab.

Der Offizier funkelte Helion an. »Und du? Was fällt dir ein?«

Helion hielt dem Blick stand. »Niemand fasst meine Waffen an.«

Langsam schüttelte der Offizier den Kopf. »Ihr habt euch alle verschworen. Ihr wollt mich wahnsinnig machen. Das ist es. Aber das könnt ihr vergessen! Hörst du? Ich werde nicht durchdrehen in diesem verrückten Wald! Ich nicht!« Er atmete tief durch. »Und was du tun wirst, das sage ich dir. Du wirst jetzt diese edle, wundervolle, unberührbare Waffe abstellen, wo immer es dir genehm ist, und dann wirst du, verdammt noch mal, an die Arbeit gehen!«

Während des Tages sah sich Helion genau auf dem Ritualplatz und in der Umgebung um. Am Nachmittag war die Arbeit getan, alles war vorbereitet. Die Söldner wurden zu ihren Einheiten geschickt.

Mit der Abenddämmerung schlich sich Helion zurück. Drei Gardisten waren zur Wache eingeteilt, aber damit beschäftigt, Kriegsgeschichten auszutauschen. Sie hielten wohl auch den mühsam errichteten Schädelthron für das Einzige, was ihrer Aufmerksamkeit wert war.

Helion stieg in verschiedene Öffnungen des Gesichterbaums, bis er eine fand, in der er sich eine Nacht und einen Tag lang aufhalten konnte, die so tief war, dass sie von außen nicht einsehbar war und die zu seinem Glück sogar im Holz ein kleines Loch aufwies, durch das er auf den Opferstein spähen konnte.

Wenn er sein Versteck wieder verlassen würde, dann um zu kämpfen. Es gab keinen Grund mehr, sein Schwert zu verhüllen. Er löste die Umwicklung des Griffes und drückte den Rubin gegen seine Stirn. *Dies sind meine letzten Gedanken …*

Liólas Waden schmerzten von den vielen Treppenstufen. Sie war so hoch auf den Palastbaum gestiegen, dass sie über den Nachtschattenwald nach Osten sehen konnte, wo nun die Sonne über den Baumkronen spielte. Nicht eine Wolke stand am Himmel. Dies war der letzte Sonnenaufgang, den sie jemals sehen würde. Tränen stiegen in ihre Augen. *Ich bin erwählt.*

All die langen Jahre, der Dienst im Kult, die Rivalen, die sie aus dem Weg geräumt hatte, die Studien der dunklen Kunst, bei denen sie erst jetzt hoffen durfte, zu tieferem Verständnis zu gelangen, da sie Jahrhunderte vor sich hatte. Vor allem aber ihre Hingabe an Lisanne, die Unvergleichliche. Die Schattenherzogin würde sie in die Arme der Finsternis leiten, und der SCHATTENKÖNIG, Ehrfurcht SEINEM Namen, würde die Zeremonie mit SEINER Anwesenheit ehren. Sie wäre eine Baroness, eine Schattenherrin ohne eigenes Lehen, solange, bis sie genug gelernt, sich an die Ewigkeit gewöhnt hätte.

Ewigkeit. Der Gedanke ließ sie zittern. Wer unsterblich war, dem war der eigene Wille die einzige Grenze. Was gedacht werden konnte, das konnte auch vollbracht werden. Der Kult hatte tausend Priester und tausend mal tausend Gläubige. Alle wären bereit, für Lióla ihr Leben niederzulegen, nur um ihr zu gefallen. »Osadra.« Sie flüsterte das Wort, schmeckte jeder Silbe nach.

Als sie aus ihren Gedanken auftauchte, stand die Sonne schon einen Fingerbreit über dem Wald. Ihre Waden hatten sich inzwischen erholt. Sie machte sich an den Abstieg, vorsichtig, damit sie nicht stolperte. In der letzten Woche hatte sie sich geschont, alle kleinen Schnitte und Abschürfungen verheilen lassen, die sie sich auf der Reise bis zu König Ilions Hof zugezogen hatte, auch die Rippe, die sie sich beim Sturz bei Lisannes Erwachen geprellt hatte. Sie wollte makellos in die Unsterblichkeit gehen, obwohl sie gehört hatte, dass sogar eine abgeschlagene Hand nachwuchs, wenn sich die Schatten auf einen Menschen senkten und ihn zum Osadro machten. Sie eiferte Lisanne und ihrem Sinn für Ästhetik nach.

Fünf Gardisten begleiteten sie zum Ritualplatz. Nicht so sehr, weil sie gefährdet gewesen wäre, obwohl es schon vorgekommen war, dass Neider, die sich übergangen gefühlt hatten, einen Erwählten kurz vor dem Gang in die Schatten mit scharfem Stahl aufgehalten hatten. Aber das geschah selten. Die Gardisten wussten, dass Lióla bald bedeutend sein würde, unsterblich, eine Osadra, die das Recht hätte, über das Schicksal jedes Einzelnen von ihnen zu befinden. In bestimmten Konstellationen galt es als unhöflich, wenn ein Schattenherr einen Menschen tötete. Meistens war es ohne Belang. Umgekehrt konnte die Gunst eines Schattenherrn das Vorankommen in Ondrien ermöglichen. Sie brachte Gold, Frauen, Untergebene. Alles kam aus den Schatten, alles diente den Schatten, alles ging in die Schatten.

Es bestand keine Notwendigkeit für Lióla, zu dieser Zeit auf dem Ritualplatz zu sein. Die Zeremonie würde erst in der Nacht stattfinden, der ganze Tag lag noch dazwischen. Aber sie wollte das Gesicht von Nachtsucher Nemerat sehen. Er stand im Kult deutlich höher als sie, die Dunkelruferin, und doch war Lióla erwählt worden, weil sie in einem Schicksalsmoment richtig gehandelt hatte. Es musste ihn übel angehen, dass ein Leben voller erfolgreicher Intrigen, Pläne, Bündnisse und entschlossener Angriffe nicht die Früchte trug, die Lióla nun erntete.

In der Tat stellte Nemerat ein so wächsernes Gesicht zur Schau, dass überdeutlich wurde, dass er seine Gefühle verbarg. Artig verbeugte sich der sehnige Mann. »Ich hoffe, alles ist zu Eurer Zufriedenheit, Dunkelruferin?«

Verwendete er ihren Titel aus Gewohnheit, oder weil er sich zu einer Provokation hinreißen ließ? Noch war er korrekt, aber in zehn Stunden schon wäre er bedeutungslos.

In den kühnen Träumen, in denen Lióla ihrem Sehnen freien Lauf gelassen hatte, war immer ein Schloss Schauplatz ihrer Verwandlung gewesen. Meistens ein Gebäude mit spitzen, himmelstrebenden Türmen, hoch im Eis des Nordens, wo die Nächte lang waren und auch der Letzte verstanden hatte, dass ein Frevel gegen die Schatten keine Hoffnung auf Erfolg barg. Dass die Zeremonie unter freiem Himmel stattfinden würde, hatte sie nicht erwartet. Es störte sie aber auch nicht. *Hauptsache, ich lasse den Makel der Sterblichkeit hinter mir.*

Sie schauderte, als sie den Thron betrachtete. Nicht wegen der menschlichen Schädel, aus denen er errichtet war, sondern weil sie sich vorstellte, dass dort bald der SCHATTENKÖNIG Platz nehmen würde. ELIEN VITAN würde der Zeremonie von diesem Ort aus beiwohnen. Schon deswegen musste alles perfekt sein.

Soweit man es in dieser Umgebung erwarten konnte, war der Platz sauber, die Felsblöcke geschrubbt. Dass man am Opferstein noch immer sehen konnte, wo Blut geflossen war, störte Lióla nicht. Im Gegenteil, es war nützlich. Die Kinder mussten Angst empfinden, und wenn einige von ihnen klug genug waren, um die Assoziation herzustellen, würden sich diese Spuren als hilfreich erweisen. *Wie wird es wohl sein, zum ersten Mal Essenz zu atmen?*

Sie wollte Nemerat gerade ihre herablassende Zustimmung mitteilen, als sich ein Seelenbrecher dazwischendrängte. »Ich habe Schwierigkeiten, Ordnung in das magische Gitter zu bringen«, meldete er zerknirscht.

Nemerat schlug ihm ins Gesicht. »Was meinst du damit? Sprich! Ich dulde kein Versagen!«

Die Priester des Kults streuten überall auf dem Platz feuchte Asche aus, um zauberkräftige Symbole zu schaffen. Sie waren noch nicht aufgeladen, das würde erst während der Zeremonie geschehen, aber sie gehörten zu den Vorbereitungen, um später das Fließen der dunklen Kraft zu fördern. Die meisten Seelenbrecher konnten selbst keine Zauber wirken, aber sie waren darin geschult, die magische Struktur eines Ortes zu spüren, die Kraftlinien, die ein Gitter bildeten, in dem sie dann die Symbole positionierten, die Mächtigere später mit Magie aufluden.

Der junge Mann hier hielt den Kopf tief und zeigte auf einen großen Baum, der auf der gegenüberliegenden Seite des Ritualplatzes stand. »Was ich auch tue, von dort geht eine Unordnung aus.«

Nemerat rollte mit den Augen. »Was denn für eine Unordnung? Ich kann mich nicht um jede unbedeutende Kleinigkeit persönlich kümmern.«

»Etwas, das meine Zeremonie stören könnte«, versetzte Lióla spitz, »ist wohl schwerlich eine unbedeutende Kleinigkeit.«

»Natürlich nicht.« Seine Schultern sanken merklich herab. »Das wollte ich damit nicht gesagt haben.«

Gemeinsam durchquerten sie die Senke. »Es ist, als wäre dort Silber«, sagte der Seelenbrecher, um sofort anzufügen: »Ich weiß, dass das nicht sein kann, aber ich wurde noch nicht würdig für höhere Weihen befunden, die mir gestatten könnten, mit besserem Urteil …«

»Silber!«, rief Nemerat. »Das ist lächerlich!«

»Natürlich, ich versuchte nur mit meinen unvollkommenen Mitteln …«

»Ganz ausgeschlossen!«

»Natürlich.«

»Hier gibt es kein Silber!«

»Ich dachte nur …«

»Offenbar bist du zu dumm zum Denken! Schweig und höre zu, dann lernst du wenigstens.« Dann wandte er sich an Lióla. »Ich bin von Unfähigen umgeben. Als ich noch Seelenbrecher war, konnte man mehr von uns erwarten.«

Er hoffte wohl auf Zustimmung, aber Lióla war gefangen vom Anblick des Baums. Wenigstens ein Dutzend gequälte Gesichter blickten ihr entgegen. Natürlich kannte sie sich mit den magischen Sitten der Fayé aus, zumindest oberflächlich. Im Gegensatz zu der Zauberei, die die Osadroi oder auch die wenigen menschlichen Magier wirkten, zwangen die Fayé der Wirklichkeit ihren Willen nicht unmittelbar auf. Im vergangenen Äon, vor der Verbannung durch die Götter, hatten sie, so sagte man, die Natur mit Liedern betört, woraufhin sie willig gegeben hatte, was sie von ihr erbeten hatten. Heute beschworen sie Unkreaturen aus dem Nebelland oder anderen, noch geheimnisvolleren Wirklichkeiten, und diese formten dann die Welt. Da die Sinne dieser Wesenheiten nicht für die greifbare Welt gedacht und ihr Verstand von gänzlich anderer Art war, wurde alles, was sie schufen, pervertiert, verdreht, sah falsch aus. So auch der Baum. Aber die darin Eingeschlossenen besaßen dennoch eine ganz eigene Schönheit. Die Ästhetik des Schmerzes, so hatte Lisanne es genannt. Sie lebten noch, und sie würden noch lange leben. Sie bewegten sich sogar in ihrer Pein, wenn auch so langsam, dass man eine Woche verstreichen lassen musste, um eine Veränderung ihrer Position zu erkennen. *Da ich eine Ewigkeit zur Verfügung habe, werde ich mich der Muße solcher Betrachtungen widmen können.*

Lióla hatte andere Bäume gesehen, die auf diese Art verwendet wurden, aber dieser hier war besonders. Nicht nur wegen seiner Größe, sondern auch wegen der Art, wie er seine Gefangenen anordnete. Als hätte ein Künstler sie arrangiert. Sie trat nah heran, betrachtete einige der Gesichter genau. Da war eine Frau mit zusammengewachsenen Augenbrauen, etwa in Liólas Alter, die Zeit nicht mitgezählt, die sie in ihrer jetzigen Lage verbracht hatte. Und ein Mann mit einer Narbe auf der Wange. Sie alle waren auf ihre Art so vollkommen. »Dies ist ein Baum mit mächtiger Magie«, sagte sie zufrieden.

»Da hörst du es!« Nemerat schlug auf den Kopf des Seelenbrechers. »Es ist die Magie der Fayé, die in diesem Baum steckt und das Gitter stört. Das hättest du selbst erkennen müssen!«

»Ja, Herr.«

Liόla wunderte sich, dass diese Störung nur von dem Baum ausging, nicht von dem Opferstein, in dem sie den Fokus des Ortes vermutete. Skeptisch sah sie an dem Stamm hoch. Er war völlig verdreht, beinahe wie ein nasses Tuch, das gewrungen wurde. Dieser Belastung hielt das Holz nur bedingt stand, überall taten sich Risse auf, viele mannshoch, manche noch größer. Sie stieg in einen hinein.

Hier drin war es nicht gänzlich dunkel. Ein Astloch ließ Licht hereinfallen. Liόla quetschte sich so tief wie möglich in den Spalt. Sie stellte sich vor, wie sich die Gefangenen fühlen mussten. Sie waren nicht gefesselt, sonst hätten sie ihre Hände nicht so heben können, wie man es von außen sah. Wie brachten die Fayé sie dann hier herein? Mit Drohungen bestimmt. Manchem Dummkopf war ein Jahrhundert Qualen lieber als der schnelle Tod, den eine Klinge versprach. Oder die Fayé hatten Geiseln, vielleicht die Familien der Opfer. Menschen taten erstaunliche Dinge für ihre Angehörigen. Auch Modranel hatte diese Schwäche gehabt, sonst hätte sie ihn nicht überwinden können. Oder manipulierten die Fayé den Verstand der Verurteilten? Wie bei den Pferden, mit kleinen dämonischen Kreaturen, die sie in die Ohren kriechen ließen, um den Willen zu dämpfen? Liόla lachte. Ihr gefiel der Gedanke, jemandem so etwas anzutun. Sie nahm sich vor, einige Jahre ihrer Ewigkeit mit dem Studium der Magie der Fayé zu verbringen.

Vorsichtig stieg sie wieder aus dem Baum. Sie wollte sich nicht jetzt, so kurz vor der Zeremonie, den Fuß umknicken.

Nemerat wies noch immer den Seelenbrecher zurecht. Diese Einzelheiten langweilten Lióla. Kühl nickte sie den beiden zu und begab sich zurück zum Palast.

Sie entschied, dass sie die Sonne nicht vermissen würde. Sie war ihr schon immer zu hell gewesen. Mit dem Essen wäre es vielleicht anders. Zum letzten Tag einer angehenden Osadra gehörte auch ein Festmahl, schließlich würde sie nie wieder Speisen zu sich nehmen.

Sie aß keine großen Mengen, denn sie wollte während der Zeremonie nicht träge sein. Aber sie ließ sich viele verschiedene Dinge auftischen. Wachteleier, knusprig gebratene Horan-Ente, ein Lamm, das noch vor der Geburt aus dem Leib seiner Mutter geschnitten worden und deswegen besonders zart war, auch die exotischen Früchte aus den Gegenden des Nachtschattenwaldes, die nicht durch die dämonische Magie pervertiert waren, dazu einen leichten Wein und Säfte. Sie genoss das Essen, aber ihre Gedanken blieben auf die Nacht gerichtet. Das änderte sich auch nicht, während sie in den folgenden Stunden durch den Palast streifte und die Flure erkundete, zu denen ihr noch gestern der Zugang verwehrt worden war. Vielleicht lagerten hinter den Türen hier besondere Schätze der Fayé, aber Lióla verlangte nach der Macht der Schatten. Sie hatte jetzt keine Geduld, anderes zu erforschen.

So begab sie sich bereits eine Stunde vor Sonnenuntergang in den Saal, in dem sie abgeholt werden sollte. Sie hielt die Gardisten mit einem Wink zurück, als sie Anstalten machten, die Kerzen zu entzünden. Lióla wollte die Dunkelheit durch die Fenster kommen sehen. Sie genoss es, wie das Licht schwand, den Kampf gegen die Dämmerung verlor, langsam, aber unaufhaltsam. Brünetta erkannte sie an ihrem schlurfenden Schritt. Als sie kam, war es schon zu dunkel, als dass sie den Ghoul hätte sehen können. Umgekehrt war das anders. Die tiefliegenden Augen der Leichenfresser erkundeten das Dunkel besser als das Licht.

Jetzt würden auch die Osadroi erwachen. Sie ruhten irgendwo im Palast, wo genau, wusste nur ihre persönliche Garde. Ganz sicher in Räumen, in die kein Tageslicht eindringen konnte. Es bereitete den Schattenherren Schmerzen. Ein lästiger Preis für die Unsterblichkeit. Keinesfalls ein zu hoher. Die kümmerliche Rache gefallener Götter, die die Welt an die Schatten verloren hatten.

Es war der Hauptmann von Lisannes Garde, der sie holen kam. »Lióla, seid Ihr breit, Eure Seele den Schatten zu überschreiben, Euer Herz dem SCHATTENKÖNIG zu geben und Eure Sterblichkeit gegen die Ewigkeit zu tauschen?«

Sie erhob sich, kostete den süßen Schmerz aus, den entscheidenden Moment, in dem der Weg vom Leben ins Unleben begann, noch einige Augenblicke hinauszuzögern. Sie lauschte auf ihren Herzschlag. Bald würde sie keinen mehr haben. »Ich bin bereit.«

»Dann lasst alle Schwäche in diesem Raum, Lióla, und folgt mir.«

Der Tradition gemäß gingen sie den Weg zum Ritualplatz schweigend. Sie passierten kleine Gruppen von Verdienten, die dadurch, dass sie einen Blick auf die Erwählte erhaschen durften, in ihrer Hingabe bestärkt wurden. Das war eine große Ehre. Zeremonien wie diese waren sehr selten. Die Unsterblichen waren wählerisch. Lióla wusste nur aus dem Studium der Schriften des Kults, was sie erwartete.

Nun nahm sie den Weg viel bewusster wahr als noch am Morgen. Sie spürte den Waldboden unter ihren Füßen, hörte das Rascheln des Laubes, roch die Bäume, auch den Rauch, der von den Dochten der Laternen aufstieg, hörte das metallische Aneinanderreiben der Glieder aus den Kettenpanzern der Gardisten und Brünettas Schmatzen hinter sich. Ihr würdevoller Gang war so langsam, dass ihr Ghoul Schritt halten konnte.

Brünetta trug ein schwarzes Gewand, das überraschend gut passte. Eine Anweisung Lisannes, um die Ästhetik der Nacht zu wahren?

Die Schattenherzogin würde die Zeremonie leiten. Sie stand neben dem Opferstein, auf den nun eine nackte Frau gekettet war, eine hochrangige Priesterin der Mondmutter, ein Geschenk der Fayé, die sie in einem eskadischen Dorf gefangen hatten. Sobald sie Lisanne erblickte, noch bevor sie den Schädelthron passiert hatten, fiel Lióla auf die Knie. Sie wusste, dass sich Lisanne, vielleicht sogar ELIEN VITAN selbst, sicher auch einige der anderen Osadroi, wenn nicht alle, in den vergangenen Nächten auf dieses Ritual vorbereitet hatten. Es brauchte viel Kraft, jemanden in die Schatten zu führen. Womit hatte sie, Lióla, das verdient? Scham spülte durch ihren Körper. Sie kam sich nackt vor, ungeschützt, erbärmlich. Sie war nichtswürdig, sollte diese Ehre nicht empfangen, es war schon blasphemisch, dass sie überhaupt hier war, in Lisannes Nähe.

Und in der des SCHATTENKÖNIGS, natürlich.

Irritiert stellte Lióla fest, dass ihr Herz noch immer vor allem Lisanne verehrte, nicht ELIEN. Der Verstand wusste es besser, der SCHATTENKÖNIG war Herr über Ondrien, nicht Lisanne. ER war es, DESSEN Wünsche über Wohl und Wehe des Reiches, ja der ganzen Welt geboten. Aber Verehrung hatte nur zu einem kleinen Teil etwas mit dem Verstand zu tun.

»Komm«, hörte sie die unwiderstehliche Stimme neben ihrem Ohr flüstern, obwohl Lisanne noch immer im Zentrum der Senke wartete, am Opferstein. Nur Brünetta stand reglos, durch den Fluch ihres Unlebens unempfänglich selbst für Lisannes Charisma. Die Gardisten blieben kniend zurück, als sich Lióla erhob und hangabwärts schritt. Sie wagte nicht, sich umzuwenden, bevor sie die Osadra erreichte.

»Knie nieder, Lióla, und empfange die Gnade der Schatten.« Mit einer Bewegung unnachahmlicher Eleganz wies Lisanne über den Opferstein und die darauf festgebundene Frau hinweg.

Lióla ging zu der bezeichneten Stelle und kniete sich hin. Jetzt konnte sie nicht länger widerstehen und sah hinauf zum Schädelthron.

Der Schattenkönig saß dort wie eine Statue. Er war ganz in Schwarz gekleidet, nur die Krone auf der bleichen Stirn funkelte in einem dunklen Rot. Sie war aus einem Edelstein geschnitten, warf die Flammen der Fackeln tausendfach zurück. Die harten Gesichtszüge waren wie weißer Marmor, in dem kohlschwarze Augen prangten. Selbst auf diese Entfernung sah Lióla unbezähmbare Macht in ihnen lodern. Sie wandte den Blick ab, ließ ihn über die Zeugen schweifen, die im Kreis der Steinblöcke standen. Einige Osadroi waren darunter, die meisten Anwesenden waren Gardisten, dazu ein Dutzend Angehörige des Kultes, auch Nemerat. Und natürlich die Kinder. Einhundert, wenigstens. Fünfmal so viele Menschen waren in den vergangenen Nächten gestorben, um die magischen Kräfte vorzubereiten. Die Fayé hatten ihren Kriegszug gegen Eskad vorzeitig begonnen, um genug Gefangene zu machen, damit die Schattenherren diesen Preis der Unsterblichkeit zahlen konnten.

Lisanne breitete die Arme aus, sah ihr tief in die Augen. Dunkelrufer nahmen vor den Kindern Aufstellung. Ohne den Blick von Lióla zu lösen, streckte Lisanne den Zeigefinger der linken Hand aus. Die Kralle daran funkelte scharf wie gebrochenes Glas. Behutsam setzte die Osadra sie auf dem nackten Bauch der heftig atmenden Gefesselten ab. Ein Lächeln spielte um ihre Lippen. Dann stieß sie den Fingernagel durch die Haut, schlitzte sie auf, bis sie das Sonnengeflecht erreichte. Niemals hatte Lióla jemanden so laut schreien hören wie diese gemarterte Frau. Dunkel quoll ihr Blut aus dem Schnitt. Lisanne störte sich nicht daran. Sie erweiterte die Öffnung, griff hinein, begann, die Innereien zu entnehmen und neben dem Opferstein zu ordnen.

Und da begann es.

Oft hatte Lióla Lebenskraft aus Opfern gezogen und in Kristalle geleitet, einige Male auch direkt zu einem Osadro. Sie kannte das prickelnde Gefühl, wenn die Essenz durch ihren Körper strömte.

Aber das war nichts verglichen mit dem, was sie nun spürte. Sie lachte, weil sie sich an die Bedenken erinnerte, sie könne in den kommenden Nächten das Essen vermissen. Wie albern! Wie kindisch!

Überhaupt, kindisch! Das war ihr gesamtes bisheriges Leben gewesen. Jetzt endlich öffnete sich ihr Verstand. Sie *verstand* die Magie, die sie umgab, das Gitter, das sich nun auflud. In der stofflichen Welt schienen sich die Zauberzeichen aus der Asche zu erheben, schienen ein Eigenleben zu führen wie sich windende Schlangen. Doch mit ihrem neuen Sinn *begriff* Lióla, dass das Gegenteil richtig war. Sie glätteten sich, richteten sich exakt an dem magischen Gitter aus, das sich allerdings bewegte, vom Mondlicht in Unordnung gehalten wurde, vor allem vom blauen Leuchten Vejatas. So klein er auch war, stand seine die Magie dämpfende Kraft jener seiner Geschwister in nichts nach. Aber am Verlauf dieser Nacht würde sie nichts ändern. Lióla mochte das Geräusch ihres eigenen triumphierenden Lachens, also lachte sie lauter, berauschte sich an der Essenz, die immer stärker floss. Die ersten Kinder starben. Ihre Adern wurden mit scharfen Klingen geöffnet, das Blut in die Zauberzeichen an den Felsen gegossen, solange es noch warm war. Das magische Gitter stabilisierte sich weiter. »Komm zu uns, Lióla!«, rief die Schattenherzogin.

Lióla erschrak. Etwas schien nicht zu stimmen.

Lisanne hielt inne. Mit gerunzelter Stirn sah sie zu dem Baum mit den vielen Gesichtern.

Schweiß brach Lióla aus allen Poren. Hatten der Nachtsucher und sein Seelenbrecher versagt? Hatten sie das Problem nicht lösen, die Störung nicht umgehen können? Wie groß war die Unordnung? Gefährdete sie etwa – nicht auszudenken – die Umwandlung?

Der Moment des Schreckens ging vorbei. Lisanne sah wieder Lióla an und fuhr fort, als sei nichts geschehen. Im Kreis schien niemand die Unsicherheit bemerkt zu haben.

Der Ruf in die Schatten war zunächst nur ein Flüstern, aber ein unwiderstehliches. Lióla sah nichts mehr außer Lisannes Iriden. Sie waren graublau, begannen sich zu drehen, leuchteten, was die Schwärze der Pupillen nur verstärkte. Lióla schien auf diese Augen zuzutreiben, obwohl sie sich nicht von der Stelle bewegte, schwebte in die Dunkelheit, in die Finsternis. Willig ließ sie zurück, was sterblich an ihr war. Die Zeit endete.

Aber Zeit musste vergangen sein, stellte sie fest, als sie wieder zu denken begann. Wenigstens eine Stunde, so weit waren die Fackeln heruntergebrannt. Die nackte Priesterin war fortgeschafft worden, nur kleine Blutlachen erinnerten noch an sie.

Mein Herz schlägt nicht, erkannte Lióla. Sie lächelte, konzentrierte sich darauf, das Atmen zu beenden. Es fiel ihr leicht.

Aber dann atmete sie doch. Lisanne dirigierte Essenz zu ihr. Nicht in einer magischen Wirklichkeit, sondern in der greifbaren Welt, wo sie sich als dunkel brodelnder Schaum zeigte. Lióla nahm einen tiefen Zug.

Ächzend legte sie den Kopf in den Nacken und sah zu der Dunkelheit zwischen den Sternen auf. Sie spürte dem Genuss nach, dem Prickeln, das sich in ihrer Brust ausbreitete, von dort aus durch ihren Körper wanderte, bis hinein in die Finger, sogar in die …

Sie sah auf ihre Hände. Ja, ihr waren Krallen gewachsen! Nicht so lang wie Lisannes, nicht so elegant, aber hart und spitz. Fasziniert betrachtete sie die Waffen ihres neuen, ihres unsterblichen Körpers.

»Ich fordere das Herz dieser Osadra für mich.«

Es war das erste Mal, dass Lióla die Stimme des SCHATTENKÖNIGS hörte. Ihr Gesicht ruckte zu IHM und ihr Herz tat einen furchtsamen Schlag, als erinnere es sich an ihr Leben. Sie hatte … Angst. Selbst als Osadra noch!

Lisanne lächelte sie an. Sie war noch immer schön, das schönste Wesen, das Lióla jemals gesehen hatte, umso mehr, als ihre neuen Sinne sie besser erfassen konnten als die kümmerlichen Augen eines Menschen. Aber die unbarmherzige Faszination, die sie als Sterbliche stets in die Knie gezwungen hatte, war gewichen. Das machte ihr Mut.

Die Schattenherzogin deutete auf den Opferblock. »Es ist SEIN Recht.«

In seinem Versteck im Baum wartete Helion auf einen Moment, in dem Lisanne Schwäche zeigte. Er hatte Winena erkannt, sah aber keine Möglichkeit, ihr das Leben zu retten. Er musste die Schuld an ihr anders abtragen. Nicht durch Leben, sondern durch Tod. Den Tod der Schattenherzogin. Als Winenas Organe entnommen wurden und sie so laut schrie, dass man annehmen musste, dass ihre Stimmbänder bald reißen würden, fragte sich Helion, ob er hier hätte abwarten können, wenn ihm nicht während seiner Rettung seine Gefühle genommen worden wären. Er versuchte, sich an sein altes Ich zu erinnern. Aber welches war das? Der Jüngling von früher, war er der wahre Helion? Oder Treatons Schüler? Der Paladin, der nach Guardaja gezogen war? Der Besiegte? Der Anführer, der beinahe dreihundert Streiter dorthin gebracht hatte, wo sie den Tod gefunden hatten? Jeder von ihnen war anders gewesen, auch wenn jeder von ihnen Gefühle gekannt hatte. Und keiner war so entschlossen gewesen, Lisanne zu töten. Vielleicht hätten sie sich zu einem kopflosen Angriff hinreißen lassen, spätestens, als die ersten Kinder mit blutenden Augen starben. Aber für den Helion, der jetzt in dem Baum wartete, zählte nur eines. Der Sieg. Und darum harrte er aus.

Schattenkönig Elien schien nicht in die Zeremonie involviert. Sein Thron stand Helions Baum gegenüber, so weit entfernt, dass er seine Gestalt nicht genau erkennen konnte, aber wenn er an dem Zauber mitgewirkt hätte, dann hätte er sicher neben dem Opferstein gestanden.

Oder auch nicht.

Helion wusste so wenig von Magie.

Aber er verstand etwas von seinem Schwert. Vorsichtig zog er die Scheide ab und stellte sie zur Seite, ohne das Geschehen aus den Augen zu lassen. Die Klinge schimmerte rot. Die Magie war zu weit entfernt und nicht auf ihren Träger gerichtet, deswegen flammte sie noch nicht auf. Das würde sich bald ändern.

Lisanne gegenüber kniete eine Frau, die etwa in Helions Alter sein mochte. Am Vormittag war sie schon einmal hier gewesen, hatte den Ritualplatz inspiziert, war sogar in die Baumöffnung gestiegen, die sich neben Helions auftat. Sie hatte eine Haut so bleich wie Milch. Ihre Züge waren durchaus angenehm anzusehen, und Helion glaubte, dass sie ihn an irgendwen erinnerte – noch ein Grund, warum er über vergangene Begegnungen nachdachte. Trotzdem dankte Helion der Mondmutter dafür, dass er heute Morgen keine nähere Bekanntschaft mit ihr gemacht hatte. Ein böser Zufall hätte sie zusammenführen können.

»Komm zu uns, Lióla!«, rief Lisanne da.

Helion zuckte zusammen. Wie hatte er so blind sein können!

Natürlich fand er die Züge der Frau angenehm. Sie ähnelten denen Ajinas! Dort kniete Ajinas leibliche Schwester, Modranels ältere Tochter, die er in die Schatten gegeben hatte, als Kaufpreis für seine Magie! Ajina hatte von ihrer milchweißen Haut erzählt. Das Mondkind!

Die Erinnerung an seine Geliebte traf ihn mit voller Wucht. Vergeblich kämpfte er dagegen an. Er bemerkte, wie Lisanne innehielt, mit gerunzelter Stirn zu ihm blickte. Er glaubte, wieder die Verbindung zu spüren, wie damals. Bildete er sich das nur ein?

Er hoffte es!

Er presste den Rubin gegen seine Stirn, dachte an Ordensmarschall Giswon, an Treaton, an die Versprechen, die er seinem Meister gegeben hatte und der sterbenden Deria, an alles, nur nicht an … Nicht an …

Den Tempel von Akene, seine Wut über die Dekadenz des Ordens, die jetzt nur noch eine kalte Erinnerung war, daran, wie er Karseus und Pepp im Fechten unterwiesen hatte, selbst an den Falben, mit dem er sich nie richtig angefreundet hatte.

Er lauschte auf seinen eigenen Rubin, all die Berichte, die er ihm anvertraut hatte. Die Lage um die Festung Guardaja, die Truppenstärke, den scheinbaren Fortschritt seiner Pläne. Er versenkte sich ganz hinein.

Nach einer langen Zeit tauchte er vorsichtig auf.

Lisanne war wieder mit dem Ritual beschäftigt. Lióla lag nun auf dem Opferstein, das Gewand geöffnet. Lisanne schien zu flüstern, denn ihre Lippen bewegten sich, während sie über den nackten Körper streichelte, knapp unterhalb des Brustkorbs.

Plötzlich stieß sie die Hand in Liólas Körper, der ihr kaum Widerstand entgegensetzte. Während sich der Rücken der jungen Frau durchbog, sodass sie nur noch mit Schultern und Hüfte auflag, drückte Lisanne ihre Hand immer weiter in sie hinein. Liólas Gesicht war jetzt Helions Baum zugewandt, Mund und Augen in unausgesprochener Pein geweitet.

Lisanne tastete, dann riss sie entschlossen das Herz aus Liólas Brust. Der Muskel pulste in ihrer Hand, als sie es hoch über ihren Kopf hielt und dem Schattenkönig entgegenstreckte. Es pochte ruhig, als sei ihm entgangen, dass es nicht mehr mit dem Körper seiner Besitzerin verbunden war, der sich nun wieder entspannte. Lisanne legte es in eine goldene Schüssel in den Pranken eines Ghouls, der offenbar einmal eine Frau gewesen und mit einem absurd feinen Kleid gewandet war.

Das Ritual musste beinahe beendet sein! Es war nicht länger sinnvoll, abzuwarten. Wenn der Zauber Lisanne überhaupt geschwächt hatte, dann war jetzt der Zeitpunkt gekommen, an dem Helion zuschlagen musste. Die Hoffnung, den Schattenkönig selbst zu besiegen, konnte er ohnehin nicht aufrechterhalten. Elien Vitan war viel zu weit entfernt, und er hatte aller Wahrscheinlichkeit nach keine Kraft eingebüßt, war so mächtig wie ehedem.

Lióla ordnete ihre Kleidung, erhob sich vom Opferstein. Dabei bewegte sie sich mit der gleichen Eleganz, die Helion an Ajina so geliebt hatte. Jetzt hielt ihn nichts mehr. Den steif gewordenen Muskeln zum Trotz schlängelte er sich aus seinem Versteck.

Zu gebannt waren die Zuschauer vom Höhepunkt der Zeremonie, als dass sie sofort begriffen hätten, was sie sahen, als er auf Lisanne zurannte. Nach den ersten Schritten gewannen seine Beine ihre Geschmeidigkeit zurück. Die leichte Panzerung eines Arriek, wenig mehr als ein Helm und lederne Schienen an Armen und Beinen, ermöglichte ihm einen schnelleren Lauf, als wenn er seine Silberrüstung getragen hätte. Zudem war er beweglicher.

Ein Gardist warf sich ihm entgegen.

Helion schlug einen Haken.

Der Gardist schrie »Mondschwert!« und hechtete los, um ihn umzureißen. Aber er erreichte ihn nicht. Helion sprang über die weit vorgereckte, aber kraftlos geschwungene Klinge.

Jetzt starrte ihn jeder an, die Diener des Kults, die Gardisten, die Osadroi zwischen den Steinblöcken, der Schattenkönig und auch Lisanne. Sogar der Ghoul glotzte ihm entgegen, während er ansonsten unbewegt wie eine missglückte Statue mit der goldenen Schüssel in der Hand dastand. Nur Lióla war wohl noch so davon gefangen, dass ihr gerade das Herz aus der Brust gerissen worden war, dass sie nicht begriff, was um sie herum vor sich ging. Sie stand dem Schädelthron zugewandt, mit dem Rücken zu Helion, und wankte, als würde sie von einem nicht spürbaren Wind bewegt. Einem Wind, der aus dem Nebelland herüberwehen mochte.

Lisanne starrte ihn an, während sie mit solcher Eleganz zwei Schritte machte, als begäbe sie sich zu einer Krönung, nur dass sie rückwärtsging. Als Helion noch vier Schritt von ihr entfernt war, spreizte sie mit einem Ruck die Arme vom Körper.

Helion fühlte sich, als sei plötzlich überall um ihn herum Watte. Seine Bewegung wurde zäh, es schien ihm, als würde er so langsam, dass er unmöglich das Gleichgewicht halten konnte. Er hätte zu Boden stürzen müssen.

Aber das tat er nicht.

Um ihn herum war alles erstarrt, nichts regte sich, nicht einmal die Falten in Lisannes Gewand, die eigentlich um ihre Arme hätten fallen müssen, aber in einer unnatürlichen Trägheit verharrten.

Plötzlich begriff Helion. Die Zeit war eingefroren, in Lisannes finsterer Magie erstarrt.

Aber nicht vollständig.

Er konnte sich bewegen. Sehr langsam, Fingerbreite um Fingerbreite, aber es war möglich. Er fühlte Lisanne nach seinem Herzen greifen, aber sie glitt ab. Er spürte, wie sie das erstaunte. Auch eine Unsterbliche war nicht gänzlich vor Überraschungen gefeit. Die kalten Finger ihres Geistes tasteten durch seine Brust, eher neugierig als aggressiv, nichtsdestoweniger schmerzhaft.

Auch seine Haut schmerzte. Mit jedem Moment nahm das Prickeln zu, vor allem im Schwertarm, auf dessen Bewegung er sich besonders konzentrierte. Es fühlte sich an wie eine Fackel, die immer näher an ihn herangebracht wurde. Flammengleich leckte der Schmerz an ihm, ließ manchmal nach, um dann ungleich stärker zurückzukehren.

Lisannes Gesicht bewegte sich. Sie schloss die Augen, öffnete sie wieder, lächelte. Helion spürte die Versuchung in sich, ihr zu Füßen zu fallen und sie anzubeten, aber für eine solche Regung war der Drang erstaunlich schwach, als würde ihm jemand davon erzählen, obwohl er es doch selbst erlebte. Er konnte weiter seinen Arm in die gewünschte Bahn zwingen. Zwar war Lisanne zu weit entfernt, aber der Ghoul mit der goldenen Schüssel war in Reichweite des Schwerts. In Ermangelung eines besseren Ziels wählte er ihn. Es wäre nur ein kleiner Sieg, aber wenigstens diesen wollte er sichern.

Bis auf Lisanne und ihn selbst waren noch immer alle zu völliger Reglosigkeit erstarrt, und Lisanne schien nur ihr Gesicht bewegen zu können. Ihr Gewand war noch immer wie eingefroren.

Sein Arm fühlte sich an, als bewegte er ihn durch glühende Kohlen. Etwa so wie damals, als der Pfeil durch seine Brust gedrungen war. Aber er kämpfte den Schmerz nieder. Nichts war wichtig außer seinem Mondsilberschwert und jenen, die er damit niederstrecken musste. Vielleicht widersetzte sich das geheiligte Metall dem Zauber, ermöglichte so seine Bewegung.

In ihrer bizarren Langsamkeit erreichte die Schneide, die ein immer intensiveres Rot annahm, bis sie wie frisches Blut leuchtete, den dünnen Hals des Ghouls.

Und die Zeit sprengte ihre Fesseln.

Die Waffe trennte den Kopf von den Schultern. Mit seinem ausladenden Kiefer war er monströs wie der jedes Ghouls, aber das brünette Haar ließ etwas von der Schönheit erahnen, die die Frau besessen hatte, bevor sie dem Fluch zum Opfer gefallen war. Schwarz und dickflüssig quoll Blut aus dem Hals, während Kopf und Körper getrennt zu Boden fielen.

Jetzt, wo Bewegung und Schwerkraft wieder so wirkten, wie die Götter es vorgesehen hatten, strauchelte Helion. Er stürzte neben die goldene Schüssel, in der Liólas Herz zuckte.

Während er sich in die Höhe stemmte, fielen alle anderen auf die Knie. Es schien etwas mit Lisannes Charisma zu tun zu haben, dem sich nur die Osadroi widersetzen konnten. Die Osadroi und Helion. Knurrend kam er auf die Füße, schloss die Faust fest um den Griff des Mondsilberschwerts.

Elien Vitan erhob sich. Er sah ungehalten aus. »Mach dieser Scharade ein Ende, Lisanne!«

Die Schattenherzogin kippte den Kopf ein wenig zur Seite. »Er ist …« Sie wich zurück. »… besonders.«

Noch immer spürte er die kalten Finger ihres Geistes durch seine Brust tasten, ohne dass sie Halt gefunden hätten. Er fühlte das wölfische Grinsen auf seinem Gesicht, als er ihr mit festen Schritten nachsetzte. »Ihr seid nicht unsterblich, Lisanne! Dies ist die Nacht, in der ich Euren Tod fordere!«

Sie schien keine Angst vor ihm zu haben. Ihr Blick kündete von Faszination, nicht von Furcht.

Er nahm das Mondsilberschwert weit zurück, holte zum Hieb aus.

Da fiel sein Blick auf Lióla, die so hastig zu ihrem Schattenkönig eilte, dass sie auf den Saum ihres Kleides trat, sich dabei aber nicht von ihm, Helion, abwenden konnte. Über ihrem Oberkörper war der Stoff noch immer geöffnet. Die Wunde, durch die Lisanne gegriffen hatte, schloss sich bereits. Kein Blut floss nach, das Fleisch wuchs zusammen, würde aber wohl die Narbe hinterlassen, von der man sagte, dass sie jeden Osadro mit Ausnahme der Schattenkönige daran erinnerte, wem seine Treue zu gelten hatte. Doch diese Verletzung war nicht, was Helion erschütterte.

Es war ihr Gesicht. Milchweiß, umrahmt von schwarzem Haar, wie ein toter Rabe, auf dessen Gefieder Schnee gefallen war. Und doch waren die Züge ihr, Ajina, so erstaunlich ähnlich, dass Helion nicht begriff, wie er sie am Morgen nicht hatte erkennen können. Die Form der Augen, die Linie der Wangen, das Kinn, sogar die Lippen, wenn sie auch farblos waren, wo Ajinas in kräftigem Rot geleuchtet hatten. Lióla sah so aus wie ihre Schwester, verborgen hinter einer Wand aus Nebel.

Wie Ajina im Nebelland.

Wie Helions Liebe, von der er selbst auf der Schwelle des Todes nicht hatte lassen können. Vielleicht hätte er ihr ins Nebelland folgen sollen. Dorthin, wohin Lisanne sie verstoßen hatte, in jener Auseinandersetzung mit Modranel in dem eingestürzten Gang in Guardaja. Als sie ihm seine Liebe entrissen hatte, viel zu früh. Gerade einmal zwanzig Jahre war sie gewesen, so voller Leben, dass es aus ihr herausgestrahlt war, wenn sie sich als Heilerin jedem angenommen hatte, der ihre Hilfe gesucht hatte.

Und Lisanne hatte sie getötet.

Er *hasste* sie. Heiß wie glutflüssiger Stahl kochte dieses Gefühl in ihm hoch. Ein roter Schleier legte sich vor seine Augen.

Und Lisannes eisige Hand griff um sein Herz.

Er spürte, wie sie nach seiner Lebenskraft rief, und er konnte sie nicht zurückhalten. Sie strömte aus ihm heraus wie Wein aus einem aufgeschnittenen Schlauch. Er brach neben dem toten Ghoul in die Knie, als habe jemand die Sehnen in seinen Fersen durchtrennt.

Nein!

Das durfte nicht sein!

Er war seinem Ziel so nah!

Er spürte Treatons Blick auf sich, auch den Derias. Die Wünsche der Sterbenden! Er musste sie erfüllen.

Aber das konnte er nicht.

Er war besiegt, und Lisanne war zu klug, als dass sie sich ihm genähert hätte, solange er noch die Kraft hatte, das Schwert zu führen. Verträumt lächelnd sah sie zu, wie er schwächer wurde. Hinter ihr trat Lióla heran, einen erfreuten, wenn auch etwas unsicheren Ausdruck auf dem Gesicht.

Lisanne hatte gesiegt. Sie war zu weit entfernt für seinen rächenden Arm. Er überlegte, ob er das Schwert schleudern sollte, aber wahrscheinlich hätte er sie nicht getroffen, und selbst wenn, hätte die Klinge kaum ihren Kopf abgetrennt. Er mochte ihr eine Schnittwunde zufügen, und die würde sie ein paar Jahre an ihre Begegnung erinnern, aber dann würde die Macht der Schattenherzogin sie ausheilen. Lisanne war außerhalb seiner Reichweite.

Aber Liólas Herz war es nicht. Es zuckte noch immer in der Goldschale neben ihm. Mit all seinem Willen und seiner letzten Kraft spießte er das Mondsilberschwert hinein, riss es hoch und hielt das Herz auf der Spitze der blutroten Klinge Vejatas blauem Licht entgegen.

Vejata hatte ihn zurück ins Leben geholt, als Winena ihn gerufen hatte, und jetzt setzte Vejata Liólas unheiliger, dem Willen der Götter spottenden Existenz ein Ende.

Bevor ihm schwarz vor Augen wurde, sah Helion das Herz zu einem unansehnlichen Klumpen zusammenschrumpeln. Liólas Todesschrei begleitete ihn in die Dunkelheit.

EPILOG

SEHNSUCHT

»Was willst du mit ihm machen, Lisanne?«, fragte SCHATTENKÖNIG ELIEN VITAN, Herr über Ondrien, Meister aller Osadroi, Wahrer der Unendlichkeit, Wissender der letzten Geheimnisse, Zerstörer der Schleier, Gebieter der Schatten.

»Lasst ihn mir, MAJESTÄT. Er hat meine Baroness zerstört.«

ELIEN grinste, als sei er ein Menschenjunge. »Ja, er war nicht schlecht.«

Lisanne unterdrückte ein Zittern, als ER mit den Krallen über Helions nackten Körper streichelte. In diesem Raum tief unter dem Palast des Fayékönigs hatte sie einen schwarzen Steinblock gefunden, dessen dunkler Glanz mit dem reglosen Körper harmonierte.

»Du hast ihn in Stasis versetzt«, erkannte ELIEN. »Beeindruckend. Das wird ihn zwischen Leben und Tod halten, bis du entschieden hast, welche Qualen ihn aus dieser Welt begleiten sollen.«

Sie presste die Lippen aufeinander und nickte ergeben.

»Hast du schon in Erwägung gezogen, ihn den Fayé zu geben? Mir gefällt, was sie mit ihren Bäumen machen.«

»Ist das ein Befehl, MAJESTÄT?«

ER lachte. »Lisanne, ich werde nicht über dein Spielzeug verfügen. Es ist nur ein Vorschlag.«

»Ich werde darüber nachdenken.«

Er trat an sie heran, legte sanft die flache Hand an ihre Wange, sah ihr tief in die Augen. In den Seinen erahnte sie eine Unendlichkeit, an der gemessen die Spanne ihres eigenen Unlebens bedeutungslos erschien. »Tu das. Und dann schaffe Ordnung in deinem Herzogtum. Mir gefällt nicht, dass die Menschen noch immer im Besitz der Silberminen sind und sogar noch welche dazugewonnen haben.«

»Hören heißt gehorchen, Majestät.«

Noch immer sah Er sie an.

Sie wagte nicht, zu blinzeln.

»Lisanne, diese Erlebnisse haben dich mitgenommen. Das ist verständlich. Deine Existenz wäre beinahe zu einem Ende gekommen. Ich bin geduldig, das weißt du. Aber auf Dauer kann ich Schwäche nicht dulden. Du musst die Ordnung wiederherstellen. Die Osadroi sind in Panik verfallen während der Ereignisse in Guardaja. Das ist ihre Schuld, nicht deine. Aber du musst sie büßen lassen. Und dann musst du dafür sorgen, dass die Silberminen in die Schatten fallen. Dies ist mein Wille.«

»Ja, Majestät.«

Er nickte. Dann zog Er seine Hand fort. »Ich habe hier getan, wozu ich hergekommen bin. Der Bund mit den Fayé sollte dir dabei helfen, zu erreichen, was ich dir aufgetragen habe.«

»Ich danke Euch, Majestät.«

Er nickte. »Ich werde nun nach Orgait zurückkehren. Es wird interessant sein, zu sehen, welche meiner Höflinge meine Abwesenheit genutzt haben, um ihre Rivalen aus dem Weg zu räumen.« Er lachte, als Er den Raum verließ.

Lisanne trat an den schwarzen Stein heran. Helion war mehr tot als lebendig, man hätte ihm einen Finger abschneiden können, ohne dass er es bemerkt hätte. Dennoch sorgte sich Lisanne darum, ob sein Lager ihm zu hart werden könne. Sie nahm sich vor, ein anderes herrichten zu lassen.

Sie schloss die Augen und spürte der neu erwachten Verbindung zu ihm nach. Sie war jetzt so zerbrechlich wie eine Brücke aus Schneekristallen. Zärtlich, so vorsichtig sie konnte, strich sie darüber, betrachtete das, was Priester wohl Helions Seele genannt hätten. Sie verstand ihn. So gut, wie sie seit Jahrhunderten niemanden mehr verstanden hatte.

In Guardaja, als sie beinahe unter Modranels Angriff vergangen wäre, war es Helions Essenz gewesen, die sie gerettet hatte. In diesem Augenblick höchster Verletzlichkeit hatte sie nicht nur seine Lebenskraft geraubt, sondern auch seinem Wesen Einlass in ihr Innerstes gewährt, das verstand sie jetzt. Und umgekehrt hatte sie in der gestrigen Nacht den letzten Rest dessen gegriffen, was ihn ausmachte, bevor er ins Verlöschen hatte fallen können.

Er hatte nicht auf sein Leben geachtet. War das Tapferkeit? Lisanne hatte die prächtigen Ritter immer verachtet, die sich für mutig hielten, wenn sie mit fester Wehr auf einem kräftigen Streitross gegen Feinde in die Schlacht ritten, die sich gerade einmal einen Lederpanzer und einen dünnen Spieß leisten konnten. Sie begaben sich kaum in Gefahr und rühmten sich hinterher damit, Dutzende Schwache erschlagen zu haben.

Aber eine Biene vermochte Lisanne zu beeindrucken, wenn sie in die Tatze des Bären stach, der ihren Stock bedrohte, dabei den eigenen Leib zerriss, weil sich der Widerhaken nicht mehr aus dem Fleisch des übermächtigen Feindes löste.

Helion war wie eine solche Biene. Er war nicht dumm, er musste gewusst haben, dass er nicht hatte siegen können. Nicht gegen jahrtausendealte Schatten. Selbst wenn er Lisanne hätte töten können, hätte das nichts daran geändert, dass die Zukunft den Schatten gehörte. Die Reiche der Menschen würden untergehen, und auch die Fayé verwehten. Die Götter hatten ihre Macht verloren, und die Finsternis legte sich über die

Welt. Dies war der Pulsschlag, den die Ewigkeit vorgab. Dafür war es unerheblich, wenn eine Osadra starb. Selbst dann, wenn sie eine Schattenherzogin war.

Dennoch hatte Helion gekämpft.

Sie drehte den Rubin in den Fingern, den sie aus dem Knauf seines Schwerts gebrochen hatte. Das hatte länger gedauert, als den kümmerlichen Schutz zu überwinden, den die Priesterinnen der Mondmutter hineingebetet hatten. Sie legte den Edelstein an ihre Stirn.

»Ich bin Helion, Silberträger der Mondschwerter. Dies ist der erste Bericht, den ich meinem Schwert anvertraue. Gestern wurde ich im Tempel der Mondmutter erwählt, um …«

Sie hatte bereits alles angehört. Das war der Vorteil von Gedanken, wenn der Verstand beweglich genug war, konnte man sie viel schneller aufnehmen als gesprochene oder geschriebene Worte. Sie wusste alles von Helions Verlangen, von seinem Willen, gegen die Schatten zu kämpfen. Von seiner Hybris, er könne Guardaja halten. Eine Hybris, die Wirklichkeit geworden war. Wenigstens für eine Weile.

Mehr faszinierte sie etwas, wovon in dem Rubin keine Rede war, das sie in ihm selbst ertasten musste. Dieses Streben der schwachen Kreatur, in dem einer Frau namens Ajina eine zentrale Rolle zukam. Sie beneidete dieses Objekt seiner bedingungslosen Liebe. Doch da war noch mehr. Eine solche Regung war selten bei einer Osadra, die so viele Nächte gesehen hatte wie Lisanne, aber sie kam vor. Neid gedieh in den Schatten ebenso gut wie Hass, Wut oder Gier.

Aber es war dieses andere Gefühl, das Lisannes Herz weit im Norden, in Orgait, in der Kammer der Unterwerfung, in der der SCHATTENKÖNIG es gemeinsam mit den Herzen der anderen Osadroi verwahrte, zittern ließ. Ein seltenes, für eine Unsterbliche unendlich wertvolles Gefühl.

Sehnsucht.

Lisanne, das schönste Wesen der Welt, weinte.

Dramatis Personae

Agara: Eine ilyjische Baroness und eine der schönsten jungen Damen Akenes.

Ajina: Eine Adepta im Tempel der Mondmutter. 20 Jahre alt, blond, zierlich. Tochter Modranels.

Anoga: Königin der Fayé.

Avin: Ein Seelenbrecher, der die kürzlich eroberte Stadt Corella dem Kult zuführen soll.

Brünetta: Liólas Ghoul, benannt nach der Farbe ihres Haares.

Clesso: Ein kürzlich zum Paladin erhobenes Mondschwert.

Deria: Frau eines Köhlers, gute Jägerin.

Dimmoar: Ein eskadischer Graf, Experte für Feldschlachten, der sein Schwert in die Dienste Milirs gestellt hat.

Elien Vitan: Der Schattenkönig, Herr über Ondrien. Nach seiner Thronbesteigung wird die Zeit gezählt: Man schreibt das Jahr 147 nach Elien.

Endorn: Ein Magier, der Geschäfte mit den Schattenherren machte.

Erriol: Ein niederrangiger Gardist in Diensten der Osadroi.

Esmalla: Eine Oberin im Tempel der Mondmutter zu Akene.

Estrog: Ein Riese von einem Mann, Kriegshäuptling eines Trupps der barbarischen Bronier.

Gadior: Ein jugendlich wirkender Schattenbaron, der Geschäfte mit menschlichen Magiern macht.

Gelaja: Ein Waisenmädchen im Flüchtlingslager nahe Guardaja, Mitglied der ›Flinken Gnome‹.

Gerrior: Ein Mondschwert, das sich in den besseren Kreisen Ilyjias etabliert hat.

Giswon: Ordensmarschall der Mondschwerter. Ein Mann, der sich an den vornehmen Fürstenhöfen zu bewegen weiß.

Gonnar: Der alte Burgherr von Guardaja. Man sagt, die Festung wird erst nach seinem Tod fallen.

Helion: Treatons einziger Schwertschüler. Er sehnt sich nach den alten, unter der Dekadenz des Ordens verschütteten Idealen der Mondschwerter.

Ilion: König der Fayé.

Irien: Ein Bannerträger und damit Befehlshaber eines Trupps von Gardisten der Schattenherren.

Jasser: Ein ilyjischer Baron, der sich dem Heerzug zur Verstärkung Guardajas angeschlossen hat.

Jatzell: Ein Dunkelrufer, der Lisanne eine Kinderkarawane zuführt.

Jidon: Graf von Arriar, Anführer des Heerzugs, der Guardaja verstärken soll.

Judrion: Ein Mondschwert im Gefolge Treatons, als dieser gegen Modranel vorgeht.

Karseus: Knappe von Mondschwert Phaistor.

Kentateos: Befehlshaber der Mondschwerter in Guardaja.

Keratron: Ein den alten Idealen treues Mondschwert und Vertrauter von Ordensmarschall Giswon.

Kester: Ein Köhler, der mit seiner Familie zurückgezogen im Wald lebt.

Limoras: Ein Fayé, verraten von seinem eigenen Volk und den Schattenherren ausgeliefert.

Lióla: Eine Dunkelruferin im Kult der Schattenherren. Modranels Tochter. Ihre Lippen sind beinahe so bleich wie ihre Haut, was ihr den Beinamen ›Mondkind‹ einbringt.

Lisanne: Eine Schattenherzogin, die in Schönheit wie in Grausamkeit Vollkommenheit erreicht hat.

Lucino: Ein milirischer Ritter aus Kerrara, schwer verwundet in den Kämpfen um Guardaja.

Modranel: Der mächtigste Magier der Menschheit.

Morn: Ein kräftiger, aber geistig zurückgebliebener Dorfbewohner.

Nalaji: Eine Adepta im Tempel der Mondmutter, Ajinas Freundin.

Narron: Ein Anwärter auf die Würde des Ritterschlags der Mondschwerter. Ordensmarschall Giswons Knappe.

Nemerat: Ein Nachtsucher im Gefolge des Schattenkönigs.

Origonn: Ein kürzlich zum Paladin erhobenes Mondschwert.

Orrer: Ein käufliches Schwert im Sold der Fayé.

Pallion: Ein Knappe der Mondschwerter, in Treatons Gefolge, als dieser Modranel stellt.

Pepp: Eigentlich Pepradionosos. Ein Jüngling, der die Armut gegen den Dienst im Heer von Guardaja eintauschte.

Phaistor: Ein Mondschwert, dessen schwerster Kampf der gegen die Trunksucht ist.

Phestos: Ein kürzlich zum Paladin erhobenes Mondschwert.

Pnemaja: Eine Priesterin der Mondmutter, Gefangene der Ondrier.

Quinda: Modranels Ehefrau, Mutter von Lióla und Ajina.

Ranomoff: Ein Schattenbaron, mit etwa 20 untoten Jahren vergleichsweise jung für einen Osadro.

Rina: Die sechsjährige Tochter von Kester und Deria.

Treaton: Ein einsiedlerisch lebendes Mondschwert. Helions Schwertvater.

Truber: Ein eskadischer Baron, dessen Lehen vollständig in den Ausläufern des Nachtschattenwalds liegt.

Varrior: Nachgeborener Sohn des Königs von Milir, Befehlshaber von Guardaja.

Winena: Hochrangige Priesterin der Mondmutter.

Glossar

Akene: Die Hauptstadt Ilyjias. Standort des Tempels der Mondmutter und der angrenzenden Ritterhalle der Mondschwerter.

Amdra: Das Königreich der Fayé. Diese beanspruchen den gesamten Nachtschattenwald, kontrollieren faktisch aber nur die inneren Bereiche.

Arriek: Ein kriegerisches Wüstenvolk, dessen junge Männer verschleiert in die Welt ziehen, um einen ›guten Kampf‹ zu finden und so das Recht zur Brautwerbung zu erlangen.

Bron: Ein wildes, von Barbarenstämmen riesenhafter Menschen bewohntes Land.

Corella: Ehemals milirische Stadt, jetzt von den Ondriern besetzt.

Delguardaja: Stadt im Tal nördlich der Festung Guardaja.

Dunkelrufer: Ein mittlerer Rang innerhalb des Kults. Hauptaufgabe der Dunkelrufer ist das Ernten der Essenz.

Eskad: Ein Königreich an den südlichen Ausläufern des Nachtschattenwalds.

Essenz: Die Lebenskraft der Menschen, zugleich einzige Nahrung und hauptsächliches Genussmittel der Osadroi.

Fallan: Langfristiger Zusammenschluss von Fayé, einem Clan ähnlich.

Fayé: Unsterbliche, androgyne Wesen, die zum Teil der Geisterwelt angehören, was man an ihren Augen erkennen kann, die aus nebelartigen Schlieren bestehen.

Ghoul: Verfluchter, der in einem Ritual des Kults in einen Leichenfresser verwandelt wurde und seine übermenschliche Körperkraft willenlos in den Dienst seiner Herren stellt.

Guardaja: Eine mächtige Festungsanlage, die den Falkenpass beherrscht und damit die letzten Silberminen Milirs vor dem Zugriff der Ondrier schützt.

Ilyjia: Königreich im Süden, regiert von einem Königshaus, das mit den Priesterinnen der Mondmutter und den Paladinen der Mondschwerter um die Macht konkurriert.

Karat-Dor: Hauptstadt von Schattenbaron Gadiors Herrschaftsgebiet.

Kult: Die Staatsreligion Ondriens, die anstelle der Götter die Osadroi verehrt.

Magie: Die dunkle Kunst, die Wirklichkeit entgegen der Gesetze der Götter zu formen. Der Preis dafür ist immer Lebenskraft. Wird eigene Lebenskraft eingesetzt, gilt Magie in den meisten freien Reichen als tolerabel. Fayé nutzen die Magie in der Regel, um Wesenheiten aus anderen Wirklichkeiten Zutritt in die Welt des Greifbaren zu verschaffen und diese dann entsprechend ihrer Wünsche zu formen. Osadroi nutzen die Lebenskraft, die sie Menschen geraubt haben.

Milir: Ein freies Königreich mit stolzen Bewohnern, die die letzten Silberminen vor den Osadroi schützen.

Mondmutter: Schutzgottheit von Ilyjia, deren Wunder starke Heilkräfte haben.

Mondschwerter: Ein ilyjischer Ritterorden, gegründet, um die Priesterinnen der Mondmutter zu schützen.

Mondsilber: Über ein göttliches Wunder besonders gehärtetes, dadurch waffenfähiges Silber. Bei Kontakt mit Magie, vor allem solcher der Osadroi, färbt es sich blutrot.

Nachtschattenwald: Ein nahezu endloser Wald mit riesigen Bäumen, Heimat der Fayé, die hier die Natur nach ihrem Willen gestalten. Die Auswirkung von auf der Beschwörung dämonischer Wesenheiten basierender Magie sind vor allem in seinem Zentrum deutlich zu spüren.

Nachtsucher: Hoher Rang innerhalb des Kults.

Nebelland: Die Welt, in die die Toten gehen.

Ondrien: Das Reich der Schatten, beherrscht von den Osadroi. Ein riesiges Land mit mehreren Herzogtümern, das den Norden der bekannten Welt umfasst.

Osadro (m)/**Osadra** (w)/**Osadroi** (Mz.): Magier, die durch die Anwendung eines speziellen Rituals die Unsterblichkeit erlangt haben und zu etwas Anderem geworden sind, von dem nichts in den Schriften der Götter steht. Die Herrscher Ondriens.

Paladin: Ein Ritter, der sich einer heiligen Aufgabe verschrieben hat. Der Begriff wird häufig auf die Mondschwerter angewandt.

Pijelas: Ilyjische Hafenstadt am Meer der Erinnerung.

Schattenherr: Siehe Osadro.

Schwarzer Stern: Die Kathedrale von Karat-Dor, so benannt wegen ihres Aufbaus mit sieben Zacken.

Seelenbrecher: Niederer Rang im Kult der Schattenherren. Die Aufgabe der Seelenbrecher liegt primär darin, den Willen der Gläubigen zu formen, sodass er für die Wünsche der Schatten empfänglich wird.

Seelennebel: Eine viele Hundert Meilen lange Erscheinung, die seit Jahrtausenden unbewegt auf dem Meer der Erinnerung liegt und sich im südlichen Ilyjia sogar an Land findet. Niemand kann ihn passieren, ohne den Verstand zu verlieren. Der Sage nach sind hier die Fayé gefangen, die von den Göttern für unwürdig befunden wurden, an die Gestade des Lichts zu reisen.

Seelenspiegel: Aus der Finsternis der Schatten geschaffene Wesenheiten, die schönen Frauen mit Fledermausflügeln gleichen und ihren Opfern über deren Furcht Essenz entziehen.

Silber: Das einzige waffenfähige Material, das einem Osadro dauerhafte Wunden zu schlagen vermag.

Silberträger: Niederster Rang für einen Paladin der Mondschwerter.

Silion: Silberfarbener und größter Mond.

Stygron: Roter Mond; wenn er voll am Himmel steht, gilt dies als Vorzeichen für Blutvergießen.

Terron: Der Stiergott, der die Menschen zur Stärke führen will. Hauptgottheit von Milir.

Vejata: Hellblauer, kleinster Mond.